À MÊME LA PEAU

Lisa Gardner

À MÊME
LA PEAU

ROMAN

Traduit de l'anglais (États-Unis)
par Cécile Deniard

Albin Michel

© Éditions Albin Michel, 2019
pour la traduction française

Édition originale parue en anglais :
FEAR NOTHING
© Lisa Gardner, Inc., 2014
Chez Dutton, New York

PROLOGUE

Un bébé dans un berceau, dans un arbre, tout en haut...

Le cadavre n'était plus là, mais l'odeur était restée. D.D. Warren, enquêtrice de la brigade criminelle de Boston, le savait d'expérience : ce genre de scène de crime peut puer pendant des semaines, sinon des mois. La police scientifique avait emporté le linge de lit, mais rien à faire, le sang vit sa vie. Il avait imbibé le placo, coulé derrière les plinthes, s'était accumulé entre les lames de parquet. Près de cinq litres circulaient autrefois dans les veines de Christine Ryan, vingt-huit ans. À présent, la majeure partie imbibait le matelas nu au milieu de cette chambre sinistre et grise.

Se balance au gré du vent...

La demande d'intervention était arrivée peu après neuf heures du matin. Midge Roberts, une bonne amie de Christine, s'inquiétait parce que la jeune femme ne répondait ni aux coups frappés à sa porte ni aux textos. Christine était pourtant une fille responsable. Elle n'avait pas de pannes d'oreiller, n'aurait jamais fugué avec un séduisant barman, n'aurait pas attrapé la grippe sans en avertir sa grande complice, qui passait tous les jours la chercher sur les coups de sept heures trente pour qu'elles fassent ensemble le trajet jusqu'à leur cabinet comptable.

Midge avait contacté d'autres amis. Partout, le même son de cloche : pas de nouvelles de Christine depuis le dîner de la veille. Cédant à son instinct, Midge avait fait venir le propriétaire, lequel avait finalement accepté d'ouvrir la porte.

Avant de vomir dans le couloir de l'étage à la suite de sa découverte.

Midge n'était pas montée. Elle était restée dans l'entrée de la petite maison. Comme elle l'avait expliqué à Phil, le coéquipier de D.D., elle savait déjà. D'instinct. Sans doute que, même à cette distance, elle avait senti les premiers relents, l'odeur du sang à moitié sec, reconnaissable entre toutes.

Un bébé dans un berceau...

À son arrivée, D.D. avait aussitôt été frappée par le caractère violemment contrasté de la scène. La jeune victime, couchée en étoile sur le lit, fixait le plafond de ses yeux bleus désormais sans vie. Une impression de sérénité se dégageait de son joli visage et ses cheveux châtains mi-longs formaient une masse soyeuse sur l'oreiller d'une blancheur éclatante.

Mais en dessous du cou...

La peau avait été décollée de la chair en fines lanières torsadées. D.D. avait déjà entendu parler de telles atrocités, mais à onze heures du matin ce jour-là, elle avait eu l'occasion de voir de ses propres yeux une jeune femme écorchée dans son lit. Une bouteille de champagne posée sur la table de chevet et une rose rouge en travers de l'abdomen sanglant.

À côté de la bouteille, Phil avait trouvé une paire de menottes. De celles qu'on peut se procurer dans les sex-shops haut de gamme, avec de la fourrure pour le confort. Entre ces menottes, le vin mousseux, la rose rouge...

Un rendez-vous galant qui avait mal tourné : c'était la théorie de Phil. Ou, vu le degré de violence, l'ultime vengeance d'un amant éconduit. Christine avait rompu avec un triste sire et celui-ci était revenu la veille au soir, histoire de montrer une fois pour toutes qui était le chef.

Mais D.D. n'était pas convaincue. Certes, il y avait des menottes, mais pas aux poignets de la victime. Oui, il y avait une bouteille de champagne débouchée, mais les flûtes étaient propres. Enfin, d'accord, il y avait la rose, mais sans emballage-cadeau du fleuriste.

L'ensemble lui semblait trop... prémédité. Il ne s'agissait ni d'un crime passionnel ni d'une brouille entre adultes consentants. Plutôt d'une mise en scène soigneusement calculée et dont la conception et la préparation avaient dû exiger des mois, des années, peut-être même toute une vie.

Pour D.D., ils n'avaient pas sous les yeux une simple scène de crime, mais le plus intime et le plus ignoble des fantasmes d'un tueur.

Et même si c'était le premier homicide de ce genre sur lequel ils enquêtaient, il y avait de fortes chances qu'un crime obéissant à un rituel aussi précis ne soit que le début d'une longue série.

Au gré du vent...

L'équipe de D.D., les techniciens de scènes de crime, les services du légiste et une armée d'enquêteurs divers avaient travaillé sur place pendant six heures. Ils avaient procédé aux constatations et aux relevés d'empreintes, tracé des diagrammes et débattu jusqu'à la tombée de la nuit – heure à laquelle les esprits s'échauffent et où les bonnes gens rentrent dîner chez eux. En sa qualité de directrice d'enquête, D.D. avait finalement renvoyé chacun avec instruction de reprendre des forces. Demain était un autre jour : ils pourraient interroger les bases de données fédérales pour savoir si d'autres meurtres correspondaient à ce descriptif, établir le profil psychologique de la victime et du tueur. Beaucoup de pain sur la planche, de nombreuses pistes à explorer. En attendant, ordre d'aller se reposer.

Tout le monde avait obtempéré. Sauf D.D., naturellement.

Il serait bientôt vingt-deux heures. Elle aurait dû rentrer chez elle, embrasser son mari, jeter un coup d'œil à son fils de trois ans, déjà couché à cette heure tardive. Se préparer pour une bonne nuit de sommeil au lieu de traîner sur une scène de crime, toutes lumières éteintes, avec la comptine préférée de son bout de chou dans la tête.

Mais elle n'arrivait pas à s'y résoudre. Un mystérieux instinct (le flair ?) l'avait ramenée dans cette maison trop tranquille. Ses collègues et elle avaient passé le plus clair de la journée à discuter du spectacle qui s'offrait à leurs yeux. Désormais, postée dans le noir au milieu d'une chambre où flottaient des effluves de sang, elle guettait les informations que ses autres sens pourraient lui apporter.

Un bébé dans un berceau...

Christine Ryan était déjà morte quand l'assassin avait pratiqué la première incision. D'où l'absence d'expression torturée sur son visage pâle. La victime avait connu une fin relativement douce. Et tandis que son cœur émettait ses ultimes battements, le tueur avait donné un premier coup de lame vertical dans son flanc droit.

L'objectif de ce meurtre n'était donc pas de faire souffrir, plutôt...

Sa mise en scène ? La composition du tableau ? Le rituel lui-même ? Leur assassin était animé par le besoin compulsif d'écorcher sa victime. Peut-être avait-il commencé dès l'enfance sur de petites bêtes, des animaux de compagnie, et quand, par la suite, le fantasme avait refusé de lâcher prise...

Le légiste chercherait d'éventuels signes d'hésitation (si toutefois il était possible d'examiner la régularité des découpes dans ce monceau de fines guirlandes de peau), ainsi que des preuves d'agression sexuelle.

Mais là encore, D.D. n'arrivait pas à se défaire d'un sentiment de malaise. Ces éléments étaient ceux qui se présentaient au regard de l'enquêteur. Or, en son for intérieur, D.D. soupçonnait déjà qu'il s'agissait d'une fausse piste. Justement celle sur laquelle le tueur voulait les lancer.

Se précisa alors l'idée qui lui trottait dans la tête, cette question essentielle qui méritait réflexion et qui l'avait conduite à se retrouver là, dans le noir : pourquoi une mise en scène ?

Pourquoi pousser aussi loin le souci de la composition, sinon pour manipuler le spectateur et l'amener à voir exactement ce que vous vouliez lui faire voir ?

Un bruit. Au loin. La porte d'entrée, ouverte avec précaution ? Le craquement de la première marche sous un pas lourd ? Le gémissement d'une lame de parquet au bout du couloir ?

Encore un bruit. Lointain tout à l'heure, plus proche à présent, et en un éclair le commandant D.D. Warren comprit ce dont elle aurait dû se rendre compte un quart d'heure plus tôt : la berceuse préférée de Jack, cette comptine qu'elle fredonnait... elle ne résonnait pas seulement dans sa tête.

Quelqu'un d'autre la chantonnait. Tout bas. À l'extérieur de la chambre. Ailleurs dans la maison de la morte.

Un bébé dans un berceau, dans un arbre, tout en haut...

D.D. porta précipitamment la main à son arme, ouvrit son étui d'épaule, dégaina son Sig Sauer. Elle fit volte-face et s'accroupit, fouillant du regard les recoins de la pièce, à la recherche d'un intrus. Aucun mouvement dans le noir, aucune silhouette ne surgissant de l'ombre.

Mais alors elle entendit de nouveau le parquet grincer dans une autre pièce.

Se balance au gré du vent...

Vite, elle sortit à pas de loup dans le couloir sombre, arme au poing. Le plafonnier n'était pas allumé, seules les fenêtres laissaient entrer des ombres projetées par la lueur des maisons voisines. Un camaïeu de gris dansait sur le parquet.

Elle connaissait cette maison, se rappela-t-elle. Elle avait déjà parcouru ce couloir, prenant soin de contourner les flaques de vomi pendant qu'elle relevait les détails pertinents.

Arrivée en haut de l'escalier, elle jeta encore un regard à droite, un regard à gauche, puis scruta l'abîme de ténèbres au pied des marches. On ne fredonnait plus. Pire que cela : le silence absolu.

Enfin, de l'obscurité monta une petite voix mélodieuse : « *Un bébé dans un berceau, dans un arbre, tout en haut...* »

D.D. s'immobilisa. Par réflexe, elle lança des regards de tous les côtés, cherchant à localiser l'intrus, et la chanson continua, lente et moqueuse : « *Se balance au gré du vent...* »

Elle comprit ce qui se passait. Et sentit son sang se glacer dans ses veines lorsqu'elle arriva au bout de son raisonnement. Pourquoi une mise en scène ? Pour avoir des spectateurs. Peut-être même une spectatrice bien précise. Disons, une enquêtrice accro à son travail et assez idiote pour se retrouver seule à la nuit tombée sur une scène de crime.

Elle saisit son portable.

Un nouveau bruit se fit entendre, juste derrière elle.

Elle se retourna, les yeux écarquillés.

Une silhouette jaillissait de l'ombre, fonçant droit vers elle.

« *Si la branche casse, le berceau tombera...* »

D'instinct, D.D. recula, oubliant qu'elle se trouvait au sommet de l'escalier. Son pied gauche, cherchant un appui, ne rencontra que du vide.

Non ! Elle laissa tomber le téléphone. Leva son Sig Sauer. Essaya, trop tard, de se pencher en avant pour se rétablir.

Mais l'ombre tendit la main vers elle... et D.D. bascula en arrière.

Dans une dégringolade sans fin.

Au dernier moment, elle appuya sur la détente. Réflexe d'autodéfense. *Boum, boum, boum.* Mais elle savait que c'était inutile.

Sa tête heurta une marche en bois. Un craquement. Une douleur fulgurante. La fin de la berceuse, murmurée dans la pénombre :

« *Tomberont bébé, berceau et le reste.* »

1

Ma maladie a été découverte grâce à ma grande sœur quand j'avais trois ans. Notre mère d'accueil la surprit les ciseaux à la main, en face de moi qui tendais docilement mes bras nus ; du sang dégoulinait de mes poignets sur l'épaisse moquette vert olive.

Ma sœur, six ans, dit : « Regarde, ça ne lui fait rien du tout. » Et elle me tailla l'avant-bras d'un coup de lame. Du sang frais monta.

Notre mère d'accueil poussa un grand cri et perdit connaissance.

Alors je la regardai, allongée par terre, sans comprendre.

Après cet épisode, ma sœur s'en alla et on me conduisit à l'hôpital. Là-bas, les médecins passèrent des semaines à pratiquer divers examens qui auraient dû être plus douloureux que les soins acérés prodigués par ma sœur, mais on s'aperçut que c'était justement le problème : en raison d'une mutation extrêmement rare du gène SCN9A, je ne sens pas la douleur. Je suis sensible à la pression (celle des ciseaux sur ma peau), à la texture (le poli des lames fraîchement aiguisées), mais la sensation précise de la peau qui s'ouvre, du sang qui perle...

Je ne sens pas ce que vous sentez. Depuis toujours. Et ça ne changera pas.

Après que Shana m'avait tailladé les bras avec ces grands ciseaux de couture, je ne l'ai pas revue pendant vingt ans. Ma sœur a été trimballée d'établissement en établissement et elle a eu le triste privilège de faire partie des plus jeunes enfants placés sous neuroleptiques dans le Massachusetts. Elle a commis sa première tentative de meurtre à l'âge de onze ans, pour finalement réussir son coup à quatorze. L'atavisme familial.

Mais pendant qu'elle devenait une énième victime du système, je devenais officiellement un modèle de réussite.

Avec la maladie qu'on m'avait diagnostiquée, les médecins n'étaient pas convaincus qu'une famille d'accueil saurait m'apporter les soins nécessaires. De fait, on avait vu des bébés atteints de la même mutation génétique se mordre la langue au point d'en sectionner un bout pendant qu'ils faisaient leurs dents. Il y avait aussi ces bambins qui s'étaient brûlés au troisième degré parce qu'ils avaient posé les mains sur des plaques de cuisson chauffées au rouge et qu'ils ne les avaient pas retirées ; sans parler de ceux qui à sept, huit, neuf ans galopaient des jours entiers sur une cheville cassée ou tournaient de l'œil parce que leur appendice venait de se rompre alors qu'ils n'avaient même pas senti qu'il était enflammé.

La douleur est très utile. C'est un signal d'alarme qui vous apprend à reconnaître le danger et à prendre conscience des conséquences de vos actes. Sans elle, sauter du toit peut paraître une excellente idée. De même que plonger la main dans un bac d'huile bouillante pour attraper la première frite. Ou s'arracher les ongles avec des tenailles. La plupart des enfants qui présentent une insensibilité congénitale à la douleur expliquent agir sur des coups de tête. Pour eux, la question n'est pas : pourquoi ? mais : pourquoi pas ?

D'autres cependant vous répondent avec des accents de regret qu'ils voulaient voir si ça ferait mal. Parce que sentir ce que tant de gens sentent peut devenir le Graal de toute une vie. Une puissante motivation. Une constante obsession. Le plaisir de connaître enfin la douleur.

Les enfants qui souffrent de troubles de perception de la douleur ont un taux de mortalité élevé ; peu de mes semblables atteignent l'âge adulte et la plupart exigent une surveillance de chaque instant. Dans mon cas, un des généticiens de l'équipe, un homme relativement âgé qui n'avait ni femme ni enfants, a fait jouer ses relations pour me recueillir chez lui. Je suis ainsi devenue sa fille adoptive chérie en même temps que son sujet d'étude préféré.

Mon père était un homme bien. Il n'engageait que la crème des nounous pour veiller sur moi vingt-quatre heures sur vingt-quatre et consacrait ses week-ends à m'apprendre à vivre avec ma maladie.

Par exemple, en l'absence de sensations douloureuses, il faut trouver d'autres méthodes pour repérer ce qui pourrait menacer votre intégrité physique. Petite, j'ai appris que l'eau bouillante était synonyme de danger. Idem pour les plaques de cuisson rougies par la chaleur. Je tâtais d'abord les objets pour en connaître la texture. Tout ce qui était coupant, je devais m'en tenir éloignée. Pas de ciseaux pour moi. Ni de meubles aux angles vifs. Pas non plus de chaton, de chiot, ni d'autre créature aux griffes acérées. Toujours marcher. Ne pas sauter, ne pas glisser, ne pas gambader, ne pas danser.

Quand je sortais, je portais en permanence un casque et de solides protections. Et quand je rentrais, on me retirait mon armure et on vérifiait que mon corps n'avait pas subi de traumatisme. Comme le jour où mon pied a tourné sur lui-même à cent quatre-vingts degrés quand ma nourrice m'a retiré ma chaussure : je m'étais arraché tous les tendons pendant une promenade au jardin public. Ou cette autre fois où j'étais revenue couverte de piqûres : j'étais tombée sur un nid de frelons et, avec la naïveté d'une enfant de cinq ans, j'avais cru qu'ils dansaient avec moi.

En grandissant, j'ai appris à faire moi-même mon bilan de santé. Prise de température quotidienne, la fièvre pouvant permettre de détecter une infection. Tous les soirs, inspection : nue devant un miroir en pied, j'examine chaque centimètre de peau à la recherche de contusions ou de coupures, puis je passe en revue mes articulations pour vérifier qu'elles ne présentent ni enflure ni signe de lésion. Ensuite, les yeux : un œil rouge est un œil qui ne va pas bien. Examen des oreilles : la présence de sang dans le conduit auditif pourrait être l'indice d'un tympan percé et/ou d'un traumatisme crânien. Enfin, les cavités nasales, l'intérieur de la bouche, les dents, la langue, les gencives.

Mon corps, mon enveloppe terrestre, est un objet utile qu'il convient de surveiller, d'entretenir et de soigner. Je me dois d'en prendre un soin tout particulier puisque, faute de canaux moléculaires qui conduisent les signaux électriques des nerfs sensibles à la douleur jusqu'au cerveau, il ne sait pas se protéger. Ceux qui souffrent du même mal que moi ne peuvent pas se fier à leur toucher. À la place, ils doivent s'en remettre à la vue, l'ouïe, le goût et l'odorat.

Domination de l'esprit sur la matière, ne cessait de répéter mon généticien de père. Une discipline à acquérir.

Quand j'ai atteint l'âge de treize ans sans avoir succombé à un coup de chaleur, une infection ou une banale négligence, mon père a poussé ses recherches un cran plus loin. Car si seuls quelques centaines d'enfants dans le monde étaient porteurs de cette anomalie, nous n'étions plus qu'une quarantaine encore en vie au seuil de l'âge adulte. Or les études de cas avaient mis en lumière d'autres fragilités liées à une existence exempte de tout inconfort physique. Par exemple, de nombreux sujets avaient montré un manque de compassion pour autrui, des retards de développement émotionnel et des difficultés de socialisation.

Mon père adoptif a donc ordonné un bilan psychologique complet. Étais-je capable de percevoir la douleur des autres ? De reconnaître des signes de détresse sur le visage d'un inconnu ? De réagir de façon appropriée devant la souffrance de mes semblables ?

Après tout, si vous ne pleurez jamais quand vous vous blessez avec une feuille de papier, verserez-vous des larmes quand, à seize ans, votre meilleure amie coupera brusquement les ponts avec vous en vous traitant de monstre ? Si vous êtes capable de marcher des kilomètres avec un genou en vrac, votre cœur se serrera-t-il quand, à vingt-trois ans, votre sœur biologique reprendra contact avec vous et que la lettre portera le cachet de l'administration pénitentiaire ?

Et si vous n'avez jamais connu une seule seconde de souffrance physique, pourrez-vous réellement comprendre votre père adoptif lorsque, dans son dernier souffle, il vous dira d'une voix entrecoupée en étreignant votre main : « Voilà. Adeline. C'est ça. *La douleur.* »

Seule dans mon coin à son enterrement, j'avais l'impression de comprendre. Mais en digne fille de mon père, je me rendais aussi compte que je ne pourrais jamais en avoir la certitude. Alors j'ai fait ce qu'il m'avait appris à faire : je me suis inscrite en doctorat dans une université de premier ordre pour étudier, conduire des expériences, mener des recherches.

J'ai fait de la douleur mon métier.

Et une spécialité utile à plus d'un titre.

Lorsque j'arrivai au pénitencier pour femmes, ma sœur m'attendait. Je signai les formulaires, fourrai mon sac à main dans un casier et attendis mon tour pour franchir les contrôles de sécurité. Chris et Bob, deux surveillants qui travaillaient là de longue date, me saluèrent par mon prénom. Bob passa son détecteur au-dessus de mon bracelet médical, comme il le faisait tous les premiers lundis du mois. Ensuite Maria, leur collègue, m'accompagna jusqu'au parloir privé où se trouvait ma sœur, les mains attachées sur les genoux.

Sur un signe de tête de Maria, j'entrai dans la pièce. Celle-ci, grande comme un mouchoir de poche, était meublée de deux chaises en plastique orange et d'une table en Formica. Shana était assise à un bout de la table, dos au mur en parpaings, le regard tourné vers l'unique fenêtre, qui donnait sur le couloir. En position de force.

Je m'adjugeai le siège en face d'elle, exposant ainsi mon dos aux passants. Je pris mon temps, tirai la chaise, adoptai une position étudiée. Une minute s'écoula. Une autre.

Ma sœur fut la première à prendre la parole : « Enlève-moi cette veste. » Sa voix trahissait déjà son agitation. Quelque chose lui avait mis les nerfs en pelote, sans doute bien avant ma visite, mais on ne pouvait pas en déduire que ce ne serait pas moi qui paierais.

« Pourquoi ? » Elle m'avait donné son ordre sur un ton crispé, mais j'avais répondu avec un calme délibéré.

« Tu ne devrais pas t'habiller en noir. Combien de fois faudra-t-il que je te le répète ? Le noir te rend terne. »

Il fallait entendre ça dans la bouche d'une femme en combinaison bleu morne et dont les cheveux pendouillaient en mèches grasses et emmêlées... Ma sœur avait peut-être été jolie autrefois, mais les années à vivre à la dure et sous les néons l'avaient abîmée. Sans parler de la froideur de son regard.

Je retirai mon blazer Ann Taylor parfaitement ajusté et le suspendis au dossier de ma chaise. En dessous, je portais un haut gris à manches longues. Ma sœur regarda mes bras couverts d'un air furieux. Ses yeux marron plantés dans les miens, elle huma l'air plusieurs fois, la mine interrogatrice.

« Aucune odeur de sang, finit-elle par constater.

– Inutile de prendre cet air déçu.

– Facile à dire. Je passe vingt-trois heures par jour à contempler les mêmes murs de béton blanc. Tu pourrais au moins avoir la bonté de venir avec une petite estafilade. »

Ma sœur prétendait pouvoir sentir l'odeur de cette même douleur que je n'éprouvais pas. Rien de scientifique dans cette affirmation, juste l'expression de son complexe de supériorité. Et pourtant, il était arrivé à trois reprises que, dans les heures suivant ma visite, je me découvre des blessures dont elle m'avait avertie.

« Tu devrais porter du fuchsia, continua Shana. C'est toi qui vis à l'extérieur. Alors vis un peu, Adeline. Comme ça, tu auras peut-être des trucs intéressants à me raconter. Marre de ton boulot, de tes patients, de la lutte contre la douleur, bla-bla-bla. Et si tu me parlais plutôt d'un type aux muscles d'acier qui arrache un soutien-gorge fuchsia de ta maigre poitrine. Là, ces petites visites mensuelles pourraient vraiment m'amuser. Mais est-ce que tu peux même baiser ? »

Je ne répondis pas. Elle m'avait déjà posé cette question plusieurs fois.

« J'oubliais : tu peux éprouver les sensations agréables, pas les désagréables. Alors pas de séance SM pour ma sœurette, j'imagine. Faudra repasser, mon pote. »

Shana débitait cela d'une voix sans timbre. Ses attaques n'avaient rien de personnel. C'était dans son tempérament. Et ni la prison, ni les médicaments, ni même l'attention de sa sœur n'avaient pu y remédier. Shana était une prédatrice de naissance, la fille de notre père. L'assassinat d'un petit garçon alors qu'elle n'avait que quatorze ans l'avait envoyée en prison. Le meurtre d'une codétenue et de deux gardiens avait signé son incarcération à vie.

Est-il possible d'aimer une femme comme ma sœur ? D'un point de vue professionnel, elle présentait un fascinant cas de personnalité antisociale. Complètement narcissique, totalement dénuée d'empathie et extrêmement manipulatrice. D'un point de vue personnel, elle était la seule famille qui me restait.

« Il paraît que tu t'es inscrite à un nouvel atelier, lançai-je. La directrice dit que tes premiers tableaux montrent un grand sens du détail. »

Shana haussa les épaules ; elle ne savait pas recevoir les compliments.

Elle huma de nouveau l'air. « Pas de parfum, mais une tenue stricte. Donc tu travailles, aujourd'hui. Tu vas aller directement à ton cabinet. Tu te mettras un coup de pschitt dans la voiture ? J'espère qu'il est assez fort pour couvrir l'odeur d'Eau de Prison.

– Je croyais que tu ne voulais pas parler de mon travail.

– Je sais qu'il n'y a aucun autre sujet de conversation possible.

– La pluie et le beau temps.

– Oh, merde ! Ce n'est pas parce qu'on est lundi que je suis obligée de perdre une heure pour te donner bonne conscience. »

Je ne répondis pas.

« J'en ai ras le bol, Adeline. De toi. De moi. De ces visites, tous les mois, où tu viens me montrer tes goûts vestimentaires déplorables et où je n'ai pas d'autre choix que de rester là à supporter ce spectacle. Tu as sûrement assez de patients pour me ficher la paix. Alors casse-toi. Fous-moi le camp. Je ne plaisante pas ! »

On frappa des coups à la porte : Maria, qui voyait tout par la vitre incassable, prenait de nos nouvelles. Je n'y prêtai pas attention et gardai les yeux rivés sur ma sœur.

Son accès de colère ne me faisait ni chaud ni froid ; j'avais l'habitude de ces éclats. La rage, arme défensive autant qu'offensive, était l'émotion préférée de ma sœur. D'ailleurs, elle avait de bonnes raisons de me haïr. Et pas seulement à cause de ma maladie génétique rare, ni parce que je m'étais déniché un riche bienfaiteur pour me recueillir. Mais parce que après ma naissance, ma mère avait décidé de me cacher dans le placard et qu'il n'y avait pas eu la place pour deux.

Shana m'invectivait, le regard empreint d'une colère sourde et d'une insondable déprime, et moi je me demandais ce qui avait bien pu se passer ce matin pour mettre ma sœur, pourtant si endurcie, de cette humeur de chien.

« Qu'est-ce que ça peut te faire ? lui demandai-je.

– Quoi ?

– Le fuchsia. Qu'est-ce que ça peut te faire ? Mes vête-ments, la couleur que je porte, si oui ou non ça me rend séduisante ? En quoi ça t'intéresse ? »

Shana me regarda, le front ridé par la perplexité. « T'es vraiment neuneu, ou quoi ? finit-elle par répondre.

– Ah, enfin tu me parles comme une grande sœur ! »

Ce trait d'humour fit mouche. Shana leva les yeux au ciel, mais ne put s'empêcher de sourire. La tension retomba, nous respirions toutes les deux plus librement.

D'après la directrice de la prison, et même si elle essayait de donner le change, Shana se faisait une vraie joie de mes visites mensuelles. Au point que lors d'épisodes de rébellion caractérisée, la menace d'être privée de parloir était souvent la seule sanction suffisamment sévère pour la ramener à la raison. Nous continuions donc notre petit duo, qui durait maintenant depuis une dizaine d'années.

Peut-être ce qui se rapprochait le plus d'une vraie relation avec une psychopathe congénitale.

« Tu dors bien ? lui demandai-je.

– Comme un bébé.

– Tu lis des trucs intéressants ?

– Bien sûr. Les œuvres complètes de Shakespeare. On ne sait jamais quand on pourrait avoir besoin d'un petit pentamètre iambique.

– *Tu quoque mi fili ?* »

De nouveau, un vague sourire. Shana se détendit encore sur sa chaise. Et cela continua ainsi, trente minutes d'une conversation à la fois lourde de sous-entendus et sans consistance, comme tous les premiers lundis du mois. Jusqu'au moment où Maria toqua à la vitre pour signaler la fin du temps imparti. Je me levai. Ma sœur, qui n'allait nulle part, préféra rester assise.

« Du fuchsia, me recommanda-t-elle une dernière fois pendant que je reprenais ma veste noire.

– Tu devrais peut-être suivre ton propre conseil et mettre un peu de couleur dans tes œuvres.

– Pour donner encore plus de matière aux psys ? répondit-elle avec un sourire en coin. Je ne crois pas, non.

– Tu rêves en noir et blanc ?

– Et toi ?

– Je ne suis pas sûre de rêver.

– Peut-être que ça fait partie des avantages de ta maladie. Moi, je rêve un maximum. Généralement en rouge sang. La seule chose qui varie, c'est la personne qui a le couteau : tantôt moi, tantôt notre cher papa. »

Elle me regarda soudain avec des yeux cruels, des yeux de requin, mais j'avais trop de bon sens pour mordre à l'hameçon.

« Tu devrais tenir un journal de tes rêves, lui suggérai-je.

– Et mes tableaux, c'est quoi, à ton avis ?

– Une inquiétante explosion de violence viscérale. »

Elle rit et, sur cette note, je me dirigeai vers la porte et la laissai derrière moi.

« Elle va bien ? » demandai-je une minute plus tard à Maria en lui emboîtant le pas dans le couloir. Le lundi n'était pas jour de parloir pour les détenues ordinaires et les couloirs étaient donc relativement calmes.

« Pas sûr. Ce sera bientôt le trentième anniversaire, vous savez. »

Je la regardai sans comprendre.

« La première victime de Shana, expliqua Maria. Le petit voisin de douze ans, Donnie Johnson. La semaine prochaine, ça fera trente ans que Shana l'a tué. Un journaliste a appelé pour demander une interview. »

Je tiquai. Curieusement, je n'avais pas fait le rapprochement. En tant que thérapeute et femme qui passait sa vie à pratiquer l'autosurveillance, il allait falloir que je m'interroge : quelle douleur avais-je ainsi voulu m'épargner ? Question paradoxale, dans mon cas.

« Mais elle refuse de répondre à la moindre interview, continua Maria. Tant mieux, si vous voulez mon avis. Le gosse ne peut plus parler, aujourd'hui. Pourquoi est-ce que son assassin devrait le faire ?

– Vous me tenez au courant ?

– Pas de problème. »

Je récupérai mon sac à main à l'accueil, signai le registre, puis me dirigeai vers ma voiture, garée sur l'immense parking, à plusieurs centaines de mètres du gigantesque bâtiment de brique et de barbelé où ma sœur résidait à demeure.

Sur le siège passager m'attendait le cardigan d'une chaude couleur rose pourpre que je portais à mon arrivée. Mais avant de quitter ma voiture, j'avais changé de haut, retiré mes bijoux pour me conformer au règlement du parloir et opté pour une tenue neutre plus en accord avec l'environnement.

J'avais donc mis de côté ce pull acheté deux semaines plus tôt et qui se trouvait être, je le jure, le seul vêtement fuchsia de ma garde-robe.

Je me retournai vers le pénitencier. Bien sûr, il était percé d'une multitude de fenêtres. Il y avait même une meurtrière dans la cellule d'isolement de ma sœur. Mais de là à me voir me contorsionner au volant, derrière les vitres teintées de mon Acura...

Jamais je ne saurais tout expliquer dans la vie de ma sœur. Cela dit, elle devait souvent se faire la même réflexion à mon sujet.

Je passai la première et repartis vers Boston, où m'attendait un après-midi chargé qui verrait se succéder des patients désireux d'être soulagés de leurs différents maux, et notamment une nouvelle patiente, une policière récemment blessée en service.

J'adorais mon travail. J'aimais les défis et, comme il convenait pour une femme atteinte de ma pathologie, j'accueillais chaque patient avec un « Je vous en prie, parlez-moi de votre douleur ».

2

Au fond de son cœur, D.D. savait qu'elle avait de la chance. Mais sa tête n'était pas encore prête à l'admettre.

Elle se réveilla tard. À plus de dix heures, ce qui la laissa déboussolée. Si un jour quelqu'un lui avait dit qu'elle serait capable de dormir jusqu'à une heure pareille un lundi, elle l'aurait traité de sale menteur. Les matinées sont faites pour se lever et quitter la maison. Siffler des cafés serrés, faire le point avec son équipe et éventuellement enquêter sur un nouvel homicide.

Elle aimait les cafés serrés, ses collègues et les homicides intéressants. Elle n'aimait pas enchaîner les nuits sans repos, à dormir d'un mauvais sommeil émaillé de rêves inquiétants. Des rêves où chantonnaient des ombres à qui poussaient parfois des bras et des jambes, des ombres qui la pourchassaient.

Et ensuite elle tombait. À chaque fois. Sans exception. Dans ses cauchemars, la grande D.D. Warren faisait un plongeon fatal. Parce qu'au fond de son cœur, elle savait qu'elle avait de la chance, mais que sa tête n'était pas encore prête à l'admettre.

Le Baby Phone se trouvait toujours sur la table de chevet. Allumé, mais silencieux. Alex avait sans doute déposé Jack à la crèche. Ensuite, il avait eu le loisir de partir faire son travail à l'école de police, pendant que D.D...

Pendant que D.D. consacrait sa journée à se lever.

Elle changea de position avec précaution. Tout mouvement du bras et de l'épaule gauches provoquait encore de violents élancements, si bien que ces dernières semaines elle s'était perfectionnée dans l'art de se tourner sur le côté droit. De là, elle pouvait balancer les pieds jusqu'au plancher, ce qui l'aidait à redresser le buste tant bien que mal. Ayant réussi l'exploit de s'asseoir, elle passait les minutes d'après à reprendre son souffle.

Parce que la suite des opérations faisait mal, mais alors un mal de chien, et qu'au bout de six semaines, la malheureuse supportait de moins en moins bien la douleur, au lieu de s'y résigner.

Muscles froissés. Inflammation des tendons. Élongation des nerfs. Et le pompon : une fracture par arrachement, la déchirure d'un fragment de son humérus gauche. En l'espace de quelques secondes, son corps avait subi tant de traumatismes qu'à quarante-quatre ans, elle se déplaçait comme l'Homme de fer-blanc, incapable de tourner la tête, lever le bras gauche ou pivoter le torse. Pas d'opération possible, lui avait-on dit. Les seuls remèdes étaient le temps, le courage et la kinésithérapie. Et elle s'astreignait donc à sa rééducation. Deux rendez-vous hebdomadaires, suivis d'exercices quotidiens qui la faisaient hurler de douleur.

Oublier l'idée d'être un jour de nouveau capable de tirer au pistolet. Pour l'instant, elle ne pouvait même pas prendre son fils dans ses bras.

Respirer profondément. Compter jusqu'à trois. Se lever. C'était un mouvement brutal, presque impossible à réaliser complètement d'aplomb, de sorte qu'elle compensait d'instinct par un haussement d'épaules par-ci, une rotation du cou par-là. Elle serra les dents, ferma le poing et proféra les mots les plus orduriers qui lui vinrent à l'esprit, c'est-à-dire, après vingt ans passés dans la police de Boston, des jurons à faire rougir un camionneur atteint de colique néphrétique. Et même dans ces conditions, elle faillit vomir de douleur.

Mais elle était debout. Trempée de sueur. En équilibre légèrement instable. Mais bel et bien à la verticale.

Alors elle se demanda pour la énième fois ce qu'elle pouvait bien fabriquer sur cette scène de crime à une heure aussi tardive. Car elle n'avait toujours aucun souvenir de cette soirée. Elle avait été blessée comme jamais dans sa vie, avait mis sa carrière en danger et sa famille dans une situation critique, mais elle n'avait toujours pas la moindre idée de ce qui avait bien pu se passer.

Un jour, six semaines plus tôt, elle s'était rendue à son travail. Et depuis lors, sa vie était un point d'interrogation.

Encore une demi-heure, le temps de se brosser les dents, de se coiffer. Se doucher exigeait l'aide d'Alex. Il faisait ça de bonne grâce. Il était prêt à tout, disait-il, du moment qu'elle était nue. Mais il la couvait de son regard bleu profond, vigilant, comme si d'un seul coup elle était en verre et qu'il fallait constamment la manipuler avec délicatesse.

Le jour de son retour à la maison, elle l'avait surpris à regarder les ecchymoses noirâtres qui lui zébraient le dos, et il avait l'air...

Accablé. Horrifié. Consterné.

Elle n'avait pas dit un mot. Au bout de quelques instants, il avait recommencé à rincer le shampooing de ses courtes boucles blondes. Cette nuit-là, il avait tendu la main vers elle, avec beaucoup de précaution, mais, par réflexe, elle avait eu un sursaut de douleur et il avait précipitamment retiré sa main, comme si elle l'avait frappé. La situation n'avait pas évolué depuis.

Il l'aidait à accomplir les gestes de la vie quotidienne. Et en contrepartie, elle avait l'impression de devenir lentement mais sûrement l'ombre d'elle-même, un deuxième enfant à la charge de son mari qui faisait montre d'une patience d'ange.

Au fond de son cœur, elle savait qu'elle avait de la chance. Mais sa tête n'était pas encore prête à l'admettre.

Séance d'habillage. Comme son bras gauche n'était pas assez mobile pour qu'elle puisse enfiler un chemisier, elle chipa une grande chemise à carreaux d'Alex et passa son bras droit dans la manche tout en laissant le gauche collé à sa cage thoracique. Elle n'arriva pas à fermer tous les boutons-pression, mais c'était bien assez pour prendre son petit déjeuner.

Marcher, ça allait encore. Une fois en position verticale, et du moment qu'elle gardait le dos droit et le buste d'aplomb, son cou et son épaule ne lui faisaient pas trop mal. Elle descendit les escaliers avec précaution, sans lâcher la rampe un seul instant. La dernière fois qu'elle avait eu maille à partir avec des escaliers, ils l'avaient battue à plate couture et elle ne pouvait pas se résoudre à leur faire de nouveau confiance.

Un bébé dans un berceau, dans un arbre, tout en haut...

Génial. Toujours cette vieille berceuse sinistre qui tournait en boucle dans sa tête.

Arrivée dans le séjour, D.D. entendit des voix dans la cuisine. Deux hommes qui faisaient des messes basses. Peut-être son beau-père, passé prendre un café ? Six mois plus tôt, les parents d'Alex s'étaient installés à Boston pour passer plus de temps avec leur unique petit-fils. Au début, D.D. s'était inquiétée : elle-même était bien contente que ses propres parents habitent à l'autre bout du pays, en Floride. Mais Bob et Édith, les parents d'Alex, s'étaient rapidement montrés aussi faciles à vivre que leur fils. D'autant que le petit Jack les adorait et qu'entre les contraintes professionnelles d'Alex et les siennes, cela ne faisait jamais de mal d'avoir un couple de grands-parents aussi facilement joignables. Bien sûr, elle préférait l'époque où c'était à cause de ses obligations professionnelles qu'ils venaient la dépanner, et non parce qu'elle était impotente au point de ne même plus pouvoir s'habiller. Mais passons.

Les deux hommes essayaient manifestement de ne pas la réveiller. Elle prit cela comme une invitation à entrer.

« Salut. »

Alex, assis à la table ronde de la cuisine, leva aussitôt les yeux. Puis son interlocuteur, qui n'était pas le père d'Alex mais Phil, le coéquipier de D.D., en fit autant, avec moins d'empressement. Alex présentait déjà un visage apprêté et serein. Debout depuis des heures, il s'était douché, rasé, occupé de leur fils. À présent, il était en tenue de travail : chemise bleu marine de l'école de police, rentrée dans un élégant pantalon kaki. La chemise faisait ressortir ses yeux sombres, ses cheveux poivre et sel. Il était beau, se dit-elle comme bien souvent. Séduisant, intelligent, dévoué à leur fils, attentionné avec elle.

En face de lui se trouvait le plus ancien équipier de D.D. : Phil, le crâne dégarni, marié jusqu'à ce que la mort les sépare avec Betsy, son amour de lycée, et père de quatre enfants – il lui avait un jour expliqué qu'il avait rejoint la brigade criminelle pour échapper aux horreurs de la vie de famille.

Sa présence excita la méfiance de D.D.

« Kawa ? » proposa-t-il sur un ton jovial. Mais il évita son regard et, repoussant sa chaise, se dirigea droit sur la cafetière.

« Vous n'êtes pas partenaires de golf », dit D.D. Alex esquissa un petit sourire.

« Quoi ? » Phil, très concentré, versait du café avec application dans une énorme tasse.

« Aucun de vous deux ne joue à des jeux d'argent. Et vous n'avez pas non plus de copain en commun dont il faudrait organiser l'enterrement de vie de garçon. En fait, le seul lien entre vous, c'est moi. »

Phil termina de servir le café. Il reposa soigneusement la cafetière, prit lentement la tasse fumante, se retourna posément vers D.D.

Celle-ci tira une chaise, se laissa tomber dessus et grimaça. D'un seul coup, elle n'était plus certaine d'avoir envie de savoir.

Alex ne souriait plus. Il se pencha vers elle pour lui caresser doucement le dos de la main.

« Tu as réussi à dormir ?

– Comme une marmotte. Je n'ai jamais été aussi reposée. Si seulement je pouvais retomber dans les escaliers pour pouvoir traîner encore plus au lit ! »

D.D. focalisa son attention sur Phil. Il était le maillon faible : elle ne savait pas ce qui se tramait, mais il serait le premier à craquer.

« FDIT ? » Elle avait émis cette supposition d'une voix suave. Phil se tenait toujours devant elle, la tasse entre les mains.

En jargon policier, FDIT signifiait Firearms Discharge Investigation Team. À chaque fois qu'un officier faisait usage de son arme, par exemple contre une cible non identifiée sur une scène de crime plongée dans l'obscurité, il revenait à ce service d'enquêter pour déterminer si le policier avait agi de manière légitime ou s'il avait commis une bavure. Lorsque D.D. avait repris connaissance à l'hôpital, la brigade de la FDIT avait déjà confisqué son arme, et son avenir au sein de la police était désormais suspendu au rapport qu'elle rendrait à la commission de déontologie.

Ses collègues s'étaient voulus rassurants. Les coups étaient certainement partis pendant sa dégringolade dans les escaliers. Sauf qu'un Şig Sauer ne sort pas tout seul de son étui fermé. Et que l'index d'une policière ne vient pas par hasard se poser sur la détente pendant qu'elle tombe en arrière dans le vide avant de tirer à trois reprises.

Non, D.D. avait volontairement fait feu avec son arme de service. Elle avait tiré sur quelque chose, sur quelqu'un.

Même elle n'était pas dupe.

Mais sur quoi, sur qui, avec ou sans motif valable ? Ses collègues n'avaient retrouvé personne d'autre sur les lieux. Seulement D.D. inanimée dans l'entrée de Christine Ryan et trois impacts de balle dans le mur. Un des projectiles avait traversé la cloison jusqu'au logement mitoyen. Dieu merci, il n'avait touché personne, mais le voisin n'avait pas apprécié l'épisode, et puis d'abord au nom de quoi est-ce qu'un policier tirait des coups de feu dans la maison d'à côté... ?

Inévitablement, les rapports adressés à la commission de déontologie ne tenaient pas seulement compte du comportement de l'officier mis en cause, mais aussi de ses répercussions sur l'image du service tout entier.

D.D. était sur la sellette et elle le savait. La seule raison pour laquelle la crise n'avait pas encore éclaté, c'était que la gravité de ses blessures lui avait valu une mise en arrêt maladie immédiate. Il n'y avait pas d'urgence à ce que l'administration statue sur son éventuelle reprise du travail. Son médecin l'avait déjà prévenue que ce ne serait pas pour demain.

« Pas de nouvelles, répondit Phil.

– Oh.

– Ce qui est sans doute bon signe, continua-t-il avec autorité. S'il y avait des preuves flagrantes de faute professionnelle, l'administration n'hésiterait pas à sévir. Pas de nouvelles, bonnes nouvelles, tu vois. »

D.D. toisa son coéquipier de longue date en regrettant que son expression ne soit pas aussi rassurante que son discours.

« Ton épaule ?

– Tu me reposeras la question dans trois mois.

– C'est si long que ça ?

– C'est surtout que je suis si vieille que ça. Mais je fais ma kiné. Et je m'exerce à la patience. »

Phil lui lança un regard dubitatif ; depuis le temps qu'il travaillait avec elle, il savait que la patience n'était pas la qualité première de D.D.

« Je ne te le fais pas dire, confirma-t-elle.

– Tu as mal ?

– Seulement les trois quarts du temps.

– On ne t'a rien donné ?

– Oh, si, on m'a donné toutes sortes de médicaments. Mais tu me connais, Phil : pourquoi calmer ma douleur, alors que je peux passer mes nerfs sur les autres ? »

Phil hocha la tête. Alex lui caressa le dos de la main.

« Je vais voir un nouveau médecin aujourd'hui, continua-t-elle en haussant maladroitement l'épaule droite. Une spécialiste des thérapies cognitives pour le traitement de la douleur. La victoire de l'esprit sur la matière, ce genre de conneries. On ne sait jamais, je pourrais en ressortir moins bête.

– Tant mieux. » Phil posa enfin la tasse de café sur la table, en prenant soin de la mettre à un endroit où D.D. pourrait l'atteindre de sa main valide. Sa mission accomplie, il sembla désemparé.

« Si tu n'es pas venu parler du rapport de la FDIT, demanda doucement D.D., qu'est-ce que tu fais là ? »

Alors, comme Phil gardait les yeux baissés et qu'Alex lui caressait une nouvelle fois la main, elle ferma les yeux et accepta la confirmation de ce qu'elle soupçonnait depuis le début.

« Il y a eu un nouveau meurtre.

– Oui.

– Même scénario : victime écorchée, rose sur le ventre, bouteille de champagne sur la table de nuit.

– Oui.

– Tu as besoin que je me souvienne. » Et tout de suite après : « Tu n'es pas là en tant que collègue, c'est ça, Phil ? Il ne s'agit pas d'une conversation entre policiers. Tu as besoin de savoir ce que j'ai vu ce soir-là ; tu m'interroges comme témoin. »

Pas de réponse. Alex caressait toujours du pouce la naissance de ses doigts.

Elle contempla sa tasse de café.

« Ce n'est pas grave, murmura-t-elle. Je comprends très bien. Et bien sûr que je vais vous aider. Je ferais n'importe quoi pour ça. »

En sa qualité d'ancienne enquêtrice, se dit-elle. Tout en essayant de se rappeler qu'elle savait au fond de son cœur qu'elle avait de la chance, même si sa tête n'était pas encore prête à l'admettre.

3

Lundi, treize heures, je rencontrai ma nouvelle patiente et compris aussitôt que le commandant D.D. Warren était une sceptique dans l'âme.

Rien qui me surprenne outre mesure. J'étais spécialisée dans le traitement de la douleur depuis assez longtemps pour avoir suivi quantité de professionnels des situations d'urgence : officiers de police, ambulanciers, pompiers. Des gens attirés par des carrières qui exigent le meilleur d'eux-mêmes, sur le plan physique comme mental. Des gens qui ne sont jamais mieux qu'au cœur de la mêlée, à prendre des décisions, à agir, à dominer le cours des événements.

Bref, des gens dont ce n'est pas le fort de rester sur la touche pendant qu'une thérapeute en tailleur à mille dollars leur explique que la première étape pour calmer une douleur, c'est d'entrer en contact avec elle. De lui donner un nom. D'établir une relation.

« Vous voulez rire ? » D.D. Warren s'était assise avec raideur sur une simple chaise en bois plutôt que sur le canapé bas qui lui tendait les bras. Je n'avais pas besoin de consulter son dossier médical pour deviner qu'elle souffrait d'une douleur aiguë au cou et à l'épaule. Cela se lisait dans la rigidité de sa posture, dans sa façon de pivoter d'un bloc pour observer la pièce au lieu de simplement tourner la tête. Sans parler de son bras gauche, qu'elle gardait collé au corps comme pour prévenir un nouveau choc.

Quelque chose me disait que cette enquêtrice à la chevelure blonde avait rarement été décrite comme une femme au visage doux. Mais là, avec ses cernes foncés, sa bouche sévère et ses joues creuses, elle avait l'air dure et faisait bien plus que son âge.

« Je fonde ma pratique sur le modèle IFS, ou système familial intérieur », expliquai-je patiemment.

Elle leva un sourcil, sans un mot.

« L'IFS part de l'hypothèse qu'il est possible de décomposer le psychisme en plusieurs parties. La première et la plus importante est le *Self*, qui devrait être le leader de toutes les autres. C'est lorsque votre *Self* est clairement distinct et placé au-dessus des autres composantes du système que vous êtes le mieux à même de comprendre, contrôler et dominer votre douleur.

– Je suis tombée dans les escaliers, rappela D.D. Si mon "*Self*" était censé contrôler ça, c'est un peu tard.

– Posons la question autrement : est-ce que vous souffrez ?

– En ce moment, vous voulez dire ?

– En ce moment.

– Évidemment. D'après les médecins, mes tendons ont arraché un bout de l'os de mon bras gauche. Ça fait mal.

– Sur une échelle de un à dix, un étant une gêne légère et dix la souffrance la plus atroce que vous puissiez imaginer... ? »

L'enquêtrice fit la moue. « Six.

– Donc, un peu au-dessus de la moyenne.

– Forcément. Il faut se laisser de la marge. Ce soir, il y aura la douche, alors on grimpera à sept, ensuite j'essaierai de dormir, et là je dirais que c'est un huit parce que je n'arrête pas de me tourner sur le côté gauche ; et puis il faudra se lever demain matin, ce qui nous donnera facilement un neuf.

– Qu'est-ce qui serait un dix, d'après vous ?

– Je ne sais pas, rétorqua D.D. Je suis encore une nouvelle venue au royaume des estropiés, mais, d'après ce que j'ai vu, les kinés sont là pour vous le faire découvrir. »

Je souris. « Beaucoup de mes patients seraient bien d'accord avec vous.

– Je connais cette échelle. Russ Ilg, mon bourreau personnel, m'en a déjà expliqué le principe. Ne pas voir la douleur comme un point, mais comme un spectre. Où se trouve le curseur en ce moment même, cet après-midi, aujourd'hui, cette semaine ? Comme ça, au lieu de se contenter d'avoir mal, on peut explorer tout l'arc-en-ciel de la douleur. Un truc de ce genre.

– Il vous demande d'évaluer l'intensité de votre douleur pendant les séances ?

– C'est ça. Il lève mon bras gauche. Je pousse un petit cri. Il me demande de respirer par la bouche. Encore un petit cri. Il me demande si je suis déjà à huit. Si je réponds que non, il lève mon bras de quelques centimètres supplémentaires. » D.D. ne me regardait plus. Ses yeux fixaient un point au-dessus de mon épaule droite, sur le mur, tandis que sa jambe droite était agitée d'un tressautement nerveux.

J'avais parcouru ses comptes rendus d'examens. La fracture par arrachement de son épaule gauche était une lésion particulièrement rare et douloureuse, qui appelait un remède encore plus cruel : la kinésithérapie. Beaucoup d'exercices à la limite du soutenable destinés à empêcher l'épaule de s'ankyloser et à prévenir au maximum la formation de tissu cicatriciel.

D'après son dossier, elle faisait deux séances par semaine. Il y avait fort à parier qu'elle les terminait les joues sillonnées de larmes.

Je me demandais quel effet ça devait faire à une femme habituée à tout contrôler.

« Donc vous prenez le temps d'observer et d'évaluer votre douleur ? »

Elle esquissa un mouvement de la tête qui était peut-être un oui.

« Souvent ? insistai-je.

– Eh bien, quand Russ me le demande, vous voyez.

– Donc, pendant les séances de kiné ?

– Voilà.

– Et chez vous ? Imaginons que vous vous réveilliez au milieu de la nuit et que vous ayez mal. Que faites-vous ? »

Elle ne répondit pas tout de suite.

Je pris mon temps, attendis en silence.

« Je m'ordonne de me rendormir.

– Et ça marche ? »

De nouveau ce mouvement, ce oui de la tête qui n'en était pas un.

« Est-ce que ça vous plaît d'être ici ? » lui demandai-je brusquement.

Elle parut décontenancée. « Comment ça ?

– Aujourd'hui. En ce moment. Est-ce que ça vous plaît d'être dans mon cabinet et de me parler ? »

L'enquêtrice cessa de fixer le mur pour me regarder dans les yeux. D'un œil noir. Rien d'étonnant. Certaines personnes intériorisent leur douleur. Et d'autres l'extériorisent, s'en prennent à leur entourage. Pas difficile de deviner à quelle catégorie appartenait D.D. Warren.

« Non, répondit-elle sèchement.

– Alors pourquoi êtes-vous venue ?

– Je veux reprendre le travail. J'aime mon métier. » Elle était moins hostile, davantage sur la défensive.

« Vous êtes enquêtrice dans la police criminelle, c'est ça ?

– Oui.

– Et vous aimez votre travail ?

– Je l'adore.

– Je vois. Donc votre blessure, votre incapacité à travailler, ça doit vous peser.

– Je suis en arrêt maladie. Ça paraît clair, à première vue : tant que vous êtes blessée, vous restez chez vous. Dès que vous êtes rétablie, vous reprenez le travail. Mais comme toute bureaucratie qui se respecte, le service aime faire des complications. Mon épaule va peut-être guérir, mais ma tête ? Est-ce que je suis encore l'enquêtrice sereine et maîtresse d'elle-même que j'ai été ? Je retrouverai peut-être la capacité physique de monter à l'assaut en cas de situation critique, mais est-ce que je le ferai ? Ou bien est-ce que je resterai en arrière par crainte de bousculer mon côté gauche, de me froisser l'épaule ? L'administration ne voudrait pas que ma tête reste à la maison pendant que mon corps retournerait au travail. Ça peut se comprendre, mais en même temps...

– Vous êtes ici pour faire plaisir à vos supérieurs.

– Disons les choses comme ça : le commissaire adjoint de la brigade m'a remis votre carte en main propre et j'ai reçu le message cinq sur cinq.

– Dans ce cas, quel est votre plan ? lui demandai-je en me penchant vers elle, réellement intéressée à présent. Une seule séance avec moi ne suffira pas : personne ne croira que vous avez pris le traitement de votre douleur au sérieux. Six séances, ce serait peut-être un peu excessif. Je tablerais sur trois. Vous venez trois fois et ensuite on voit si on fixe d'autres rendez-vous. »

Pour la première fois, l'enquêtrice sembla impressionnée. « Je me disais justement que trois serait un bon chiffre.

— Parfait. Adjugé. Mais il faudra prendre vos séances au sérieux ; c'est ma condition. Vous n'êtes pas obligée de croire tout ce que je raconte, mais puisque nous sommes appelées à nous voir trois fois, autant que vous écoutiez. Et que vous fassiez vos devoirs à la maison.

— Mes devoirs à la maison ?

— Exactement. Votre première mission sera de donner un nom à votre douleur.

— Quoi ? » J'avais de nouveau toute l'attention de cette chère enquêtrice, sans doute parce qu'elle me prenait pour une illuminée.

« Donnez un nom à votre douleur. Et la prochaine fois que vous vous réveillerez en pleine nuit, au lieu de vous forcer à vous rendormir, je veux que vous vous adressiez à votre douleur en l'appelant par son nom. Parlez-lui. Et ensuite, écoutez ce qu'elle peut avoir à vous dire.

— "File-moi des médocs ?", par exemple », murmura D.D. Je souris. « À ce propos, vous prenez quelque chose ?

— Non.

— Pour quelle raison ? »

De nouveau, ce demi-hochement de tête, ou peut-être un demi-haussement d'épaules. « Dites non à la drogue, tout ça. Ordonnance ou pas, on franchit vite la ligne rouge avec les psychotropes et je préférerais éviter.

— Vous avez peur des médicaments ?

— Pardon ?

— Ça arrive. Certaines personnes ont peur de l'état dans lequel les mettent les médicaments ; elles ont peur de devenir dépendantes. Je ne dis pas que c'est mal. Je pose simplement la question.

– Je n'aime pas ça. C'est tout. Ce n'est pas pour moi.

– Vous vous jugez au-dessus de ça ?

– Vous me caricaturez.

– Et vous, vous éludez ma question.

– C'est vrai que vous êtes insensible à la douleur ? »

Je souris, me carrai dans mon fauteuil et jetai un coup d'œil à l'horloge. « Vingt-deux minutes », constatai-je.

L'enquêtrice n'était pas idiote. Elle regarda l'horloge murale à côté de mon bureau et se renfrogna.

« Vous êtes dans la police. Il va sans dire que vous avez mené votre petite enquête sur moi. Et comme le *Boston Herald* et un grand nombre de revues scientifiques se sont passionnés pour ma maladie, vous avez pu glaner pas mal d'informations. Ne restait plus qu'à attendre le moment où vous auriez besoin de détourner l'attention, d'esquiver. La meilleure défense, c'est l'attaque, n'est-ce pas ? » Je parlais d'une voix égale. « Pour que les choses soient dites : je ne ressens aucune douleur physique. D'où il s'ensuit que je n'ai rien de mieux à faire que de me concentrer sur la vôtre. Et vous n'avez toujours pas répondu à ma question : vous considérez-vous comme une dure à cuire ?

– Oui, lâcha-t-elle.

– Tellement que votre dos, votre épaule n'ont pas le droit de vous ralentir comme ça ?

– Je ne peux même pas me laver les cheveux ! » J'attendis.

« Je ne peux pas prendre mon fils dans mes bras. Il a trois ans. Et hier soir, il est venu me faire un câlin et j'ai reculé parce que je savais que ça ferait mal. L'idée de cette douleur était insupportable ! »

J'attendis.

« Tous les médecins disent que ça va s'arranger. Faites ci, prenez ça, mais en attendant je ne peux pas dormir, pas bouger et je n'ai même pas plaisir à me prélasser au lit parce que je le déteste, ce fichu lit. Ça me fait trop mal de me coucher et de me relever. Je suis vieille, je suis cassée et pratiquement au chômage. Merde ! »

Puis : « Putain de connerie de bordel de merde. Quelle saloperie !

– Melvin, suggérai-je.

– Quoi ? » D.D. releva la tête, une lueur fauve dans les yeux. C'était un regard que j'avais observé bien des fois au cours de ma carrière, celui d'un animal blessé.

« Melvin, répétai-je calmement. Je crois que c'est comme ça que vous devriez appeler votre douleur. Connerie de bordel de merde de Melvin. Et chaque fois qu'il vous dérange, vous l'engueulez. Vous le maudissez. Pourquoi pas ? Vous pourriez réellement vous sentir mieux et découvrir que mettre votre *Self* aux commandes diminue Melvin et renforce votre *Self*. Est-ce que ce ne serait pas ça qui vous manque, en fait ? Vous sentir forte ?

– Melvin ?

– Ce n'est qu'une proposition. L'important, c'est que ce soit un nom qui fasse écho chez vous.

– Vous prenez combien de l'heure, déjà ?

– Eh, je suis docteur en médecine et j'ai toute une kyrielle de titres derrière mon nom.

– Melvin. Je n'en reviens pas. Ma douleur s'appelle Melvin.

– Le modèle IFS divise la psyché en quatre parties. Au centre, il y a votre *Self*, le leader naturel du système. Ensuite, il y a la section qu'on appelle les exilés, celle dans laquelle se trouvent les souffrances et les traumatismes que vous n'êtes pas encore prête à affronter et que vous avez donc mis de côté. Malheureusement, les exilés ont besoin de s'exprimer et ils continueront à se manifester sous forme de colère, de terreur, de tristesse et de honte jusqu'à ce qu'on les entende.

« Quand le groupe des exilés fait des siennes, le groupe suivant, les pompiers, entre en action. Leurs techniques classiques de lutte contre l'incendie sont l'abus de drogue, d'alcool, de nourriture et autres méthodes à court terme pour juguler une douleur qui ne passe pas. Et pour finir, il y a les managers. Qui tentent aussi de dompter les exilés en exerçant un contrôle extrême sur chaque situation. Tout ce qui consiste à être exigeante envers vous-même, à vous juger, à vous critiquer, vient des managers. Pour résumer, votre souffrance ou votre traumatisme en exil provoque une détresse émotionnelle qui incite les pompiers à se livrer à divers actes d'autodestruction et les managers à divers actes de répression. Et le cycle infernal continue, vous passez par différents modes de dysfonctionnement, parce que le *Self* central n'est pas aux commandes.

– Je suis tombée dans les escaliers.

– Oui.

– Je ne vois pas le rapport avec les exilés, les pompiers et les managers. Ou, j'oubliais, avec mon vrai *Self*.

– Votre chute est le traumatisme. Elle a provoqué de la douleur, mais aussi de la peur, un sentiment d'impuissance et d'infirmité. »

L'enquêtrice se voûta légèrement, tressaillit.

« Ces émotions sont vos exilés, expliquai-je avec douceur. Elles réclament à cor et à cri d'être entendues. Les pompiers du système pourraient répondre par un besoin compulsif de boire ou de vous bourrer de médicaments...

– Je ne prends rien !

— Dans ce cas, les managers montent au créneau, continuai-je, et exercent une surveillance étroite sur tout le système en contrôlant et en jugeant votre réaction à la douleur. En fait, en exigeant de vous que vous soyez suffisamment forte pour faire face. »

D.D. semblait un peu éberluée. Elle me regarda pendant une longue minute. Puis elle parut accepter cette idée.

« Les exilés doivent être entendus, murmura-t-elle. C'est pour ça que vous voulez que je parle à ma douleur.

— Melvin. En règle générale, c'est plus facile d'avoir une conversation quand l'interlocuteur a un nom.

— Et que va me dire Melvin ? Hé, j'ai mal. Je suis impuissant. Je déteste les escaliers. Et moi, je vais répondre : OK ; et comme ça, ma douleur s'en ira ?

— Et comme ça, votre douleur vous semblera peut-être plus gérable. Le reste du système pourra se détendre pendant que votre *Self* profond passera au premier plan. Il faut savoir qu'il existe un très grand nombre d'études sur la douleur. Une de leurs conclusions les plus intéressantes est que tout le monde souffre, mais que seuls certains le supportent mal. Ce qui signifie, pour dire les choses familièrement, que tout est dans la tête.

— Je crois, articula lentement l'enquêtrice, que c'est le plus gros ramassis de conneries que j'aie jamais entendu.

— Il va pourtant falloir vous y faire. Fin de la première séance, plus que deux. »

D.D. me gratifia de son haussement d'épaule maladroit, se leva. « Connard de Melvin », dit-elle à mi-voix. Et puis : « Ça me plaît assez de l'insulter.

— Commandant, la rappelai-je alors qu'elle se dirigeait vers la porte. Étant donné que nous n'avons plus que deux rendez-vous, quel serait l'objectif prioritaire à vos yeux ? Qu'est-ce qui vous ferait le plus plaisir en ce moment, pour que nous puissions travailler dans cette direction ?

– Je veux me souvenir, répondit-elle aussitôt.

– Vous souvenir... ?

– De ma chute. » Elle me regarda d'un air interrogatif. « Vous êtes tenue au secret médical, n'est-ce pas ?

– Bien sûr.

– Ma blessure... je suis tombée dans les escaliers sur une scène de crime. J'ai tiré des coups de feu. Le problème, c'est que je ne me souviens ni de ce que je faisais là, ni de la personne sur qui j'ai tiré.

– Intéressant. Commotion cérébrale ?

– C'est possible. D'après les médecins, ça peut entraîner une amnésie.

– Quelle est la dernière chose dont vous vous souveniez ? » Elle garda le silence si longtemps que je crus qu'elle n'avait pas entendu ma question. Puis : « L'odeur du sang, murmura-t-elle. La sensation de la chute. Tomberont bébé, berceau et le reste.

– Commandant ?

– Oui.

– Au milieu de la nuit, quand vous aurez fini de maudire Melvin, je veux que vous lui posiez une question. Je veux que vous lui demandiez pourquoi il refuse de se souvenir.

– Vous êtes sérieuse ?

– Très sérieuse. Et ensuite je veux que vous lui disiez que tout va bien. Que vous êtes en sécurité et que vous pouvez affronter ça, maintenant.

– Affronter le souvenir de ce qui s'est passé ?

– Voilà. Et ensuite, préparez-vous, commandant. Il se peut que Melvin ait une excellente raison de vouloir oublier. »

4

« Ma douleur s'appelle Melvin.

– C'est toujours mieux que Wilson, répondit Alex Wilson, le mari de D.D. Ou Horgan, par exemple. » Le commissaire adjoint de la brigade criminelle, Cal Horgan, était le supérieur de D.D.

« Oh, j'en ai parfois ras la casquette de vous deux, mais Melvin, j'en ai plein le dos. »

D.D. marchait vers son mari, qui l'attendait sur le perron de la modeste maison de ville en brique rouge. C'était la tombée de la nuit. Le soleil se couchait et le fond de l'air était déjà frais en ce début d'hiver. Elle s'était garée à trois rues de là. Comme une habitante du quartier qui rentrerait chez elle après une journée de travail. Ou une policière blessée qui, par le plus grand des hasards, ferait justement sa petite promenade vespérale dans le coin où un assassinat venait d'avoir lieu.

Elle n'aurait pas dû être là. Elle n'en avait pas le droit, à vrai dire.

Et pourtant, en sortant du cabinet de son nouveau médecin, elle savait qu'elle irait précisément sur cette nouvelle scène de crime. Elle s'était installée au volant, avait tendu la main droite avec précaution vers la lanière qu'Alex avait fixée à l'intérieur de la portière conducteur, puis avait tant bien que mal tiré dessus pour la refermer sans trop malmener son bras gauche. Une opération lente, pénible, laborieuse.

Autrement dit, elle avait eu tout le temps de changer d'avis. Elle avait mis le contact. Passé la marche arrière.

Et d'un seul coup, elle avait ressenti une intense impression de déjà-vu. Elle avait déjà vécu cette scène : alors que la raison lui dictait de rentrer chez elle, elle était allée sur les lieux d'un crime.

Normal. C'était un scénario récurrent dans sa vie.

La seule différence, c'était que cette fois-ci son mari attendait devant le domicile de la victime et qu'il n'avait pas l'air surpris de la voir débarquer.

« Ça s'est bien passé, ton rendez-vous ? » demanda-t-il en soulevant le ruban jaune vif pour qu'elle puisse le franchir et gravir le perron couvert.

« Je suis censée parler à ma douleur. À ton avis ?

– Et ta douleur te répond ?

– Il paraît que c'est dans sa nature.

– Intéressant.

– N'importe quoi. »

Elle s'immobilisa à côté de lui. Le regard d'Alex était aussi calme que d'ordinaire, son expression impénétrable. Le souffle court, elle ressentit des palpitations cardiaques. La douleur, se dit-elle. Le processus de guérison, qui lui pompait tellement d'énergie que grimper trois malheureuses marches exigeait un effort phénoménal.

« Ils t'ont demandé de venir ? dit-elle finalement. Pour avoir ton avis d'expert ? » Alex passait l'essentiel de son temps à enseigner l'analyse de scène de crime à l'école de police, mais il exerçait également comme consultant. Et, à l'occasion, il aimait travailler sur le terrain pour s'entretenir. C'était comme ça qu'ils s'étaient rencontrés quelques années plus tôt. Dans une autre maison, guère différente de celle-ci, sauf qu'à l'époque un homme avait selon toute apparence assassiné toute sa famille avant de se tirer une balle.

D.D. se souvenait encore de sa découverte de cette scène ; elle avait suivi les traînées de sang sous la houlette d'Alex, qui retraçait la chronologie des faits telle qu'il la voyait écrite dans chaque flaque, chaque éclaboussure : l'épouse, la moelle épinière brutalement sectionnée par-derrière ; un adolescent athlétique, trucidé d'un seul coup de couteau entre les côtes ; enfin, les deux plus jeunes enfants, qui avaient livré leur dernière bataille dans la chambre du fond. Celui qui n'en était jamais ressorti. Et celui qui, pour son malheur, avait réussi à s'échapper.

« Je savais que tu viendrais, répondit simplement Alex.

– Tu vas me chasser ? Me faire remonter en voiture, là où est ma place ? »

Son mari se contenta de sourire, puis tendit la main vers une mèche blonde rebelle qu'il coinça derrière son oreille. « Autant demander au vent de ne pas souffler. Allez, viens. Il se trouve que la police de Boston voudrait bien un coup de main sur ce dossier. Puisque je suis là, autant faire un tour ensemble.

– Tu vois, c'est pour ça que je n'ai pas appelé ma douleur Wilson », répondit-elle en toute sincérité.

Mais le visage d'Alex s'était assombri. « À ta place, j'attendrais un peu avant de me remercier. »

La première chose qui frappa D.D. lorsqu'elle entra dans le vestibule sombre, ce fut l'odeur. Qui provoqua de nouveau cette sensation de déjà-vu. Elle se revoyait entrer chez Christine Ryan, respirer cette odeur âcre et avoir la certitude, avant même d'avoir vu le cadavre, que ce ne serait pas joli. Et ensuite, ce premier moment d'effroi quand elle avait compris qu'elle avait sous les yeux la dépouille d'une jeune femme écorchée, la peau amoncelée à côté du corps en longues lanières torsadées.

Alex était en train de l'observer. Il ne regardait ni le plancher, ni les murs, ni l'escalier, autant de sources d'information intéressantes pour un criminologue. Non, c'était elle qu'il regardait, et cela, plus que tout le reste, la poussa à se ressaisir.

Elle prit une grande inspiration, par la bouche cette fois-ci, et afficha une expression professionnelle. Alex lui montra une poubelle contre le mur. Elle contenait des surchaussures et des charlottes ; tous les enquêteurs présents sur les lieux devaient s'en équiper, précaution supplémentaire dans les cas où l'on jugeait une scène de crime particulièrement complexe ou les indices spécialement fragiles.

La procédure n'était donc pas la même que pour l'autre victime. La première scène de crime était abominable, mais pour l'essentiel circonscrite au matelas imprégné de sang. Alors que dans ce deuxième cas...

D.D. enfila les surchaussures bleues par-dessus ses chaussures à talons plats. Elles étaient larges et élastiques, pas trop difficiles à manipuler d'une main. La charlotte, en revanche, représentait une gageure. D.D. ne voyait pas comment la mettre tout en plaquant ses boucles indisciplinées. Il fallut qu'Alex l'aide ; frôlant des doigts la naissance de ses cheveux, il rassembla ses frisettes blondes et les rentra dans la charlotte. Elle ne broncha pas pendant qu'il accomplissait cette opération. Le souffle de son mari lui caressait le cou. À l'exception des moments où il l'aidait à prendre sa douche, cela faisait des semaines qu'ils ne s'étaient pas touchés autant.

« Regarde », murmura Alex en désignant le mur de l'escalier.

Elle suivit la direction de son index et repéra immédiatement, juste au-dessus de la première contremarche, une traînée sombre sur la peinture claire. La première trace de sang.

« Et là aussi. » Il montrait une tache au sol, à une quinzaine de centimètres du pied de D.D. Dans le jour qui déclinait, on n'y voyait pas grand-chose, mais cette trace était plus grande, plus marquée.

D.D. se baissa pour l'examiner de plus près et Alex alluma sa lampe de haute intensité. Il éclaira la tache et D.D. ne put retenir une exclamation.

« Une empreinte de patte !

– La victime avait une petite chienne, Lily. Une boule de poils, vu le mur de l'escalier. »

À mieux y regarder, D.D. comprit ce qu'il voulait dire ; à cet endroit, la tache présentait une configuration bien particulière : des dizaines de fines lignes rouges, comme il s'en produit lorsque des poils trempés de sang effleurent le sol ou un mur.

« Pelage raide plutôt que bouclé, murmura D.D., mais, oui, Lily est une petite boule de poils. »

D'où les surchaussures, comprit-elle alors. Parce que la chienne, toute innocente qu'elle était, avait déjà contaminé la scène de crime et que les enquêteurs ne pouvaient pas se permettre de nouvelles sources de distraction.

Alex se dirigea droit sur les escaliers, mais D.D. le retint. Elle voulait encore une minute pour prendre ses repères, se faire une première idée de la maison et de son occupante.

Une entrée modeste, nota-t-elle, une banquette à coussins fleuris avec, au-dessus et en dessous, des chaussures en pagaille. D.D. remarqua des bottes, des sabots et plusieurs paires de chaussures à talons. Des souliers pratiques, dans des tons neutres, marron et noir, avec des talons raisonnables. Exclusivement pour femme, du 41.

De l'entrée, on passait dans un petit séjour où se trouvaient un canapé vert cendré capitonné, un peu élimé, et une ottomane assortie. Un plaid en polaire posé en vrac à un bout du canapé et une couverture pour chien qui protégeait l'ottomane. Des vêtements entassés pêle-mêle sur un siège d'appoint (le linge à plier ?) et, face au canapé, un téléviseur à écran plat de taille moyenne.

Quittant le salon, D.D. entra dans une cuisine dont la décoration datait des années soixante-dix, jusqu'au lino jaune d'or vieillissant et à la gazinière vert olive qui remontait à Mathusalem. Au contraire du séjour et de l'entrée, qui semblaient habités, cette pièce ne contenait pratiquement aucune trace de vie. Une cafetière Keurig, un petit micro-ondes sur le plan de travail. Une assiette, une paire de couverts et un verre dans l'évier. Clairement la cuisine d'une adepte des plats à emporter. D.D. était bien placée pour le savoir parce que avant son mariage, la sienne était presque la jumelle de celle-ci.

Alex et elle regagnèrent l'entrée. « Infirmière, je dirais, raisonna D.D. à voix haute. Elle gagne correctement sa vie, assez pour acheter ce logement, mais pas assez pour mettre les meubles de cuisine au goût du jour ou faire des folies dans une boutique de déco. Elle travaille debout presque toute la journée, d'où les chaussures confortables. Célibataire, ou au tout début d'une relation. Mais dans ce cas, ils vont chez lui parce que ici c'est son territoire et qu'elle n'est pas encore prête à le partager. »

Alex haussa un sourcil. « Pas loin. Regina Barnes. Quarante-deux ans, récemment divorcée, ergothérapeute dans un établissement pour personnes âgées à deux pas d'ici. Je ne sais pas si elle avait un nouveau petit ami, mais on n'a ni témoin ni trace d'effraction.

– Peut-être qu'elle venait de rencontrer quelqu'un. Ou qu'elle entretenait une relation par Internet. Elle lui aura ouvert la porte. »

Alex ne répondit pas. Les techniciens fouilleraient l'ordinateur et les autres appareils électroniques de la victime pour reconstituer ses activités en ligne. Son domaine à lui, c'était les empreintes de pattes et les traces de sang discontinues qui menaient en haut des escaliers.

« Aucune trace d'effraction non plus chez Christine Ryan, rappela D.D. Et ses amis affirment qu'ils auraient été au courant s'il y avait eu un nouveau petit ami, virtuel ou autre. Les voisins n'ont rien entendu ?

– Non. »

Elle toqua à la cloison pour vérifier comment cela sonnait. Dans ces quartiers, les maisons n'étaient pas connues pour la qualité de leur isolation phonique. Une lutte à mort, des cris n'auraient pas dû passer totalement inaperçus.

« Des caméras dans la rue, une alarme dans la maison ?

– Rien.

– Heure du décès ?

– Entre minuit et deux heures.

– Peut-être qu'il surprend ses victimes dans leur sommeil. Ce qui explique qu'il n'y ait aucune trace de résistance.

– Mais comment entre-t-il ?

– Il crochète la serrure ? » D.D. se retourna et examina le mécanisme de la porte d'entrée. Comme il convenait à une femme qui vivait seule en ville, Regina ne plaisantait pas avec la sécurité de sa maison. La serrure était relativement neuve, remarqua D.D. Christine Ryan, la première victime, était tout aussi prudente.

Alex attendit sans mot dire que D.D. en arrive à la même conclusion que lui.

« Possible, murmura-t-elle, mais pas facile.

– Il y a peu de chances.

– Mais si elle lui a ouvert la porte... il n'y a qu'une assiette et un verre dans l'évier. Aucune convivialité. Ce n'est pas comme si elle avait invité un ami intime à prendre un dernier verre. Des indices dans le séjour ou la cuisine ? Empreintes de chaussures, cheveux, fibres ?

– Pas d'empreintes de chaussures. Pour les cheveux et les fibres, c'est en cours. »

Elle hocha la tête et contempla l'empreinte de patte pendant qu'Alex prenait de nouveau la direction des escaliers.

D.D. se dérobait devant l'obstacle. Elle restait les deux pieds coulés dans le béton au lieu de faire enfin ce premier pas et de monter les escaliers vers la grande chambre pour arriver au cœur du problème. Redoutait-elle à ce point la scène qu'elle allait découvrir ? Ou bien était-ce pire encore et redoutait-elle les escaliers ?

Alex donna finalement l'exemple, gravit les premières marches, et D.D. n'eut d'autre choix que de le suivre.

En chemin, Alex éclaira d'autres traces de sang avec son faisceau de haute intensité. Des empreintes de pattes, certaines complètes, d'autres non, laissées par la petite chienne, qui avait monté et descendu les escaliers. Puis, sur le palier, une traînée nettement plus importante, comme si quelqu'un avait voulu éponger une grosse flaque de sang avec une serpillière.

« Il va falloir qu'on procède à quelques essais pour voir si on peut reproduire cette trace, commenta Alex, mais je dirais qu'elle a elle aussi été laissée par la chienne. Elle était agitée, elle est restée un moment à côté du cadavre et puis elle a fait des allées et venues dans le couloir. Là, je crois qu'elle s'est couchée un moment en haut des marches. Peut-être pour attendre les secours. »

D.D. avait de nouveau du mal à respirer. Le fait d'avoir monté les escaliers, se dit-elle. Mais elle se cramponnait comme une malheureuse à la rampe et éprouvait une sensation d'étouffement anormale. Comme si un géant avait plongé son gros poing dans sa poitrine et lui broyait les poumons.

Elle se pencha légèrement en avant. S'aperçut qu'elle haletait.

Des points blancs se mirent à flotter devant ses yeux...

Un bébé dans un berceau, dans un arbre, tout en haut...

« Prends ma main. Du calme. Respire. Inspire par la bouche, un, deux, trois, quatre, cinq. Souffle par le nez. Un... deux... trois... quatre... cinq. Tranquille, ma belle. Tranquille. »

Une minute s'écoula. Peut-être deux, trois, dix. D.D se rendit compte avec embarras que tout son corps était agité d'un tremblement incontrôlable. Et qu'elle transpirait. Elle sentit des gouttes de sueur perler sur son front, rouler sur ses joues. L'espace d'un instant, elle éprouva l'irrésistible envie de redescendre les escaliers en courant et de sortir dans la rue à toute vitesse. Elle allait fuir. Prendre ses jambes à son cou et ne jamais se retourner.

Les doigts d'Alex étaient entrelacés aux siens.

« Rien ne t'oblige à faire ça, dit-il posément. On s'en va dès que tu veux, D.D. Je te reconduis à la maison. »

L'effet fut immédiat. La voix d'Alex était si patiente, si compréhensive, que D.D. ne put que serrer les dents et redresser l'échine. Elle ne voulait pas être cette personne-là. Cette femme faible et tremblante qui avait besoin du soutien de son mari pour monter ces satanés escaliers.

Elle inspira, en comptant jusqu'à cinq. Expira. Releva la tête.

« Je suis désolée, dit-elle bientôt, en regardant tout sauf le visage d'Alex. Il va falloir en mettre un coup sur le cardio-training.

– D.D…

– Tout ce temps à rester allongée. On se ramollit.

– D.D.?

– Peut-être qu'au lieu de donner un nom à ma douleur, je devrais l'obliger à faire des tours de stade. Ça lui ferait les pieds.

– Arrête ça.

– Quoi ?

– De me mentir. Que tu aies besoin de te mentir à toi-même, je veux bien. Mais pas à moi. C'est la première fois que tu viens sur une scène de crime depuis l'accident. Que tu fasses une petite crise de panique…

– Je ne panique pas !

– Avoir une réaction émotionnelle n'est pas anormal. Tu n'es pas en marbre, chérie. » La voix d'Alex se fit douce. « Tu es une vraie personne. Et les vraies personnes ont peur, souffrent et doutent. Ça ne fait pas de toi quelqu'un de faible. Ça veut simplement dire que tu es un être humain.

– Je ne panique pas », ronchonna-t-elle, le regard toujours fuyant. Puis elle demanda, parce qu'il fallait qu'elle sache : « La chienne va bien ?

– Elle est chez les voisins ; d'après ce que j'ai compris, c'était déjà plus ou moins une deuxième maison pour elle.

– Elle était couverte de sang. Forcément, hein ? Pour laisser une trace de cette taille… Il fallait qu'elle ait les pattes, le ventre pleins de sang. À cause du matelas. Elle a dû s'allonger à côté de sa maîtresse et de ces monceaux de lanières de peau…

– On peut rentrer à la maison, D.D., quand tu veux.

– Se balance au gré du vent, murmura-t-elle.

– Qu'est-ce que tu dis ? »

D.D. se contenta de sourire, puis releva la tête et bomba le torse. « Tomberont bébé, berceau et le reste », conclut-elle en prenant le couloir.

La scène avait été laissée plus ou moins en l'état. Le cadavre n'était plus là, bien sûr, mais le matelas imbibé de sang, la bouteille de champagne, les menottes doublées de fourrure, étaient toujours là. Ainsi que le drap ensanglanté, désormais punaisé au mur nu. D.D. avait déjà vu cette technique : on suspendait du linge de lit, des vêtements et même des pans entiers du revêtement de sol sur les lieux du crime pour faciliter l'analyse des traces. Il lui fallut tout de même s'armer de courage lorsque Alex alluma le plafonnier et chassa les ombres de plus en plus denses pour révéler dans toute sa splendeur la scène barbare.

« Je leur ai demandé de laisser autant d'éléments que possible, expliqua Alex. Pour pouvoir les étudier in situ. »

D.D. hocha la tête. Son épaule gauche pulsait douloureusement.

« Même marque de champagne, fit-elle observer en évitant de regarder le drap suspendu.

– Phil pense que le tueur apporte tout le nécessaire avec lui : champagne, menottes, rose.

– Les accessoires de sa pièce.

– Il a une idée bien arrêtée de ce qu'il veut. Pas n'importe quelle bouteille, pas n'importe quelle fleur. Ces objets précis.

– Un rituel. » Ce n'était pas la première fois que D.D. se faisait cette réflexion. Ils avaient sous les yeux le fantasme longuement mûri d'un tueur. D'autres idées encore lui revinrent, comme les ombres d'un rêve. « Le VICAP ? » demanda-t-elle.

Le Violent Criminal Apprehension Program comprenait une base de données alimentée par les descriptifs détaillés des homicides qui se produisaient aux quatre coins du pays. Les enquêteurs avaient la possibilité de la consulter pour faire des rapprochements entre un crime commis dans leur secteur et d'autres faits semblables perpétrés ailleurs.

« Je suis sûr qu'ils sont en train de l'interroger.

– Il compose un tableau romantique, murmura D.D. Fleur, champagne, gadgets sexuel. Mais ce qu'il veut, c'est dominer. Contrôler totalement la situation. »

Alex ne dit rien. Il se retourna et pointa le mince faisceau de sa lampe vers le couloir. Le rayon blanc éclaira des dizaines de traces, pour la plupart celles de pattes sanglantes : la chienne qui avait fait les cent pas. Puis il dirigea la lumière vers le sol de la grande chambre et D.D. fut aussitôt fascinée par le contraste : une piste d'empreintes de pattes conduisait du lit double à la porte, et on voyait également une légère salissure à côté de la table de chevet de droite – une éclaboussure que le tueur avait tenté d'essuyer.

À part ça... rien.

Dans cette chambre qui avait été le théâtre d'un des meurtres les plus atroces que D.D. ait jamais vus, il n'y avait pratiquement pas de traces de sang. Ni au sol. Ni sur les murs.

« Mais... mais... », bredouilla-t-elle. Puis elle reprit avec davantage d'autorité : « Ce n'est pas possible. On ne peut pas charcuter un être humain sans se retrouver couvert de sang des pieds à la tête. Et le tueur n'a pas pu se déplacer dans cette chambre, et encore moins ressortir dans la rue, sans laisser une piste grosse comme une maison. Même en nettoyant derrière soi avec une serpillière imbibée d'eau de Javel, on ne peut pas tout enlever. C'est bien le charme de ton métier : même si on ne voit plus le sang à l'œil nu, il en reste qui n'attend que la lumière de haute intensité ou le produit chimique adéquat pour dénoncer le meurtrier. Ça..., dit-elle en désignant le parquet pratiquement immaculé, j'ai beau le voir, je n'y crois pas.

– Comme je te le disais, la police de Boston n'aurait rien contre un petit coup de main dans cette affaire. » Alex s'avança plus avant dans la pièce et balaya méthodiquement le sol avec son rayon – droite, gauche, droite. « On commence par le drap ? Je crois que c'est là que tout démarre. »

D.D. hocha la tête et, sur un signe, éteignit docilement le plafonnier. Dans l'obscurité quasi complète, il était plus facile de se concentrer sur la lampe d'Alex, qui faisait d'un drap-housse un gigantesque et macabre test de Rorschach.

Les traces de sang, D.D. le savait désormais, varient en fonction de la vélocité du coup et de la porosité du support. Les éléments de literie (couvertures et matelas, par exemple) étaient évidemment très souples et poreux, de sorte que les éclaboussures étaient absorbées dès l'impact au lieu de ricocher ou de former un motif en étoile. De fait, sur le drap blanc n'apparaissait qu'une seule empreinte : celle d'un corps, tout en longueur, pratiquement rectangulaire, avec toutefois deux zones blanches. Alex et elle s'approchèrent pour en examiner les contours.

« Je ne vois pas de brouillard de gouttelettes, dit D.D. à voix basse, comme on en aurait avec une projection à haute vélocité causée par une arme à feu.

– La victime n'a pas été tuée par balle. Les traces de sang sont l'indice d'un impact à basse vélocité. »

Typique des agressions à l'arme blanche, D.D. le savait. Elle était tout de même perplexe. « Mais il n'y a absolument aucune éclaboussure, même pas des dégoulinures qui seraient tombées du manche du couteau ou du fil de la lame. Comment tu expliques ça ?

– Le tueur n'a pas poignardé la victime. On ne connaît pas la cause du décès, mais étant donné l'absence de blessures de défense, de jet artériel ou d'éclaboussures, elle était morte avant que l'assassin ne commence à l'écorcher. Je ne suis qu'un humble analyste de scène de crime, pas un spécialiste du comportement, mais je dirais que l'assassin cherche à dominer plutôt qu'à faire souffrir. Ce que nous voyons là est exclusivement le résultat d'activités post mortem. »

Il aurait dû être réconfortant de penser que la victime était déjà morte avant que la lame froide ne s'insinue sous sa peau… Et pourtant D.D. en était quasiment plus horrifiée. Qu'un sadique sexuel soit animé du besoin irrépressible d'infliger des sévices, elle pouvait presque le comprendre. Mais ça… un tueur qui dépiautait ses victimes pour le plaisir ?

« Et ces zones blanches ? demanda-t-elle en désignant les deux bandes vierges au milieu du grand rectangle de sang.

Alex sortit un feutre, dont il se servit comme d'une baguette de professeur au fur et à mesure de son explication. « Souviens-toi que la mutilation post mortem concerne essentiellement le buste et le haut des cuisses. Si tu regardes le motif sanglant, tu verras des traces un peu floues en haut, et ici des empreintes dont je pense qu'elles ont été laissées par les omoplates de la victime, qui appuyaient sur le drap et limitaient sa capacité d'absorption. Donc, si on s'oriente, ici on a la tête, le torse, les jambes. En conséquence de quoi…

– Les vides se trouvent de part et d'autre des cuisses de la victime.

– Laissés par les tibias du meurtrier, j'imagine. En gros, il était à califourchon et ses jambes appuyaient sur le matelas, ce qui a protégé cette partie du drap.

– Il neutralise sa victime, murmura D.D. en essayant de reconstituer la chronologie des événements. Ensuite, probable qu'il pose son décor. Champagne, menottes, rose. Il aura voulu tout installer avant que ça ne devienne trop... salissant. » Alex se retourna et passa son rayon sur la table de chevet où attendaient la bouteille de champagne et le reste. La lumière ne révéla pas la moindre goutte de sang.

« Ça se tient, confirma-t-il.

– Ensuite... il faut qu'il déshabille sa victime. Qu'il mette sa peau à nu. »

Il braqua la lampe vers le côté gauche du lit, où D.D. découvrit un tas de vêtements foncés.

« Pantalon de jogging noir, tee-shirt des Red Sox trop large, sous-vêtements, énuméra Alex.

– Une bonne tenue de nuit pour une célibataire. Il la met de côté. »

Nouveau hochement de tête.

« Ensuite, dit D.D. en se retournant vers le lit, il grimpe à bord, s'assoit à califourchon sur le corps de la victime et... il l'écorche. Pourquoi ? »

– Cela fait partie du rituel ? proposa Alex. Peut-être que l'assassin est en réalité une sorte de nécrophile et que ces instants passés en compagnie du cadavre sont les plus gratifiants pour lui. Les lanières de peau sont fines et, d'après le rapport du légiste sur la première victime, elles ont été détachées avec méthode et précision. Selon son estimation, le tueur a dû consacrer une bonne heure à l'opération, voire deux ou trois.

– Du sperme ? demanda D.D. Des traces d'agression sexuelle ?

– Pas pour la première victime. Pour la deuxième, on attend les résultats.

– Je ne comprends pas. Il réussit à entrer, neutralise ses victimes... Il les drogue ?

– Les tests toxicologiques sont aussi en cours.

– Et ensuite... le charcutage. Pendant une bonne heure ?

– Et avec une certaine dextérité, ajouta Alex. Le légiste pense qu'on a affaire à un chasseur, ou un boucher, pourquoi pas. En tout cas, vu son maniement souple et régulier du couteau, notre tueur a de l'expérience.

– Quel type de lame ?

– Probablement un petit instrument tranchant comme un rasoir, peut-être même conçu spécialement pour les besoins de l'opération. C'est d'ailleurs l'autre point à prendre en consi-dération. Dans ce genre de crime, le tueur finit souvent par poser son arme. Pour se reposer un instant, tu vois, ajuster sa prise ou même prendre appui pour descendre du lit. Un simple réflexe, un geste accompli sans y réfléchir, mais qui laisse une empreinte de la lame pour les enquêteurs. Sur une scène aussi sanglante où l'assassin a passé beaucoup de temps avec le cadavre, on s'attendrait à trouver ce genre d'indice. Mais en l'occurrence...

– Il n'a rien fait de tout cela.

– Ou alors, il était suffisamment lucide, suffisamment en possession de ses moyens pour poser l'arme sur une autre tache de sang, à un endroit où il pensait que ça ne laisserait aucune trace. »

D.D. lança un coup d'œil à son mari. « Où il *pensait* que ça ne laisserait aucune trace, tu dis... ? »

Alex eut un petit sourire. Il s'était retourné vers le drap sanglant et, le nez dessus, il l'éclairait de sa lampe. « Dans ce genre d'agression, où la victime saigne par des plaies multiples sur une durée prolongée...

– On peut dire ça comme ça.

– ... on retrouve des traces de sang en surimpression. En séchant, le sang s'épaissit et les bords de la tache jaunissent à mesure que l'hémoglobine se sépare des plaquettes. Le sang séché forme alors une surface sur laquelle le sang frais va venir goutter. »

D.D. visualisait presque la scène. « Autrement dit, si l'assassin a posé un couteau couvert de sang frais sur une zone de sang séché, il a pu laisser une empreinte.

– Tu as tout compris.

– Et dans le cas présent... »

Alex, le visage à peine à quelques centimètres de la surface raidie et croûtée de rouge : « Il me semble... distinguer les contours d'un objet. C'est à peine visible, mais c'est là. Je parierais pour un couteau de cuisine, mais honnêtement c'est parfois difficile de faire la différence entre ce qu'on a envie de voir et ce qui est vraiment là. On pourra affiner au labo, augmenter le contraste par des procédés chimiques. Ça vaut sûrement le coup de creuser la piste.

– Certainement », convint-elle.

Alex se remit à scruter le drap d'un air absorbé. D.D. l'imita pour ne pas être en reste, mais les nuances de ce dégradé de rouge lui échappaient. À vrai dire, elle était surtout prise à la gorge par l'odeur fétide du sang. Il y en avait tellement. Sur ce drap. Sur le matelas.

Et malgré cela, songea-t-elle en se retournant, rien dans le reste de la pièce.

Alex suivit son mouvement et balaya une nouvelle fois les murs et le sol avec sa lampe avant qu'ils ne s'intéressent à la dernière phase du meurtre.

« Il a nettoyé, constata D.D.

– Pas de doute là-dessus. »

Il fit danser le faisceau en lents mouvements autour du lit, éclairant les traces de pattes, une autre grande trace de transfert près de la porte de la chambre, semblable à celle du palier : Lily s'était aussi couchée là.

« La chienne n'a pas aboyé ? demanda D.D.

– Personne ne l'a entendue.

– Et pourtant, elle était stressée, fit remarquer D.D. en montrant les empreintes qui témoignaient de ses allées et venues.

– Stressée, mais peut-être surtout désorientée ? Aussi étrange que ça puisse paraître, rappelle-toi que ça n'a pas été une agression violente. En tout cas, rien n'indique que le tueur soit entré par effraction, ni qu'il ait maîtrisé sa victime par la force. Tout s'est passé... de manière feutrée. Même la mutilation post mortem. Il devait être à cheval sur le corps. Pas de cri, pas de résistance, pas de signes extérieurs de la souffrance de la victime. »

D.D. frissonna malgré elle. « Il avait un plan, reprit-elle à haute voix pour se recentrer sur l'enquête. Il l'a mis à exécution. Et ensuite...

– Ensuite, il a fait le ménage derrière lui. C'est là que je bloque, dit Alex, l'air soucieux. Même si ce n'est pas une scène désordonnée – vu qu'il n'y a pas eu de course-poursuite ni de ligotage –, avec la quantité de sang qui s'est écoulée du corps de la victime et qui a imbibé le matelas... Les mains et les avant-bras du meurtrier devaient en être couverts. Sans parler de ses jambes, puisqu'il était assis sur le corps, et ses pieds... Le sol devrait être un cas d'école pour la morphoanalyse des traces de sang. Même s'il n'est pas constellé d'empreintes de chaussures, d'éclaboussures, etc., on devrait au moins voir des traces montrant qu'il s'est essuyé. Alors, pourquoi ce n'est pas le cas ? »

D.D. voyait ce qu'Alex voulait dire. Elle comptait une bonne douzaine de traces de la chienne, qui avait tourné en rond. Point final.

« Il s'est lavé dans la salle de bains ? envisagea D.D. Il a pris une douche ? Je suis sûre que Phil a demandé aux techniciens de faire des prélèvements dans les siphons de la douche et du lavabo pour y chercher des sécrétions corporelles.

– Je n'en doute pas. Mais comment le tueur y serait-il allé ? Par lévitation ? » Alex fit courir son rayon entre le lit et la porte de la salle de bains. Pas l'ombre d'une tache sur le parquet. Il éclaira également la poignée de porte en cuivre. Là non plus, aucune souillure. Enfin, pour être complet, il passa le rayon sur le sol en lino craquelé, la baignoire blanche fatiguée, le lavabo sur colonne, les toilettes. Rien de rien.

« Un détergent spécial ? proposa D.D. Il aurait frotté jusqu'au dernier centimètre carré avec une brosse à dents et de la javel ?

– C'est possible, mais quel est le pourcentage de chances ? » Le scepticisme d'Alex se lisait sur son visage. Comme D.D. l'avait fait observer, il est quasi impossible de supprimer toute trace de sang. Ce qui expliquait que des criminologues puissent bâtir toute leur carrière sur les indices laissés par des assassins, pourtant malins, qui avaient lessivé les murs à la javel mais oublié le loquet de la fenêtre, ou d'autres qui s'étaient décapé l'épiderme au gant de crin mais avaient omis le cadran de leur montre. Les criminels ne peuvent nettoyer que ce qu'ils voient. Alors que, grâce à des équipements comme les lampes à haute intensité ou des produits chimiques tel le luminol, les enquêteurs passent pour ainsi dire chaque scène aux rayons X.

Une nouvelle idée germa dans l'esprit de D.D. : « Et si on considérait ça sous un autre angle ? Nous avons un tueur qui non seulement est entré sans se faire remarquer, mais qui est ressorti de la même façon. Sauf qu'à la sortie, il aurait dû être débraillé et couvert de sang après son petit atelier boucherie. Alors comment a-t-il dissimulé tout cela ? »

Alex haussa les épaules. « La réponse la plus évidente serait qu'il a pris une douche après son forfait, comme tu l'as suggéré. Il nettoie toutes les traces de sang, passe une tenue propre et ressort par la grande porte, ni vu ni connu.

– Sauf que, tu l'as dit, on verrait des traces entre le lit et la salle de bains, et ensuite sur le lino, dans la douche et le lavabo. Je me demande... et s'il avait été nu ? Et si, après avoir maîtrisé sa victime et avant de passer au clou de la soirée, il avait retiré ses vêtements ?

– Prudent. Le sang part plus facilement sur la peau que sur les vêtements.

– J'ai aussi remarqué qu'aucune serviette n'a l'air de manquer à l'appel dans la salle de bains. Il y a un essuie-mains dans l'anneau mural et deux draps de bain sur le porte-serviette. Alors s'il s'est douché ici, avec quoi s'est-il séché ? »

Alex hocha la tête, pensif.

« Tant qu'à apporter ses accessoires pour le meurtre, continua D.D., il a peut-être aussi fourni le matériel de ménage. Il est venu avec quelques serviettes, peut-être même un tapis de bain, pour protéger le sol à côté du lit. Tu vois cette trace, là ? » Elle désignait la seule et unique trace d'essuyage, près de la table de chevet. « Il étale le tapis de bain, retire ses vêtements, monte sur le lit faire ses petites affaires. Ensuite, il redescend sur le tapis, s'essuie avec sa serviette, remet ses vêtements propres, chaussettes, chaussures. Ne reste plus qu'à rouler le tapis, avec la serviette ensanglantée, le couteau, et tout le toutim, bien au chaud à l'intérieur. Il fourre le tout dans son sac de voyage et roule, ma poule. En tout cas, ça expliquerait l'absence de traces de sang dans le reste de la maison, y compris dans la salle de bains.

– Plus que prudent, notre assassin, corrigea Alex : rusé.

– Expérimenté, souligna D.D. Ce n'est pas ce que disait le légiste ? Ce type sait ce qu'il fait. Et il maîtrise ses moindres faits et gestes. Du début à la fin. Ce n'est pas ici qu'on trouvera des réponses comme par magie. »

Alex alluma une lampe de chevet, éteignit sa torche. « Je n'en suis pas si certain. Se déshabiller diminue peut-être le risque de laisser des traces de transfert, mais ça augmente les chances de semer des poils, des fibres, des traces ADN.

– C'est juste.

– Et ça laisse entière la question de savoir comment il a neutralisé ses victimes. Quand le légiste y aura répondu, ça nous fera une piste supplémentaire. »

Quittant la chambre, ils reprirent le couloir vers les escaliers.

« J'en ai marre d'être une éclopée, dit D.D. en fixant les marches depuis le palier.

– Je sais.

– J'en ai marre de me sentir aussi faible et inutile. Je veux me remettre au boulot. Traquer cet assassin.

– Tu as retrouvé la mémoire ?

– Tu veux savoir si je me souviens de ce qui m'a pris de vouloir descendre les escaliers la tête la première ? Ou de tirer trois fois dans le mur ? » Elle secoua la tête.

« Tu as fait progresser l'enquête, ce soir.

– Pas à titre officiel. Officiellement, je suis une enquêtrice qui est retournée toute seule sur une scène de crime et qui a peut-être fait usage de son arme sans motif valable. En l'état actuel des choses, je représente une menace pour le service et nous savons toi et moi que même si mon bras guérissait par miracle du jour au lendemain, on ne me rendrait pas ma plaque comme ça. Je suis une question sans réponse et la police a horreur de ça.

– C'est vrai, tu es une question sans réponse, reconnut Alex en s'approchant d'elle.

– Merci du réconfort. »

Il la regarda d'un air pensif. « Mais tu sais quoi ? Tu es plus que ça.

– Une policière sensationnelle ? Une épouse parfaite ? Une mère aimante ? N'hésite pas à te lâcher sur les compliments. Melvin commence vraiment à me taper sur le système et un peu de pommade lénifiante ne me ferait pas de mal.

– En fait, je pensais davantage à la façon dont les enquêteurs répondent aux questions. Ou plutôt à la façon dont *je* réponds aux questions. »

Elle ouvrit de grands yeux. « Tu es criminologue.

– Précisément. J'analyse les scènes de crime. Or toi, D.D., avec ton épaule, ton bras, tes blessures, tu es une scène de crime. Mieux encore, tu es la seule scène de crime que notre tueur n'a pas maîtrisée. »

5

La douleur, c'est...

Une conversation. Mon père adoptif l'a entamée quand j'avais douze ans, pour m'aider à comprendre les différentes formes et fonctions de la douleur physique et émotionnelle. La douleur, c'est... voir sa gouvernante casser un verre, puis, à l'aide d'une pince à épiler, retirer un éclat de son pouce avec une brève aspiration entre ses dents serrées.

La douleur, c'est... oublier comment s'écrit *vertébrés* pendant un contrôle, alors que je l'avais révisé la veille, ce qui m'a valu une note de quatre-vingt-dix. Mon père a eu beau dire que ce n'était pas si mal, nous savions tous les deux que ce n'était pas excellent.

La douleur, c'est... le jour où mon père n'a pas pu venir à la fête de la Science. Un patient, un article urgent, son travail qui l'accaparait en permanence. Et tandis qu'il m'assurait qu'il m'aimait et qu'il était désolé, je l'observais attentivement en cherchant à comprendre ces sentiments-là aussi. Le regret. Le remords. Le repentir. Des émotions qui sont par essence le corollaire du ressenti douloureux.

La douleur, c'est... ma meilleure amie me racontant par le menu son premier baiser. Regarder son visage rayonnant et entendre le gloussement dans sa voix en me demandant si j'éprouverais un jour la même chose. Mon père avait découvert le cas de deux sœurs atteintes d'insensibilité congénitale qui s'étaient mariées et avaient eu des enfants. En théorie, cette anomalie génétique ne bannissait pas la possibilité de tomber amoureux et d'être aimé en retour. Elle n'interdisait pas à ceux qui en souffraient d'espérer devenir des adultes normaux.

Elle ne les empêchait pas de vouloir fonder une famille.

Mon père adoptif m'a aimée. Pas d'emblée. Ce n'était pas son genre. Lui abordait la vie avec modération et retenue. Conscient du sort cruel qui attendait une enfant placée en famille d'accueil, il a fait les investissements nécessaires pour mon avenir en m'ouvrant sa grande maison et son portefeuille bien garni. Il imaginait sans doute qu'un personnel trié sur le volet pourrait répondre à mes besoins quotidiens pendant que lui continuerait à étudier ma pathologie et à rédiger des comptes rendus scientifiques d'une extraordinaire aridité.

Mais il n'avait pas prévu mes cauchemars, il ne s'attendait pas à ce qu'une petite fille insensible à la douleur soit parfaitement capable d'en rêver nuit après nuit. Au début, il s'est beaucoup interrogé sur ce phénomène et il m'a questionnée sans fin : Qu'est-ce que je voyais ? Qu'est-ce que j'entendais ? Qu'est-ce que j'éprouvais ?

J'étais incapable de répondre quoi que ce soit. Sauf que j'avais peur. De la nuit. Du noir. Des rires enregistrés à la télévision. Des poupées. Des ciseaux. Des bas nylon. Des crayons. Un jour, j'ai vu une pelle appuyée contre l'abri de jardin : j'ai couru m'enfermer dans mon placard en hurlant et j'ai refusé d'en sortir pendant des heures.

Tonnerre, éclairs, pluie battante. Chats noirs. Édredons bleus. Certaines de mes peurs appartenaient au répertoire classique des peurs enfantines. D'autres étaient tout à fait déconcertantes.

Mon père adoptif a consulté une thérapeute pour enfants. Sur son conseil, il m'a demandé de dessiner mes cauchemars. J'en ai été incapable. La seule représentation artistique que je pouvais en donner était une page noire traversée en son milieu par une pâle ligne jaune.

Par la suite, j'ai entendu la psy expliquer à mon père : « C'était sans doute la seule chose qu'elle pouvait voir, enfermée dans le placard. Mais il faut comprendre que même un nourrisson est capable de reconnaître la terreur et de réagir en conséquence. Alors avec ce qui se passait dans cette maison et ce que faisait son père...

– Mais comment peut-elle savoir ? insista mon père. Pas seulement parce qu'elle n'était qu'un bébé, je veux dire. Mais si on ne ressent pas la douleur, comment savoir de quoi avoir peur ? La plupart de nos peurs ne trouvent-elles pas leur origine dans la douleur ? »

La thérapeute n'avait pas de réponse à cette question, et moi non plus.

Quand j'ai eu quatorze ans, j'ai cessé d'attendre que mes cauchemars aient la bonté de me révéler spontanément leur signification et j'ai entrepris de faire des recherches sur ma famille. J'ai découvert les divers exploits de mon père biologique, Harry Day, sous des titres tels que « Beverly : la maison de l'horreur » ou « Un menuisier pris de folie meurtrière ». Au final, non seulement mon père avait assassiné huit prostituées, mais il les avait enterrées sous le plancher de son atelier et de notre salon. La police pensait qu'il avait gardé certaines d'entre elles en vie pendant des jours, peut-être des semaines, pour les torturer.

Pendant une période, dénicher tout ce que je pouvais sur Harry Day était devenu une obsession. Pas seulement parce que mon passé était horrifiant et révoltant, mais aussi parce qu'il m'était totalement... étranger. Je regardais des photos de la maison, un vélo mangé de rouille appuyé contre le porche, et je ne ressentais rien.

Même devant la photo de mon père, je ne parvenais pas à faire remonter le moindre soupçon de réminiscence. Je ne retrouvais pas chez lui mes yeux ou le nez de ma sœur. Cela ne m'évoquait aucun souvenir de grosses mains calleuses ou d'éclats de rire graves. Harry Day, 338 Bloomfield Street. C'était comme observer les décors d'un plateau de cinéma. Tout était réel, mais tout était du chiqué.

Évidemment, je n'avais que onze mois quand la police avait découvert le passe-temps criminel de Harry et pris la maison d'assaut. Elle avait retrouvé Harry mort dans la baignoire, les veines tranchées, et notre mère avait été embarquée à l'asile psychiatrique. Elle y est morte, seule et toujours ligotée pour sa propre sécurité, et ma sœur et moi sommes devenues pupilles de la nation.

Certains jours, au lieu de regarder le visage tout sourire de Harry, j'observais celui de ma mère. Il restait peu de photos d'elle. Elle avait arrêté le lycée avant son diplôme, avais-je appris. Elle avait fui sa famille, qui vivait quelque part dans le Midwest. Arrivée à Boston, elle avait travaillé comme serveuse dans un *diner*, puis elle s'était mise en couple avec Harry et son sort avait été scellé.

Les seules photos que j'ai pu retrouver sont des clichés de police : on la voit à l'arrière-plan pendant que des enquêteurs éventrent son parquet. Livide, émaciée, de longs cheveux bruns mal peignés, déjà l'attitude d'une femme brisée.

Quand je la regardais, je ne retrouvais pas non plus chez elle le nez de ma sœur. Je ne voyais qu'un fantôme, une femme perdue bien avant que de l'aide n'arrive de l'extérieur.

Mes cauchemars ont fini par diminuer. Je me suis moins préoccupée de la famille qui m'avait légué un ADN défectueux et je me suis donné plus de mal pour mériter les éloges de mon père adoptif. Et en retour, celui-ci a commencé à donner congé au personnel le week-end pour m'aider lui-même à faire mes devoirs ; avec le temps, il en est même venu à veiller avec moi pendant mes nuits d'insomnie, m'offrant le tranquille réconfort de sa présence solide et contemplative.

Il m'aimait. Malgré son cœur de chercheur, malgré mon défaut de fabrication, nous sommes devenus une famille.

Ensuite il est mort et mes cauchemars ont fait un retour en force.

Cette première nuit, toute seule après les funérailles. Cette nuit où, après avoir bu trop de porto, j'ai fermé les yeux...

Et où j'ai vu la porte du placard s'ouvrir d'un seul coup. Je me suis rappelé la lumière blafarde que donnait l'ampoule nue dans la petite chambre en désordre. J'ai vu ma sœur, haute comme trois pommes au milieu de la pièce, cramponnée à un ours en peluche tout râpé, et le regard de mon père qui hésitait entre elle et moi.

J'ai entendu ma mère supplier : « Je t'en prie, Harry, pas le bébé », et j'ai été replongée dans l'obscurité.

La douleur, ce n'est pas ce qu'on voit ou ce qu'on ressent. La douleur, c'est ce qu'on peut seulement entendre, seule dans le noir.

Il était un peu plus de vingt-trois heures quand je me suis réveillée pour la première fois. Je n'avais dormi qu'une dizaine de minutes et pourtant mon cœur était affolé, mon visage en sueur. Je fixai le faux plafond de ma chambre. Je pratiquai les exercices de respiration abdominale qu'on m'avait enseignés bien des années auparavant.

Le diffuseur de bruit blanc, dans le coin de ma chambre. J'avais oublié de le mettre en marche. Tout s'expliquait.

Je me levai, appuyai sur le gros interrupteur de l'appareil et fus récompensée par le bercement apaisant des vagues et les cris des mouettes. Retour à la case lit. Je me mis en position, sur le dos, droite comme dans un cercueil, les bras le long du corps. Je fermai les yeux, me concentrai sur l'ambiance sonore d'un rivage exotique aux senteurs iodées.

Huit minutes, si j'en crois l'affichage digital rouge de mon réveil. Puis je me redressai en sursaut, les draps serrés dans mes poings, un cri rentré dans la gorge, fouillant avidement des yeux les ombres de ma chambre. J'avais trois veilleuses. Des LED ovales branchées sur le secteur, qui donnaient des halos de lumière verte tamisée. Je les comptai, cinq fois, le temps que mon cœur ralentisse, que ma respiration s'apaise. Après quoi, je jetai l'éponge et allumai ma lampe de chevet.

J'ai une très belle chambre. Spacieuse. Luxueuse. Tapissée de la plus douce des moquettes. Décorée des plus somptueuses soieries, jusqu'au linge de lit personnalisé et aux rideaux cousus main, le tout dans des tons bleu pastel, jaune crème et vert cendré. Un havre de relaxation, tant pour la vue que pour le toucher. Un rappel de la générosité de mon père adoptif et de ma propre réussite.

Mais ce soir, ça ne marchait pas. Et, à vingt-trois heures trente, je sus ce que j'allais faire.

Parce que j'avais beau être le produit d'une des meilleures formations intellectuelles qui soient, à la fois individu et cas d'école, médecin et patiente, j'appartenais encore à l'espèce humaine. Or les êtres humains sont des machines complexes, capables, même lorsqu'elles savent où est le bien, de faire le mal.

Je pris une douche. Enfilai une jupe crayon noire bien moulante, des bottes en cuir noir qui montaient jusqu'aux genoux et, sans même y penser, le pull fuchsia réclamé par ma sœur. Je me maquillai, laissai mes cheveux dénoués et passai un simple anneau doré à mon annulaire. J'avais découvert depuis longtemps que c'était la clé du succès : paraître aussi mariée qu'eux-mêmes l'étaient. Cela diminuait leur crainte d'éventuelles complications tout en renforçant leur sentiment de culpabilité partagée. Vous ne valiez pas mieux qu'eux, donc vous étiez une proie désirable.

Minuit moins dix. J'attrapai la trousse en plastique que je gardais au fond du dernier tiroir de la salle de bains, bien planquée, et la mis dans mon sac gris. Puis je quittai mon appartement et pris ma voiture pour me rendre à l'aéroport Logan et ma destination favorite : le Hyatt Boston Harbor.

À minuit passé un lundi soir, les clients se font rares dans la plupart des bars, même dans une métropole. Mais les hôtels d'aéroport fonctionnent en vase clos et le temps y est aboli. On s'y lève et on s'y couche sur tant de fuseaux horaires différents que l'heure officielle n'a plus la moindre importance. On trouve toujours des gens en train de prendre un verre au bar d'un hôtel d'aéroport.

Je m'assis à une table près des fenêtres et de la légendaire vue de cet hôtel sur le paysage urbain de Boston. À nos pieds, les eaux sombres du port, au-dessus, le scintillement des lumières de la ville. Je commandai un cosmopolitan, un cocktail fort en alcool et néanmoins féminin comme il se doit. Et je me mis au travail.

Je comptai huit autres consommateurs. Un couple, six individus. Parmi ces derniers, deux messieurs d'un certain âge, le premier clairement européen, noyé dans son single malt, et l'autre asiatique. Je les écartai en raison de mon manque d'attirance pour eux, même s'il n'aurait pas nécessairement été réciproque.

Deux hommes au bout du bar retinrent plus longtemps mon attention. Tous les deux en costume bleu. Cheveux bruns, coupe courte soignée. Originaires du Midwest, devinai-je. Pas encore la cinquantaine. Celui de droite était le plus baraqué, le genre mâle dominant, bien dans ses baskets et à l'aise dans son environnement. Ça sentait le commercial. Le type habitué à vivre entre deux hôtels, extraverti et suffisamment dynamique pour que ça ne l'ennuie pas d'être dans une nouvelle ville chaque jour, assez débrouillard pour s'être créé un mode de vie qui maximisait les avantages des déplacements tout en minimisant les inconvénients.

Je sirotai mon cocktail fruité, tâtai le bord du verre avec mes dents, ma langue. Laissai mes yeux trouver son dos, s'y attarder.

Un quart d'heure plus tard, il se présentait à ma table, les joues rouges, les yeux pétillants. L'alcool ? La promesse du plaisir ? Quelle importance ?

Je vis son regard se poser sur ma main gauche, remarquer l'alliance qui faisait la paire avec la sienne. Deux adultes consentants, mêmes envies à court terme, mêmes contraintes à long terme. Son sourire s'élargit. Il m'offrit un verre. Je répondis en l'invitant à prendre le fauteuil en face de moi.

Il retourna au bar, ostensiblement pour passer nos commandes, mais certainement aussi pour dire à son compagnon de ne pas l'attendre. Celui-ci fit sa sortie avec un large sourire.

Le VRP revint, se présenta sous le nom de Neil, me complimenta sur mon pull (sympa, comme couleur !) et la conversation s'engagea. Des questions pour lui, des questions pour moi. Que des réponses données avec décontraction, pour la plupart sans doute mensongères, mais gentilles et charmantes. Nous étions sur pilote automatique, un troisième cosmo pour moi, un quatrième (cinquième, sixième ?) whisky pour lui. Puis arriva ce moment délicat où je le vis se passer la langue sur les lèvres en réfléchissant au coup suivant.

Je n'aimais pas leur rendre la partie trop facile. Je ne donnais pas dans le petit rire flatteur ou le contact suggestif. J'avais mes exigences : il fallait que l'homme fasse le premier pas, qu'il se donne du mal.

Enfin, en digne commercial, il me fit sa demande : est-ce que j'aurais envie qu'on aille dans un endroit plus tranquille ? Qu'on continue notre conversation en tête à tête ?

En guise de réponse, je pris mon sac à main et me levai. Son sourire s'épanouit lorsqu'il comprit que c'était gagné : cette étrange cliente du bar était bel et bien en train d'accepter. Et, bon sang, elle était aussi séduisante debout qu'assise et, pitié, pitié, pitié, faites qu'elle porte un string noir sous cette jupe moulante...

Je le suivis jusqu'à sa chambre, sans avoir à révéler que moi-même je n'en avais pas, parce que de nos jours il faut une photo d'identité pour prendre une chambre et que je ne voulais pas qu'on puisse retrouver ma trace après une telle soirée.

Une fois à l'intérieur, tout se passa de manière assez classique. Rien de spécial, rien de pervers sur les bords. Ça m'a toujours étonnée. Tous ces hommes qui s'égarent hors des liens du mariage pour se livrer aux mêmes actes sexuels. Catalogue immuable chez eux ? Ou alors peut-être qu'ils n'ont pas autant besoin de variété qu'ils se l'imaginent. Même avec une nouvelle partenaire, ils cherchent instinctivement le scénario avec lequel ils sont le plus à l'aise.

Ma seule et unique exigence : qu'ils laissent la lumière allumée.

L'idée lui plut. C'est en général le cas. Les hommes sont visuels, après tout.

Je le laissai me retirer mes grandes bottes en cuir. Descendre ma jupe moulante pour trouver le string noir. Puis mes doigts défirent la fermeture de son pantalon, les boutons de sa chemise. Vêtements par terre, deux corps sur le lit, préservatif sur la table de chevet. Je sentis son after-shave, sans doute mis juste avant de descendre à la recherche d'une conquête. J'entendis ses compliments prononcés d'une voix grave pendant que ses mains se promenaient sur mon corps dénudé.

Je soupirai, me laissai aller. La pression de ses doigts qui agrippaient mes hanches. La caresse rêche de ses cheveux sur mes tétons. La sensation de pénétration lorsqu'il me donna le premier coup de boutoir. Ces sensations que je pouvais éprouver. Une expérience physique qui m'était accessible.

Et puis cet instant où le temps est suspendu, sa tête rejetée en arrière, ses dents serrées, ses bras qui tremblent...

J'ouvris les yeux. Comme toujours. Il fallait que je sache, ne fût-ce qu'un instant, que la jouissance de cet homme avait un rapport avec moi.

Je caressai sa joue. Enfonçai mes doigts dans son épaisse chevelure brune. Et je lui permis de voir, pendant cette seconde où il n'avait conscience de rien, combien ce fugitif moment de contact comptait pour une femme comme moi.

Une femme qui devait en permanence se contrôler, à qui on avait répété toute sa vie qu'il serait dangereux pour elle de se fier à ses sensations. Une enfant qui essayait encore de déchiffrer le mystère de la douleur et qui avait toujours une peur panique des bruits dans le noir.

Ensuite il s'écroula. Je tendis la main vers l'interrupteur pour éteindre la lumière.

« J'ai un vol très tôt demain matin », dis-je, la seule phrase qui avait besoin d'être prononcée.

Rassuré, il s'endormit ; allongée à ses côtés, je caressai les contours musclés de son bras en me concentrant sur le galbe de son épaule et de son triceps, comme si je cartographiais les reliefs de son corps du bout des doigts.

Je comptai les minutes dans ma tête. Lorsque cinq se furent écoulées et que sa respiration eut pris un timbre plus lent, plus grave, assourdi par le whisky, satisfait par le sexe, je passai à l'action.

Première étape : allumer dans la salle de bains. Attrapant mon sac à main au passage, j'entrai dans la pièce et refermai derrière moi. J'avais la tête vide. D'ailleurs, le geste que je m'apprêtais à faire défiait toute pensée rationnelle, tout raisonnement sensé.

Qu'avais-je essayé d'expliquer à ma nouvelle patiente, D.D. Warren, ce matin ? Que, faute d'équilibre, les différentes composantes de la psyché rivalisent pour imposer leur domination. Ce qui signifie que même le plus puissant des managers ne peut pas faire la loi vingt-quatre heures sur vingt-quatre. Tôt ou tard, les exilés, faibles, traumatisés, sortent de la boîte où on les a enfermés et font des dégâts qui exigent l'intervention des pompiers.

Lesquels se livrent alors à divers actes d'autodestruction. Provoquent des drames pour le plaisir. S'arrangent pour que, même pendant un bref instant, le reste du monde connaisse leurs souffrances.

Sortir la petite trousse en plastique noir de mon sac à main. L'ouvrir sans bruit. Prendre les paquets de compresses imprégnées de lidocaïne. Déchirer un emballage, en extraire le carré de tissu. Le tenir dans ma main droite tout en attrapant le gracieux bistouri en acier avec la gauche.

Entrebâiller la porte de la salle de bains. Accommoder ma vision jusqu'au moment où le rai de lumière blanche tombe sur la silhouette de ma cible endormie comme le mince faisceau d'un projecteur. M'immobiliser, puis, comme il continue à ronfler paisiblement, avancer sur la pointe des pieds, toute nue, jusqu'à son côté du lit.

D'abord, la compresse de lidocaïne. Avec des mouvements légers et réguliers, appliquer l'anesthésique local sur toute la longueur de l'épaule gauche pour endormir la surface de l'épiderme.

Reposer la compresse. Bien compter jusqu'à soixante pour laisser à la lidocaïne le temps d'agir.

Suivre des doigts les contours de son épaule, mémoriser une nouvelle fois le dessin de ses muscles.

Ensuite, prendre le bistouri. Positionner la lame. Une petite piqûre avec la pointe pour vérifier l'absence de réaction.

Puis, comme mon commercial continue à ronfler dans sa bienheureuse inconscience, me dire que c'est là ce qui me différencie du reste de ma famille. Je ne ressemble pas à ma sœur. Ni à mon père.

Je ne suis pas motivée par le besoin de faire souffrir. Seulement… de temps à autre…

Aucune femme saine d'esprit n'aurait fait ce que je m'apprêtais à faire. Et pourtant. Pourtant…

Ma main droite entre en action. Quatre coups vifs. Deux longs, deux courts. Exciser une mince lanière d'épiderme, environ sept centimètres de long sur quelques millimètres de large. Puis, avec la lame du bistouri, la détacher du derme et la déposer, chaude et humide, dans ma paume.

Le sang perle à la surface de la chair anesthésiée. Je ramasse mon soutien-gorge noir et le maintiens contre la plaie jusqu'à ce que le saignement diminue, puis s'arrête.

Vite, maintenant. Retour à la salle de bains. Lanière de peau mise dans une fiole en verre. Celle-ci refermée, puis étiquetée. Compresse usagée, bistouri, tout le matériel rangé dans la trousse en plastique et glissé dans mon sac à main. Mains lavées. Visage et bouche rincés.

Le cœur qui bat à tout rompre, les doigts qui tremblent, tous mes vêtements qui me résistent. Enfin, ma jupe, mon soutien-gorge, mon haut, mes bottes, enfilés. Passer une main dans ma chevelure épaisse et ramasser les cheveux tombés par terre pour les faire partir dans la cuvette des toilettes. Dernier coup d'œil dans le miroir. Voir mon visage et pourtant me faire l'effet d'une étrangère, comme si j'avais déserté mon propre corps. C'est ma sœur qui aurait dû se trouver là. Ou mon père.

Pas celle qui ressemblait physiquement à ma mère. Celle qui était censée être innocente.

Je tendis la main derrière moi pour éteindre la lumière de la salle de bains.

J'étais seule dans le noir. Et je n'avais plus peur parce que le noir était devenu mon allié. J'avais uni mes forces aux siennes. Il m'avait dit ce qu'il voulait que je fasse et je m'en remettais à lui pour me protéger.

Neil le commercial se réveillerait au matin avec un mal de tête carabiné lié à l'abus d'alcool, d'autres parties de son corps un peu plus plaisamment endolories et une douleur sourde à l'arrière de l'épaule.

Aucun doute que lorsqu'il irait prendre sa douche, il essaierait de regarder son dos dans le miroir de la salle de bains. À ce moment-là, il remarquerait une zébrure rouge derrière l'épaule, légèrement froncée sur les bords. Il s'interrogerait, se demanderait s'il s'était cogné. Sauf que la plaie ressemblerait davantage à une large éraflure – peut-être s'était-il accroché à quelque chose, une boucle de ceinture, une lanière coupante ?

Pour finir, il renoncerait à comprendre, entrerait dans la cabine. La plaie piquerait certainement pendant une seconde, et ça s'arrêterait là. Elle cicatriserait, laissant derrière elle une trace blanche à peine visible et dont l'origine resterait à jamais une énigme.

Qui irait en effet imaginer que sa partenaire d'un soir ramassée dans un bar lui a retiré une bande de peau au bistouri pendant son sommeil ? Et qu'elle la conserve encore dans une fiole en verre, spécimen d'une collection bien particulière qu'elle n'aurait pas su expliquer mais qu'un besoin irrépressible la poussait à constituer ?

Mon père adoptif était obsédé par mon incapacité congénitale à ressentir la douleur.

Il aurait peut-être dû se préoccuper davantage de ma propension héréditaire à en infliger aux autres.

Une fois rentrée chez moi, je procédai à un check-up complet pour vérifier que je ne m'étais pas blessée sans m'en apercevoir, puis je tombai comme une masse sur mon lit, pour un sommeil sans le moindre rêve.

Un coup de fil en provenance de la prison me réveilla aux aurores.

La directrice n'y alla pas par quatre chemins : « Adeline, il y a encore eu un accident. Shana a réussi à se procurer un couteau artisanal. Il semblerait qu'elle ait passé une bonne partie de la nuit à se mutiler. Elle est à l'infirmerie, dans un état stable, mais, Adeline... ce n'est pas bon. »

Je hochai la tête ; quand il s'agissait de ma sœur, rien n'était jamais bon. Je raccrochai, sortis du lit et me préparai à retourner à la prison.

6

Alex avait tout organisé. Le kinésithérapeute de D.D. devait les retrouver, de même que Phil et Neil, sur les lieux du premier meurtre et de la dégringolade de D.D. À sept heures du matin, celle-ci était assise dans la cuisine en face du petit Jack à qui elle donnait sa becquée de Cheerios tout en se livrant à leur concours de la grimace la plus ridicule. Comme d'habitude, Jack gagnait, mais D.D. trouvait qu'elle se défendait bien.

À huit heures, Alex conduisit Jack chez sa nounou, une voisine au bout de la rue. D.D. se persuada qu'elle n'avait pas le trac. L'idée d'Alex (partir de ses lésions pour reconstituer l'incident qui l'avait amenée à faire usage de son arme) tenait parfaitement la route. Les experts en collision font cela à longueur de temps : ils examinent l'épave du véhicule A, l'épave du véhicule B, et rendent une analyse d'une stupéfiante précision qui leur permet de déterminer les responsabilités dans l'accident. Si ça marche avec des voitures, pourquoi pas avec un corps humain ?

À huit heures et demie, Alex était de retour et le vrai défi commença : enfiler des vêtements propres, malgré la mobilité réduite de son bras gauche et la douleur atroce qui irradiait encore vers son cou et son épaule.

« Melvin », dit-elle en regardant son bras replié dans le miroir.

Aussitôt, son épaule fut traversée par un éclair de douleur. Élongation des muscles, inflammation des nerfs, lui avait-on expliqué : il faudrait des mois de convalescence.

Que lui avait dit la psy, déjà ? De parler à Melvin. De lui dire qui était aux commandes.

« D'accord, dit-elle en s'adressant à son reflet. Voilà ce qui se passe : j'ai une grosse matinée devant moi. Il va falloir que je bosse et ça consistera en partie à essayer de me souvenir de ce que *toi*, tu m'as fait oublier. »

Son épaule resta… une épaule, réfléchie dans un miroir.

« Oh, putain. Je n'ai jamais vu un truc aussi stupide, aussi débile… Très bien ! » Elle regarda son reflet d'un air encore plus mauvais. « Je vais enlever ces vêtements. Ensuite, je vais me doucher pour me sentir mieux dans ma peau. Et encore après, j'enfilerai une tenue de yoga bien près du corps parce que telles sont mes instructions. »

De fait, son kinésithérapeute lui avait donné pour consigne d'arriver en pantalon de yoga et tee-shirt moulant noirs. À noter qu'il allait apporter des craies ; D.D. n'aurait pas été étonnée de devenir le tableau noir.

« Je ne veux rien savoir, continua-t-elle sans pitié. Ce sera comme ça, un point c'est tout. Alors… prends-toi des vacances, je ne sais pas, Melvin. La vie continue et j'en ai ras le bol de rester cloîtrée dans cette maison, de porter les vêtements de mon mari et de puer comme un animal de ménagerie. Ça fait six semaines que cette plaisanterie dure et… il faut que ça change. Je ne suis pas faite pour traîner toute la journée. Si tu es moi, tu dois bien le savoir, Melvin. Tu dois le comprendre. »

Alex apparut dans le miroir, sur le pas de la porte. « Ça marche ?

– Putain de bordel de merde.

– Je vais considérer ça comme un peut-être.

– Fait chier.

– On y va ? » Il entra dans leur chambre et désigna le haut de D.D., c'est-à-dire une chemise à lui trop large qu'elle avait boutonnée par-dessus son bras gauche.

« C'est parti. »

Il déboutonna la chemise de haut en bas. À une époque, voir cet homme la déshabiller avec application devant un miroir en pied aurait fait trembler ses genoux de désir fébrile. En l'occurrence, elle se sentait engourdie.

Ou plutôt, non, elle se sentait cassée, faible et inutile. Ce qui était pire qu'engourdie. Engourdie, ç'aurait été un cran au-dessus.

Alex écarta la chemise de son épaule avec des gestes doux. Il dégrafa son soutien-gorge et fit glisser la bretelle avec pré-caution sur son bras traumatisé. Un simple frôlement et elle sursauta : ses nerfs irrités protestaient violemment.

Alors qu'il en finissait avec son buste et passait à ses jambes, le regard bleu de son mari, où se lisaient des excuses muettes, croisa le sien dans le miroir. Ce fut plus simple pour le pan-talon. Chaussettes, culotte. Ils touchaient au but.

Alex ouvrit le jet d'eau et offrit son bras à D.D. pour qu'elle entre dans la baignoire. À son tour, il se déshabilla, puis il la rejoignit dans l'espace exigu. Là encore, une activité qui, deux mois auparavant, aurait été éminemment érotique, mais n'était plus désormais que l'illustration poignante de ce qui peut arriver à un couple en moins de trois secondes.

Elle se mouilla les cheveux, mais il lui fallut l'aide d'Alex pour les laver et les rincer. Puis, alors que l'eau coulait toujours, il la soutint pour sortir de la baignoire, l'enveloppa dans un immense drap de bain pour qu'elle ne prenne pas froid et la laissa là, comme une enfant de deux ans qui attendrait l'aide d'un parent, pendant qu'il finissait ses ablutions avant de la rejoindre sur le tapis de bain.

Par galanterie, il la sécha en premier, alors que lui, toujours mouillé, se refroidissait. Elle aurait dû en être reconnaissante. Éprouver de la gratitude envers ce mari attentionné et compatissant. Réaliser combien elle avait de la chance qu'il l'aide.

Mais en réalité elle était amère, en colère et frustrée. Pire, il le savait. Et pourtant il s'occupait d'elle sans rien dire, jusqu'au bout, alors même que les ondes de rage impuissante qu'elle dégageait témoignaient de son ingratitude.

« Tu en ferais autant pour moi », dit-il finalement, ne serait-ce que pour détendre l'atmosphère.

« Certainement pas. Je suis infoutue de m'occuper des autres.

– C'est faux. Je t'ai vue avec Jack, tu sais. Tu peux jouer les dures à cuire devant le reste du monde, D.D., mais pas avec moi, jamais.

– La psy dit que mon véritable *Self* se laisse dominer par une bande de managers tyranniques qui font les quatre cents coups dans mon psychisme.

– Qu'est-ce que tu en penses ?

– Putain de bordel de merde de Melvin », murmura-t-elle, mais d'une voix qui ne lui ressemblait pas. Elle semblait dangereusement au bord des larmes.

« Tu vas récupérer. » Il l'embrassa sur le sommet du crâne.

« Pas de mensonges avec moi. C'est bien ta règle, non ? Je peux me mentir à moi-même, mais pas à toi. Eh bien, ça marche dans les deux sens. J'étais dans ce cabinet avec le médecin quand il a dit qu'il était possible que je ne retrouve jamais pleinement l'usage de mon bras. Et j'ai passé la visite médicale de la brigade criminelle suffisamment de fois pour savoir ce que ça signifie. Si on plante le test, interdiction d'aller sur le terrain. Tu me vois, ne pas aller au boulot ? Qui est-ce qui délire, là ?

– Tu vas récupérer.

– *Ne me mens pas !*

– Je ne te mens pas. Je te connais, D.D. D'une manière ou d'une autre, tu vas démêler tout ça. Et tu vas t'en sortir. Tu sais comment je le sais ?

– Non.

– Parce que, même en arrêt maladie, tu t'apprêtes à passer ta matinée à traquer un assassin. Allez, action. Arrête de nous retarder. Tant qu'à être en rogne, autant enfiler un tee-shirt sur cette jolie épaule. Comment s'appelle ta douleur, déjà ?

– Melvin, répondit-elle en grommelant.

– Salut, Melvin, je m'appelle Alex. Enchanté de faire ta connaissance. Et maintenant, barre-toi. »

Phil et Neil étaient déjà sur place. D.D. entra dans la maison avec appréhension, comme si elle s'attendait à être environnée d'ombres et prise à la gorge par l'odeur du sang. Au contraire, le rez-de-chaussée baignait agréablement dans la lumière du jour qui entrait par les nombreuses ouvertures et ça fleurait bon le désinfectant. Le propriétaire avait dû être enfin autorisé à remettre le logement en état. D.D. aurait parié qu'il avait engagé des nettoyeurs professionnels, une entreprise spécialisée dans ce genre de travail. Elle était curieuse de voir les prodiges qu'ils avaient accomplis à l'étage.

« Du nouveau sur les causes du décès ? demanda-t-elle à ses collègues.

– Salut, D.D., moi aussi, je suis ravi de te voir. Tu vas bien ? répondit Phil pour la charrier.

– À merveille. Je pourrais faire un championnat d'haltérophilie. Si seulement je pouvais bouger l'épaule, tu vois. Neil ! » D'un bras, elle étreignit maladroitement le benjamin de l'équipe pendant qu'Alex serrait la main des deux hommes. Neil, un rouquin dégingandé qui avait l'air d'avoir seize ans alors qu'il en avait trente-trois, donnait enfin sa pleine mesure en tant qu'enquêteur, au point d'avoir dirigé leur dernière affaire. Naturellement, Phil et D.D. s'en attribuaient tout le mérite : ils lui avaient tout appris.

Comme Neil avait été ambulancier avant d'entrer dans la police, il lui revenait d'assurer la liaison avec les services du légiste et, de ce fait, il était le plus à même de répondre à la question de D.D.

« Chloroforme », indiqua-t-il.

D.D. prit acte de l'information. Alex et elle étaient postés à côté de l'îlot de la cuisine. Les meubles de Christine Ryan n'avaient pas encore été enlevés, mais s'asseoir sur le canapé d'une morte aurait semblé irrespectueux, si bien qu'ils se regroupèrent tous les quatre dans cette pièce.

« Il les aurait tuées par overdose de chloroforme ? demanda Alex. Ça existe, une chose pareille ?

– Elles ne sont pas mortes d'overdose, mais il les a mises hors d'état de résister. Pour être honnête, Ben aurait dû détecter l'odeur sur le premier cadavre, mais, selon ses propres termes, tous ces lambeaux de peau l'ont un peu distrait.

– On peut sentir le chloroforme sur un cadavre ? » D.D. ne savait pas très bien si la nouvelle était passionnante ou horrifiante.

« Absolument. L'odeur persiste autour de la bouche et des sinus. Une des premières étapes d'une autopsie consiste à sentir le cadavre. Beaucoup de poisons et de toxines se manifestent de cette façon. Comme je vous le disais, Ben vous présente ses plus plates excuses. » Ben Whitley, le médecin légiste, était aussi l'ancien amant de Neil. La rupture avait été douloureuse, mais tous deux semblaient avoir passé le cap.

« Donc l'assassin commence par plonger les deux femmes dans l'inconscience », raisonna Alex à voix haute. Il plissait les yeux, ça cogitait là-dedans. « Et ensuite ?

– Asphyxie par compression thoracique.

– Ah bon ? s'étonna D.D. Ce n'est pas à cause de ça que les pédiatres déconseillent de dormir avec les nouveau-nés ? Parce que si un adulte roule sur le bébé en pleine nuit, il risque de l'étouffer par compression thoracique ?

– Exactement. L'asphyxie se produit quand la poitrine ou l'abdomen de la victime est comprimé au point qu'elle ne peut plus inspirer. D'où la suffocation.

– Donc notre assassin est sans doute un individu assez corpulent pour avoir écrasé deux femmes sous son poids ? dit Alex.

– Pas forcément. On peut aussi provoquer une asphyxie en exerçant une forte pression à un endroit stratégique. Par exemple, en maintenant un genou enfoncé dans le diaphragme de la victime pendant le temps nécessaire.

– Étant donné que les victimes étaient déjà dans les vapes, je ne suis pas du tout persuadée que notre assassin ait un physique imposant, murmura D.D. Être grand donne généralement un sentiment de puissance, non ? Alors que cette méthode – entrer en catimini, surprendre ses victimes, les droguer et les étouffer aussitôt pour passer au plat de résistance, une mutilation post mortem extrêmement ritualisée –, ça me fait plutôt penser à un type qui chercherait à écarter tout risque d'affrontement. Un type qui n'aurait aucune confiance en lui, peut-être même un avorton intimidé par les vraies femmes ; ça expliquerait que, dans ses fantasmes, elles soient mortes. Est-ce qu'il y a une chance pour que les victimes n'aient jamais repris connaissance ? Qu'elles n'aient jamais su ce qui leur arrivait ?

– C'est possible, confirma Neil. Ben a conclu à la mort par asphyxie en se fondant sur la présence de pétéchies sur la conjonctive des yeux et le haut du torse. L'ennui, c'est que d'habitude, pour connaître la technique de l'assassin, il fait l'inventaire des contusions dans les régions thoracique et abdominale, or en l'occurrence l'autopsie est compliquée par le fait que la peau a été retirée de ces zones.

– Peut-être précisément pour brouiller les pistes, alors. »

Phil fit la moue, secoua la tête. « Je pense que ce serait lui accorder beaucoup de crédit. Cette technique d'étouffement, ça consiste en gros à monter sur le lit pour écraser ses victimes, non ? Rien de bien sophistiqué. Ça me fait plutôt penser à un mec qui chercherait l'efficacité, le meurtre en deux temps trois mouvements.

– Il entre, reprit Alex, monte sans bruit à l'étage, chloroforme ses victimes dans leur sommeil pour écarter tout risque de résistance et les étouffe, un genou sur le diaphragme. Tu as raison. Deux temps trois mouvements. Il tue de la manière la plus expéditive possible et ensuite il ralentit la cadence, prend son temps, s'attarde sur chaque dépouille, sans doute pendant plusieurs heures. Intéressant.

– Pourquoi une asphyxie par compression ? demanda D.D. C'est assez inhabituel, surtout entre adultes. Pourquoi ne pas les étouffer avec un oreiller ? Plus classique, comme méthode. »

Phil et Neil séchaient. Mais Alex avait son idée.

« Il s'assoit à cheval sur les cadavres, tu te souviens ? Nous avons les empreintes de ses tibias de part et d'autre de leurs hanches. Cette position ne lui sert pas seulement à les mutiler, mais aussi à les tuer.

– Une position de domination, ça saute aux yeux. Et pourtant, dit D.D. en consultant Neil du regard, toujours pas de signe d'agression sexuelle ? »

Neil secoua la tête. « C'est le verdict de Ben : mutilation post mortem, oui ; agression sexuelle, non.

– D'autres informations sur le couteau ? demanda Alex.

– Non, mais tu devrais voir la collection d'armes blanches que Ben a constituée pour faire ses comparaisons. Il en a pour un petit moment.

– J'ai pensé à un chasseur, lança D.D. Le rapport d'autopsie de Christine Ryan indiquait que les lanières de peau avaient été découpées avec beaucoup de savoir-faire. Les seules personnes que je voie qui aient l'habitude d'écorcher des cadavres, ce sont les chasseurs. Alors cette nuit, j'ai regardé des vidéos YouTube sur la façon de dépouiller le gibier ; lapins, écureuils, cerfs, orignaux, etc. »

Alex la considérait d'un drôle d'air. Comme s'il venait seulement de réaliser que sa femme s'était relevée en pleine nuit. Elle se demanda ce qui était le pire : qu'il n'ait pas remarqué son absence ou qu'il l'imagine à présent traversant à pas de loup leur maison plongée dans le noir pour aller regarder des vidéos gore sur le dépeçage du gibier. Elle avait trouvé ces images dérangeantes. Étonnant, vu le temps qu'elle avait passé dans sa vie à regarder des êtres humains découpés en morceaux.

Et cependant... elle n'était pas retournée se coucher tout de suite. Non, elle était restée un moment dans la chambre de Jack et avait regardé son fils dormir à poings fermés dans la lueur réconfortante de sa veilleuse.

« Je ne chasse pas, continua-t-elle, alors j'avoue que je n'y connaissais rien. Mais après avoir visionné une dizaine de tutoriels... Les chasseurs expérimentés ne se servent même pas vraiment de leur couteau. Quelques incisions autour de l'anus, ils coupent la tête, et hop, la plupart déshabillent l'animal à mains nues. D'après ce que j'ai compris, c'est la meilleure technique pour ne pas abîmer la peau. Elle a plus de valeur si elle est d'un seul tenant. »

Phil la regardait d'un air ébahi. « Mais qu'est-ce que tu as fabriqué ?

– J'ai tapé "dépouiller animal" dans Google ; et j'ai regardé quelques vidéos. Allez, quoi, il faut qu'on commence à entrer dans la tête de ce mec. Vous avez une meilleure idée ?

– Tu es en arrêt maladie.

– C'est mon bras qui est HS, pas mon cerveau. Avoue : ces dernières semaines, vous avez consulté les fichiers de détenteurs de permis de chasse et procédé à des recoupements. »

Phil rougit, mal à l'aise. « Ça se pourrait.

– Voilà. Parce que quand on pense cadavre écorché, on pense chasse. Logique. Mais je vous le dis, à mon avis ce type n'est pas un chasseur. La technique est totalement différente. Sans parler des lames utilisées. Leurs couteaux de prédilection ont de grandes lames fixes, au moins trois ou quatre centimètres de large. Ces mecs-là veulent du matériel solide et durable, le Ka-Bar classique avec lequel ils pourront écorcher un cerf, vider un poisson ou creuser un trou. Je ne vois pas comment on pourrait détacher de fines lanières de peau du torse d'une femme avec une arme de ce genre, et encore moins se balader dans les rues de Boston sans attirer l'attention.

– J'ai déjà vu des couteaux de chasse pliants, contesta Phil. Et j'ai des copains qui en ont toute une panoplie. Le Ka-Bar a son utilité, mais ils emportent aussi des couteaux plus petits et plus légers.

– Mais est-ce qu'ils retirent la peau de leur gibier en longues lanières fines ?

– Non, reconnut-il à contrecœur. Ça, ce serait une nouveauté. Cela dit, après avoir tanné le cuir, certains le découpent en lanières pour fabriquer des cordes, ce genre de choses. Avec la recrudescence de paranos qui se préparent pour la fin du monde, Dieu sait le nombre d'illuminés qui sont en train de s'initier à des techniques de survie avant-gardistes.

– Ce type ne se prépare pas à la fin du monde, affirma D.D.

– Non, renchérit Alex. Son but, c'est de dominer, de contrôler. Pas de s'entraîner à des techniques de survie.

– D'ailleurs, il n'en est plus à s'entraîner, ajouta Neil avec flegme. L'utilisation du chloroforme, cette méthode d'asphyxie particulière, cette manière méticuleuse de retirer la peau... Ce type sait exactement ce qu'il fait. Il n'apprend pas au fur et à mesure. C'est déjà un pro. »

Un coup de sonnette retentit. Parce qu'ils se trouvaient sur une scène de crime, ce bruit pourtant des plus banals les fit tous sursauter. Ce qui eut le don de les agacer.

« Russ Ilg, mon kiné », devina D.D. Alex alla lui ouvrir.

« Tu es sûre d'avoir envie de faire ça ? demanda Phil dès qu'Alex fut hors de portée de voix.

– Oui. Pourquoi pas ? »

Phil et Neil échangèrent un regard. D.D., comprenant sa signification, les foudroya alors comme elle savait le faire.

« Vous n'avez pas à me couvrir, dit-elle avec hargne. Si au terme de cette... reconstitution, la conclusion la plus logique est que je suis une foldingue qui a tiré sans motif valable, eh bien, c'est ce que vous devrez indiquer lors de l'enquête interne. Je ne demande pas la charité. Je veux la vérité.

– On est avec toi, murmura Neil. Quoi qu'il arrive. La brigade est une famille, tu le sais.

– Merci bien, je la connais, ta famille. »

Cette boutade leur tira un sourire. La famille de Neil était un ramassis de poivrots irlandais. Il disait souvent pour plaisanter que s'il en était la brebis galeuse, ce n'était pas parce qu'il était homosexuel, mais parce qu'il ne buvait pas.

Alex revint dans la cuisine accompagné d'un homme relativement jeune, un mètre quatre-vingt-cinq, sportif, en jogging noir. D.D. fit les présentations : « Phil et Neil, police criminelle de Boston. Russ Ilg, mon tortionnaire, euh, mon kiné. »

Échanges de poignées de main. D.D. en revanche gardait les coudes plaqués au corps pour que personne ne voie ses mains trembler de nervosité. Son premier choix pour cette mission aurait été son médecin, mais l'emploi du temps des docteurs en médecine ne leur permet pas d'aller se promener en ville au pied levé ; Russ avait donc accepté de le suppléer. D'ailleurs, comme il l'avait fait remarquer, les médecins ne font que diagnostiquer, tandis que son travail à lui consistait à reconstruire et réparer, ce qui lui donnait une connaissance beaucoup plus fine des lésions à la fois passées et présentes.

En sa qualité de directeur d'enquête, Phil les conduisit au pied des escaliers. D.D. vit les impacts de balle dans la cloison, à main droite. Trois marques à bonne distance les unes des autres. Si elle avait visé quand elle avait tiré, cela ne témoignait pas de son adresse.

Phil s'éclaircit la voix. « Donc D.D..., le commandant Warren, a été retrouvée inconsciente au pied des marches. Étant donné la gravité de ses lésions, notre hypothèse est qu'elle a fait une chute depuis le sommet. »

Russ hocha la tête. Il gardait les yeux rivés sur la pente droite de l'étroit escalier et évitait de regarder D.D., qui lui en savait gré. D'un seul coup, elle n'était plus si fière.

L'estomac barbouillé, elle sentait une nouvelle fois la sueur perler à son front.

Un bébé dans un berceau...

Elle ferma les yeux, comme si cela pouvait chasser ce mauvais pressentiment. Sa nervosité l'exaspérait. Elle était là pour se souvenir, c'était une nécessité absolue.

Elle s'obligea à ouvrir les yeux et les fixa sur les impacts de balle. *Ses* impacts, *ses* balles, *son* pistolet. C'étaient les siens. Quoi qu'il arrive, ils la suivraient toujours.

« Bon, commença Russ comme s'il lisait dans ses pensées, la première chose que je remarque, c'est qu'il n'y a pas de rampe côté mur. Je pense que ce n'est pas aux normes, mais ça arrive assez souvent dans les vieilles maisons rénovées où les escaliers sont étroits. »

Tous approuvèrent.

« Cette seule donnée permet d'affirmer que D.D. est tombée en arrière, le visage tourné vers l'étage. »

Il désigna l'escalier d'un geste et ils montèrent docilement à sa suite en file indienne.

« Quel est votre premier réflexe quand vous tombez ? » demanda-t-il. Personne ne répondit à cette question qui semblait purement rhétorique. « Vous tendez une main pour vous raccrocher. En l'occurrence, D.D., tu tiens ton arme de la main droite, c'est bien ça ? »

Elle confirma.

« Vu que tu as tiré trois coups, tu avais encore ton pistolet à la main quand tu es tombée. Donc, tu t'es rattrapée avec la gauche, ce qui explique les lésions subies par ton épaule. » Russ, arrivé en haut des marches, leur fit signe de passer derrière lui dans le couloir, puis il recula de quelques pas, attrapa le haut de la rampe de la main gauche et s'y suspendit.

D.D. vit immédiatement la rotation et l'étirement des muscles du cou, de l'épaule et du bras gauches que ce mouvement provoquait. Ce fut plus fort qu'elle ; elle grimaça et se détourna, le coude encore plus près du corps.

« D.D. tombe en arrière, racontait Russ d'une voix neutre. Elle cherche à se raccrocher avec sa main gauche pour atténuer la violence de la chute. Lorsqu'elle attrape la rampe, son bras est soumis à un brusque mouvement d'abduction et de rotation externe. La torsion entraîne une fracture par arrachement de la petite tubérosité de l'humérus gauche – autrement dit, les tendons qui relient le muscle à l'os en détachent un morceau. Ensuite, par ordre chronologique, sa tête s'écarte brutalement de son épaule gauche à cause du coup d'arrêt, ce qui provoque un étirement du plexus brachial.

« À ce moment-là, vu la douleur atroce qui lui crucifie le cou et l'épaule, elle lâche sans doute la rampe. Sa chute a été ralentie, mais elle est toujours en déséquilibre ; d'où le roulé-boulé jusqu'au bas des escaliers, où elle arrive la tête la première. Ce qui explique les ecchymoses dans le dos et la légère commotion cérébrale. »

Russ lança un regard à D.D. « J'ai oublié quelque chose ? Il me semble que j'ai fait le tour de ton dossier. »

Elle confirma. Il la considérait d'un œil bienveillant, compatissant même, ce qui n'arrangeait rien. Elle n'avait plus envie d'être là. Dans cette maison, dans ce couloir, avec toutes ces ombres insaisissables dans la tête.

« Pourquoi tournais-tu le dos à l'escalier ? » demanda Alex.

D.D. regarda autour d'elle et se rendit compte que c'était une question légitime. Phil, Neil, Alex et elle étaient tous en haut des marches, mais chacun surveillait le vide du coin de l'œil, attitude dictée par l'instinct autant que par la prudence.

« Je regardais derrière moi », murmura-t-elle.

Tous l'observaient.

Elle se retourna vers la chambre au bout du couloir, ouverte. L'odeur pénétrante du sang. La nuit qui tendait ses longs tentacules noirs autour d'elle, seule au milieu des ombres. Elle ne voulait pas voir, mais ressentir ce fameux soir. Et là...

« J'ai entendu quelque chose.

– Quelque chose ? demanda Phil d'un ton bourru. Ou bien quelqu'un ?

– Je... je ne sais pas. Je me suis retournée. Ensuite je suis tombée.

– Non.

– Pardon ? » Elle pivota vers Russ, toujours à mi-hauteur dans les escaliers. Sous les regards de quatre policiers braqués sur lui, il rougit d'un seul coup.

« Enfin, il y a peu de chances.

– Comment ça ?

– Ta blessure, la fracture par arrachement, est relativement rare. Pour qu'elle se produise, il faut une force suffisante pour que le tendon arrache un fragment d'os à son origine ou point d'insertion. Les os sont assez solides. » Russ continua, comme si tout cela aurait dû tomber sous le sens : « Les tendons n'arrachent pas des morceaux d'os pour un oui ou pour un non. Il faut une traction très violente. Donc la chute de D.D. devait être particulièrement rapide. Comme si elle avait couru sur le palier ou qu'elle avait sauté. Mais vu qu'à ce moment-là elle tournait le dos aux marches...

– Oh, mon Dieu, murmura D.D. Je ne suis pas tombée.

– Non, dit Alex en l'enlaçant par la taille dans un geste protecteur. On t'a poussée. »

7

« Papa disait que le sang et l'amour, c'est la même chose. Ensuite, il éclatait de rire. Et il appuyait plus fort avec le rasoir. Il aimait regarder le sang sourdre lentement. "Il ne faut pas vouloir aller trop vite, disait-il tout bas. Prends ton temps. Profite du spectacle." »

La voix pâteuse de Shana se perdit dans le silence. Ma sœur ne me regardait plus, elle fixait un point au loin sur le mur blanc cassé. L'infirmerie de la prison. À peu près aussi austère qu'une cellule, sauf qu'ici le lit métallique riveté au sol était équipé de sangles pour les poignets et les chevilles.

On avait découvert Shana pendant l'appel de six heures du matin, m'avait expliqué la directrice. Elle était recroquevillée en position fœtale sur son lit, ce qui, d'après la surveillante affectée à l'étage, était plutôt inhabituel. Comme elle ne répondait pas aux sollicitations verbales, on avait fait venir une équipe d'intervention armée de boucliers matelassés pour faire une entrée en force dans sa cellule. Encore du temps perdu, mais c'était de la faute de ma sœur : depuis le début de son incarcération, elle avait déjà tué deux gardiens et une codétenue. Avec une prisonnière d'une telle réputation, on ne prenait aucun risque.

Autrement dit, les surveillants avaient en priorité songé à leur propre sécurité, alors même que le sang de ma sœur dégoulinait lentement de ses cuisses lacérées sur le matelas.

D'après la directrice, encore cinq minutes et elle y serait restée. Je n'arrivais pas à savoir si elle était fière que ses agents soient intervenus à temps ou si elle nourrissait des regrets. Avec ma sœur, rien n'était jamais simple.

Shana s'était bricolé une lame avec une brosse à dents de voyage. Très petite, très affilée. Pas l'arme idéale pour s'en prendre à quelqu'un d'autre, mais parfaite pour, au cœur de la nuit, ouvrir de multiples saignées à l'intérieur de ses cuisses. J'aurais voulu pouvoir dire que j'étais étonnée, mais on en était à sa quatrième tentative de suicide. À chaque fois, elle s'était mutilée à l'arme blanche, tout comme pour chacune de ses agressions elle avait utilisé des lames artisanales. Un jour, je lui avais demandé si elle cherchait vraiment à mourir. Avec un haussement d'épaules, elle avait répondu que ce n'était pas tellement qu'elle voulait mourir, plutôt qu'elle éprouvait le besoin de couper quelque chose. Et quand on est confiné en cellule individuelle, on fait avec ce qu'on a.

Pour l'instant, elle était shootée. Recousue, regonflée à coups de médocs et lentement retapée à coups de poches de sang et de soluté de perfusion. D'ici peu, elle serait renvoyée dans sa cellule, où elle tournerait comme un fauve en cage vingt-trois heures par jour, mais en attendant nous avions un moment à nous. Un moment où, affaiblie par les antalgiques et l'hémorragie, ma sœur en arrivait à parler de notre famille. Ma mission consistait à me tenir là en silence et à enregistrer mentalement ce qu'elle disait.

« Harry te coupait ? demandai-je d'une voix volontairement désinvolte.

– Le sang est une preuve d'amour, l'amour se donne par le sang, répondit-elle sur un ton sentencieux. Papa m'aimait.

– Donc, c'est ça ? dis-je en désignant ses cuisses bandées. De l'autoérotisme ? »

Ma sœur pouffa. « Tu veux savoir si j'ai pris mon pied ?

– Alors ?

– Il y a cette sensation : la peau qui éclate comme un fruit trop mûr et le sang qui se libère. C'est bon. Mais tu es bien placée pour le savoir.

– Je suis insensible à la douleur, tu te souviens ?

– Mais ce n'est pas de la douleur, petite sœur. Rien à voir.

– D'après notre père.

– Tu es jalouse. Tu n'as aucun souvenir de lui.

– Tu avais quatre ans. Je ne crois pas que tu te souviennes de lui.

– Si, pourtant. Je m'en souviens et toi non, c'est pour ça que tu me détestes. Parce que j'étais sa préférée. »

Shana soupira, le regard vitreux perdu dans le lointain. Sans doute revoyait-elle la petite maison où nous vivions à l'époque. Comme je n'avais pas la mémoire de ma sœur, je ne la connaissais qu'à travers les photos de scène de crime. La chambre de mes parents, où l'unique pièce de mobilier était un matelas sale à même le parquet de chêne. Tout autour, des monceaux de vêtements sales, de draps souillés, d'emballages de nourriture. Et un siège-auto, posé dans un coin ou bien, la nuit, dans le placard. Ce fameux siège-auto où, à en croire les rapports de police, j'avais passé ma première année.

Pendant que Shana dormait avec nos parents sur ce matelas maculé de sang.

« Je t'aimais, racontait Shana d'une voix songeuse. Un bébé si mignon. Maman me laissait te porter. Tu me souriais en agitant tes petits poings potelés. Je t'ai coupé le poignet, très délicatement, pour que tu saches à quel point je t'aimais. Maman a crié, mais tu continuais à sourire et je savais que tu comprenais. » Sa voix prit des accents funèbres. « Il ne fallait pas m'abandonner, Adeline. D'abord papa, ensuite toi, et tout s'est détraqué. »

Quand notre mère d'accueil avait surpris ma grande sœur de six ans en train de m'ouvrir l'avant-bras avec des ciseaux de couture, Shana avait été envoyée dans une unité psychiatrique fermée où on l'avait mise sous neuroleptiques et maintenue sanglée sur un lit les trois quarts de la journée. Le traitement avait été si efficace que cinq ans s'étaient écoulés avant qu'elle ne commette une tentative de meurtre sur un autre patient. Devant un succès aussi éclatant, on l'avait déclarée stabilisée comme par enchantement le jour de son quatorzième anniversaire et relâchée dans la nature en la confiant à une famille d'accueil qui ne se doutait de rien. À mon avis, il ne fallait pas être grand clerc pour comprendre que ce n'était qu'une question de temps avant qu'elle ne réussisse à tuer quelqu'un.

« Une idée que tu associerais au souvenir de papa ? lui demandai-je alors.

– L'amour.

– Un bruit ?

– Des cris.

– Une odeur ?

– Celle du sang.

– Une sensation ?

– La douleur.

– Et c'est de l'amour, tout ça ?

– Oui !

– Alors quand nous étions petites et que tu me coupais, c'était simplement pour que je sache à quel point tu m'aimais ?

– Non. Je voulais que tu *sentes* à quel point je t'aimais.

— En mutilant ta petite sœur.

— Oui !

— Et si tu avais un couteau, là, tout de suite ?

— Le sang est une preuve d'amour, récita-t-elle. Je sais que tu le sais, Adeline. Et que, au fond, même toi tu le comprends. »

Et elle sourit, d'un sourire entendu qui me donna le frisson. On aurait dit qu'elle savait exactement ce que j'avais fait six heures plus tôt, en animal gouverné par sa nature profonde, alors que toute mon éducation aurait dû m'empêcher de me livrer à de tels comportements.

« Et si je te disais que c'est la nourriture qui est une preuve d'amour ? répondis-je en gardant une voix posée et mes objectifs en ligne de mire. Qu'au lieu de couper les gens, il faudrait leur donner à manger ? »

Shana plissa le front, porta une main à sa tempe. Pour la première fois, elle semblait troublée, désorientée, même. « Papa ne donnait jamais de nourriture.

— Et maman ?

— Quoi, maman ?

— Est-ce que maman donnait à manger ?

— Maman, ce n'est pas de l'amour », m'informa-t-elle, soudain cassante.

« Maman, ce n'est pas de l'amour. » Nous avions déjà tourné autour de cette question, mais sans jamais réussir à l'approfondir. Profitant de cette occasion exceptionnelle, je décidai d'insister. « Pourquoi ? Pourquoi est-ce que maman ne pourrait pas être de l'amour ? »

Shana, les lèvres obstinément closes, refusa de répondre.

« Harry l'aimait, il l'a épousée. Et elle aussi, elle l'aimait, elle a tenu sa maison, elle a élevé des enfants avec lui.

— Il ne l'aimait pas !

– Mais il t'aimait, toi ?

– Oui. Le sang est une preuve d'amour. C'était moi qu'il aimait. Pas elle. »

Je me penchai vers Shana et constatai posément : « Il la maltraitait. Tous les jours, d'après le rapport de police. Si la souffrance est une preuve d'amour, alors notre père aimait beaucoup notre mère. »

Shana gronda en retour : « Ne dis pas de bêtises ! N'importe qui peut battre quelqu'un. Ce n'est pas de l'amour. Le sang est une preuve d'amour. Je le sais ! Pour couper, il faut être attentionné, tendre même. Pour inciser délicatement les différentes couches de l'épiderme. Pour bien éviter les artères iliaque, fémorale ou poplitée. Pour n'ouvrir que la veine saphène interne et rien d'autre... » Elle montra les bandages de ses jambes. « Le sang est une preuve d'amour. Ça demande beaucoup de soin. Tu le sais, Adeline. Tu le sais ! »

Je regardai ma sœur dans les yeux. « Ce n'est pas de ta faute, Shana. Les crimes de notre père, ce qui s'est passé dans cette maison, ce n'est pas de ta faute.

– Tu n'étais qu'un bébé ! Un bébé faible et inutile. Voilà ce que maman lui disait pour qu'il te laisse tranquille. Mais moi, je te montrais mon amour. Je t'ai coupé le poignet pour que tu ne te sentes pas seule et maman m'a filé une trempe.

– C'est elle qui t'a frappée ? Ou bien c'est papa ?

– C'est elle. Maman, ce n'est pas de l'amour. Et tu es toujours faible et inutile ! »

Changeant d'angle d'attaque, je me reculai sur ma chaise. « Shana, qui te recousait ? Si le sang est une preuve d'amour et que papa te coupait tous les soirs, qui te rafistolait le matin ? »

Ma sœur détourna les yeux.

« Quelqu'un te soignait. Tous les matins, il fallait que quelqu'un te retape. Et on ne pouvait pas t'emmener à l'hôpital, ça aurait attiré l'attention. Alors tous les matins, il fallait que quelqu'un nettoie tes plaies, panse tes blessures, essaie de te réconforter. Qui faisait cela pour toi, Shana ? »

Shana, les épaules secouées de tics, la mâchoire crispée, fixait le mur du fond.

« C'était maman, non ? Elle te faisait des points de suture. Tous les soirs, il détruisait, et tous les matins, elle reconstruisait. Et tu ne lui as jamais pardonné. C'est pour ça que maman ne peut pas être de l'amour. Papa te maltraitait. Mais elle t'a trahie. Et c'est pire, n'est-ce pas ? Ça t'a fait encore plus mal. »

Shana darda brusquement son regard sur moi, et dans ses yeux dansait une lueur étrange. « Tu es maman. Je suis papa, mais toi, tu es maman.

– Tu crois que j'essaie de te reconstruire ? Mes visites te font le même effet que le matin, sauf que quand je m'en vais, je t'abandonne une fois de plus à la nuit ?

– Papa donne de l'amour. Pas maman. Maman, c'est pire.

– Tu es Shana. Je suis Adeline. Nos parents sont morts. Nous ne sommes pas responsables de leurs actes. Mais nous pouvons décider de tourner la page. »

Shana me sourit. « Papa est mort », reconnut-elle, mais de nouveau d'un air entendu et presque avec jubilation. « Je le sais, Adeline. J'étais là. Et toi ?

– Je n'en ai aucun souvenir. Tu le sais bien.

– Mais tu étais là.

– Un bébé ficelé sur un siège-auto. Ça ne compte pas.

– Le bruit des sirènes de police…, dit-elle pour me titiller.

– Harry Day a paniqué quand il a compris qu'il était cerné, complétai-je d'une voix égale. Il a préféré s'ouvrir les veines plutôt que de se laisser capturer vivant.

– Mais non !

– J'ai lu les rapports, Shana. Je sais ce qui est arrivé à notre père.

– Le sang est une preuve d'amour, Adeline. Je sais que tu le comprends parce que tu étais là. »

Je pris un instant pour réfléchir. Mais j'avais beau me creuser la cervelle, je ne voyais pas où elle voulait en venir. Parce que je n'étais qu'un bébé à l'époque et que je tenais toute ma science des rapports de police.

« Shana…

– Elle lui a donné de l'aspirine. Pour fluidifier le sang. » Elle parlait maintenant d'une petite voix chantante, presque enfantine. « Ensuite, elle a rempli la baignoire. Avec de l'eau chaude. Pour dilater les veines. Il s'est déshabillé. Elle lui a dit d'entrer dans la baignoire. Et il lui a présenté ses poignets.

« "Tu n'as pas le choix, il lui a dit.

« – Je ne peux pas, elle a soufflé tout bas.

« – Si tu m'as jamais aimé", il a insisté en lui tendant son rasoir préféré, un de ces vieux coupe-choux avec un manche en ivoire. Un cadeau de son père, il m'avait dit.

« Boum, boum, boum, à la porte d'entrée. Police, police, ouvrez. Boum, boum, boum.

« Et maman lui a lacéré les poignets. Deux coups de rasoir chacun, de haut en bas, pas de gauche à droite, parce que ça les médecins peuvent le recoudre. Un coup de rasoir vertical, c'est fatal.

« Papa lui a souri. "Je savais que tu ferais ça bien."

« Elle a laissé tomber le rasoir dans le bain. Papa s'est enfoncé dans l'eau rougie.

« "Je t'aimerai toujours", a murmuré maman avant de s'écrouler au sol exactement au moment où la police déboulait dans la maison.

« Le sang est une preuve d'amour, répéta Shana. Et nos parents n'ont pas disparu. Je suis papa, tu es maman, et maman ne donne pas d'amour, Adeline. Maman, c'est pire.

– Tu devrais te reposer, maintenant », dis-je à ma sœur.

Mais elle se contenta de sourire.

« Le sang l'emportera, Adeline. Il finit toujours par l'emporter, ma petite sœur à moi. »

Et elle m'agrippa la main. L'espace d'une seconde, je crus qu'elle avait peut-être réussi à faire entrer une autre lame en douce et qu'elle allait avoir un geste violent. Mais elle se cramponna simplement à mon poignet. Et les médicaments finirent par avoir raison d'elle. Elle se détendit, poussa un soupir. Ses yeux se fermèrent et mon assassin de sœur s'endormit, sans avoir lâché ma main.

Au bout d'un long moment, je desserrai ses doigts. Puis je levai la main et observai la cicatrice blanche à peine visible qui, aussi loin que remontaient mes souvenirs, avait toujours barré les veines bleu pâle de mon poignet. Je la devais donc apparemment aux œuvres de ma sœur quarante ans plus tôt.

J'entendais pratiquement la voix de mon père adoptif me dire : *Qu'est-ce que la douleur... ?*

Ce sont les souvenirs qui font souffrir, me dis-je.

C'est la famille.

Ce qui expliquait que même une spécialiste de la douleur comme moi tourne le dos à sa sœur pour s'en aller.

8

Une fois rentrée chez elle après leur séance d'analyse de ses blessures, le premier mouvement de D.D. fut d'appeler le médecin légiste, Ben Whitley. Alex avait dû partir à son travail, donc elle était seule, allongée sur le canapé, encore en tenue de yoga.

« J'aurais une question, dit-elle à la seconde où Ben décrocha.

– D.D. ! » s'exclama Ben. Le légiste n'était pas exactement l'homme le plus expansif du monde, mais pendant les années où il avait fréquenté Neil, D.D. et lui avaient appris à se connaître et ils étaient restés amis même après la rupture. « J'ai appris, pour ta fracture par arrachement. On peut te faire confiance pour te blesser de la manière la plus originale possible.

– J'essaie.

– Le bras gauche ?

– Oui.

– Poche de glace ? Kiné ? Repos ?

– Oui. Oui. Surtout.

– Tu dois péter les plombs.

– Tu m'étonnes !

– Et c'est pour ça que tu m'appelles. Laisse-moi deviner : tu veux des infos sur notre dernière écorchée.

– Non. »

Pour la première fois, Ben fut pris de court. D.D. l'entendait pratiquement réfléchir au bout du fil.

« Pas sur la seconde victime, lui expliqua-t-elle de bonne grâce. J'imagine que tu commences seulement son autopsie.

– C'est programmé pour la fin d'après-midi.

– Logique. Donc, c'est sur la première victime, Christine Ryan, que j'ai une question. Je suppose que tu as passé plus de temps sur cette dépouille, et comme tu es un légiste hors pair, un des meilleurs qu'on ait jamais vus...

– Flattez, flattez, il en restera toujours quelque chose.

– Et que tu as déjà examiné les lanières de peau...

– Exact.

– ... tu as peut-être quelques théories sur le type de lame utilisé par le criminel ?

– Exact, là encore. Une lame très mince, avec un tranchant sans la moindre ébréchure ni imperfection. Mais la question à mille dollars, c'est de savoir si c'était un couteau ou plutôt une lame de rasoir.

– Oh. » Elle n'y avait pas pensé. Cela dit, étant donné... « Est-ce qu'un rasoir ne serait pas difficile à manier pendant une opération aussi... compliquée ? Je veux dire, d'accord, ça ferait un bon outil, vu la finesse des bandelettes. Mais si on tient compte du nombre de bandelettes... disons les choses carrément : est-ce qu'un rasoir ne serait pas devenu trop glissant ?

– Il était peut-être monté sur un manche. Imagine un bon vieux rasoir droit, ou un cutter, aussi bien. L'autre hypothèse du jour, c'est celle du bistouri. En revanche, je suis en train de revenir sur l'idée du couteau. D'abord, j'en ai testé des dizaines ces dernières semaines et aucun n'a donné le même résultat. Lors de mes essais, en tout cas, les lames relativement larges et épaisses avaient tendance à tirer sur la peau et à froncer les bords. Alors que notre ami découpe des lanières de tissu cutané très fines, aux bords lisses. Ce qui, ajouterai-je, dénote clairement une certaine habitude. Même avec mon expérience, il m'a fallu de nombreuses tentatives pour bien exécuter le geste. Bien sûr, au début, j'étais handicapé par le mauvais choix de mes armes. Maintenant que j'ai élargi le champ de mes investigations à des instruments chirurgicaux, il me semble que j'arrive de mieux en mieux à reproduire la précision de ses découpes.

– Je vois. » D.D. prit un instant de réflexion. Elle n'avait pas songé que l'assassin avait pu se servir d'un bistouri et possédait peut-être au moins des notions de chirurgie. Mais cette hypothèse n'était pas nécessairement incompatible avec l'idée de génie qu'elle avait eue, bien au contraire... « J'imagine, continua-t-elle, qu'un médecin légiste de ton grand talent...

– Déjà fait, le cirage de pompes, D.D. Abrège, j'ai une grosse journée.

– Tu as essayé de remettre les lanières de peau bout à bout. Pour reconstituer le puzzle.

– *Essayé*, c'est le mot juste.

– Parce que c'était impossible. » La voix de D.D. monta d'un cran, son pouls s'accéléra. La voilà, l'illumination qu'elle avait eue au milieu de la nuit : « Tu as découvert que tu n'avais pas tous les morceaux. Certaines lanières de peau avaient disparu. Emportées par l'assassin.

– Bingo ! Apportez son lot à la jolie blondinette. Dis-moi la vérité : c'est grâce à tes boucles d'or que tu écrases la concurrence ?

— Exactement. Quelle quantité de peau il manque ? Un peu ? Beaucoup ?

— Je dirais cinq ou six lanières. Assez pour qu'une victime vivante s'aperçoive qu'il lui manque comme un truc. »

D.D. avait vu juste : l'assassin n'écorchait pas ses victimes par pur fétichisme, c'était aussi un moyen pour lui de se procurer l'objet de son désir le plus cher, c'est-à-dire un souvenir éminemment personnel de son crime.

Elle reporta son attention sur son interlocuteur. « Dernière question. La peau de la victime : est-ce qu'elle a reçu un traitement préalable ? Est-ce qu'on a retrouvé dessus des produits intéressants ? De l'alcool, disons, ou pourquoi pas du formol ?

— Tu te demandes si l'assassin aurait cherché à conserver son trophée en passant une solution sur la peau de sa victime ?

— L'idée m'a traversé l'esprit.

— Oui et non, je dirais. On a retrouvé des traces de savon antiseptique sur ce qui restait de peau sur le torse de Christine Ryan, mais ni sur les bras ni sur les mollets. Si la victime avait pris un bain avant d'aller se coucher, on aurait dû en retrouver sur tout le corps. Comme ce n'est pas le cas, on peut supposer sans risque que c'est l'assassin lui-même qui a passé une solution nettoyante sur le buste de la victime, probablement avant de l'écorcher. »

D.D. traduisit : « Comme le ferait un chirurgien ? Pour préparer la peau avant une incision ?

— Une vraie préparation cutanée aurait supposé de badigeonner le champ opératoire avec un antiseptique classique, or la plupart sont alcooliques. La peau de notre victime a été toilettée, mais pas badigeonnée.

— Donc, le tueur a pris la peine de nettoyer le site opératoire, mais pas de le désinfecter.

– Je crois, oui. Et pour finir de répondre à ta précédente question, je n'ai pas retrouvé de trace de formol, donc pas d'agent de conservation.

– D'accord.

– Mais ça n'exclut pas que l'assassin ait fait le nécessaire après coup pour conserver son trophée », continua le légiste, se prenant de passion pour le sujet. « Avec deux sous de jugeote, il a pu mettre les lanières dans un bocal de formol, ou même les faire sécher par salaison. Les possibilités sont infinies, à vrai dire.

– C'est bon à savoir.

– Il ne fallait pas me poser la question.

– Les risques du métier. Donc, si je récapitule : notre assassin neutralise sa victime avec du chloroforme, puis l'asphyxie par compression. Ensuite, il la déshabille et lui nettoie la peau avec un savon antiseptique avant de passer au clou de la soirée, qui consiste à détacher délicatement de longues bandes de peau de son buste et du haut des cuisses. Opération dont tu penses qu'elle a pu être accomplie avec un bistouri. Après quoi, l'assassin quitte les lieux, non sans avoir fait main basse sur une partie des lanières en guise de trophées particulièrement macabres. Tu valides ?

– Je n'aurais pas mieux résumé. »

D.D. poursuivit son raisonnement : « Ce qui signifie que notre assassin s'y connaît en chirurgie et/ou en préparation cutanée, mais aussi qu'il est à l'aise avec les cadavres. En fait, étant donné que l'essentiel des réjouissances se déroule après le décès, il est peut-être à l'aise *surtout* avec les cadavres.

– Comme Jeffrey Dahmer ? demanda le légiste. Le nécrophile, c'est ça ? Qui ne pouvait pas s'empêcher de conserver une partie du corps de ses victimes ? Qui cherchait soi-disant l'amant idéal, celui qui ne pourrait jamais le quitter ?

– Sauf qu'aux dernières nouvelles, nos deux victimes ne présentaient aucun signe d'agression sexuelle, si ?

– Je n'ai rien trouvé. »

D.D. hocha la tête en silence, puis s'avisa qu'il fallait parler dans le combiné. « Merci, cette conversation m'a grandement aidée.

– Tu as démasqué l'assassin ?

– Pas encore, mais j'ai une petite idée du métier qu'il pourrait exercer.

– Tu vas enquêter dans les hôpitaux et les écoles de médecine ?

– Je vais demander à Neil d'avancer sur ce front-là. De mon côté, je vais faire un tour dans les funérariums. »

La raison aurait dû lui dicter d'attendre qu'Alex rentre du travail. Il aurait pu l'aider à passer une tenue correcte et à s'installer au volant. Mais D.D. n'était pas d'humeur raisonnable, plutôt d'humeur opiniâtre et en outre très remontée contre son bras, contre son épaule, contre Melvin. Elle était une femme forte. Indépendante. Et elle avait une affaire sur le feu.

Elle allait s'habiller et ce connard de Melvin n'aurait qu'à aller voir ailleurs si elle y était.

Melvin, naturellement, ne l'entendait pas de cette oreille.

Les ennuis commencèrent lorsqu'elle essaya d'enlever son tee-shirt à encolure bateau. Tirer le tissu élastique par-dessus son épaule droite provoqua curieusement un élancement dans l'épaule gauche. Ensuite, lorsqu'elle eut enfin fait passer le vêtement par-dessus sa tête, il fallut le faire glisser le long du bras gauche, puis retirer le pantalon de sport moulant. Franchement, il n'y avait aucune raison d'utiliser les muscles de son épaule pour faire descendre un pantalon de yoga en se trémoussant, et pourtant son bras gauche s'embrasa et elle sentit la sueur perler sur sa lèvre.

On aurait dit que plus elle cherchait à ménager son côté gauche, plus chaque mouvement exaspérait son cou, son épaule, le haut du bras. Serrant les dents, elle attrapa son pantalon gris souris dans son placard et passa ses pieds dans les jambes avec détermination. Ensuite commença l'opération laborieuse consistant à le remonter, centimètre par centimètre, avec sa main droite. Elle réussit finalement à le faire glisser jusqu'au-dessus des hanches, mais se retrouva dans une impasse : pas moyen de fermer le bouton. Elle fit quatre tentatives, en vain.

Un pull trop grand, se dit-elle, éperdue. Ou bien une veste. Elle allait porter un haut long qui dissimulerait la ceinture de son pantalon : ni vu ni connu.

C'était tellement logique qu'elle s'assit sur le lit et fondit en larmes.

Tout cela lui faisait horreur. Ce sentiment d'inutilité, d'impuissance, d'intense frustration. Elle reprochait à son corps de ne pas guérir. Elle en voulait à son épaule de la faire souffrir et à son stupide tendon d'avoir arraché un morceau d'os. Et si elle devait ne jamais s'en remettre tout à fait ? Il s'agissait d'une lésion rare ; personne n'avait pu lui donner de pronostic précis. Dans six mois, serait-elle enfin capable de s'habiller ? De tenir un pistolet ? De prendre son enfant dans ses bras ?

Ou bien en serait-elle toujours à ce stade ? À traîner dans les vêtements de son mari, réduite à raconter les souvenirs de sa grande époque en se demandant secrètement quel autre destin aurait pu être le sien. Elle ne pouvait pas être une femme finie. Pas encore. Elle était trop jeune, trop passionnée, trop enquêtrice dans l'âme. Impossible de tourner la page. Pas avec ce boulot chevillé au corps.

Même s'il lui avait fait du mal. Même si elle était devenue l'ombre d'elle-même.

Elle se laissa tomber en arrière. À moitié nue, en pantalon et soutien-gorge, elle contempla le plafond. Puis elle ferma les yeux pour essayer de se remémorer ce qu'elle avait dû voir ce fameux soir, juste avant d'être violemment poussée dans les escaliers.

Melvin. Allô, Melvin ? Je suis là, je suis prête, je veux savoir. Allez, Melvin. Lâche-moi la grappe et laisse-moi me souvenir.

N'était-ce pas ce qu'avait dit le docteur Glen ? Que si elle parlait à sa douleur, si elle demandait directement à Melvin de l'aider à se souvenir, ce minable d'exilé rendrait les armes. Qu'elle n'aurait plus qu'à se préparer à la suite.

Melvin resta coi. Ou plutôt il continua à s'exprimer par élancements douloureux, bla-bla-bla.

« Je suis prête, dit-elle entre ses dents dans la chambre silencieuse. Je peux affronter ça, Melvin. Allez, espèce de misérable petit merdeux. Je veux savoir. Dis-moi. »

Rien.

« Est-ce que c'était l'assassin ? Venu revivre son petit fantasme et qui a eu la mauvaise surprise de tomber sur moi ? »

Sauf que la plupart des assassins se contentent de traîner leurs guêtres à la périphérie du lieu de leur forfait. Aller jusqu'à passer sous le ruban du périmètre de sécurité, franchir le barrage de police, les mettrait en danger. Ils se retrouveraient incarcérés en moins de deux pour intrusion et soumis à un interrogatoire. Bon, peut-être qu'un vrai psychopathe, un assassin convaincu de sa supériorité, serait attiré par ce petit jeu. Mais leur assassin à eux ? Un homme qui s'en prenait à des femmes seules dans leur sommeil ? Qui les anesthésiait aussitôt au chloroforme afin que même leur mort ne soit qu'une exécution rapide et sans douleur... ?

L'espace d'une seconde, D.D. visualisa l'individu en question. Un gringalet. Souffrant d'une faible estime de lui-même, introverti, mal à l'aise devant les figures d'autorité, surtout les femmes. Un homme qui n'avait jamais connu de relation prolongée et qui vivait sans doute dans le sous-sol chez sa mère. Mais pas un fils persécuté habité par une colère refoulée et prête à exploser – non, ce type d'assassin aurait déchargé sa rage sur ses victimes une fois celles-ci en son pouvoir. Alors que celui-là... c'était un calme, au-dedans comme au-dehors. Mais peut-être un maniaque, poussé par une obsession, qui s'efforçait cependant d'accomplir sa tâche en faisant le moins de vagues possible. Jamais les victimes n'avaient su ce qui leur arrivait.

Il entrait, droguait, tuait, charcutait.

Parce que c'était ce qui lui importait vraiment. Écorcher. Récolter. Collectionner.

Un collectionneur.

Sitôt que cette idée lui vint, D.D. sut qu'elle était dans le vrai. Leur homme était un collectionneur. Ses crimes n'étaient pas le fruit de la colère ou d'une soif de violence, mais d'une pulsion irrésistible.

À moins que leur homme ne fût une femme.

Tous les sadiques sexuels ou presque sont des hommes, mais dans le cas d'un collectionneur... L'absence d'agression sexuelle. L'usage de chloroforme pour prévenir toute résistance. Même l'asphyxie par compression. Qu'avait dit Neil, déjà ? Que c'était une manœuvre à la portée d'individus de toute corpulence ; il suffisait d'appuyer au bon endroit pendant suffisamment longtemps.

Peut-être qu'en fin de compte leur assassin n'était pas un homme de petite taille qui courbait l'échine en société, mais plutôt une femme. Dont la présence n'aurait pas éveillé les soupçons des voisins s'ils l'avaient vue entrer tard le soir chez une autre femme. Qui, même surprise sur les lieux du crime à la nuit tombée, aurait pu avec davantage de crédibilité se faire passer pour une amie intime de la victime.

Était-ce possible ? Quand D.D. était retournée dans l'appartement de Christine Ryan, ce n'était peut-être pas un homme qui lui était tombé dessus, mais une femme, surgie de l'obscurité...

« Melvin. Allez, Melvin ! Parle-moi. »

Mais Melvin refusa de piper mot.

D.D. en avait plein le dos. Elle se redressa. Traversa la chambre comme un boulet de canon. Enfila un pull beige trop grand avant d'avoir le temps de se raviser, puis serra les dents sous le déferlement de douleur.

« Envie de râler, Melvin ? marmonna-t-elle. Envie de te mettre en rogne ? Alors, vas-y. Je vais t'en donner, moi, des raisons d'être en colère. On va s'amuser un peu. »

D.D. Warren, commandant de police, descendit l'escalier au pas de charge, sortit de chez elle et monta en voiture. Prête à partager sa douleur avec le monde entier.

9

Kim McKinnon, la directrice de la prison, était une superbe femme. Des pommettes hautes joliment sculptées, une peau lisse couleur d'ébène, des yeux marron limpides. Le genre de créature qui serait aussi éblouissante à soixante-dix ans qu'elle l'était à quarante. Elle était également douée d'une intelligence incroyable, d'une détermination sans faille et d'un cran phénoménal, toutes qualités indispensables pour diriger le plus vieux pénitencier pour femmes encore en activité aux États-Unis. Surtout à une époque où la surpopulation battait des records dans son établissement, qui venait d'être montré du doigt parce qu'il accueillait deux cent cinquante détenues dans des locaux prévus pour soixante-quatre.

La théorie du ruissellement appliquée au système carcéral, m'avait expliqué la directrice le jour où je lui avais posé la question. Comme la plupart des prisons de comté étaient elles-mêmes pleines à craquer, elles n'avaient plus la place d'offrir, ainsi que l'exigeait la loi, une séparation visuelle et phonique entre les délinquants des deux sexes. Leur solution : expédier les femmes au pénitencier, où elles devenaient le problème de la directrice.

McKinnon récoltait la mauvaise presse, les femmes se retrouvaient entassées dans des cellules à trois couchettes, et malgré cela l'État ne débloquait pas les fonds nécessaires aux travaux d'agrandissement.

À part ça, la directrice avait un boulot de rêve, c'est sûr.

Pour l'instant, Beyoncé, comme la surnommaient les détenues, était assise derrière son immense bureau gris métallique, les mains jointes devant elle, et elle me considérait d'un air grave.

« Son état empire, dit-elle sans préambule. L'incident de ce matin... Franchement, ça faisait des jours que je m'attendais à un épisode de ce genre.

– Donc, vous aviez ordonné des fouilles supplémentaires dans sa cellule et demandé à votre personnel de veiller particulièrement à ce qu'elle ne puisse pas se procurer de quoi fabriquer un couteau ? » traduisis-je en toute décontraction.

La directrice se contenta de me lancer un regard.

« Voyons, Adeline. Vous arpentez ces couloirs depuis suffisamment longtemps pour savoir qu'avec une détenue comme votre sœur, il n'y a pas grand-chose à faire. Nous avons beau porter des uniformes, la plupart du temps, c'est quand même elle qui mène la danse. »

C'était la triste vérité. Ma sœur était le cauchemar de tout administrateur de prison : une détenue en quartier de haute sécurité extrêmement intelligente, incroyablement asociale et qui n'avait plus rien à perdre. Elle était déjà tenue à l'isolement, enfermée vingt-trois heures sur vingt-quatre. À la seule exception de mon parloir, une heure par mois, elle se fichait de son droit à recevoir des visites. Idem pour son droit à téléphoner, à participer à des ateliers ou même à conserver les rares objets de luxe qu'à force d'économie elle était parvenue à s'acheter à la cantine de la prison. Shana piquait

encore et encore ses crises de sale gosse et encore et encore
le personnel pénitentiaire répliquait en restreignant ses droits
et en la privant de ses jouets.

Shana s'en fichait. Elle était en colère, déprimée et, jusqu'à
présent, la bourrer de médicaments n'y avait rien fait. J'étais
bien placée pour le savoir : c'était moi qui lui avais prescrit
ses trois derniers traitements.

La tentative de suicide de Shana n'était pas seulement une
pierre dans le jardin de la directrice, mais aussi dans le mien.

« Elle prend ses pilules ? » demandai-je. La question s'imposait.

« Nous surveillons qu'elle les avale et nous fouillons sa
cellule au cas où elle les régurgiterait. Nous n'avons rien
trouvé, mais ça veut peut-être seulement dire qu'elle a un
coup d'avance. Adeline, vous comprenez bien que je vais
devoir garder Shana à l'infirmerie pendant une bonne semaine.
Vous savez ce que c'est. »

Je hochai la tête : reçu cinq sur cinq. La prison ne manquait
pas de cas psychiatriques, mais l'infirmerie était un concentré
de démence, où les plus déséquilibrées tournaient en rond
dans leur cellule médicale en hurlant des insanités de leur
cru à la face du monde.

Si ma sœur n'avait pas déjà eu des envies de suicide, une
semaine à l'infirmerie se serait chargée de lui en donner.

« C'est l'anniversaire de son premier meurtre ? demandai-je.
Maria m'a dit qu'un journaliste avait cherché à joindre Shana,
posé tout un tas de questions ? »

En guise de réponse, la directrice ouvrit brusquement un
tiroir et en sortit une liasse de lettres entourée d'un élastique.
« Charles Sgarzi. Il a pris contact avec mes services il y a six
mois. On lui a répondu qu'il fallait qu'il écrive directement à
Shana pour lui communiquer sa demande. On m'a dit qu'elle

avait lu ses premières lettres, mais jamais répondu. Ensuite, il s'est acharné. »

Elle me tendit le paquet de lettres. J'en comptai plus d'une douzaine, classées par ordre chronologique en fonction de la date d'affranchissement. Depuis trois mois, le journaliste écrivait au moins une fois par semaine. Les enveloppes avaient toutes été décachetées, mais, avec les procédures de sécurité, cela ne voulait rien dire.

« C'est le même type qui a écrit tout ça ?

– Oui.

– Quel journal ?

– Pas un journal. Un blog. Web-journalisme ou je ne sais quoi. Paraît-il que le papier est dépassé. Que les futurs lauréats du Pulitzer se trouvent sur Internet. Malheureusement, c'est moins pratique pour emballer le poisson.

– Et Shana a lu toutes les lettres ?

– Seulement les premières. Depuis, elle les a toutes refusées.

– Mais vous les avez lues ?

– Les agents du renseignement pénitentiaire étaient intrigués. Votre sœur ne fait pas partie de nos détenues les plus populaires, vous comprenez. »

Je savais ce qu'elle voulait dire. Nombre de détenues mènent encore une vie sociale très active derrière les barreaux. Quand on est jeune et belle, la prison est un atout charme supplémentaire. Mais Shana avait la quarantaine bien sonnée, l'air endurci des prisonnières et la laideur du diable. La plupart des hommes la croyaient sans doute lesbienne. Étant donné la dimension sexuelle des meurtres qu'elle avait commis, je ne pensais pas que c'était le cas, mais je ne lui avais jamais posé la question.

« Quand elle a commencé à recevoir du courrier toutes les semaines, continua la directrice, nous avons soupçonné ces lettres de ne pas contenir que des propos mondains. »

Je hochai la tête. Si ma sœur n'était pas jolie, elle avait en revanche un passé de toxicomane et je comprenais l'inquiétude du renseignement pénitentiaire.

« Mais si ce sont des messages codés ou qu'il y a un contenu caché, dit la directrice en écartant les mains, c'est fait plus habilement que tout ce que j'ai pu voir jusqu'à présent. Mon hypothèse est que ce journaliste est obsédé par votre sœur. Ce qui, maintenant que je me suis renseignée sur lui, serait assez logique : c'est le cousin de Donnie Johnson. »

Je sursautai. Donnie Johnson avait douze ans quand Shana l'avait étranglé à mains nues avant de lui mutiler le haut du corps au couteau. Même si elle n'avait que quatorze ans au moment des faits, elle avait été jugée comme une adulte eu égard à la nature particulièrement « odieuse » du crime. Pendant le procès, elle avait prétendu que Donnie avait tenté de la violer. Qu'elle n'avait fait que se défendre. Quant au fait qu'elle lui avait tranché une oreille, qu'elle l'avait défiguré, qu'elle avait retiré de longues lanières de peau de ses bras...

Le remords, avait-elle expliqué d'un air impassible. Un cas classique de défiguration par repentir.

Comme l'avait souligné le procureur, Donnie était un petit garçon pâle et chétif, de ceux qu'on choisit en dernier pendant les cours de sport. La probabilité que ce gamin frêle ait agressé sexuellement sa voisine plus grande, plus mûre, plus dégourdie...

Il avait fallu moins de deux jours au jury pour décider du sort de ma sœur ; et encore, c'était après que la défense avait empêché que soient pris en compte ses antécédents, notamment le coup de couteau qu'elle avait donné à onze ans à un garçon de son foyer.

Tous les grands médias de l'époque avaient présenté ma sœur comme un monstre. Étant donné qu'elle devait encore tuer trois personnes, dont deux surveillants, pendant son incar-cération, je ne pense pas que ce jugement ait été erroné.

Pour reprendre ses mots, elle était papa. Un prédateur dans l'âme.

Et moi, j'étais maman. Or maman était pire.

Ce fut plus fort que moi. Mes pensées se reportèrent sur des fioles en verre où flottaient des lambeaux de peau, planqués dans une boîte à chaussures sous le plancher de ma penderie. Qu'aurait pensé Shana si elle avait su que ma vie n'était pas aussi fade et irréprochable qu'elle le croyait ? Que papa, elle et moi avions finalement un point commun ?

Je me ressaisis et me reconcentrai sur les lettres.

« Que veut-il ? demandai-je.

– Lui poser des questions. »

Je brandis les enveloppes. « Il l'a fait ?

– Non. Il se contente de donner à chaque fois ses coor-données pour qu'elle le contacte.

– Mais sans avouer qu'il est le cousin de la victime. Vous avez découvert ça toute seule.

– Exact.

– Donc, déjà, ses motivations sont suspectes.

– Je me méfierais, confirma la directrice.

– Vous croyez que Shana est au courant ? »

La directrice garda le silence un instant, me considéra d'un œil nouveau.

« Qu'est-ce qui vous fait penser qu'elle soupçonne un lien entre le journaliste et Donnie Johnson ?

– D'après vous, ces lettres bouleversent Shana. Pourquoi ? Simplement parce qu'un journaliste lui demande de le contac-ter ? Vous la connaissez aussi bien que moi : elle s'ennuie, elle est intelligente, très manipulatrice. J'aurais plutôt pensé qu'elle trouverait ce genre de sollicitation... intriguante.

– Il vous arrive de lui parler de Donnie ?

– Nous effleurons parfois le sujet. » Mais sans doute moins souvent que d'autres, comme celui de notre famille.

« Elle n'a pas répondu à vos questions.

– Ça n'a jamais été son genre.

– Elle ne parle pas de lui. Jamais. Après toutes les années qu'elle a passées ici, malgré tous les conseillers, psychologues et assistants sociaux qui ont défilé... Shana ne parle pas de lui. Le garçon qu'elle a poignardé à onze ans, j'en ai entendu parler. La *putasse*, selon ses termes, qu'elle a dû éventrer quand elle a été incarcérée à seize, j'en ai entendu parler. Mais le petit Johnson... c'est tabou. »

Perplexe, je réfléchis. Shana pouvait être très crue quand elle parlait de violence. De ses fantasmes – étriper telle personne, zigouiller telle autre. Rien n'était trop choquant, trop insoutenable, trop révoltant, pour qu'elle le dise. Mais si on faisait la synthèse de ce qu'elle disait, si on l'analysait... en fait, elle jacassait. Elle vous servait exactement le genre de discours féroce qu'on attend d'une meurtrière multirécidiviste. Comme un bruit de fond qui couvre le reste de la conversation et vous empêche de continuer.

J'étais certaine que si j'avais demandé à Shana pourquoi elle avait tué Donnie Johnson, elle aurait haussé les épaules et répondu : « Parce que. » Elle se considérait comme une criminelle hors catégorie, et les criminels hors catégorie ne s'excusent pas. Ils n'ont pas le sentiment d'en devoir autant à leurs victimes.

Mais il aurait pu être intéressant de lui demander pourquoi elle ne parlait pas du petit Johnson. Ou pourquoi elle n'avait pas répondu au journaliste. Ou, peut-être et même surtout, pourquoi elle ne m'avait jamais parlé d'aucune de ces lettres.

Au bout de trente ans, qu'avait-elle encore à cacher ?

« Je peux les emporter ? demandai-je à la directrice.

– Je vous en prie. Vous allez appeler le journaliste ?

– Ça se pourrait.

– Et vous allez parler à Shana ?

– Est-ce que je pourrais revenir demain ?

– Vu les circonstances, oui. »

Je hochai la tête, pris la liasse de lettres, le cerveau déjà en ébullition. Mais au moment de me lever, je devinai, plus que je ne vis, l'hésitation de la directrice.

« Autre chose ?

– Peut-être une dernière question : est-ce que par hasard vous auriez lu le journal, ce matin ? »

Je fis signe que non. Entre mes... activités nocturnes et le coup de fil de la prison, je n'avais pas eu le loisir de me tenir au courant de l'actualité. La directrice fit glisser le *Boston Globe* sur la surface lisse de son bureau en tapotant de l'index un titre en bas à droite, sous la pliure : une femme venait d'être assassinée ; cela, je le compris immédiatement à la lecture du titre. Mais ce ne fut que lorsque mon regard balaya les paragraphes suivants pour prendre connaissance des détails du crime, de la présence de lambeaux de peau, détachés de la chair avec expertise...

Je fermai les yeux et fus parcourue d'un frisson inattendu. Mais ils ne pouvaient pas... Je ne... Je coupai brutalement court à cette idée. Ce n'était ni l'heure ni le lieu.

« Si j'ai bonne mémoire..., commença la directrice.

– Vous avez raison, l'interrompis-je.

– Si j'ai pu repérer des similitudes entre ce meurtre, les œuvres de votre sœur et les crimes de votre père, d'autres le feront.

– Exact.

– Donc la situation pourrait empirer, et pour elle et pour vous.

– Oh que oui, confirmai-je, les yeux toujours rivés sur le bureau pour ne pas croiser son regard. La situation est en passe d'empirer sérieusement. »

10

Le funérarium Coakley & Ashton recevait les familles de Boston depuis plus de soixante-dix ans. D.D. était déjà venue à deux reprises dans cet établissement, une gracieuse demeure à la façade blanche, de style colonial. La première fois pour le décès d'un ami et la seconde pour rendre un dernier hommage à un collègue. Dans les deux cas, elle avait été frappée par les puissantes odeurs de fleurs fraîches et de chair embaumée. Ce n'était sans doute pas un aveu à faire de la part d'une enquêtrice de la criminelle, mais les funérariums lui faisaient froid dans le dos.

Peut-être la mort lui était-elle tout simplement trop familière et que la voir dans cet environnement aseptisé la lui rendait étrangère. Comme rencontrer un ancien amant qui ne ressemblerait plus du tout au souvenir qu'on en avait gardé.

Le directeur de l'établissement, Daniel Coakley, attendait sa visite. C'était un monsieur d'un certain âge, avec de larges épaules et une épaisse chevelure blanche. Il portait un costume gris souris impeccablement coupé, et il se dégageait de toute sa personne une impression de sérénité qui devait apaiser les familles éperdues de chagrin et favoriser les confidences.

D.D. serra la main qu'il lui tendait et le suivit à travers le hall lambrissé, puis dans le couloir moquetté de rouge, jusqu'à son bureau. Contrairement au reste de l'établissement, où régnait une atmosphère sombre et surannée, le bureau de Coakley était étonnamment lumineux et moderne – de grandes fenêtres qui donnaient sur une pelouse, une bibliothèque encastrée blanche, un bureau en érable naturel sur lequel était posé un discret ordinateur portable dernier cri.

D.D. aurait presque recommencé à respirer, n'était l'inévitable composition florale qui trônait sur le rebord de la fenêtre.

« Des glaïeuls, observa-t-elle. Je me trompe ou on en trouve dans presque tous les bouquets funéraires ?

– C'est la fleur du souvenir, lui expliqua Coakley. On la choisit donc souvent pour les obsèques. Elle symbolise aussi la force de caractère, l'honneur et la fidélité – ce qui fait autant d'autres bonnes raisons. »

D.D. hocha la tête et se racla la gorge ; elle ne savait pas très bien par où commencer. Coakley lui adressa un sourire encourageant. Elle se fit la remarque qu'il avait l'habitude que ses interlocuteurs soient mal à l'aise et l'interrogent d'un air embarrassé. Cela ne la détendit pas pour autant.

Prenant les choses dans l'ordre, elle se fit confirmer que Coakley & Ashton existait depuis trois générations et que Daniel en était à la fois le directeur et le responsable de l'équipe de thanatopraxie. Elle apprit que les thanatopracteurs devaient passer par une école spécialisée et suivre un apprentissage d'un an avant de décrocher leur licence. Bon à savoir.

L'entreprise comptait également trois salariés à plein temps et cinq à temps partiel, qui accomplissaient des tâches administratives, préparaient les cérémonies et pouvaient même être amenés à porter le cercueil. Cette dernière information retint l'attention de D.D.

« Et ces autres salariés, comment les recrutez-vous ? demanda-t-elle en se penchant vers Coakley. Qu'est-ce qui les attire vers cette profession ? »

Coakley eut un sourire en coin : « D'où leur viendrait l'envie de travailler dans un funérarium, vous voulez dire ? »

D.D. ne se troubla pas. « Exactement.

– Mes employés à temps partiel sont des retraités du quartier. Beaucoup d'entre eux sont à ce stade de leur vie où ils ont eu l'occasion d'assister à un grand nombre d'enterrements et je crois qu'il leur plaît de rendre cette épreuve plus facile à d'autres. Ce sont surtout des hommes, curieusement. Et je dois dire que la majorité des familles trouvent leur présence réconfortante.

– Et le reste du personnel ?

– J'ai une secrétaire qui travaille avec moi depuis des décennies. Je crois qu'elle serait la première à reconnaître que lorsqu'elle s'est présentée pour l'entretien d'embauche, l'idée de travailler dans un funérarium l'a prise à revers. Mais, comme elle l'a dit, répondre au téléphone, c'est répondre au téléphone. D'ailleurs, à part les soins de thanatopraxie qui se déroulent en coulisses, nous ne sommes pas tellement différents de n'importe quelle autre société. Nous entretenons notre flotte de véhicules, nous avons un service administratif. » Il montra la pièce autour de lui. « Nous éditons des bulletins de salaire, nous payons des impôts. C'est une entreprise et la plupart de mes employés travaillent sans doute chez moi comme ils travailleraient n'importe où. C'est un bon emploi, je les traite bien et ils se sentent reconnus. »

D.D. hocha la tête : elle comprenait ce qu'il voulait dire, mais n'était pas entièrement d'accord. Coakley avait beau affirmer que sa société était une entreprise comme les autres, il avait affaire à la mort tous les jours. La plupart des sociétés ne pouvaient pas en dire autant. Et beaucoup de gens ne se seraient pas sentis à l'aise.

« Et si vous me donniez un aperçu de la façon dont vous travaillez, fit-elle. Vous recevez un appel : quelqu'un est décédé. Et ensuite ?

– Le défunt est transféré dans nos locaux.

– De quelle manière ?

– Il y a divers moyens. Nous sommes habilités à aller chercher la dépouille dans les hôpitaux de la région. Sinon, il existe des entreprises spécialisées dans le transport funéraire, en particulier sur longue distance. Par exemple, il peut arriver que les obsèques se déroulent à Boston, alors que le décès a eu lieu en Floride. Il faut donc transporter le corps d'un endroit à l'autre, et cela outrepasse notre rayon d'action. »

D.D. prit note. Les entreprises de transport funéraire. Encore des employés que cela ne dérangeait pas de passer des heures en compagnie de cadavres. Peut-être même était-ce précisément pour cette raison que certains embrassaient une telle carrière ?

« Et ensuite ?

– Je rencontre les proches, je détermine ce qu'ils souhaitent pour les obsèques. Cercueil ouvert ou fermé, crémation. Naturellement, leurs choix ont des conséquences sur l'étape suivante, les soins de conservation.

– Comment préparez-vous le corps ? » Ce fut plus fort que D.D. : elle tendit l'oreille, toute en curiosité morbide.

Daniel Coakley sourit, mais plus faiblement cette fois-ci. De toute évidence, la question lui avait déjà été posée. Sans doute lors d'innombrables cocktails, par des gens chez qui la fascination le disputait à l'horreur.

« En gros, le travail du thanatopracteur consiste à remplacer le sang par un fluide antiseptique. On pratique plusieurs petites incisions dans les principales artères et on injecte un liquide formolé dans le système circulatoire, ce qui expulse le sang.

– Vous préparez le corps avant les soins ? Vous le lavez, par exemple ?

– Non. Les soins peuvent être assez salissants. Personnellement, j'attends la fin. Et ensuite, je toilette le corps entier.

– Est-ce que vous avez des solutions nettoyantes de prédilection ? Des produits professionnels ? »

Elle repensait aux scènes de crime. À ces chambres d'une propreté presque incroyable.

« J'utilise un savon antiseptique classique. Il n'abîme pas les tissus et il est assez doux pour être appliqué à mains nues. »

D.D. griffonna encore une note. Savon antiseptique, comme le légiste en avait retrouvé sur le torse de la première victime. « Et ensuite ? insista-t-elle. J'imagine qu'il faut également nettoyer la pièce ?

– On opère sur une table de préparation en inox, très semblable à celles dont se servent les médecins légistes pour leurs autopsies. Elle est dotée d'une rigole d'évacuation, bien sûr. Ensuite, on la rince au jet et on la désinfecte à la javel. Rien de compliqué, ce qui est bien commode en cas de pic d'activité. »

D.D. fit la moue, pensive. Au milieu de la nuit, elle avait fait une fixation sur l'idée que leur tueur était particulièrement à l'aise en compagnie des morts. Ce qui, par association, lui avait fait penser aux funérariums. Peut-être un thanatopracteur, quelqu'un qui posséderait des compétences techniques et qui aurait appris à manier le scalpel pendant sa formation. Et puis le soin que le tueur avait mis à nettoyer la scène de crime l'avait amenée à se demander quels produits spécifiques on pouvait utiliser dans les funérariums pour effacer toute trace de sang et de fluides corporels. À creuser.

« Je peux vous poser une question ? demanda soudain Coakley.

— Je vous en prie.

— Est-ce que notre entrevue a un quelconque rapport avec l'affaire du tueur à la rose ?

— Pardon ?

— Le tueur à la rose ? En l'occurrence, je cite la une du *Boston Herald*, ce que les enquêteurs sérieux ne font peut-être jamais. »

D.D. ferma les yeux. Il ne manquait plus que ça. La police de Boston avait été bien inspirée de ne pas informer la presse des détails du premier meurtre. D.D. aurait dû se douter qu'un tel coup de chance ne se reproduirait pas.

« Est-ce que j'ai envie de savoir ce que dit le *Herald* ? demanda-t-elle en rouvrant un œil. Ou plutôt quels détails sensationnalistes ils ont balancés sur cinq colonnes à la une ? »

Coakley lui accorda un regard compatissant. « L'article prétend qu'il y a eu deux victimes. L'assassin les aurait tuées dans leur lit et aurait laissé une rose sur leur table de chevet, comme un amant dénaturé.

— Autre chose ?

— À part le fait qu'il les a écorchées vives ?

— Pas vives ! » D.D. s'aperçut un peu tard qu'elle n'aurait pas dû relever. Cela dit, Coakley était directeur de funérarium, pas journaliste. « Écoutez, ça doit rester entre nous, mais les victimes étaient déjà mortes quand elles ont été écorchées. C'est en partie pour ça que je suis là. Sans trop entrer dans les détails, notre assassin… Disons qu'il a passé plus de temps avec les victimes après leur décès qu'avant. On dirait presque que le meurtre lui-même n'était qu'accessoire. Il, ou elle, veut avant tout un cadavre.

— Nécrophilie ? murmura Coakley.

– Aucune trace d'agression sexuelle », répondit D.D. Tant qu'à faire une bêtise, autant ne pas la faire à moitié.

« Et c'est pour ça que vous avez pensé aux directeurs de funérarium. Parce qu'il va de soi que des gens qui passent leur vie en compagnie de cadavres éprouvent pour eux une fascination malsaine », dit posément Coakley.

D.D. eut le bon goût de rougir.

« Je sais, dit-elle. De la même façon que des gens qui passent leur vie à enquêter sur des meurtres éprouvent forcément une fascination malsaine pour la violence.

– On se comprend, déjà.

– On se comprend.

– Savez-vous ce qu'il faut pour faire un bon directeur de funérarium, commandant Warren ?

– Sans doute pas.

– De la compassion. De l'empathie. De la patience. Certes, une partie de mon travail consiste à préparer un corps en vue des funérailles – une opération qui exige des années de formation technique, mais qui, sincèrement, tient aussi de l'art. Les bons thanatopracteurs ont une opinion sur le pourcentage de formol idéal et le maquillage correcteur le plus réaliste. Mais nous ne travaillons pas dans l'abstrait. Notre objectif est de transformer une cérémonie triste, bouleversante et souvent effrayante pour les familles en un moment cathartique. Tous les jours, je rencontre des gens qui sont vulnérables comme ils ne l'ont jamais été. Certains réagissent par des pleurs et d'autres par de la colère. Mon travail consiste à prendre chacune de ces personnes par la main pour la faire entrer en douceur dans son travail de deuil. Avec beaucoup de compassion, d'empathie et de patience. Maintenant, si on oublie le fait que je suis relativement à l'aise en compagnie de cadavres, est-ce que je vous fais l'effet d'un assassin ? »

D.D. rougit à nouveau. « Non.

– Je vous remercie.

– Mais... »

Daniel Coakley haussa les sourcils. Pour la première fois, il paraissait non seulement surpris, mais également aussi proche de l'agacement qu'il était capable de l'être. « Mais ?

– Ce que vous me décrivez, ce sont les qualités nécessaires à un bon directeur de funérarium. Peut-être que j'en cherche un mauvais. »

Coakley la regarda d'un air soucieux. « Ou alors, reprit-il brusquement, un raté. Je ne peux pas dire que ce soit fréquent, mais il m'arrive de temps à autre d'avoir un apprenti à qui manquent de toute évidence les compétences relationnelles nécessaires pour exercer cette profession.

– Et que faites-vous, dans ces cas-là ?

– Je romps le contrat.

– Vous auriez une liste ?

– Allons donc. Je ne me rappelle qu'un seul exemple et, aux dernières nouvelles, cette personne s'est réorientée vers une école de cuisine et elle s'en sort bien. Vu l'ampleur de votre enquête, il me semble que vous devriez ratisser plus large au lieu d'aller de funérarium en funérarium.

– Que suggérez-vous ?

– Les instituts de formation aux métiers du funéraire. Il y en a deux à Boston. Pour voir s'ils seraient prêts à donner les noms des étudiants qui ont été recalés. Je peux aussi me renseigner de mon côté. C'est un petit milieu. S'il y a un nom en particulier, un... comment dites-vous déjà, un "individu intéressant" sur lequel vous aimeriez en savoir davantage, je pourrais sans doute passer quelques coups de fil.

– Je vous remercie.

– Nous ne sommes pas une bande de vampires, dit doucement Coakley alors qu'elle se levait.

– Ce n'était pas ce que je voulais suggérer.

– Mais il est exact que nous attirons de temps à autre des tempéraments morbides.

– Ça m'arrive tout le temps », lui assura D.D.

Coakley lui adressa son petit sourire, puis, tranquillement mais fermement, la raccompagna.

11

Pendant toute notre vie commune, mon père adoptif et moi n'avons eu qu'une seule grosse dispute : le jour où il a découvert les lettres de ma sœur.

« *Ne sois pas idiote !* a-t-il rugi en empoignant la pile de missives à peine déchiffrables. Tu n'as rien à y gagner et tout à y perdre.

– C'est ma sœur.

– Elle t'a agressée à coups de ciseaux. Et même comme ça, tu as été plus chanceuse que ses dernières victimes. Dis-moi que tu ne lui as pas répondu. »

Je n'ai rien dit.

Il a pincé les lèvres et son visage sévère affichait une nette réprobation. Puis, d'un seul coup, il a soupiré. Il a reposé les feuilles sur mon bureau et il est allé s'asseoir avec lassitude sur mon lit à froufrous roses. Il avait soixante-cinq ans. Un généticien tiré à quatre épingles, grisonnant, qui devait se dire qu'il n'avait plus l'âge.

« Souviens-toi qu'il y a deux sortes de familles », m'a-t-il dit, sans me regarder.

J'ai hoché la tête. Nous étions en terrain connu de la plupart des enfants adoptés. Il y a deux sortes de familles : celles que la vie vous donne et celles qu'on se crée. Les familles biologiques sont données par la vie. Les familles adoptives sont créées. C'est à ce point-là du raisonnement que la plupart des parents adoptifs se lancent dans un boniment enthousiaste pour vanter les avantages de la famille qu'on se crée. Les autres enfants aimeraient bien pouvoir choisir leurs parents, leurs frères et sœurs, etc. Quelle chance tu as !

Mon père adoptif avait passé mes jeunes années à me lire quantité de livres sur le sujet. *L'Enfant de mon cœur. Un-deux-trois-famille !* Sauf que, quand il disait qu'il n'aurait pas pu m'aimer davantage si j'avais été de son sang, il était d'autant plus crédible qu'il n'avait pas d'enfants biologiques. Ni d'épouse. Avant de me rencontrer, le docteur Adolfus Glen était un célibataire, un solitaire même, tout ce qu'il y a de plus heureux. Et s'il n'était pas le père le plus démonstratif du monde, je n'ai pour autant jamais douté de son amour. Enfant, je me rendais déjà compte de son intégrité hors du commun, de sa dignité tranquille. Il m'aimait, sincèrement. Et aux yeux d'un homme comme lui, cela représentait tout.

« Tu n'es pas obligée de la choisir, m'a-t-il expliqué ce jour-là. Shana est peut-être la famille que t'a donnée la vie, mais c'est aussi celle qui t'a été reprise, et pour d'excellentes raisons. Si cette lettre avait été écrite par ton père, tu la lirais quand même ?

– Ce n'est pas la même chose !

– Pourquoi ? Ce sont tous les deux des assassins.

– Elle n'était qu'une petite fille...

– Qui est devenue une psychopathe. Elle a combien de victimes à son actif ? Trois, quatre, cinq ? Tu lui as posé la question ?

– Peut-être que ses crimes, sa personnalité... peut-être que ce n'est pas sa faute. »

Il m'a considérée sans flancher. « Peut-être qu'elle aurait été différente si elle n'avait pas subi l'insatiable appétit de violence de ton père, tu veux dire ? Si elle n'avait pas été témoin tous les soirs de sa perversité tandis que toi, tu étais enfermée dans le placard ?

– Les cinq premières années de la vie d'un enfant sont cruciales, ai-je murmuré (je venais de terminer ma licence). Je n'ai passé qu'un an dans cette maison. Elle, quatre. Donc l'essentiel de ses principales étapes de développement...

– L'inné contre l'acquis. Tu as eu la chance d'avoir une famille aimante, contrairement à ta sœur, qui est restée dans le système de l'aide sociale. Résultat, tu vas entrer dans une des plus prestigieuses écoles de médecine de Boston, tandis qu'elle a été et restera toujours à l'école du crime.

– C'est cruel.

– Mais tu te mens à toi-même, Adeline. Ça n'a rien à voir avec l'opposition entre inné et acquis. Tu culpabilises de t'en être sortie, voilà tout.

– C'est ma sœur...

– Mais elle a de lourds antécédents de violence envers autrui, toi notamment. Donne-moi une seule bonne raison de te choisir Shana comme famille. Une seule bonne raison et je m'inclinerai. »

La moue rebelle, j'ai regardé ailleurs. « Parce que », j'ai marmonné.

Mon père a levé les bras au ciel. « Dieu nous protège des demoiselles Je-sais-tout. Réponds-moi : tu lui as envoyé de l'argent ? »

Encore un silence. Et un nouveau soupir paternel.

« Elle t'en a demandé, n'est-ce pas ? Et allons donc ! C'est une manipulatrice de génie et tu es une proie facile. Vous vivez toutes les deux dans une grande maison, mais elle, c'est derrière des verrous.

— Peut-être aussi que c'est mon aînée et qu'entre sœurs on doit se serrer les coudes.

— Noble sentiment. C'est elle qui a écrit ça ?

— Je ne suis pas naïve !

— Très bien. Ne lui envoie plus d'argent. Qu'on voie combien de temps il se passera avant que ses lettres s'arrêtent.

— Elle a envie de me rencontrer.

— Et toi ? » Pour la première fois, mon père semblait moins sûr de lui.

« Je suis… curieuse. On connaît tous les deux la triste réputation de mon père. » Je me suis mise à chanter :

« *Harry Day, le sale tordu, le sale pervers, qui voulait seulement se les faire. Et que je t'attrape, et que je te cogne, et que je te troue, et que je te pogne. À toutes, il leur disait : t'es mon amour. Avant de les enterrer à leur tour.* »

J'étais au collège quand j'avais entendu cette ritournelle pour la première fois. Mais jamais je n'en avais parlé à mon père adoptif. Parce que savoir la vérité peut être une souffrance, mais en parler à un être cher qui ne peut rien pour vous également. Mon père s'est voûté. Le regard plein de douceur. « C'est juste.

— Et ma sœur aussi, n'est-ce pas ? Je suis issue d'une famille d'assassins.

— Oui, a-t-il reconnu d'un air lugubre. C'est ton patrimoine génétique.

— Et quoi que nous aimerions en penser, l'hérédité joue un rôle essentiel dans la psychologie. L'amour ne peut pas changer le monde à lui seul.

— Tu es trop jeune pour être aussi cynique, ma belle. »

J'ai poursuivi : « Je ne crois pas être une meurtrière.

– Encore heureux.

– Mais je pense que je devrais savoir ce que j'ignore encore, découvrir ce dont je ne me souviens pas. Parce que j'ai reçu ma famille biologique en héritage et que tu m'as toujours enseigné qu'il n'y avait rien à gagner au déni. Prendre un problème à bras-le-corps, l'analyser, le dominer : ce n'est pas ce que tu recommandes ?

– Je recommande aussi la prudence, il me semble. Souviens-toi que la douleur est multiforme. Et la famille, a-t-il ajouté en montrant les lettres de ma sœur, n'importe quelle famille mais la tienne en particulier, a le don de faire souffrir. Si tu as lu le rapport sur Harry Day, si tu as réellement regardé ces photos, tu dois le savoir aussi bien que moi.

– On ne fait qu'échanger par écrit, me suis-je défendue. Environ une fois par mois, comme avec une correspondante. Ça va aller.

– Ça n'en restera pas là. Un jour ou l'autre, ta sœur demandera à te rencontrer. Et tu iras, Adeline. C'est dans des moments comme ça que je regrette vraiment que tu ne puisses pas ressentir la douleur. Tu aurais peut-être un meilleur instinct de conservation.

– Tout va bien se passer, papa. Fais-moi confiance, je sais ce que je fais. »

Et j'ai tourné le dos à mon père. Le débat était clos. Ma conviction faite. Ma décision confortée.

Et peut-être que j'aurais tenu bon. Peut-être que je me serais limitée à des lettres. Mais mon père est mort. La famille que nous avions créée s'est dissoute. Je suis restée seule au monde et, même si je ne sentais pas la douleur, ce n'était pas pour autant que je ne souffrais pas de solitude.

Six mois plus tard, je me rendais pour la première fois au pénitencier pour femmes. Et, assise face à Shana, je réalisais que, comme toujours, mon père adoptif avait raison : ma grande sœur avait bel et bien un don particulier pour faire souffrir.

Mais je me plaisais à imaginer, sans doute comme la plupart des petites sœurs, que j'avais moi aussi des dons hors du commun.

Comme j'avais décommandé tous mes rendez-vous de la journée lorsque j'avais appris la tentative de suicide de Shana, ce fut une surprise de trouver le commandant Warren devant ma porte en arrivant à mon cabinet.

Je sortis de l'ascenseur, ma clé à la main, et me figeai un instant, parcourue par un frisson de frayeur. Sa tenue, pantalon foncé et pull couleur crème, pouvait être celle d'une policière en pleine enquête. Et entre mes antécédents familiaux et l'article à sensation publié dans le journal du matin au sujet des deux récents meurtres...

Mais ensuite je remarquai sa façon de se tenir, ou plutôt d'être avachie contre le mur lambrissé, son visage blême et lugubre, un masque de douleur finement ciselé.

« Ça va ? lui demandai-je en m'approchant.

– Qu'est-ce que je fais là, à votre avis ? » Le ton était cassant, son bras gauche collé à sa poitrine dans une posture protectrice. J'en déduisis que la nuit avait dû être mauvaise et la matinée pire encore. La meilleure défense étant une attaque bien sentie, D.D. Warren avait apparemment décidé d'être aussi agressive que possible.

Je m'arrêtai à sa hauteur et dis d'une voix neutre : « Est-ce que je me trompe ? Je ne crois pas que nous ayons rendez-vous...

– Je passais dans le coin. Je me suis dit que j'allais tenter ma chance, au cas où vous pourriez me recevoir.

– Je vois. Ça fait combien de temps que vous attendez ?

– Je n'ai pas attendu. Je viens d'arriver. J'ai vu qu'il n'y avait pas de lumière, je me suis dit que ce n'était pas mon jour, l'ascenseur a fait *ding* et vous voilà. »

Je hochai de nouveau la tête, enfonçai la clé dans la serrure, la tournai. Après quelques secondes de réflexion, je dis (avec résignation ?) : « Entrez, je vous en prie.

– Merci.

– Thé, café, eau ?

– Café. Si ça ne vous dérange pas.

– Vous débarquez à mon cabinet sans prévenir. Il est trop tard pour vous demander si ça me dérange. »

D.D. sourit enfin et me suivit dans le deux-pièces. J'allumai les lampes, accrochai mon manteau, rangeai mon sac à main.

« Où est votre secrétaire ?

– Je lui ai donné sa journée.

– Vous ne travaillez pas le mercredi, d'habitude ?

– J'ai eu un imprévu. »

D.D. hocha la tête, fit le tour de la pièce et examina les diplômes accrochés au mur pendant que je préparais du café. J'ouvris la porte de ma salle de consultation. D.D. s'assit sur la chaise rigide et poussa un petit soupir avant de se ressaisir. Sa main gauche tremblait. Douleur, lassitude, difficile à dire, mais l'enquêtrice ne me paraissait pas du genre à flancher facilement. Le fait même qu'elle fasse appel à mes services en disait long sur l'intensité de sa souffrance.

« Pour des questions d'assurance, lui indiquai-je, je vais devoir considérer cette séance comme un rendez-vous normal.

– D'accord. » Puis : « Qu'est-ce que ça veut dire ? »

Je souris, pris place comme d'habitude derrière mon bureau. « Ça veut dire que vous avez toute l'heure pour m'expliquer pourquoi vous êtes venue voir à l'improviste une thérapeute que vous accusiez il y a deux jours de raconter des conneries.

– Je ne voulais pas vous critiquer personnellement, protesta D.D. d'une petite voix. Juste, heu... la méthode, vous voyez. L'idée de l'appeler Melvin. Je souffre comme une damnée. En quoi est-ce qu'un nom y changera quelque chose ?

– Voyons cela. Faisons le point. Sur une échelle de un à dix, à combien évaluez-vous votre douleur actuelle ?

– Douze !

– Je vois. Et ça dure depuis combien de temps ?

– Depuis ce matin. Je me suis un peu énervée en m'habillant. J'ai tiré très fort alors que j'aurais sans doute dû tirer très doucement. Melvin a les nerfs depuis ce moment-là.

– D'accord, dis-je en notant l'information. À quelle heure, ce matin ?

– Dix heures. »

Je consultai ma montre. Il était quatorze heures. « Donc ça fait quatre heures que vous avez mal. Quels remèdes avez-vous tentés ? »

D.D. me regarda, l'air de ne pas comprendre.

« Vous avez pris des antidouleurs ? De l'ibuprofène, des antalgiques sur ordonnance ? Autre chose ?

– Non. »

Je le notai également. Après notre précédente entrevue, je n'étais guère surprise.

« Poche de glace ?

– Je n'étais pas chez moi, répondit-elle entre ses dents.

– Et une crème analgésique ? Biofreeze, Icy Hot ? Je crois qu'on trouve les deux sous forme de patch ou en tube quand on cavale toute la journée. »

Elle rougit, détourna les yeux. « C'est difficile à appliquer. Et puis... ça pue, vous voyez. Ça ne va pas avec ma tenue.

– Forcément, renchéris-je, l'élégance avant tout. »

Elle rougit de nouveau.

« Et les remèdes non médicamenteux ? Vous avez essayé de parler à Melvin ?

– Je l'ai insulté deux ou trois fois. Est-ce que ça compte, comme conversation ?

– Je ne sais pas. À votre avis ? »

L'enquêtrice eut un petit sourire ironique. « Mon mari dirait sans doute qu'avec moi, la réponse est oui. »

Je reposai mon stylo et regardai ma patiente droit dans les yeux. « En résumé, vous éprouvez une douleur extrême. Vous avez refusé le froid, les anti-inflammatoires, les antalgiques, les pommades et toute vraie conversation. Admettons. Et ça marche ? »

D.D. releva la tête et ses yeux s'animèrent enfin lorsqu'elle répondit avec emportement : « Et allons-y : le discours du psy de base. "Et ça marche ?" Évidemment que non, ça ne marche pas, sinon je ne serais pas ici avec l'impression que mon bras est en feu, que ma vie est fichue et que je ne pourrai jamais reprendre ma carrière, sans parler de porter mon enfant ou d'enlacer mon mari. C'est la merde. Melvin... me fait chier.

– C'est pour ça que vous êtes venue. Parce que votre vie est merdique et que, soyons franches, vous avez besoin de passer vos nerfs. Est-ce que je fais un bon punching-ball, commandant Warren ? Pourquoi se livrer à l'introspection quand on peut se défouler sur quelqu'un d'autre ?

– N'essayez pas de rentrer dans ma tête, putain !

– Avec tout le respect que je vous dois, je suis psychiatre : rentrer dans la tête de mes patients est ma spécialité. Alors, maintenant, vous préférez continuer à m'engueuler ou vous voulez que votre douleur baisse d'un cran ? »

D.D. me dévisagea. Le souffle court. Nerveuse. En colère. Mais aussi en détresse. Une réelle détresse physique. Je me penchai vers elle et ajoutai avec plus de bienveillance :

« D.D., vous avez subi un des traumatismes les plus douloureux qui soient. Votre tendon a arraché un morceau d'os. Et au lieu de vous autoriser à mettre votre bras au repos pour réparer la fracture, on vous oblige à le mobiliser tous les jours puisque – et je suis sûre que les médecins vous l'ont expliqué – une immobilisation pourrait provoquer une ankylose de votre épaule et une invalidité durable. Donc, vous soumettez votre humérus cassé à une rééducation quotidienne, en plus de vous débattre pour enfiler vos chemises, de vous colleter avec les portières de voiture et de faire à longueur de journée des dizaines d'autres petits mouvements involontaires qui provoquent aussitôt une douleur à se rouler par terre en hurlant. Voilà à quoi ressemble maintenant la vie du commandant Warren. Vous souffrez et ça vous met hors de vous. Pire encore, vous éprouvez un sentiment d'impuissance, qui provoque à son tour un sentiment de désespoir, or vous n'avez l'habitude d'aucune de ces deux émotions. »

D.D. ne répondit pas et continua à me regarder, de marbre.

« Vous ne faites pas confiance aux psys, continuai-je avec énergie. Vous n'êtes même pas certaine de m'apprécier. Et malgré cela, de toutes les mesures que vous auriez pu prendre pour lutter contre votre douleur aujourd'hui, la seule à laquelle vous ayez pu vous résoudre, ç'a été de vous pointer à mon cabinet. Il faut croire que ça a du sens à vos yeux. »

Elle me gratifia d'un bref hochement de tête.

« D'accord, alors partons de là. Vous avez fait vos exercices aujourd'hui ?

– Pas encore.

– J'imagine qu'à ce stade de la cicatrisation, vous ne faites encore que de la mobilisation pendulaire ?

– Vous en connaissez un rayon sur les traumatismes et la rééducation.

– Oh, que oui. Maintenant, j'aimerais voir vos exercices. Quinze mouvements pendulaires. Allez-y, je vous en prie. »

D.D. blêmit. Son menton se mit à trembler ; puis elle s'en aperçut et immobilisa sa mâchoire. « Non… sans façon.

– Si, je vous en prie.

– Écoutez, ma douleur est déjà à douze. Obligez-moi à faire ma kiné et on aura tout gagné. Je ne pourrai pas prendre le volant pour rentrer chez moi et il y a une chance sur deux que je vomisse sur votre moquette.

– Je comprends. Dans votre cas, les exercices sont extrêmement douloureux. Au début, vous souffrez, mais à la fin vous êtes à l'agonie.

– Dixit la psy insensible à la douleur.

– Exact. Même avec le bras cassé, je pourrais faire des mouvements pendulaires. En fait, je pourrais faire des flips arrière. Je ficherais en l'air le reste de mes os, de mes articulations et de mes muscles, mais en attendant on n'y verrait que du feu. »

L'enquêtrice resta muette.

« La douleur est une chance, expliquai-je posément. C'est le premier mécanisme de défense de votre organisme. Pour l'instant, vous êtes incapable de le voir. Vous en voulez à votre douleur. Soit vous l'engueulez, soit vous essayez de l'ignorer complètement. En réaction, elle rugit encore plus fort parce qu'elle a *besoin* d'attirer votre attention. Elle fait ce qu'elle est censée faire pour vous épargner d'autres blessures. Peut-être qu'au lieu de maudire Melvin parce qu'il s'exprime, vous pourriez le remercier des efforts qu'il fait pour vous. Dites-lui que vous savez ce qu'il cherche à faire, mais que, dans les dix, quinze, vingt minutes qui viennent, vous voudriez qu'il comprenne que vous devez mobiliser votre bras et votre épaule. Même si à court terme ça provoque un surcroît de douleur, vos exercices sont indispensables à la guérison à long terme. Parlez-lui. Ne vous contentez pas de l'insulter.

– Là, vous voyez, on retombe dans le n'importe quoi.

– Réfléchissez à la chose suivante : il y a dix ans, on a mené une étude sur le seuil de perception de la douleur chez de grands athlètes, c'est-à-dire chez des individus qui accomplissaient en permanence des performances quasi inhumaines au prix de sévères plans d'entraînement. La première hypothèse de cette étude était que ces sportifs devaient posséder un seuil de perception de la douleur plus élevé que le commun des mortels, ce qui aurait expliqué leur capacité à pousser leur corps dans ses retranchements. Mais, à la grande surprise des chercheurs, c'est l'inverse qui s'est révélé exact. En fait, la plupart des athlètes ont témoigné un degré de conscience de la douleur sensiblement plus élevé que la moyenne et on a observé chez eux une plus grande activité du système nerveux central que dans le groupe témoin. D'après eux, leur conscience aiguë de la douleur contribuait paradoxalement à leurs performances. Leur réussite ne tenait pas au fait qu'ils auraient été inconscients de leurs limites ou de leurs blessures, mais au fait qu'ils connaissaient les contraintes et collaboraient avec leur corps pour les dépasser. Pas à proprement parler une victoire de l'esprit sur la matière, mais une connexion du corps et de l'esprit qui leur permet d'enregistrer les sensations, d'ajuster leur comportement et de s'améliorer constamment. Ça vous paraît logique ? »

D.D., le front plissé : « J'imagine.

– C'est ce que je vous encourage à faire : ne vous détournez pas de votre douleur. Prenez-en acte, acceptez-la et collaborez avec votre corps pour la dépasser. Lui donner un nom... ce n'est qu'un moyen pour vous aider à l'identifier et à vous concentrer sur elle. Si vous vous sentez idiote quand vous appelez votre douleur Melvin, alors ne le faites pas. Appelez-la Douleur, ou ne l'appelez pas du tout, mais prenez conscience de votre seuil de douleur. Observez comment se sent votre blessure. Et ensuite, travaillez en partenariat avec votre corps pour faire ce que vous avez à faire. À savoir, il me semble, quinze mouvements pendulaires. » Je montrai l'espace libre devant mon bureau. « Je vous en prie. Faites comme chez vous. »

D.D. eut de nouveau une moue pincée. Je crus un instant qu'elle allait refuser. Ce qu'elle avait dit précédemment n'avait rien d'exagéré : j'avais déjà vu des patients vomir à la fin d'une séance de rééducation, tant l'effort était violent. Non seulement il fallait obliger un bras cassé à bouger, mais avec l'inflammation des nerfs... Les fractures par arrachement figurent parmi les lésions les plus douloureuses qui soient. À ce qu'on m'a dit. Le commandant Warren s'avança lentement au bord de sa chaise. Elle se plia en deux et laissa son bras gauche pendre à la verticale, comme une trompe d'éléphant, aurait dit le kiné. Même ce simple mouvement lui tira aussitôt un hoquet de douleur. Elle inspira, expira, et des gouttes de sueur perlaient déjà sur sa lèvre supérieure.

« Comment vous sentez-vous ? lui demandai-je.

– C'est comme ça que vous prenez votre pied ? rétorqua-t-elle. Vous ne ressentez pas de douleur, alors vous jouissez de celle des autres ?

– Commandant, sur une échelle de un à dix, à combien estimez-vous votre niveau de douleur ?

– Quatorze !

– Dites des gros mots.

– Pardon ?

– Vous m'avez bien entendue. Jusqu'à présent, votre principale stratégie défensive a été de vous en prendre à votre entourage. Alors continuez. Engueulez-moi. Traitez-moi de salope, de perverse, de bêcheuse. Moi qui n'ai jamais ressenti ne serait-ce que la coupure d'une feuille de papier, tandis que vous, vous êtes là, submergée par un raz-de-marée de douleur. Lâchez-vous, D.D. Tempêtez autant que vous voudrez. Vous ne pouvez rien dire que je n'aie déjà entendu. »

Elle m'obéit. Elle cria, jura, fulmina, vitupéra. Je la laissai faire pendant plusieurs minutes, et sa rage alla crescendo lorsqu'elle commença à balancer son bras gauche en petits mouvements circulaires, comme un pendule dans le vide. D'autres gouttes de sueur se formèrent sur son front. Entre deux imprécations, elle haletait bruyamment lorsque son os fracturé manifestait lui aussi son mécontentement.

« Arrêtez, lui dis-je.

– Quoi ? » Elle ne leva même pas la tête vers moi. Son regard était fixé sur un point de la moquette, les yeux presque vitreux sous le coup du stress et de l'effort.

– Sur une échelle de un à dix, combien ?

– Vous rigolez ? Vous venez de m'obliger à faire des mouvements pendulaires. Je suis à quinze, putain. Ou dix-huit. Ou vingt ! Mais qu'est-ce que vous attendez de moi ?

– Ça vous a fait du bien de jurer ?

– C'est quoi, ce délire ? » Elle leva les yeux, blanche comme un linge, déroutée.

Je continuai sans m'émouvoir : « Pendant les deux minutes qui viennent de s'écouler, vous avez extériorisé votre douleur et déchargé votre colère. Est-ce que vous êtes soulagée ? Est-ce que cette stratégie a été efficace ?

– Bien sûr que non ! J'ai fait mes exercices et nous savons toutes les deux que c'est de la torture. Évidemment que ça n'a pas...

– Stop ! »

Elle resta bouche grande ouverte, puis la referma en me regardant d'un air furibard.

« Je voudrais que vous fassiez travailler votre bras dans l'autre direction, maintenant. C'est bien l'exercice suivant, non ? Changez de sens, s'il vous plaît, et cette fois-ci, au lieu de crier, je veux que vous respiriez avec moi. Nous allons inspirer en comptant jusqu'à sept, garder l'air dans nos poumons jusqu'à trois et ensuite expirer. Commencez, je vous prie... »

Elle jura, je levai la main pour l'interrompre.

« Commandant, c'est vous qui êtes venue me voir, vous vous souvenez ? Et il nous reste quarante minutes de rendez-vous. »

Elle me regardait toujours d'un air rebelle ; de la sueur dégoulinait de la racine de ses cheveux. Mais elle commença à inspirer sur mon ordre.

« Maintenant, dis-je avec autorité, je vous demande de répéter après moi : merci, Melvin.

– Connard de Melvin !

– Merci, Melvin, continuai-je. Je sais que c'est douloureux. Je sais que tu remplis ta mission en me disant à quel point c'est douloureux. Je t'entends, Melvin, et je te suis reconnaissante d'essayer de m'aider à protéger mon épaule. »

D.D. marmonna quelque chose entre ses dents, et certains des mots qu'elle prononça n'étaient clairement pas des compliments. Puis elle dit à contrecœur :

« Bon, Melvin. Euh, merci de me dire à quel point c'est l'angoisse. Mais, euh, les médecins ont dit que je dois faire cet exercice. Que ça va m'aider à conserver ma mobilité. Alors, euh, même si on est bien d'accord que c'est l'enfer absolu, je t'en prie, aide-moi. On est ensemble sur ce coup-là, OK ? Et il faut que je m'en sorte, Melvin. Il faut que je retrouve mon bras. Et toi aussi. Ça marche ? »

Je demandai à D.D. de compter jusqu'à trente. Puis je lui demandai de changer de sens de rotation une deuxième fois et de compter de nouveau jusqu'à trente. Nous fîmes plusieurs cycles de cet exercice. Je parlais d'une voix égale, en lui donnant des instructions pour respirer, en lui suggérant des mots d'éloge. Elle répétait, d'une voix plus hachée, jusqu'à ce que finalement :

« Merci, Melvin, conclus-je pour elle. Merci pour ton aide, merci de prendre soin de mon corps. Maintenant on a fini et on peut tous les deux se reposer. Beau boulot. »

Je me tus. Au bout d'une seconde, D.D. se redressa sur sa chaise. Elle semblait désarçonnée.

« Plus de pendulaires ?

– Plus de pendulaires. Maintenant, sur une échelle de un à dix, combien ? »

Elle me regarda. Cligna plusieurs fois des yeux. « J'ai mal. »

Je ne répondis rien.

« On ne peut pas dire que ce soit parti d'un coup de baguette magique. Ça me lance dans l'épaule, tout mon bras gauche est douloureux. Je crois que je ne pourrais même pas plier les doigts de la main gauche tellement tout est enflé et enflammé. »

Je ne répondis rien.

« Huit, admit-elle finalement. Je dirais huit.

– C'est comme ça que vous vous sentez, d'habitude, après vos exercices ?

– Non. À l'heure qu'il est, je devrais être roulée en boule par terre. En position fœtale. » Elle fronça les sourcils, se toucha le front de la main droite. « Je ne comprends pas », dit-elle simplement.

J'expliquai : « Vous extériorisez votre douleur. Vous la transformez en colère ; j'imagine que c'est pour vous une émotion beaucoup plus confortable. Ensuite vous attaquez. À ce moment-là, votre pouls s'accélère, votre respiration se raccourcit, votre pression sanguine grimpe en flèche et, par une ironie du sort, ça exacerbe votre douleur. Au contraire, j'essaie de vous tourner vers l'intérieur de vous-même. De faire en sorte que vous vous concentriez pour respirer régulièrement, ralentir le rythme cardiaque et diminuer votre pression sanguine : cela calme vos nerfs et augmente votre résistance à la douleur. D'où les techniques de respiration profonde qu'utilisent depuis des siècles les parturientes et les adeptes du yoga. »

D.D. leva les yeux au ciel. « J'ai accouché sans péridurale, marmonna-t-elle. Je me souviens des exercices de respiration. Mais un accouchement, c'est plié en quelques heures. Alors que ça...

– Par ailleurs, continuai-je sur le même ton, en vous incitant à établir un dialogue avec votre douleur, je cherche à vous faire dépasser la relation conflictuelle que vous entretenez aujourd'hui avec votre corps. Prendre conscience de ce que vous ressentez conduira à l'acceptation, qui conduira au progrès. Bref, comme vous venez d'en faire l'expérience, quand vous parlez à Melvin, vous vous sentez mieux. Quand vous l'insultez, ça vous enfonce.

– Mais je ne l'aime pas.

– Est-ce que pour autant ça vous empêche de le respecter ? De lui être reconnaissant du rôle qu'il joue ?

— Je veux qu'il s'en aille.

— Pourquoi ?

— Parce que c'est un faible. J'ai horreur de la faiblesse. »

Je croisai les mains. « Alors vous devez m'adorer. Je ne ressens aucune douleur, donc je ne peux avoir aucune faille.

— Ce n'est pas la même chose », répliqua-t-elle aussitôt.

J'attendis.

« Le fait que vous ne ressentiez pas la douleur ne veut pas dire que vous soyez forte. Peut-être que c'est une autre forme de faiblesse. Vous n'avez rien à surmonter. Aucune base pour l'empathie. »

J'attendis.

D.D. poussa un soupir d'exaspération. « Oh, lâchez-moi. Vous voulez me faire dire que Melvin est une bénédiction. Que la douleur a son utilité, qu'elle forge le caractère, bla-bla-bla. Vous me faites le coup de la psychologie inversée. Vous ne reculez devant rien, vous les psys, hein ?

— Sûrement que je ne ressens rien, pas plus dans mon cœur que dans mon corps, ironisai-je. Mais, sincèrement, est-ce que Melvin a son intérêt ? »

L'enquêtrice fit la moue. « Il essaie de m'épargner une nouvelle blessure. Ça, j'ai pigé.

— Vous pouvez respecter ça ?

— D'accord.

— Vous pouvez l'insulter moins, peut-être même lui accorder un ou deux moments de gratitude ?

— Je ne sais pas ; il m'offrira des fleurs ?

— Mieux que ça, il murmurera tout bas à votre oreille au lieu de hurler dans votre épaule.

— J'ai encore mal au bras.

— Votre humérus est encore cassé.

– Mais je ne me sens plus aussi... » D.D. s'interrompit, cherchant le mot juste : « Je ne me sens plus aussi enragée. Comme si j'allais devenir cinglée.

– Vous vous sentez davantage aux commandes.

– Voilà. C'est ça.

– En tant que praticienne du modèle ISF, je dirais que c'est parce que vous avez accepté l'existence de cette partie de vous-même qui vous dérangeait, l'exilé, et que du coup votre vrai *Self* est de nouveau plus centré et aux commandes. »

D.D. me jeta un coup d'œil. « Disons que respirer profondément est utile et que parler à Melvin n'est peut-être pas une si mauvaise idée. Prendre acte, accepter, progresser. D'accord. Si ça a marché pour une bande de super-athlètes, pourquoi pas pour moi ? »

Je souris, dénouai mes mains. « Vous avez le droit de prendre soin de vous, D.D. Entre votre travail et votre famille, j'imagine que vous avez souvent l'impression que votre attention est nécessaire ailleurs. Mais c'est bien d'accepter ses propres besoins. Vous savez, mettre de la glace sur cette fichue épaule au lieu d'attendre que quelqu'un vous offre des fleurs. »

D.D. finit par rire. Alors qu'elle se levait, son téléphone portable sonna. Elle jeta un œil au numéro et me lança un bref regard.

« Il faut que je réponde. Vous permettez ? »

Elle montrait la salle d'attente. J'acquiesçai d'un hochement de tête. Elle parlait déjà quand elle franchit la porte. Je m'occupai en déplaçant une pile de dossiers, en remuant la paperasse envahissante, mais j'avais une oreille qui traînait à côté, ça va de soi. Mon sens du toucher était déficient, mais celui de la curiosité marchait parfaitement.

« On a une touche dans le fichier VICAP ? Vraiment ? » L'enquêtrice parlait avec animation. « Plusieurs victimes, prélèvement de peau post mortem... Dans sa penderie ? La vache, ça, c'est pervers. Attends, un instant. Comment ça, le type n'est même plus en vie ? »

Je fus parcourue d'un premier frisson. Mon regard tomba sur mon bureau, où le journal du jour attendait encore que je me penche sur lui. Double meurtre, proclamait la une, deux victimes écorchées dans leur lit. Du jamais-vu, affirmait un enquêteur anonyme. Sauf que moi, j'avais déjà vu ça. Sur de vieilles photos de scènes de crime, des carnages perpétrés par un assassin encore plus doué. Encore plus abominable.

Un individu dont le besoin maladif de peau humaine avait été transmis à ses deux filles.

Je m'approchai discrètement de la porte de la salle d'attente. C'était plus fort que moi. Je croisai le regard bleu acéré du commandant Warren et murmurai, un battement de cœur avant elle, le nom du seul et unique criminel susceptible de déstabiliser à ce point une policière aguerrie : « Harry Day. »

12

D.D. raccrocha et garda les yeux rivés sur la psychiatre pendant qu'elle rangeait son portable dans sa poche.

« Comment connaissez-vous ce nom ? demanda-t-elle, soupçonneuse.

– C'était mon père biologique.

– Harry Day ? Le tueur en série ?

– J'avais un an quand il est mort. On ne peut pas dire que je l'aie vraiment connu, disons plutôt que j'ai découvert qui il était en grandissant. J'ai vu le journal de ce matin, commandant Warren, l'article sur le meurtre de lundi soir. Je n'ai pas pu m'empêcher de me poser des questions. »

D.D. continua d'observer sa thérapeute. Adeline se tenait à la frontière entre les deux pièces, apparemment toujours aussi sereine et maîtresse d'elle-même. Pantalon dans les marron feutré, pull à col roulé en cachemire, couleur groseille. Ses cheveux bruns mi-longs étaient lâchés, aujourd'hui, et si lustrés par le brossage qu'ils rappelaient presque le cuir de ses bottines de luxe. Même à quarante ans, cette femme à la silhouette impeccable et qui collectionnait les diplômes ressemblait davantage à un mannequin Ann Taylor qu'à la fille d'un célèbre tueur en série.

« Il va falloir qu'on se parle », dit D.D. en se rapprochant. Le médecin regarda sa montre. « Il vous reste dix minutes.

– Pas sur mon temps de rendez-vous. Sur votre temps à vous. »

Adeline se contenta de hausser les épaules. « Franchement, commandant, à part son nom, il y a très peu de choses que je puisse vous dire sur Harry Day.

– Allons, allons, docteur. Vous avez votre domaine d'expertise, j'ai le mien. On y va ? »

D.D. désignait le saint des saints. Après un nouveau haussement d'épaules, Adeline battit en retraite et D.D. lui emboîta le pas. Celle-ci réfléchissait à toute allure et reconfigurait ses attentes. Étant donné l'aspect rituel des deux meurtres, elle se disait bien que la consultation du fichier VICAP pourrait donner quelque chose. Mais rapprocher la série de meurtres en cours d'une autre série vieille de quarante ans dont l'auteur était mort et enterré depuis des lustres, c'était plus une complication qu'un progrès. Et s'il avait fait un émule ? Dieu sait que, par les temps qui courent, les tueurs en série ont davantage d'admirateurs que la plupart des vedettes de cinéma. Vu le nombre de sites Internet et de forums à la gloire des psychopathes, tout était possible.

Mais que son nouveau médecin, une spécialiste de la douleur qu'elle n'avait vue que deux fois, connaisse le nom de cet assassin sans qu'on ait besoin de le lui dire, qu'elle possède même un lien familial avec lui... Voilà qui pour D.D. sortait du domaine de la coïncidence pour entrer dans celui du paranormal.

D.D. ne prit pas sa chaise habituelle, mais resta debout en face d'Adeline, le bras et l'épaule blottis contre le mur et traversés d'une douleur lancinante.

« Parlez-moi de votre père, dit-elle.

– Du docteur Adolfus Glen, donc », répondit Adeline.

D.D. leva les yeux au ciel et l'arrêta d'un geste. « D'accord, d'accord. J'ai compris le message. Vous considérez votre père adoptif comme votre véritable père. Il vous a élevée, il vous a aimée, il vous a donné tout ce dont une petite fille pouvait avoir besoin, y compris un bon de sortie du royaume des psychopathes.

– Maintenant que vous le dites...

– Parlez-moi de Harry Day. »

Le visage fermé de la psychiatre se détendit un peu. Elle soupira et se laissa aller dans son fauteuil, pas ravie de son sort mais apparemment résignée. « Je ne sais que ce que j'ai lu sur lui ; je n'étais qu'un bébé quand sa carrière criminelle a pris fin. D'après ce que j'ai compris, une de ses victimes, une jeune serveuse, avait réussi à lui échapper. Elle a couru jusqu'au commissariat. Le temps que les agents se mobilisent et viennent l'arrêter, Harry était mort de multiples entailles aux poignets. Ma mère a fait une dépression et a été internée en hôpital psychiatrique pendant que les services d'aide à l'enfance se chargeaient de moi et de ma grande sœur. La police a passé les six semaines suivantes à démonter notre maison méthodiquement, jusqu'à déterrer deux cadavres sous le séjour et six autres sous l'atelier de menuiserie à l'arrière. Harry travaillait le bois. Il avait une passion pour les outils.

– Il torturait ses victimes, dit D.D. sur un ton neutre, reprenant une information que Phil venait de lui communiquer. Certaines ont mis des semaines à mourir.

– Mais ce n'est pas pour cette raison que son nom a été cité dans l'enquête sur ces deux nouveaux meurtres, n'est-ce pas ?

– Non, ce n'est pas pour cela.

– L'assassin que vous cherchez écorche ses victimes, c'est ça ? Le *Boston Globe* ne donne pas beaucoup de détails, mais compte tenu de l'intérêt que vous portez à Harry, je parierais qu'il retire la peau en longues lanières fines. Et que, pour être encore plus précise, vous n'avez pas retrouvé tous les lambeaux sur la scène de crime. Ce qui signifie que l'assassin en a emporté. En guise de trophée. Et avec ce que vous savez maintenant sur Harry Day, vous vous demandez si certains de ces lambeaux ne seraient pas conservés dans des flacons en verre, dans une solution formolée que Harry a mise au point précisément dans ce but. »

D.D. renonça à se tenir debout et prit un siège. Elle tendit les mains devant elle, puis grimaça : ce geste accompli sans y penser augmentait sa douleur. « Sacrée coïncidence, il faut bien le reconnaître. Deux assassins qui, à quarante ans d'écart, s'amusent à prélever et conserver la peau de leurs victimes. Combien de femmes pensez-vous que Harry ait tuées ?

– On lui attribue huit victimes.

– Les huit cadavres retrouvés chez vous. Quel surnom utilisait la presse à l'époque ? La Maison de l'Horreur, quelque chose comme ça ? »

Adeline haussa faiblement les épaules. Elle avait un air indifférent, une expression que D.D. avait déjà vue chez des gens qui prenaient leurs distances avec l'abominable vérité sur un membre de leur famille dont ils ignoraient jusque-là le vrai visage. Ou chez des victimes qui racontaient avec conviction un incident dont on aurait juré qu'il était arrivé à quelqu'un d'autre plutôt qu'à elles-mêmes.

« Sa collection de trophées..., continua D.D. J'ai cru comprendre que la police avait retrouvé trente-trois récipients contenant de la peau humaine macérée. Il les dissimulait sous le plancher du placard de la chambre. »

La psychiatre frémit.

« La première douzaine, c'était des petits bocaux à conserve, dit D.D., mais il semblerait qu'il ait affiné ses méthodes au fil du temps. Non seulement il a amélioré sa solution formolée, mais il est passé à des flacons en verre, de ceux qu'on emploie pour le parfum. Et il les étiquetait. Pas avec des noms, mais avec un détail quelconque qui devait avoir de l'importance pour lui. Couleur de cheveux, lieu, accessoire vestimentaire. Un identifiant unique mais complètement déshumanisant attribué à chaque spécimen de sa collection. »

La psychiatre frémit de nouveau.

« Est-ce qu'on a fini par tous les identifier ? demanda-t-elle. Il me semblait... J'avais lu, il y a quelques années, qu'un service spécialisé dans les affaires non résolues avait eu l'idée d'analyser les... tissus conservés... pour faire le rapprochement avec une liste de femmes portées disparues à la fin des années soixante en recueillant des échantillons d'ADN de leurs proches. »

D.D. n'était pas au courant, mais cela paraissait logique. « Je l'ignore, répondit-elle avec franchise. Cela dit, ça expliquerait qu'on retrouve autant d'éléments concernant une affaire vieille de quarante ans dans le fichier VICAP.

– Ils comptaient aussi se pencher sur les affaires de viol non élucidées. Beaucoup de sadiques sexuels commencent par de simples agressions, n'est-ce pas ? Avec le temps, leurs fantasmes pervers s'intensifient et, de voyeurs, ils deviennent violeurs et assassins. Ce qui signifie qu'au total le nombre de victimes de Harry Day est sans doute beaucoup plus élevé que huit.

– Les huit sont seulement celles qu'il a gardées près de lui », reconnut D.D. Pour pouvoir passer plus de temps avec elles, faillit-elle ajouter. Le meurtre en série est un crime qui va crescendo et, comme à ce point de sa carrière Harry Day devait être un prédateur endurci qui disposait de toute une panoplie d'outils, d'un atelier personnel et d'un emploi du temps souple, si une serveuse ne s'était pas échappée…

En face d'elle, Adeline murmura : « Un jour ou l'autre, tous les enfants adoptés nourrissent des fantasmes sur l'identité réelle de leurs parents biologiques. *Mes vrais parents étaient de sang royal, mais ils ont dû m'envoyer au loin à ma naissance pour me protéger d'une vilaine sorcière qui voulait s'emparer du royaume*, ce genre de choses. Mon père adoptif était généticien. Un homme bon, mais avec un cœur de scientifique. Disons simplement que la première fois que je lui ai demandé la vérité sur mes parents, il me l'a donnée. Et j'ai fait des cauchemars pendant les dix années suivantes, des rêves incroyablement saisissants où je voyais ma peau s'ouvrir et un monstre en jaillir.

– Votre père adoptif vous a recueillie quand vous étiez bébé ?

– J'avais trois ans et on venait de me diagnostiquer une analgésie congénitale. Il faisait partie de l'équipe médicale chargée de mon suivi. Vu les dangers inhérents à ma maladie, il lui a semblé qu'une famille d'accueil sans expérience ne pourrait pas répondre correctement à mes besoins. Alors il a fait en sorte de m'adopter lui-même.

– Vous en avez eu, de la chance.

– Oui.

– Et votre grande sœur ? Vous disiez que vous étiez deux ?

– Elle ne souffrait pas d'une tare génétique », répondit simplement Adeline. Ce qui, dans son monde, voulait apparemment tout dire.

« Et votre mère biologique ?

– Elle est morte six mois après Harry, sans avoir redit un seul mot. Elle a fait une dépression nerveuse et elle est restée dans un état catatonique.

– Vous croyez qu'elle était au courant des crimes de son mari ? Harry avait enterré deux cadavres dans la maison. Il avait éventré le plancher, il les avait déposés dans le vide sanitaire avant de les recouvrir de chaux. Vous n'allez pas me dire que ça ne sentait rien. »

Adeline secoua la tête, sans détacher le regard de la surface polie de son bureau impeccablement rangé. « Je ne sais pas. Mon père adoptif avait compilé une histoire de mes deux parents. On hérite de sa famille et il voulait que je sois préparée. Les années passant, je me suis souvent penchée sur ces archives. On trouve beaucoup de documents sur Harry Day. Les voisins le décrivent comme un homme affable, intelligent, habile de ses mains. D'après tous les témoignages, mes parents sortaient peu, mais si vous croisiez Harry dans la rue, il ne vous snobait pas et ne vous faisait pas dresser les cheveux sur la tête. Une des voisines, une veuve d'un certain âge, s'extasiait même sur ce jeune homme tellement aimable qui lui avait réparé une fenêtre qui fuyait, qui lui avait donné un coup de main pour une porte qui grinçait. Il n'avait même pas accepté d'argent, juste une part de tourte aux pommes. Naturellement, c'est le genre d'anecdotes qui rentrent dans la légende après coup – le monstre au grand cœur. Mais pour être franche, je n'y crois pas.

– La vieille voisine affabulait ?

– Non. » Adeline leva les yeux, regarda D.D. avec froideur. « Harry construisait son image. C'est ce que font les grands criminels, non ? Ils se camouflent. Je le soupçonne, cette semaine-là, d'avoir eu une malheureuse jeune fille enchaînée à son établi dans son atelier. Donc il se pliait en quatre pour aider la voisine. Comme ça, au cas où la police serait venue fureter dans le quartier, tout le monde aurait eu droit à la même version : quel gentil garçon, ce Harry Day, l'autre jour encore il réparait ma fenêtre... »

D.D. hocha la tête. Elle était déjà tombée sur des assassins à qui on aurait donné le bon Dieu sans confession et elle était d'accord avec l'analyse d'Adeline : les psychopathes ne sont jamais gentils. Ils s'entendent simplement très bien à donner le change quand ils en ont besoin.

Alors D.D. insista : « Vous n'avez toujours pas répondu à ma question sur votre mère.

– Parce que je ne peux pas.

– Vous ne *pouvez* pas ou vous ne *voulez* pas ?

– Je ne peux pas. Même mon père adoptif, pourtant chercheur émérite, n'a pu dénicher aucun renseignement sur elle. C'était un fantôme. Pas de famille, pas de passé. Avant de s'installer à Boston, elle vivait dans le Midwest : en tout cas, c'était ce qu'elle disait. Sur l'acte de mariage, son nom de jeune fille est Davis, ce qui est franchement trop banal pour permettre d'enquêter. Elle n'a jamais répondu à aucune question de la police et même les voisins semblaient ne pas la connaître. Anne Davis a vécu comme une ombre. Et elle est devenue un fantôme. »

D.D. ne put réprimer un petit frisson. « Ça prouve peut-être simplement qu'elle savait ce que faisait son mari. D'où la dépression nerveuse : culpabilité du survivant. »

Adeline haussa les épaules. « C'est absurde. Vous le savez encore mieux que moi, Harry était un parfait psychopathe et ce genre de prédateur est toujours le dominant dans une relation. Même si Anne était au courant, elle ne pouvait rien faire. C'était Harry qui commandait.

– Votre père », souligna D.D.

L'expression d'Adeline ne changea pas d'un iota. « Étant donné que je souffre d'une maladie génétique rare, personne ne connaît mieux que moi les pièges de l'hérédité. »

Cette idée intrigua D.D. « Est-ce que Harry souffrait de la même maladie ? Se peut-il qu'il ait lui aussi été insensible à la douleur ?

– Non. L'analgésie congénitale est une maladie autosomique récessive – autrement dit, il faut que les deux parents soient porteurs de la mutation. Or il y a moins de cinquante cas répertoriés aux États-Unis et la moitié des enfants diagnostiqués meurent d'un coup de chaleur avant l'âge de trois ans. Un cas comme moi... qui suis devenue adulte et qui ai encore pleinement l'usage de mes membres... je suis une exception, pas la règle.

– Comment s'explique ce taux de mortalité ?

– La mutation génétique provoque aussi une insensibilité à la chaleur. Ce qui signifie que nous ne transpirons pas. C'est particulièrement dangereux pour les nourrissons et les jeunes enfants. Un après-midi d'été où il fait chaud, leur température peut atteindre des niveaux critiques sans qu'ils montrent le moindre signe de détresse. Le temps que les parents se précipitent à l'hôpital avec leur bébé amorphe, il est trop tard. »

D.D. ne put s'empêcher de demander : « Alors qu'est-ce que vous faites de vos étés ?

– Je profite des joies de la climatisation. Je m'hydrate beaucoup. Et je prends ma température plusieurs fois par jour. Je ne peux pas me fier à mes sensations, commandant, donc je dois m'en remettre à des diagnostics externes pour savoir si mon corps va bien.

– Melvin est utile, murmura D.D.

– C'est certain. Je ne me suis jamais allongée sur une plage et je n'ai jamais marché au soleil de l'été. Je n'entre même pas dans une douche sans consulter le thermomètre. Quant à la plupart des activités sportives et autres programmes de remise en forme... Dans mon cas, il serait dangereux de courir, nager, jouer au tennis ou faire des paniers. Je risquerais de m'exploser le genou, de me casser la cheville ou de me froisser l'épaule sans même m'en apercevoir. Ma santé exige une vigilance de chaque instant. »

D.D. hocha la tête. Elle se fit la réflexion que le bon docteur parlait avec beaucoup de détachement d'un mode de vie qui devait en réalité beaucoup la limiter et l'isoler. Ce n'était pas seulement qu'on ne la choisissait jamais comme coéquipière à l'école primaire ; elle avait dû passer toutes les récrés assise dans son coin. Et elle n'avait jamais eu l'occasion de se promener main dans la main avec l'élu de son cœur par une belle journée. Ni de courir comme une folle juste pour le plaisir. Ni de sauter d'un point à un autre par goût du défi.

Une adulte sérieuse, qui avait certainement été une enfant sérieuse, constamment sur le qui-vive. Et qui avait compris dès son plus jeune âge que sa maladie rare faisait inévitablement d'elle un être à part, une spectatrice de la vie des autres.

Parce que Melvin n'était pas seulement utile. Omniprésente, la douleur était le grand dénominateur commun qui reliait les gens entre eux.

« Et votre sœur ?

— Elle ne souffre pas du même mal.

— Raison pour laquelle votre père adoptif ne l'a pas recueillie.

— Voilà.

— Ça a dû la faire chier.

— J'avais trois ans, elle en avait six, elle était trop jeune pour comprendre et que ça la "fasse chier".

— Qu'est-elle devenue ?

— Elle est restée pupille de la nation et a été ballottée de famille d'accueil en famille d'accueil.

— Vous êtes restée en contact avec elle ?

– Oui.

– Elle a un nom ?

– Oui.

– Mais vous n'allez pas me le donner ? » Le sixième sens de l'enquêtrice était titillé.

La psychiatre hésita. « À quatorze ans, je posais beaucoup de questions sur mon père naturel. À mon insu, mon père adoptif a engagé un détective privé pour enquêter sur les trois membres de ma famille. J'imagine que le détective en question était un retraité de la police de Boston puisque l'essentiel des informations qu'il a rassemblées sur mon père était des photocopies de rapports d'enquête. Peut-être qu'un ancien collègue lui a donné accès à ces documents. Comme je vous l'ai dit, enquêter sur ma mère s'est révélé plus difficile, et son dossier est très mince. Quant à ma sœur... »

La psychiatre marqua un temps d'arrêt.

« Elle devait avoir environ dix-sept ans, à cette époque. Elle était encore pupille de la nation. Mais son dossier était déjà plus épais que celui de mon père et ses exploits encore plus légendaires. »

D.D. se pencha vers elle, toutes antennes dehors.

« Le rapport le plus édifiant (mais je ne l'ai lu qu'à la mort de mon père adoptif) était celui de l'assistante sociale qui s'est rendue chez mes parents le jour du drame. Celle qui nous a prises sous son aile et qui a immédiatement cherché à faire soigner ma sœur. D'après son rapport, le dos, les bras et l'intérieur des cuisses de la gamine étaient striés de dizaines de fines lésions cutanées. Anciennes pour certaines, récentes pour beaucoup... bref, sa peau était uniformément zébrée de sang séché, en longues lignes régulières.

– Il la scarifiait. C'est votre hypothèse. »

Adeline la toisa. « Difficile d'imaginer qu'elle ait pu atteindre son propre dos.

– Est-ce qu'il prélevait des lanières de peau ?

– Pas d'après les comptes rendus médicaux. Mais ce n'était pas nécessaire, n'est-ce pas ? Harry prélevait des trophées sur ses victimes pour se souvenir d'elles après leur disparition. Ma sœur n'était pas une jeune femme kidnappée dont il lui faudrait au bout du compte se débarrasser. C'était sa propre fille. La victime qu'il aurait toujours sous la main. Le "bouche-trou" idéal entre deux distractions. »

D.D. observa Adeline. Le regard de la psychiatre restait droit, son expression disciplinée. Cependant il y avait dans sa mâchoire une crispation nouvelle. Elle tenait la barre, mais il lui en coûtait.

D.D. posa la question qui s'imposait : « Et vous ?

– D'après mon dossier d'admission à l'hôpital, aucune cicatrice.

– Harry la maltraitait, mais pas vous.

– Il est mort une semaine avant mon premier anniversaire. On peut se demander si ça aurait toujours été vrai huit jours plus tard.

– Vous pensez que c'est votre âge qui vous a sauvée. Vous n'étiez qu'un bébé, mais si vous aviez franchi le cap de la première année... »

Adeline haussa les épaules. « On ne le saura jamais.

– Est-ce que ça pourrait s'expliquer par votre maladie ? avança D.D. Peut-être qu'il vous a coupée, mais que vous n'avez pas pleuré ? Ça n'aurait pas été très gratifiant pour lui. »

Adeline sembla surprise. « Depuis tout ce temps, cette idée ne m'était jamais venue.

– Vraiment ? Ça tombe sous le sens, pourtant.

– C'est possible, j'imagine, mais peu probable. Personne n'était encore au courant de ma maladie. J'avais trois ans quand on l'a découverte. Grâce à ma sœur. Qui m'avait tailladé la peau. »

D.D. resta interloquée. « Votre sœur, qui devait donc avoir six ans, vous a tailladée ?

– C'était la seule chose qu'elle connaissait. Un comportement qu'on lui avait inculqué nuit après nuit : le sang est une preuve d'amour. Et ma sœur m'aime, à sa façon.

– Merci de ne pas m'inviter à vos réunions de famille.

– Elle m'a ouvert les avant-bras aux ciseaux. Comme je ne pleurais pas, elle a coupé plus profond. Là encore, ça prouve peut-être que mon père ne savait pas. J'ai comme l'impression que sa première réaction aurait aussi été de couper plus profond, or je n'ai pas ce type de cicatrice.

– Je vois.

– D'où la question du jour, commandant : est-on pervers de naissance ou le devient-on ?

– Hérédité ou éducation.

– Exactement. Quelle est votre opinion ? »

D.D. secoua la tête. « Ce n'est pas un choix binaire ; j'ai vu les deux scénarios.

– Moi aussi. On peut pervertir une bonne personne et tempérer les mauvais instincts d'une autre.

– Alors où voulez-vous en venir ?

– Rien de tout cela n'a joué dans le cas de ma sœur : elle était perdante sur les deux tableaux.

– Fille de tueur en série, elle avait déjà subi des années de sévices rituels avant d'être lâchée dans le système de l'aide sociale à l'enfance. » À cet instant, la lumière se fit enfin dans l'esprit de D.D. Elle ferma les yeux : elle n'en revenait pas de ne pas avoir fait le rapprochement plus tôt. À sa décharge, cette affaire était vieille de trente ans ; à l'époque, elle-même n'était qu'une adolescente et non une enquêtrice obsédée par son travail. Tout de même, cette histoire avait tellement défrayé la chronique...

« Shana Day, dit D.D. C'est votre sœur. La plus jeune condamnée pour meurtre dans le Massachusetts, jugée comme une adulte à seulement quatorze ans. Et qui a passé les dernières décennies à descendre des gardiens de prison et des codétenues. Cette Shana Day-là. » Puis elle eut une autre illumination : « Elle l'a mutilé, n'est-ce pas ? Cela faisait des années que je n'avais plus repensé à cette affaire, mais juste après avoir étranglé le gamin, elle s'est acharnée sur lui avec un couteau. Elle lui a tranché une oreille. Et des *lambeaux de peau...* » D.D. regardait Adeline avec de grands yeux, sidérée par les conséquences de cette information. « Où se trouve votre sœur, aujourd'hui ?

– Elle est encore au pénitencier, pour le restant de ses jours.

– Je veux lui parler. Tout de suite.

– Vous pouvez essayer. Mais elle est en convalescence à l'infirmerie. Elle se remet de sa dernière tentative de suicide.

– Dans quel état est-elle ?

– Stable. Pour l'instant. » Adeline marqua un temps. « La semaine prochaine, ce sera le trentième anniversaire de la mort de Donnie Johnson. Apparemment, cela vaut à Shana des sollicitations indésirables. Au moins un journaliste a contacté la prison pour demander une interview.

– Il lui arrive de parler de l'affaire ?

– Jamais.

– Est-ce qu'elle aurait des amis, des fréquentations ? » D.D. réfléchissait à toute vitesse. Shana était certes derrière les barreaux, mais D.D. était toujours épatée de voir le nombre de condamnés pour meurtre qui conservaient une vie sociale très active pendant leur réclusion officielle. Ils tombaient amoureux, se mariaient. Pourquoi Shana n'aurait-elle pas séduit un tueur en herbe pour le convaincre de parachever l'œuvre de son père – ou la sienne ?

Mais Adeline rejeta cette hypothèse. « Ma sœur souffre d'un très sévère trouble de la personnalité antisociale. Comprenons-nous : elle est exceptionnellement intelligente et rusée à faire peur. Mais elle n'a pas les talents de mon père. Aucune vieille dame isolée ne lui ouvrirait sa porte pour qu'elle répare sa fenêtre. Et Shana elle-même ne tient pas à avoir d'amis ou de disciples. »

D.D. ne put s'empêcher de remarquer : « En résumé, votre père est un tueur en série, votre sœur une meurtrière accomplie – et encore : elle a plus de trois victimes à son tableau de chasse, donc on peut même parler de tueuse en série – et vous-même, vous souffrez d'une maladie rare qui vous rend insensible à la douleur. Pas banal, comme bagage héréditaire.

– Toute courbe a ses extrêmes.

– Ses extrêmes ? Ne rêvez pas, votre famille ne rentre même pas dans les statistiques. »

Adeline haussa les épaules ; D.D. changea d'angle d'attaque. « Votre sœur est jalouse de vous ?

– Il faudra lui poser la question.

– Mais vous êtes en relation ?

– Je vais la voir une fois par mois. Elle vous dira que c'est parce que je me sens coupable. Et je vous dirai qu'elle accepte mes visites parce qu'elle s'ennuie. Commandant… vous avez l'air de penser que ce "tueur à la rose" pourrait avoir un lien direct avec ma famille, qu'il y a peut-être même puisé son inspiration. De par mon expérience dans le traitement des personnalités déviantes, je n'en serais pas si sûre. »

D.D. lui lança un regard sceptique.

« Si vous comparez suffisamment de bouts de bois tordus, continua Adeline, il y a des chances pour que certains présentent la même distorsion. C'est pareil avec les psychopathes. Beaucoup partagent les mêmes obsessions, rituels et fantasmes. Ce tueur a-t-il réellement entendu parler de Harry Day, a-t-il rendu visite à Shana ? Ou bien suffirait-il qu'il partage leur conviction profonde ?

– À savoir ?

– Que le sang est une preuve d'amour. Ma sœur m'a tailladé les bras aux ciseaux non pas pour me faire mal, mais pour me manifester son affection. Quant à Donnie Johnson, je pense que c'est peut-être pour la même raison que Shana ne parle jamais de ce soir-là : elle ne détestait pas ce garçon. Au contraire, elle l'aimait trop et il lui manque. »

D.D. n'y croyait pas. « Votre sœur aurait tué un gosse de douze ans pour lui montrer son affection ?

– Je ne sais pas. Mais il s'est passé quelque chose ce soir-là. Quelque chose qui l'a atteinte de manière tellement violente, ou tellement intime, que même une psychopathe endurcie comme ma sœur est incapable d'en parler depuis cette époque. »

13

Qui suis-je ? Un agent de société de surveillance comme un autre.

À quoi je ressemble ? À rien de particulier. Pantalon beige, chemise bleue, casquette de base-ball bas sur le front.

Principale motivation ? Juste faire mon boulot.

But de l'opération : détourner l'attention des enquêteurs, brouiller les pistes.

Bénéfice net : tout le monde aime les méchants.

L'agent de sécurité anonyme roule droit vers son objectif. Pas de véhicule dans l'allée. Pas de signe de vie dans la maison. L'agent se gare dans la rue, prend une sacoche d'ordinateur sur le siège passager et enfonce encore la casquette bleu marine sur son crâne.

Le pantalon kaki est trop large, pareil pour la chemise bleu délavé. Des vêtements achetés aux puces, d'où leur taille approximative. Mais une tenue bon marché est une tenue jetable. Et l'ampleur du tissu donne une fausse idée de la corpulence de l'agent – ce qui sera bien utile quand, inévitablement, on demandera aux voisins trop curieux de fournir son signalement.

Inspirer, expirer, profondément. Crisper et décrisper les doigts sur le volant. On y est. Il ne s'agit plus de réfléchir, mais d'agir. Les repérages ont été faits, les plans établis, les décisions arrêtées. L'instant T est arrivé.

La première fois qu'il a rôdé devant le domicile d'une cible. La confirmation, après des semaines et des mois à mûrir son projet, qu'il avait enfin trouvé… Déposer avec soin le colis au milieu de l'allée, suffisamment loin pour qu'elle soit obligée de quitter le seuil de sa maison pour aller le ramasser. Sonner à la porte et se planquer derrière le ficus artificiel dans le coin du porche. La cible ouvre la porte. Elle aperçoit le colis à cinq mètres. Va chercher son lot. Et c'est alors un jeu d'enfant de se glisser en douce dans la maison, de se cacher dans la penderie de l'entrée jusque tard dans la nuit, à l'heure où les lumières sont enfin éteintes…

Qui suis-je ? Rien. Personne. Un courant d'air. À moins que je ne sois simplement comme vous. Un intrus, qui observe.

Quelle est ma motivation ? La sécurité financière. La réussite personnelle. Le goût de l'aventure. À moins que, comme vous, j'aie envie d'être quelqu'un. Envie de me sentir à ma place.

L'agent anonyme quitte la camionnette et se dirige droit vers la porte d'entrée.

Les épaules de biais, comptant sur ses vêtements trop larges pour masquer ses gestes, il crochète les deux serrures. Opération qui, bien entendu, déclenche les premiers hurlements de l'alarme.

Ne pas se précipiter. Se détendre, même. Parce que l'alarme offre un prétexte supplémentaire à la présence d'un agent de sécurité. Tout se passe comme prévu, en réalité.

Entrer avec autorité dans la maison. Monter l'escalier. Trouver la grande chambre.

Plus qu'une trentaine de secondes : certes, les voisins trop curieux peuvent penser qu'un intervenant est déjà sur place, mais tout un bataillon d'opérateurs de télésurveillance est en train de contacter le commissariat de quartier et le propriétaire de la maison. Le temps est compté.

L'agent anonyme observe le lit. Sur la table de chevet, à droite, un verre d'eau qui porte une légère trace de rouge à lèvres rose. À bien y regarder, il y a aussi des cheveux blonds bouclés sur l'oreiller. C'est son côté du lit, aucun doute. Est-ce qu'elle dort bien ? Ou est-ce qu'elle se remémore encore l'autre soir, toute seule dans ce couloir obscur, absolument sans défense...

Un bébé dans un berceau, dans un arbre, tout en haut, fredonne l'agent anonyme. *Se balance au gré du vent...* À l'origine, agresser une enquêtrice de la criminelle ne faisait pas partie du plan. Mais elle l'avait entendu, elle était sortie de la chambre, arme pointée. Revenir sur les lieux du crime était une erreur de débutant, l'agent anonyme en a conscience. Céder à la tentation de revoir la scène, d'en examiner chaque détail – tout s'était-il réellement déroulé à la perfection ? Et puis, vue de l'extérieur, la maison semblait plongée dans le noir, déserte, sans danger.

Mais l'enquêtrice avait brusquement surgi dans le couloir. Et il avait fallu faire un choix. Fuir ou se battre. Franchement, ça n'avait pas été difficile. C'est connu : quand on a déjà tué une fois, le reste vient tout seul.

L'improvisation. Ça avait marché encore mieux qu'il ne l'avait imaginé. Alors l'agent anonyme improvise de nouveau. Sans oublier de compter les secondes : *dix-huit, dix-neuf, vingt...*

Le temps est le grand ordonnateur. Il faut suivre le plan.

Ouvrir la sacoche d'ordinateur, en sortir le premier acces-soire. La bouteille de champagne. Puis, évidemment, les menottes, avec leur délicate doublure de fourrure. Et une rose rouge, posée directement sur son oreiller.

Enfin, la carte de vœux. Achetée le matin même, la touche finale.

Reculer. Dernier coup d'œil à la scène.

But de l'opération : intimider, faire peur, susciter l'hostilité. Parce que je n'ai pas envie d'être toi, finalement. Je veux te surpasser.

Bénéfice net : une décharge d'adrénaline.

Trente et un, trente-deux, trente-trois...

Le téléphone de la table de chevet se met à sonner. Cer-tainement l'entreprise de télésurveillance qui vérifie si ce ne serait pas le propriétaire de la maison qui aurait déclenché l'alarme par inadvertance et qui pourrait la faire taire d'un coup de baguette magique en prononçant le mot de passe.

L'agent anonyme tourne les talons, descend les escaliers d'un pas régulier, quitte la maison et regagne la camionnette. Il fait mine de parler un instant dans un téléphone portable – un agent consciencieux en mission. Tête baissée, regard fuyant, dos tourné aux voisins intrigués qui épient maintenant par les fenêtres.

L'alarme hurle toujours.

L'agent anonyme remonte dans son véhicule. Et s'en va.

Laissant derrière lui des gages d'affection à l'intention du commandant D.D. Warren. Notamment une touchante carte de vœux.

Des vœux de prompt rétablissement.

14

Alex tournait comme un lion en cage.

L'équipe de D.D. était réunie dans leur séjour. Les techniciens de scène de crime étaient arrivés ; ils examinaient leur porte d'entrée, relevaient les empreintes, mettaient sous scellés les différents présents laissés par le tueur. Des agents en tenue avaient passé le quartier au peigne fin. D'autres avaient mené l'enquête de voisinage et établi qu'un individu banal conduisant une camionnette blanche banale au nom d'une grande société de télésurveillance s'était garé dans leur allée quand l'alarme d'Alex et D.D. s'était mise à hurler. Mais n'était-ce pas plutôt juste avant le déclenchement de l'alarme ? Quoi qu'il en soit, celle-ci s'était mise en marche et un agent se trouvait sur les lieux pour intervenir. Homme, femme, jeune, vieux, blanc ou noir, personne ne savait très bien. Mais un agent de sécurité. Qui se trouvait précisément sur place. Sacré coup de chance, hein ?

Alex tournait comme un lion en cage.

C'était lui qui avait trouvé la carte de vœux. De retour du travail, il s'était garé dans l'allée, Jack sanglé dans son siège-auto. Il avait ouvert sa portière et pris conscience que leur alarme hurlait à peu près au moment où son portable sonnait : leur société de télésurveillance, la vraie, venait aux renseignements.

Ne voyant rien d'anormal depuis la rue, Alex était entré chez eux. Il y avait déjà eu de fausses alertes. Ça arrive. Et comme la porte n'avait rien, que les fenêtres étaient intactes et que le rez-de-chaussée semblait tranquille...

Il s'était détendu, avait-il laconiquement raconté à D.D. Avec Jack au creux du bras gauche, le téléphone collé à l'oreille droite et la société de surveillance toujours en ligne, il avait fait un saut à l'étage pour jeter un dernier coup d'œil...

L'entreprise de télésurveillance avait alerté la police pendant qu'Alex ressortait aussitôt de chez eux avec son fils de trois ans dans les bras pour le conduire chez ses parents.

Ils le garderaient pour la nuit.

Pendant que les techniciens de scène de crime procéderaient aux constatations chez Alex et D.D.

Et qu'Alex tournerait comme un lion en cage.

Les mains dans le dos, il portait sa tenue de l'école de police : pantalon kaki, chemise bleu marine, écusson de la police d'État cousu sur la poitrine. La ligne crispée de ses épaules montrait à quel point il était tendu. En revanche, son visage restait neutre, presque indéchiffrable. Alors que D.D. avait pour spécialité d'extérioriser sa colère, Alex était passé maître dans l'art d'intérioriser la sienne et de tenir la bride ferme à ses émotions.

Pour la première fois, elle songea à l'épreuve qu'avaient dû être pour lui les six dernières semaines. C'était elle qui grinçait des dents et râlait de se sentir réduite à l'impuissance, mais Alex avait-il eu son mot à dire dans l'histoire ? Un beau jour son épouse était partie au travail, et depuis lors, elle était incapable de s'habiller, de s'occuper de leur enfant ou de faire quoi que ce soit d'utile.

Il avait fallu qu'il la regarde souffrir. Qu'il l'aide à accomplir des gestes qui redoublaient souvent sa douleur. Et il assumait toutes les responsabilités parentales et toutes les corvées ménagères sans qu'on puisse prévoir quand cette situation prendrait fin.

Et pourtant, jamais il n'avait eu un mot pour se plaindre, jamais il ne l'avait rembarrée en lui disant de se secouer.

Il la soutenait. Et en ce moment même, il n'exigeait pas de savoir dans quels draps elle s'était fourrée, ni comment elle avait osé faire entrer les risques de son métier dans sa propre maison. Il réfléchissait. Il analysait. En stratège.

Il ne s'apitoyait pas sur son sort, ni sur celui de D.D. Il songeait à la façon de retrouver le salopard qui avait violé l'intimité de leur foyer.

« Bon », dit enfin Phil, assis sur le canapé, le calepin ouvert sur les genoux. Sa veste grise était froissée, sa cravate bordeaux de travers. D'eux tous, c'était lui qui semblait accuser le coup le plus durement. Comme D.D. était sur la touche, il dirigeait l'enquête. Or, non seulement l'assassin avait fait une deuxième victime, mais il venait les narguer sous leur nez sans qu'eux-mêmes arrivent à mieux le cerner.

« Bon », répéta D.D. Elle avait apporté une chaise de cuisine dans le salon et s'y était assise, le bras gauche collé au corps, une poche de glace derrière l'épaule. Après sa séance de rééducation impromptue chez le docteur Glen, cela semblait le minimum qu'elle puisse faire. Et puis elle essayait de se prouver à elle-même, sinon à sa thérapeute, qu'elle n'était pas totalement psychorigide. Oui, elle pouvait essayer d'autres méthodes pour soulager sa douleur. Chiche.

« Les voisins n'avaient pas grand-chose à nous apprendre, continua Phil. En résumé, un *individu*, au physique très quelconque, est entré chez vous. »

En face de Phil, Neil haussa les épaules. « Rien de nouveau. L'assassin s'est introduit sur deux autres scènes de crime et il les a quittées sans attirer l'attention. Manifestement, il est doué pour se fondre dans le paysage.

– Mais ça nous renseigne peut-être sur ses méthodes, contesta Phil. Le suspect était déguisé en agent de sécurité. On pourrait retourner sur les deux autres scènes de crime et voir s'il y avait une alarme, si des demandes d'intervention sont arrivées ce soir-là. Ou élargir l'éventail à d'autres sociétés de service. Peut-être que les voisins auraient vu une camionnette de soi-disant dératiseur ou de plombier. Vous voyez, le genre de détail qui ne les aurait pas frappés sur le coup, mais si on retournait les voir avec des questions plus précises...

– Mais enfin, qui est ce type ? » intervint brusquement Alex. Il avait arrêté de tourner en rond et, planté au milieu de leur modeste salon, il les dévisageait.

« Monsieur Tout-le-Monde, répondit Neil. Ou peut-être *Madame* Tout-le-Monde. Les statistiques plaideraient pour Monsieur, puisque la plupart des assassins sont des hommes. Mais en l'absence d'agression sexuelle et de tout signalement exploitable, nous ne pouvons pas exclure qu'il s'agisse d'une femme. Donc, je dirais X ou Y Tout-le-Monde. Un quidam tout ce qu'il y a de plus quelconque.

– Faux, réagit aussitôt Alex. Notre individu est un assassin. Ça le range déjà dans une catégorie extrêmement réduite de la population. Et ceux qui commettent un double meurtre sans être des sadiques sexuels représentent un faible pourcentage de cette population déjà réduite. Alors je répète : *qui* est cette ordure ? Jusqu'à présent, nous n'arrivons pas à comprendre comment il fonctionne, alors que lui ou elle sait parfaitement comment nous atteindre. »

D.D. comprenait ce que son mari voulait dire. « Je suis allée dans un funérarium aujourd'hui, raconta-t-elle. Je m'étais fait la même réflexion que toi : nous traquons un assassin qui commet des crimes extraordinairement macabres, mais sans paraître intéressé par le meurtre en soi. C'est la mutilation post mortem qui le pousse à l'acte. D'où l'idée d'un individu qui préférerait la compagnie des cadavres à celle des vivants. D'où l'idée d'un employé des pompes funèbres.

– Le syndrome Norman Bates, murmura Neil, assis dans le canapé.

– Voilà. Sauf que quand j'ai interrogé le thanatopracteur, il a insisté sur le fait que les bons directeurs de funérarium sont des champions de l'empathie. Ce qui ne correspond pas vraiment à la description que je donnerais de notre assassin. »

Neil soupira, se redressa. « Un peu comme toi, l'idée de la nécrophilie m'a trotté dans la tête toute la journée.

– Inquiétant pour un type qui passe sa vie à la morgue », railla D.D.

Neil se renfrogna ; il n'était pas d'humeur. « Voilà ce qui se passe : d'un côté, notre assassin paraît plus à l'aise avec ses victimes après leur décès. Mais d'un autre... il ou elle n'est pas attiré par elles *de cette façon*. Pas d'agression sexuelle. Par définition, ce n'est donc pas un nécrophile. Pour mémoire, d'ailleurs, ça n'aurait pas exclu que notre criminel soit une femme. Je suis tombé par hasard sur cinq ou six cas de femmes nécrophiles, histoire de rendre mes recherches bien dégueu.

– Il y a aussi un certain nombre de femmes thanatopracteurs, ajouta D.D. Je dis ça comme ça.

– Donc, on en revient à la question d'Alex, continua Neil : nous avons deux cadavres et toujours aucune idée du mobile des meurtres. S'il ne s'agit ni de crimes sadiques, ni de crimes passionnels, ni d'une vengeance, de quoi s'agit-il ?

– J'ai peut-être la réponse à cette question, répondit D.D. Étant donné l'absence de torture et de mauvais traitements, je crois qu'on peut affirmer à coup sûr que notre assassin n'agit pas par goût du sang. En réalité, je crois que cela ne l'intéresse pas tant que ça de tuer. Il, ou elle, obéit peut-être à une pulsion. Disons, au désir viscéral d'enrichir une collection privée totalement unique et personnelle.

– Quel genre de collection ? demanda Phil.

– Des échantillons de peau humaine. »

Le silence tomba dans la pièce. Puis Neil fit la grimace. « Ed Gein, le retour ? »

Tout le monde alors fit la grimace : Ed Gein était un tueur en série célèbre pour s'être confectionné un abat-jour en peau humaine.

« Tout à l'heure, reprit D.D., quand j'essayais d'imaginer notre individu, je voyais un type solitaire, chétif, inhibé. Si on considère le *modus operandi* – surprendre ses victimes dans leur sommeil, les droguer aussitôt et les tuer de manière expéditive –, ça me donne l'impression que le principal objectif de notre assassin n'est pas de décharger sa fureur sur une victime expiatoire ni de satisfaire des désirs sexuels pervers, mais de prélever des lanières de peau avec un soin maniaque. En théorie, ça signifierait que nous cherchons un meurtrier sociopathe et animé du besoin fétichiste de collectionner de la peau humaine. Ça vous paraît cohérent ? »

Tout le monde approuva.

D.D. continua : « Sauf qu'il y a un problème. Deux, en fait. D'abord, mon épaule. Je vous présente Melvin, dit-elle en montrant son épaule gauche à son équipe. Et ensuite, ce qu'on a trouvé là-haut. Prenons le premier problème et supposons un instant que notre assassin soit un homme : comment un fétichiste asocial aurait-il eu les couilles de revenir sur la première scène de crime ? De passer sous le ruban, ce qui avait toutes les chances d'attirer l'attention sur lui, voire de mener tout droit à son arrestation. Et ensuite d'affronter l'enquêtrice pour la pousser dans les escaliers ? Je ne sais plus comment, mais ça me reviendra. Plutôt osé pour un type qui ne s'en prend qu'à des femmes endormies. »

Alex fit la moue. Lentement, Phil et Neil hochèrent la tête.

« Même chose pour la petite mise en scène à l'étage. D'un seul coup, monsieur l'Asocial pénètre par effraction chez une flic ? En plein jour ? Il se déguise et camoufle son véhicule pour se faire passer pour un vigile, entre dans la maison en sifflotant et dépose sa carte de visite sur ma table de nuit ? Voyons, pour mettre sur pied un plan aussi élaboré et venir nous faire la nique comme ça... » De mauvaise humeur et mal à l'aise, elle eut un petit mouvement qui fit bouger son épaule et sa poche de glace contre le dossier dur de la chaise. « Je dirais que l'individu qui cherche ce genre d'affrontement direct ou de provocation pure et simple n'est pas le même que celui qui se contente de surprendre des femmes dans leur sommeil. Alors je me demandais, surtout vu l'absence d'agression sexuelle et de signalement précis, si notre tueur ne serait pas une femme, une collectionneuse de peau. »

Et ce fut plus fort qu'elle : elle songea immédiatement à Shana Day.

« Une femme s'attaquant à d'autres femmes jouerait davantage d'égal à égal, lui accorda Phil. Dans ce cas, on n'aurait pas affaire à une meurtrière inhibée et souffrant d'une faible estime d'elle-même, mais à une criminelle prête à tout pour assouvir ses pulsions. Il ne serait même pas si étonnant qu'une telle personnalité prenne l'enquêtrice pour cible, qu'elle joue au chat et à la souris – surtout si elle te considère comme un obstacle entre elle et son désir le plus cher, à savoir enrichir sa collection.

– Sauf que la carte de vœux lui souhaite un prompt rétablissement, fit remarquer Alex. Si la présence de D.D. était une menace pour notre assassin, pourquoi l'encourager à guérir au plus vite ?

– Et l'assassin est peut-être un homme, intervint Neil. N'allons pas trop vite en besogne.

– Il faisait noir dans la maison », dit Phil d'un seul coup. Puis il rougit, et D.D. comprit de quelle maison il parlait : celle de la première scène de crime, celle où elle avait fait un plongeon dans les escaliers. Phil faisait partie de l'équipe d'enquêteurs qui l'avait découverte. « Quand nous sommes arrivés, reprit-il avec embarras, les lumières étaient éteintes. Il n'y avait pas un bruit. Nous n'imaginions pas qu'il pouvait y avoir quelqu'un. Même pas toi. »

Il lança un regard à D.D. « Peut-être que le tueur non plus ne savait pas que tu étais là. Il ou elle a cru qu'il pouvait revenir sans danger. À tort, en l'occurrence.

– J'ai surpris le tueur, dit D.D. à mi-voix.

– Et il a riposté en te poussant dans les escaliers, continua Alex. Il a peut-être même pensé que tu étais morte. Sauf que rien n'a été publié dans la presse au sujet d'une enquêtrice retrouvée sans vie sur une scène de crime. »

D.D. le regarda d'un air soucieux. « Mais rien n'a été publié non plus au sujet d'une enquêtrice blessée, n'est-ce pas ? Sur le fait que je suis invalide et que j'ai vraiment intérêt à me rétablir au plus vite... »

Ils se turent tous un instant : la conclusion coulait de source.

D.D. fut la première à la formuler : « Le tueur a retrouvé ma trace. Il m'a surveillée. Il n'y a que de cette manière qu'il peut savoir que je suis blessée.

— Non, dit Alex d'une voix ferme.

— Comment ça ?

— Il s'est écoulé six ou sept semaines depuis ta blessure. Six ou sept semaines sans nouvelles. Jusqu'à aujourd'hui. Rappelle-moi : qu'est-ce qui a changé ces dernières vingt-quatre heures ? Où es-tu allée ? »

Alors elle comprit : « Le deuxième meurtre. Une nouvelle scène de crime…

— Sur laquelle tu t'es rendue, dit-il pour la provoquer.

— Sur laquelle je me suis rendue, reconnut-elle.

— Le tueur était là-bas, dit Phil. Encore à l'affût, histoire de surveiller les opérations. C'est une nouvelle information à verser au dossier. » Il se tourna vers Neil. « Le mec, ou la fille, a l'habitude d'épier. Ça pourrait nous servir, c'est sûr. »

Neil hocha la tête, prit des notes. « Mais si le tueur est un collectionneur, pourquoi revenir sur le lieu des crimes ? Ce ne sont pas plutôt les sadiques sexuels qui cherchent à revivre l'excitation du moment ?

— Il peut quand même y avoir un phénomène d'excitation, dit D.D. Seulement, c'est le prélèvement des échantillons qui le provoque. Les heures qui suivent la mort plutôt que le meurtre lui-même. Mais les mêmes règles restent valables. L'individu cherche à se souvenir, à revivre le frisson. C'est aussi ce qui donne son prix à la collection : les souvenirs qu'elle évoque. »

Alex la regardait d'un air sévère. « Tu en fais partie maintenant. De ses fantasmes, de ses besoins, de ses pulsions. Peut-être que tu l'as surpris, la première fois. Et peut-être qu'il ou elle a réagi sur un coup de tête en décidant de te pousser dans les escaliers. Mais ensuite tu es revenue. Tu t'es repointée sur la deuxième scène de crime. Tu n'étais même pas en service, mais tu continuais la traque… Ça a déclenché quelque chose chez lui. C'est devenu une affaire personnelle. Et c'est toi, D.D., qui en as fait une affaire personnelle. »

Elle sentit dans ses paroles comme un parfum de reproche, léger mais perceptible. Déjà qu'elle était blessée à cause de son travail, et voilà que ses réflexes d'enquêtrice avaient mis toute sa famille en danger.

« Sommes-nous même certains que l'intrus d'aujourd'hui soit le tueur ? » murmura-t-elle, prenant ses désirs pour des réalités.

Phil confirma ce qu'au fond elle savait déjà : « Le champagne est de la même marque que sur les deux autres scènes de crime, détail qui n'avait pas filtré dans la presse. On considérait ça comme une petite victoire d'avoir obtenu que les médias passent au moins cette information sous silence.

– Donc c'est bien le tueur qui est venu chez nous, résuma D.D. avec un coup d'œil à son mari. Un prédateur animé du besoin obsessionnel de prélever de la peau humaine et de se payer la tête des enquêtrices impotentes. »

Elle aurait voulu que son amertume ne s'entende pas, mais c'était raté. Elle aurait aussi préféré ne pas avoir l'air apeurée, or c'était au-dessus de ses forces.

« Quel genre de tueur pourrait avoir le désir obsessionnel de prélever des lanières de peau ? » demanda Neil.

D.D. poussa un profond soupir. « Oh, pour ça aussi, j'ai ma petite idée. »

Ils la regardèrent avec de grands yeux.

« C'est là qu'entrent en scène Harry et Shana Day. »

Elle commença par Harry Day, dont elle retraça la terrifiante carrière criminelle. Ces femmes qu'il avait kidnappées et torturées avant de les assassiner. Son obsession, précisément, de prélever des parties de leur corps. Les bocaux renfermant des lambeaux de peau qu'on avait retrouvés sous le plancher de sa penderie.

Alex et Neil affichaient des airs blasés, jusqu'à ce qu'elle en arrive aux deux derniers détails qu'elle avait gardés pour la bonne bouche : la fille aînée de Harry Day, Shana, était elle-même une meurtrière endurcie, qui purgeait une peine de perpétuité au pénitencier pour femmes. Et, comme par un fait exprès, sa seconde fille n'était autre que le docteur Adeline Glen, nouveau médecin de D.D.

« Tu plaisantes ? explosa Alex. Ça ne peut quand même pas être une coïncidence. Et si c'était cette thérapeute qui venait de s'introduire chez nous ? Elle sait tout de ta blessure et elle possède des informations sur les deux meurtres, puisque tu en as discuté avec elle. C'est une fille de tueur en série, ça expliquerait qu'elle fasse une fixette sur une femme flic. Peut-être même qu'elle t'a poussée dans les escaliers sur la première scène de crime justement pour que tu deviennes sa patiente. »

D.D. leva les yeux au ciel, exaspérée. « Bonjour la parano… D'abord, j'étais avec elle cet après-midi…

– À quelle heure ?

– Je ne sais pas. Entre une et deux.

– L'intrusion s'est produite vers trois heures et demie. Ça ne l'innocente pas.

– Je t'en prie. Je ne suis allée la consulter que parce que Horgan me l'avait recommandée. Et même comme ça, si ma chute n'avait entraîné qu'une blessure bénigne ou un autre type de lésion, je n'aurais pas eu besoin de faire appel à elle. Alors de là à supposer qu'une psy malveillante m'a poussée dans les escaliers uniquement pour que j'atterrisse dans son cabinet… Il y aurait une sacrée marge d'erreur dans un plan pareil.

– Mais elle t'a été recommandée par Horgan, insista Alex. Traduction : elle est connue des services, ils ont déjà fait appel à elle. Et il n'était donc pas si improbable qu'un agent blessé se retrouve dans son cabinet. »

D.D. lui jeta un regard noir.

« Elle est psychiatre ou psychologue ? demanda Phil.

– Psychiatre.

– Donc, elle est médecin, on est d'accord ? Elle a été à la fac de médecine, elle a suivi tout le cursus », continua-t-il, sous-entendant par là qu'elle savait manier le bistouri.

D.D. aurait voulu protester. Son nouveau médecin lui était sympathique. Adeline Glen était intelligente, tenace, stimulante. Mais aussi... fascinante. Malgré son sang-froid, cette femme donnait une impression de solitude existentielle, d'isolement résigné. D.D. aurait pensé que l'insensibilité à la douleur était la plus grande bénédiction qui soit, surtout par les temps qui courent, mais après en avoir discuté avec elle, après avoir eu un aperçu de l'univers de cette femme... Adeline Glen serait toujours un être à part, qui observerait ses contemporains sans jamais pouvoir se mettre vraiment à leur place.

Et elle le savait.

« On pourrait revenir en arrière une seconde ? demanda Neil en passant une main dans sa tignasse rousse. Notre assassin peut être un homme ou une femme. Éventuellement un thanatopracteur, habitué aux cadavres, ou un chasseur, habitué à dépecer, ou même une psychiatre, qui aurait suivi des études de médecine. Pourquoi pas ? Mais là où je ne te suis plus, c'est quand tu dis que ces meurtres pourraient avoir un lien avec le type mort il y a quarante ans. Ou plus précisément, j'imagine, avec ses filles ? »

Phil renchérit : « Je dois reconnaître que, moi aussi, j'ai un peu perdu le fil.

– Pour l'instant, je n'affirme rien, précisa D.D. Seulement, certaines questions méritent d'être posées. Écoutez, le fichier VICAP a pour but de détecter les similitudes entre les modes opératoires de différents crimes. Or, d'après lui, notre assassin d'aujourd'hui a un frère jumeau : Harry Day. Comme ce dernier est mort depuis des décennies, je pense qu'il n'y a pas trop de risques qu'il l'ait personnellement aidé. Encore que... avec l'orgie d'informations qu'on vit aujourd'hui, avec les centaines voire les milliers de sites Internet qui vouent un culte à différents tueurs en série... Je me demande si notre assassin sociopathe ne serait pas tout bonnement un groupie. Il fait des recherches sur Harry Day, lit des histoires de morceaux de peau conservés dans des bocaux et, vu comment ça se passe dans la cervelle dérangée des psychopathes, ça fait tilt et il se dit : voilà ce que je veux !

– Il s'est identifié à Harry Day, commenta Alex. Du moins, il s'est reconnu en lui.

– Ce ne serait pas une première », fit observer D.D. Elle repensait à la remarque du docteur Glen : si on considère un nombre suffisant de bouts de bois tordus, il est probable que quelques-uns présenteront la même distorsion.

« Est-ce qu'il y a un site à la gloire de Harry Day ? demanda Neil.

– Je ne sais pas. Je n'ai pas eu le temps de regarder. Mais voilà ma deuxième idée : si notre assassin a fait des recherches sur Harry Day, il y a des chances que le nom de sa fille, Shana, soit sorti. Or, s'il ne peut plus interroger Harry sur ses méthodes, Shana, en revanche...

– Il a pu prendre contact avec elle en prison, dit Phil en griffonnant une note.

– Encore une piste à suivre.

– Et ton médecin ? intervint Alex, le regard acéré. Est-ce qu'un des admirateurs de son père l'aurait contactée ?

– Elle dit que non. En même temps, son nom de famille est Glen, pas Day, donc il faudrait que l'assassin fasse des recherches plus approfondies pour découvrir le lien de parenté. D'ailleurs, si son moteur est le... plaisir... tout personnel de conserver de la peau, il n'a aucune raison de s'adresser à Adeline. Shana est une meilleure source d'informations puisqu'elle est connue pour avoir charcuté sa première victime. Cela dit, le docteur Glen affirme que sa sœur ne reçoit pas de visites et ne répond pas au courrier. Mais je ne sais pas non plus à quel point elle a creusé la question. Ni à quel point sa sœur se confie à elle.

– Il faut qu'on interroge Shana, dit Phil.

– Le docteur Glen serait prête à nous aider, indiqua D.D.

– Et tu seras présente, bien entendu ? » dit Alex en la regardant. Le ton n'était pas vraiment celui d'une question.

« Si Horgan le permet, j'aimerais bien.

– Pourquoi ?

– Parce que. C'est mon métier. C'est ce que je fais de mieux. Et parce que je n'arrive pas à me rappeler ce qui s'est passé ce soir-là, si c'est un homme, une femme, ou un extraterrestre qui m'a envoyée valser dans les escaliers. Maintenant, deux femmes sont mortes et je suis toujours là comme une abrutie pendant que l'assassin se promène chez nous en nous faisant des pieds de nez. » Malgré elle, sa voix monta dans les aigus. « Et si la prochaine fois, ce n'était pas du champagne, mais un trophée de scène de crime qu'il ou elle ou je ne sais quoi laissait sur mon oreiller ? Ou des lanières de peau en travers du lit ? Ça va empirer, Alex. Quelle est la règle numéro un en matière de meurtres en série ?

– Ils vont crescendo.

– Exactement. Ils vont crescendo. Et regarde-moi ! Regarde-moi cette connerie d'épaule. Regarde-moi notre maison ; il ne faut pas se mentir, on sait tous les deux qu'on ne va pas fermer l'œil de la nuit. Il s'agit de ma vie. De ma famille. Et je ne suis même pas capable de charger mon arme. Je ne peux rien faire et tout est de ma faute... Putain ! » Sa voix se brisa d'un seul coup. « Putain.

– Je vais poster une voiture de patrouille devant chez vous », proposa Phil, crispé.

Elle approuva d'un signe de tête, mais ne leva pas les yeux.

« Et nous avons beaucoup d'informations maintenant, souligna Neil. De bonnes pistes d'investigation. Vu le battage médiatique, tu sais que Horgan va autoriser des renforts. On va nous mettre la pression pour faire le clair sur cette affaire au plus vite. »

D.D. hocha de nouveau la tête, sans quitter des yeux leur moquette beige.

Alex s'approcha d'elle et posa une main sur son épaule droite. Le mouvement secoua son épaule gauche, mais elle se retint de grimacer.

« C'est *notre* famille, D.D., dit-il d'une voix ferme. On va affronter ça ensemble. Tous les deux. Côte à côte. Nos trois bras valides contre l'individu mystère. Parce que c'est ce qu'on fait de mieux tous les deux.

– Mon bras est toujours paralysé », murmura-t-elle.

Il ne dit plus rien et l'embrassa sur la tête. Elle ferma les yeux et fit le vœu que l'amour d'Alex lui suffise.

Mais cela ne pouvait pas lui suffire.

Un assassin s'était baladé chez elle. Et ce qu'elle voulait, ce n'était ni l'amour de son mari ni la protection de son équipe.

Ce qu'elle voulait, c'était se venger.

15

Lorsque je suis entrée dans ma luxueuse tour d'habitation, un cabas en cuir grand format sur l'épaule, mes pensées vagabondaient à mille lieues de là : je songeais à la dernière tentative de suicide de ma sœur et à ma conversation avec le commandant Warren au sujet de mon arbre généalogique peuplé d'assassins. Une famille, deux tueurs, un triste héritage de mort et de destruction. Et j'entendais de nouveau la voix de mon père adoptif résonner dans ma tête : *Toutes les familles ont le don de faire souffrir, Adeline, mais c'est particulièrement vrai de la tienne.*

J'aurais voulu pouvoir lui parler à cet instant. Jamais, je crois, je ne m'étais rendu compte à quel point sa présence, son esprit précis et analytique avaient été des repères pour moi. Et quand il est mort, je suis partie à la dérive ; la future psychiatre bien dans ses baskets s'est mise à rendre visite à sa grande sœur incarcérée. La jeune femme brillante s'est mise à traîner à l'aéroport armée d'un bistouri et d'une collection de fioles en verre.

Ces deux nouveaux meurtres. Ce tueur obsédé par le désir de prélever de la peau humaine. Est-ce que c'était un signe ? Qu'est-ce que ça pouvait vouloir dire ?

J'entrai dans l'ascenseur, retournant toujours ces idées dans ma tête. La cabine commença son ascension. Et moi je me penchai sur des questions que j'aurais préféré ignorer. La porte s'ouvrit. Non, me dis-je, je n'allais pas filer droit à mon dressing pour soulever les lames du parquet et jeter un coup d'œil à ma précieuse collection. J'allais plutôt faire une séance de yoga, me servir un verre de vin, je ne sais pas, n'importe quoi qui convienne mieux à une femme qui avait aussi bien réussi dans ses études et dans la vie.

J'arrivai finalement à ma porte, toujours hantée par ce désir malsain. Une ombre se détacha du mur du fond et un homme se matérialisa soudain devant moi.

« Docteur Glen ? »

D'instinct, j'agrippai la lanière de mon sac et réprimai un hoquet de surprise.

« Comment êtes-vous monté ici ? »

Il sourit, mais c'était une expression sinistre chez lui. « Vu les nouvelles de ce matin, ça va bientôt être le cadet de vos soucis. »

Il se présenta sous le nom de Charlie Sgarzi. Le journaliste qui, m'avait appris la directrice de la prison, écrivait à ma sœur depuis plusieurs mois. Celui qui, accessoirement, était aussi le cousin du petit Donnie Johnson. Même si, fait étrange, il ne me donna pas cette information de lui-même.

« J'aurais quelques questions, dit-il. Au sujet de votre sœur, Shana Day, et du meurtre de Donnie Johnson, il y a trente ans.

– Je ne peux rien pour vous. »

Il me regarda d'un air entendu. Il n'était pas grand, mais trapu, le teint basané, des petits yeux foncés. J'imaginais qu'il pouvait être tout à fait intimidant s'il en avait envie. Restait à savoir s'il en avait envie.

« Oh, je suis sûr que si, affirma-t-il brutalement. Une psychiatre de métier qui voit sa sœur au moins une fois par mois au pénitencier ? Je parie que vous savez un paquet de choses. »

Je secouai la tête. « Non. Pas vraiment.

– Vous n'allez même pas m'inviter à entrer ?

– Non. Pas vraiment. »

Il se renfrogna, manifestement gagné par la colère. Par la frustration, aussi, parce que cette conversation ne se déroulait clairement pas comme prévu. Mais il y avait autre chose. Je n'arrivais pas à la nommer, mais une autre émotion, puissante et négative, le remuait.

Il poussa un soupir de contrariété, sortit ses mains de son trench-coat trop large à la Dick Tracy et reprit avec un geste implorant :

« Allez, quoi. Donnez-moi une chance. Votre sœur a été une des premières gamines de quatorze ans jugées comme une adulte. Aujourd'hui, on a l'impression que les journaux sont remplis de tueurs adolescents dépravés. Mais Shana, ce qu'elle a fait au petit Donnie… c'était une sale histoire. Et ne me dites pas que vous n'y pensez jamais. Que le fait de l'avoir comme grande sœur n'a eu aucun retentissement dans votre vie. »

Je ne dis rien, déplaçai simplement ma main sur mon sac. Si j'attrapais mes clés et que je le frappais à la jugulaire ou que je lui crevais les yeux, est-ce que ce serait considéré comme de la légitime défense ? Ou bien est-ce que ça prouverait simplement que j'étais aussi violente que le reste de ma famille ?

« Vous êtes si attachée que ça à votre sœur ? »

Je ne dis rien.

« Enfin, ce n'est pas comme si vous aviez grandi avec elle. Non, vous avez eu de la chance, vous. » Il se balança sur ses talons. Il me donnait de l'espace, je m'en rendais compte, comme s'il savait quelle idée venait de me traverser l'esprit. « J'ai tout lu sur vous, continua-t-il d'une voix neutre. Issue d'une famille de monstres, vous avez quand même réussi à tous les surpasser. Maladie génétique rare, vous vous dégotez un riche médecin pour jouer les papas gâteaux. Bien joué, Adeline. Je parie que, rien que pour ça, votre sœur vous hait. »

Il me dévisagea. Je ne dis toujours rien.

« C'est vrai que vous ne sentez pas la douleur ?

– Frappez-moi, vous verrez bien. »

Il ouvrit de grands yeux. Je l'avais mis au pied du mur et, pour la première fois, déstabilisé. Ses épaules se détendirent et il eut l'air perplexe. Pour un peu, j'aurais pu voir tourner les rouages de son cerveau pendant qu'il réévaluait rapidement la situation. Puis il se raidit et je surpris de nouveau son regard déterminé. D'une manière ou d'une autre, il était résolu à me parler. Parce que ma sœur l'avait envoyé balader à plusieurs reprises ? Parce que j'étais la personne la plus proche d'elle qu'il pourrait trouver ? Ou bien avait-il une motivation plus profonde, plus funeste ?

« Vous avez été soulagée que les surveillants soient inter-venus à temps, ce matin ? » me demanda-t-il en adoptant un ton plus chaleureux, comme si nous étions deux voisins en train de papoter autour d'un café. « Ou peut-être un brin déçue ? Vous pouvez me dire la vérité, Adeline. Une femme aussi accomplie que vous, encombrée d'une sœur aussi déran-gée que Shana... ça se comprendrait. Moi, je comprendrais.

– Comment vont vos oncle et tante ? lui demandai-je comme si de rien n'était. Le trentième anniversaire du meurtre de leur fils, ça doit être un cap très difficile pour eux, j'imagine. »

Sgarzi se figea. Malgré tous ses efforts, j'avais marqué le premier point et il le savait. Un spasme crispa son visage. Discret, mais révélateur. Et je compris l'émotion qui pesait sur ses épaules autant que son imperméable de journaliste : le chagrin. Charlie Sgarzi n'était pas en colère. Il avait du chagrin. Trente ans plus tard, cette soirée-là et ma sœur le hantaient toujours.

Je me sentis vaciller.

« Ils sont morts, merci d'avoir posé la question, répondit-il d'une voix de nouveau neutre.

— Et votre famille à vous ?

— Il ne s'agit pas de ma famille, mais de la vôtre. Arrêtez d'éluder la question.

— Ma question à moi est tout aussi pertinente. Je ne connaissais pas ma sœur à l'époque où elle a tué votre cousin. Vous, si. Il y a donc des chances que le geste de ma sœur ait eu un plus grand retentissement sur votre vie que sur la mienne.

— Donnie était un chouette gamin. » J'attendis.

« Il l'aimait bien, vous savez. Elle vous l'a dit ? Est-ce qu'elle parle même de lui pendant vos séances ? »

Je restai patiente. Charlie ne faisait que commencer. Certainement que...

« J'ai découvert des lettres ! » explosa-t-il, et son visage s'anima brusquement. Colère, tristesse, incrédulité. Les étapes du deuil, dont l'empreinte était encore visible chez cet homme trente ans après les faits. L'œuvre de la souffrance. L'œuvre de ma sœur. « Une demi-douzaine de lettres planquées dans le tiroir du bas de la commode de mon oncle, et vous savez ce que c'est ? *Des lettres d'amour.* De votre sœur à mon cousin. Il avait douze ans, c'était un petit gosse solitaire sans un ami au monde et voilà que cette fille débarque, elle est plus âgée, elle est délurée, elle lui dit qu'il a un super vélo et qu'ils pourraient peut-être se voir un jour. Évidemment qu'il l'a retrouvée au pied du lilas. Elle ne s'est pas contentée de l'assassiner. Elle l'a attiré dans un piège mortel.

– Le sang est une preuve d'amour », murmurai-je, mais Sgarzi n'était plus d'humeur à écouter. Il s'était écarté du mur d'une poussée de la main et il tournait en rond avec nervosité.

« Ma tante ne s'en est jamais remise. Elle a passé les dix années suivantes à picoler et ma mère n'a rien pu faire pour l'empêcher de se tuer à petit feu. C'est un mensonge, ce qu'on raconte aux familles des victimes, comme quoi ça va s'arranger. Que le temps guérit toutes les blessures. Tu parles. Trente ans... Trente ans, et il y a six mois mon oncle a pris son arme de service pour se tirer une balle. Votre sœur n'a pas seulement tué mon cousin, elle a détruit toute ma famille. Et il se trouve que j'ai quelques questions. Vous croyez que vous pourriez avoir l'obligeance de me répondre ?

– Pourquoi ?

– *Pourquoi ?* » Il me regardait, le visage figé de stupeur. « *Pourquoi ?*

– Trente ans ont passé, monsieur Sgarzi, rien de ce que je pourrais vous dire ne changera ce qui est arrivé à votre famille.

– Merci bien. Je sais que mon cousin est mort. Je sais que mon oncle et ma tante ont disparu et que ma mère est devenue une recluse qui ne veut même pas se faire livrer une pizza parce qu'on ne sait jamais, avec les coursiers. Je veux qu'on m'ouvre la porte, d'accord ? Je veux une interview exclusive avec une des plus célèbres meurtrières du Massachusetts. Après ce que Shana a fait à mon cousin, lui trancher l'oreille, lui taillader les bras... Je crois que je mérite au moins un contrat d'édition avec une avance à sept chiffres. Et là, peut-être qu'on pourra s'estimer quittes. »

Malgré moi, j'étais surprise : « Vous voulez faire du fric sur le meurtre de votre cousin ?

– Non. Je veux financer l'aide à domicile de ma mère. Elle est en train de crever d'un cancer, encore un cadeau de la vie, et elle refuse de quitter la maison que mon père a construite pour elle. Je suis blogueur : je ne gagne pas les sommes dont ma mère aurait besoin. Mais avec un contrat pour un livre... Un portrait intime de votre sœur, le récit de ce qu'elle a infligé à ma famille. Il y a de la demande pour les thrillers inspirés de faits réels. Surtout quand ils sont enrichis d'une touche personnelle, qu'ils ont été écrits, disons, par le cousin de la victime et qu'on y ajoute un entretien exclusif avec une meurtrière aussi célèbre que Shana Day. J'ai testé mon idée dans les milieux éditoriaux et j'ai eu de bons retours. Il suffirait, disons, d'une demi-heure avec votre sœur, en tête à tête, et ma mère pourrait finir ses jours confortablement. Mon cousin était un chouette gamin. Ça ne le dérangerait pas d'aider sa tante. Alors, quelle est votre excuse ?

– Monsieur Sgarzi, vous partez du principe que ma sœur m'écoute. Qu'après avoir ignoré vos demandes écrites insistantes, Shana changera miraculeusement d'avis sous prétexte que je le décide. Pour dire les choses brutalement : notre relation ne fonctionne pas comme ça. »

Charlie retrouva le même regard : résolution implacable et détermination sans faille. Ce n'était pas seulement qu'il avait du chagrin, compris-je alors ; avec la détérioration de l'état de santé de sa mère, il était à cran.

« Manipulez-la », dit-il.

J'ouvris des yeux ronds.

« Vous m'avez bien entendu. Vous êtes sa sœur autant que sa psychiatre. Arrêtez d'essayer de m'entuber et manipulez Shana pour qu'elle fasse ce que vous voulez.

– Comme vous l'avez fait en la harcelant avec vos lettres, vous voulez dire ? Avec quel résultat, rappelez-moi ?

– Hé, j'ai besoin de cet entretien. Ma mère le *mérite*. Alors vous allez vous arranger pour que ça se fasse, oui ou non ?

– Monsieur Sgarzi...

– Interrogez-la sur le tueur à la rose. »

J'eus le souffle coupé pour la deuxième fois de la journée. « Pardon ?

– Parfaitement. Cette nouvelle série de meurtres, ce taré qui se promène dans la nature en faisant collection de peau humaine. Vous n'allez pas me dire que ça ne vous rappelle pas votre cher papa. »

Je n'ouvris pas la bouche, redoutant ce qui aurait pu m'échapper.

« Je me demande bien comment il s'y prend ? continua Sgarzi sur un ton moqueur. Lui qui connaît la meilleure technique pour inciser le torse de la femme sur toute la longueur, la manière de prélever chaque précieuse lanière de peau. Et ensuite la façon de les conserver pour que ces souvenirs ne meurent jamais. On dirait vraiment qu'il dispose d'informations de première main...

– Vous croyez que ma sœur, incarcérée depuis trente ans, a trempé dans ces meurtres ? demandai-je brusquement.

– Je crois que votre sœur vous mène en bateau depuis des années. Après toutes ces heures de parloir, vous n'avez toujours pas posé les bonnes questions. Vous en êtes encore à attendre qu'elle se dévoile d'elle-même. De quoi avez-vous peur, Adeline ? Vous êtes insensible à la douleur. Qu'avez-vous à craindre ?

– Je ne sais pas ce que vous... »

La voix de Sgarzi baissa d'un ton. « Arrêtez de prendre des gants. Dites-lui franco qu'il est temps de coopérer. Elle en sait davantage que vous ne le croyez.

– D'où tenez-vous ça ?

– Je ne me suis pas contenté d'écrire à Shana. J'ai contacté plusieurs de ses codétenues, dont deux qui sont sorties de taule. Et elles ont des révélations à faire, sur Shana, sur les informations qu'elle possède sans qu'on sache comment. Elle a des relations, elle a un complice, un ami, je ne sais pas encore. Mais elle ne reste pas les bras croisés à moisir dans sa cellule comme vous semblez le croire. Les années ont passé, mais elle est toujours aux affaires.

– Prouvez-le.

– Vous voulez des preuves ? Renseignez-vous sur ce qu'elle a fait à ces deux surveillants. Ce qu'elle a fait précisément, et comment elle s'y est prise. Vous croyez que vous ne pouvez pas souffrir, Adeline. Eh bien, je pense que votre sœur est sur le point de démontrer le contraire. »

Furieux, Charlie Sgarzi reprit le couloir vers les ascenseurs.

Je restai clouée sur place, regardai la flèche vers le bas s'allumer avec un bruit de sonnette, les portes s'écarter, avaler le journaliste et l'emporter.

Mes mains tremblaient encore lorsque je fis glisser mon sac le long de mon bras et cherchai mes clés.

Juste un journaliste, cherchai-je à me rassurer. Un type prêt à dire n'importe quoi pour écrire un article et même tirer profit du drame dont sa famille avait été victime.

Mais impossible de me convaincre tout à fait. D'abord la tentative de suicide de ma sœur ; ensuite les journaux, qui faisaient un lien entre les deux nouveaux meurtres et ceux de mon père ; et maintenant ça.

Oh, Shana, ne pus-je m'empêcher de penser en entrant dans le refuge de mon appartement silencieux. Qu'as-tu fait ?

16

Le coup de fil arriva alors qu'ils étaient attablés pour le petit déjeuner. Alex décrocha. Assis l'un en face de l'autre dans la cuisine, ils faisaient comme si c'était un matin comme les autres. Bien sûr qu'ils avaient passé une bonne nuit, certains d'être en sécurité chez eux. Ils n'avaient pas sursauté en entendant des bruits inattendus. Ils ne s'étaient même pas relevés une seule fois pour vérifier que la porte était fermée à clé, l'alarme branchée, le Glock 10 d'Alex dans le tiroir de la table de chevet.

Ils étaient des professionnels. Pas leur genre de s'effondrer à l'idée qu'un tueur avait rôdé dans leur chambre pour leur apporter les mêmes présents qu'à chacune de ses victimes.

À deux heures du matin, D.D. avait dit, en contemplant le plafond : « On devrait lui donner un petit nom. Tu sais, comme à Melvin.

– Tu veux donner un nom à l'individu qui s'est introduit chez nous ?

– Bien sûr. J'en ai aussi plein le dos de lui. Ou d'elle. Tu vois, même son sexe on ne le connaît pas, et dire tout le temps "il ou elle", ça me gonfle vraiment. Il faut donner un nom à notre intrus. Peut-être que, comme Melvin, il deviendra plus gérable. »

Alex garda le silence un instant. « Je vote pour Bob.

— Comme Bob l'Éponge ? Tu veux donner à notre meurtrier le nom du personnage de dessin animé préféré de Jack ?

— Oui. Bob, c'est un nom de mec dézingable. Le premier venu serait capable de liquider un Bob. »

À deux heures cinq, D.D. s'était fait sa propre idée : « Et Pat ? Tout aussi dézingable, mais pour respecter la vérité de notre enquête, androgyne. Bob, ça sous-entendrait une information que nous ne possédons pas encore.

— Pat, comme dans les sketchs de *Saturday Night Live*, dit Alex d'un air songeur. Ça me va.

— Adjugé. Melvin, je te présente Pat. Pat, je te présente Melvin. Et maintenant, barrez-vous, tous les deux. »

Alex lui avait pris la main. Et ils avaient poursuivi leur veille silencieuse, allongés côte à côte dans la pénombre de leur chambre, en regardant le plafond muet, en s'effleurant les doigts.

Il était à présent près de huit heures du matin. Le téléphone sonna, Alex décrocha et, un instant plus tard, tendit le combiné à D.D.

« Nous avons l'autorisation d'interroger Shana Day, dit Phil sans préambule.

— Quand ?

— Neuf heures pile.

— Où ?

— À la prison.

— Qui ?

— Sa sœur doit être présente – Shana l'exige – et un enquêteur.

— Pas Neil, dit immédiatement D.D.

— Ben tiens, pour qu'elle nous le mange tout cru... Je m'en charge.

– Tu vas jouer la figure paternelle bienveillante ?

– J'improviserai au fur et à mesure. » Phil hésita. « Ça devrait être toi, dit-il. Ne va pas t'imaginer que je ne le sais pas.

– Ça devrait être moi, convint D.D. Et le coup du papa bienveillant, ça ne marchera pas. Dans son monde, se montrer compréhensif est un signe de faiblesse, et elle tue de préférence des hommes.

– J'ai demandé à Horgan...

– Je suis suspendue. Je ne peux pas. Je le sais.

– Mais est-ce que tu viendrais quand même ? Il paraît que la salle d'interrogatoire a une fenêtre d'observation. Tu ne pourras pas entrer, mais rien ne t'interdit de regarder.

– Vendu. Tu as lu son dossier ?

– Je suis en train de le ressortir.

– Ne te donne pas cette peine. J'ai passé une bonne partie de la nuit à me renseigner sur elle et sur ce cher Harry Day. Crois-moi, il n'y a qu'une seule chose dont tu doives te souvenir.

– À savoir... ?

– Que le sang est une preuve d'amour. Et en tant que figure paternelle, tu vas devoir lui prouver que tu l'aimes vraiment beaucoup. »

Alex l'aida à prendre sa douche et à s'habiller. À sa grande surprise, elle avait le trac. Ses mains tremblaient et, une fois n'est pas coutume, c'était à peine si sa douleur au bras et à l'épaule se faisait sentir. Alex l'aida à passer sa main dans sa manche. Elle grimaça, et lorsque le chemisier en soie fut enfilé, Alex le boutonna.

« Note que je préfère de beaucoup te l'enlever, commenta-t-il. Là, je force vraiment ma nature. »

Elle sourit, mais elle avait encore la tête ailleurs.

« Ce n'est qu'une meurtrière comme les autres, D.D. Combien en as-tu interrogé dans ta carrière ?

– Des dizaines.

– Voilà. Et celle-ci est derrière les barreaux, donc elle n'est même pas spécialement douée.

– Elle avait quatorze ans. Elle n'était ni assez mûre ni assez prévoyante pour assurer ses arrières.

– C'est une meurtrière comme les autres », répéta-t-il.

Elle hocha la tête, mais ils voyaient tous les deux que ça ne prenait pas. Puis Phil arriva, l'air encore plus azimuté qu'elle, et Alex secoua la tête.

« C'est vous les enquêteurs, leur rappela-t-il. Vous êtes plus intelligents, plus expérimentés et incontestablement plus compétents. Allez, filez et découvrez ce que vous avez besoin de savoir pour dézinguer Pat.

– Pat ? s'étonna Phil.

– C'est une longue histoire, répondit D.D.

– Parfait, dit-il avec fébrilité. C'est exactement ce qu'il me faut. »

Adeline les attendait dans le hall de la prison. Elle portait une tenue professionnelle. Pantalon marron foncé. Pull en cachemire bleu. Plus psychiatre bien établie que sœur aimante, remarqua D.D. Se cuirassait-elle pour une conversation qui promettait d'être des plus intéressantes ?

Le docteur vint à leur rencontre. Elle leur expliqua les procédures carcérales : bijoux, sacs, écharpes et accessoires devaient être déposés dans des casiers. Phil y laissa également son pistolet : même les membres du personnel pénitentiaire n'étaient pas autorisés à porter une arme à feu, ceci pour éviter qu'une détenue ne s'en empare et ne la retourne contre eux.

D.D. remarqua qu'Adeline gardait son bracelet médical sur elle. Encore une concession à sa maladie, se dit-elle. En cas d'urgence, toute personne lui portant secours devait être avertie que la patiente était insensible à la douleur et n'était donc pas en capacité de juger de son état. Et il y avait ce fameux risque de coup de chaleur. Si Adeline s'effondrait en public par une journée de canicule...

D.D. se demanda combien de fois par jour on l'interrogeait sur ce bracelet et sur sa signification. Et si Adeline répondait volontiers et honnêtement à ces questions.

Le temps qu'ils se dépouillent de tous leurs effets personnels, une superbe femme noire arriva. Adeline leur présenta la directrice, Kim McKinnon. Celle-ci leur fit passer les contrôles de sécurité et les conduisit au bout d'un couloir étroit où, dit-elle, Shana les attendait déjà bien au chaud dans la salle d'interrogatoire.

« Elle est encore en convalescence après l'épisode d'hier, leur expliqua-t-elle avec vivacité en remontant d'un bon pas le long couloir blanc sale. Elle a perdu beaucoup de sang, elle se fatigue vite. Je vous conseille d'aller droit au but tant qu'elle est encore en état de répondre à vos questions.

– Elle s'est mutilée ? » demanda D.D.

La directrice confirma d'un signe de tête.

« Tentative de suicide sérieuse ?

– Plutôt. À quelques minutes près, elle y restait.

– Elle avait déjà fait ça ?

– Shana souffre d'une sévère dépression accompagnée d'un trouble de la personnalité antisociale. En résumé, ce n'est pas seulement qu'elle ne peut pas vous sentir ; elle ne peut pas se sentir non plus.

– Charmant, dit D.D. Et depuis combien de temps la connaissez-vous ?

– Depuis que j'ai pris la direction de l'établissement, il y a dix ans.

– Vous pensez pouvoir la contrôler ? » demanda D.D. avec curiosité.

La directrice haussa un sourcil à la courbure élégante. « Quiconque pense pouvoir contrôler Shana Day se fourre le doigt dans l'œil. Cette femme est trop intelligente pour son propre bien. Et elle s'ennuie trop pour le bien des autres.

– On dirait que vous éprouvez un certain respect pour elle. »

La directrice sembla étudier la question. « Shana est incarcérée depuis ses quatorze ans, finit-elle par répondre. Elle n'a vécu que le premier tiers de sa vie en dehors de ces murs. Disons simplement que je dirige la prison, mais que c'est Shana la spécialiste. Avec elle, je m'attends à tout. Résultat : aucun surveillant n'est mort depuis que je suis aux manettes. »

La directrice avait prononcé cette dernière phrase sans émotion, subtil rappel de ce dont Shana était capable. À ses côtés, Phil fut repris d'un tic nerveux.

Ils arrivèrent à destination : une vitre qui donnait sur une pièce plongée dans l'obscurité.

Tous s'arrêtèrent. Phil triturait une petite peau sur son pouce gauche et Adeline regardait droit devant elle, le visage impénétrable. Elle ne voulait rien laisser paraître, se dit D.D. Quels que fussent les pensées, les sentiments, les émotions qui agitaient le docteur au moment d'interroger sa sœur au sujet de deux meurtres récents, elle les enfermait soigneusement dans une boîte pour les mettre de côté.

La salle d'interrogatoire était équipée d'un système audio. La directrice aida Phil à fixer l'oreillette qui leur permettrait de communiquer avec lui. Quand le système serait en marche, elles pourraient également entendre tout ce qui se dirait dans la petite pièce de dix mètres carrés.

Phil et Adeline entreraient dans la salle. D.D. et la directrice resteraient de l'autre côté du miroir sans tain pour observer. Shana aurait eu droit à la présence de son avocat, mais elle avait décliné.

La directrice lança un regard à Adeline, qui se tenait légèrement à l'écart, puis toisa Phil.

« Prêt ? lui demanda-t-elle.

– Pas de problème.

– Si vous avez besoin de souffler, il vous suffit de sortir de la salle. N'oubliez pas que vous êtes libre de vos mouvements. C'est elle qui est obligée de rester assise là. »

Ces paroles d'encouragement produisirent l'effet escompté. Phil se redressa et hocha la tête en signe d'assentiment.

La directrice actionna un interrupteur pour allumer dans la pièce. Shana Day apparut, en combinaison orange de détenue, assise à une petite table, ses mains liées posées sur le plateau.

La prisonnière leva lentement la tête lorsque Adeline ouvrit la porte et précéda Phil dans la pièce.

De prime abord, la tueuse sur le retour ne ressemblait pas à l'image que D.D. s'en était faite. Les photos qu'on trouvait sur Internet étaient des clichés flous en noir et blanc pris lors d'un procès pour homicide qui remontait à presque trente ans, et D.D. avait donc comblé les vides par elle-même. Vu la beauté racée d'Adeline et la prédilection de Shana pour les proies masculines, D.D. s'attendait à ce que l'adolescente meurtrière un peu gauche soit devenue une brune relativement séduisante. Loin de là.

Ses cheveux pendouillaient sur ses épaules en mèches châtain terne. Teint blafard, yeux bouffis, joues creuses. La bouche figée en une moue perpétuellement maussade. Même sous sa combinaison trop large, on voyait que son corps était excessivement maigre, presque rachitique. Ses trente années de détention ne lui avaient pas fait de cadeau et, à en croire sa mine, elle en avait conscience.

Lorsque Adeline et Phil entrèrent, elle ne les regarda pas mais resta les yeux tournés vers la vitre d'observation, comme si elle savait que D.D. et la directrice se trouvaient derrière.

Puis elle sourit.

Un petit sourire narquois, comme entendu, qui mit immédiatement à vif les nerfs de D.D.

« Shana Day ? commença Phil en s'approchant de la table. Je m'appelle Phil. Je suis enquêteur, police de Boston. »

Elle ne le regarda pas.

« Je suis venu avec votre sœur, comme vous l'aviez demandé. Je crois que la directrice vous a informée que j'ai des questions au sujet de deux meurtres qui viennent de se produire. »

Sans attendre sa réponse, Phil prit une des chaises libres et s'assit. Adeline resta à l'écart, appuyée au montant de la porte, les bras croisés sur la poitrine. Le rôle du comparse, se dit D.D. Adeline faisait de son mieux pour laisser la vedette à Phil.

Shana se secoua enfin suffisamment pour prendre acte de la présence de Phil. Elle le regarda de haut en bas, poussa un grognement et reporta son attention sur sa sœur.

« J'aime bien cette couleur, déclara-t-elle. Jolie nuance de bleu. C'est du cachemire ?

— Comment tu te sens ?

— Quelle importance ?

— Tu crois que je pose encore des questions juste pour être polie ?

— Je crois qu'en ce moment tu préférerais être n'importe où plutôt qu'ici. Je crois que tu préférerais ne pas avoir été adoptée, que ce médecin ait été ton père biologique et avoir réellement été fille unique. »

Adeline fit mine de consulter sa montre. « En voilà des jérémiades à une heure aussi matinale, fit-elle observer sans agressivité.

– Va te faire foutre », dit Shana. Mais son exclamation manquait de feu, elle semblait plutôt abattue. La dépression, se dit D.D. Elle n'y avait pas pensé jusque-là, mais il était logique que Shana soit démoralisée. Presque toutes les colères prennent leur source dans le dégoût de soi.

Adeline finit par se déplacer. Elle s'écarta de la porte et s'approcha calmement de la table, passa derrière Phil pour tirer la deuxième chaise et s'asseoir. La manœuvre obligea Shana à se tourner vers ses deux interlocuteurs et, pour la première fois, à réellement regarder Phil.

Il garda le silence, affichant une patience à toute épreuve. D.D. approuva. Obliger l'adversaire à sortir du bois. À faire tout le travail.

« Ça fait combien de temps que vous êtes dans la police ? demanda d'un seul coup Shana.

– Vingt ans.

– Pourquoi ?

– C'est un boulot sympa.

– Vous aimez la violence ?

– Non. Personnellement, je pense que les mains sont faites pour caresser. »

L'aveu spontané de Phil sembla désarçonner Shana. Elle se renfrogna.

« Vous avez lu mon dossier ? Vous savez ce que j'ai fait ?

– Oui.

– Vous pensez que je suis coupable ?

– Oui.

– Ça prouve au moins que vous n'êtes pas un imbécile.

– Et vous, vous aimez la violence ?

– À fond. J'adore. Où est le problème ?

– Ça conduit en prison. »

Elle partit d'un gros rire inattendu. « Là, vous marquez un point. En même temps, ça ne manque pas de violence ici. En taule, les mains sont faites pour frapper. Ou poignarder. Moi, je préfère une bonne lame artisanale. Mon arme de prédilection.

– Alors pourquoi essayez-vous de vous évader ?

– Qui a dit que je voulais m'évader ? »

Phil montra la main de Shana, le pansement de la perfusion. « Vous vous mutilez, vous vous videz pratiquement de votre sang. Ça me fait penser à une femme qui chercherait à s'évader.

– Non. Vous vous trompez. Quand on se mutile, on ne pense pas à l'avenir. On jouit de l'instant présent. Vous avez une tête de père de famille. L'âge d'avoir au moins un ou deux ados. Demandez donc à votre fille, un jour. Si c'est agréable de regarder la lame de rasoir pénétrer sous la peau. C'est comme la masturbation. Je parie qu'elle peut tout vous dire sur le sujet. »

Phil se pencha vers elle, bras croisés sur la table. « De qui avez-vous peur, Shana ? demanda-t-il posément. Qui connaissez-vous, que s'est-il passé pour qu'une femme aussi forte que vous s'ouvre les veines ? »

D.D. fut étonnée de la franchise de sa question. Shana aussi sembla prise à contrepied.

Elle se pencha à son tour en avant, même si ses mouvements étaient rendus plus malaisés par ses liens et par les gros pansements de ses cuisses. « Vous ne comprendriez pas, lui dit-elle sur un ton tout aussi grave. Vous ne me connaissez pas, monsieur Phil l'enquêteur. Vous pouvez bien me parler et me poser toutes les questions que vous voudrez. Fondamentalement, vous ne me connaissez pas et tout le temps que nous pourrons passer dans cette pièce n'y changera rien. »

Elle décocha un regard à Adeline. « Et ça vaut pour toi. Toutes ces visites, une fois par mois, pour quel résultat ? Je ne suis qu'un dossier pour toi. Tu ne vois pas en moi une sœur, même pas une personne. Tu débarques comme une fleur, tu fais ta b.a. mensuelle et tu repars comme si de rien n'était pour retrouver ton boulot bien comme il faut et ton appartement de standing. La seule raison pour laquelle tu es là, c'est que tu as besoin de quelque chose. Sinon, il faudrait encore que j'attende vingt-neuf jours. C'est ce que je fais ici, tu sais. Je compte les jours. Ça t'arrive souvent, à toi ?

– Arrête, dit Adeline sans se départir de son calme.

– Arrêter quoi ?

– D'essayer de m'apitoyer. C'est une histoire entre toi et moi. Un conflit entre sœurs dont, tu as raison, nous discuterons dans une trentaine de jours. Mais cet enquêteur n'est pas venu jusqu'ici pour nous écouter nous chamailler. Il ne s'agit pas d'une visite personnelle, Shana, c'est professionnel. »

Shana eut un sourire en coin. « Parce que vous attendez quelque chose de moi. Ça se résume à ça. *Toi*, tu as besoin de quelque chose de *moi*.

– Alors », intervint Phil avec autorité pour reprendre le contrôle de la conversation, même si sa main droite recommençait à triturer son pouce gauche. « Venons-en aux faits. Après tout, vous avez accepté notre demande, alors que rien ne vous y obligeait.

– Vous voulez dire que je peux me lever et m'en aller ?

– Bien sûr. Tout de suite. Allez-y, si vous voulez. Je suis certain que vous êtes une femme très occupée. Et de mon côté, je suis débordé. »

Shana le considéra d'un œil soupçonneux. « Vous mentez.

– Vous a-t-on informée de vos droits, Shana ? Savez-vous que vous n'avez à répondre à aucune de ces questions ? Vous avez aussi droit à la présence de votre avocat, si vous le souhaitez. »

Shana s'étrangla de rire. « Et qu'est-ce qu'il ferait ? Et vous, d'ailleurs, qu'est-ce que vous allez faire ? J'ai déjà pris perpète. On ne peut pas me punir davantage.

– C'est pour ça que vous vous mutilez ?

– Mais ferme-la, connard ! »

D.D. prit cela pour un oui.

Phil se pencha vers elle. Les mains jointes devant lui, il affichait toujours sa patience. Il avait tout son temps et il lui en fallait beaucoup plus pour l'impressionner.

« Vous savez ce que je vois quand je vous regarde ?

– La future Mme Phil ?

– Une fille intelligente qui a, un jour, commis une erreur. Mais on ne peut pas revenir en arrière, n'est-ce pas ? Personne n'est mieux placé que vous pour le savoir. Ce qui est fait est fait. Vous pouvez haïr Donnie Johnson d'être mort sous vos coups. Vous pouvez détester ce besoin irrépressible de tailler les autres en pièces, mais ce qui est fait est fait. Alors vous êtes là. Vous avez mûri pendant ces trente ans, mais vous ne pouvez toujours pas aller où que ce soit. Non, ce n'est pas pour échapper à la violence de la prison que vous vous en prenez à vous-même, Shana. C'est l'ennui qui vous tue. »

Elle lui sourit avec ironie. « Vous avez l'intention de me distraire, monsieur l'enquêteur ? »

Il consulta sa montre. « Pendant les vingt minutes à venir, peut-être.

– Pourquoi seulement vingt minutes ?

– Parce que vous êtes en convalescence, Shana. Il faut que vous vous reposiez. Je ne veux pas vous en empêcher. »

Shana cligna des yeux, perplexe devant la douceur de son ton. Phil ne lui laissa pas le temps de reprendre ses appuis.

« Parlez-moi de votre père.

– Pardon ?

– Votre père. Il paraît que vous étiez très proches.

– Non. » D'un seul coup, le visage de Shana se ferma. Elle se renfonça dans son siège. « Je refuse.

– De quoi ?

– C'est pour elle, hein ? » Elle montra Adeline avec ses mains liées. « Papa, papa, papa, parle-moi de papa. C'est toujours elle qui veut qu'on parle de lui. Parce qu'elle ne s'en souvient pas. Parce qu'elle n'était qu'un *bébé*.

– Je ne me souviens pas de lui, en effet, reconnut tranquillement Adeline en jetant pour la première fois un coup d'œil du côté de Phil. Je n'étais qu'un nourrisson. Les rares choses que je sais viennent de ce que Shana m'a raconté. »

Shana ne cachait pas sa jubilation.

Phil l'ignora et se concentra sur Adeline. La peau autour de son pouce saignait à force d'être grattée, mais il n'avait pas l'air de s'en apercevoir. « Mais vous avez fait des recherches sur votre père, non ? demanda-t-il à Adeline.

– Oui.

– Est-ce qu'il avait des amis intimes, un cercle de connaissances ? »

Adeline fit la moue, sembla réfléchir à la question. « Je pourrais vérifier ça. J'ai les rapports de police de l'époque…

– Quoi ? sursauta Shana.

— Les rapports de police, reprit Adeline sans même un regard à sa sœur. Dans le dossier de Harry. Je les ai tous. Je pourrai vous en faire des copies, enquêteur, si c'est plus rapide pour vous que d'y accéder par les voies officielles.

— Ce serait formidable.

— Hé ! protesta Shana.

— Vous voudriez d'autres informations ? » continua Adeline sans quitter Phil des yeux. Puis soudain : « Oh, mince, qu'est-ce qui vous arrive ? »

Elle attrapa le pouce sanglant de Phil et le leva.

« Oh, juste une petite peau. Il ne faut jamais... »

La voix de Phil s'éteignit lorsque Adeline posa son index sur la plaie et appuya. Il regarda le doigt pâle de la psychiatre avec une fascination intense. Enfin elle le retira lentement, examina la plaie, puis le bout de son ongle soigneusement manucuré...

« Oh zut, murmura Adeline, j'ai du sang sur le doigt. »

Regardant sa sœur dans les yeux, elle brandit son index, l'approcha lentement de ses propres lèvres...

Le résultat, explosif, ne se fit pas attendre.

« Non ! Non, non, non. C'est à moi ! »

Shana se leva, la chaise valsa en arrière, les liens tremblaient autour de ses poignets.

« Certainement pas », répliqua aussitôt Adeline à voix basse. Exit la psychiatre professionnelle. Cette femme farouche aux cheveux foncés, aux yeux foncés, était apparemment décidée à pousser sa sœur à bout. « Je l'ai mérité. J'ai aidé Phil. C'est à moi.

— Salope...

— Tu n'as rien fait ! Tu restes là avec ton petit sourire en coin en essayant de nous faire croire que tu sais tout. Je parie que tu ne te souviens même pas de notre père ; tu n'étais qu'une gamine, en réalité. Pourquoi crois-tu que je te pose toutes ces questions ? Parce que je sais que tu mens, que tu inventes tout. Tu peux toujours nous raconter que tu te souviens de Harry. Mais moi, j'ai les dossiers. Je connais la vérité, Shana. Depuis toujours !

– Cent cinquante-trois ! » déclara d'un seul coup Shana, le regard rivé sur le doigt ensanglanté d'Adeline, toujours levé entre elles.

Phil avait légèrement reculé sa chaise, les mains à plat sur la table, comme s'il se préparait à se battre ou à fuir, il ne savait pas encore très bien.

« Cent cinquante-trois quoi ? demanda Adeline.

– Devine, toi qui es si maligne !

– Non. Ce n'est pas de moi qu'il s'agit. Il s'agit de toi, Shana. Qui te révèles enfin. Trente ans que tu dépéris entre ces murs. Phil disait vrai, tout à l'heure. Tu es intelligente. Pleine de ressources. Tu pourrais être quelqu'un, Shana, même derrière des barreaux. Tu pourrais faire avancer une enquête criminelle, accomplir une bonne action. Peut-être qu'à ce moment-là, je ne viendrais plus te voir par pitié. Je pourrais te regarder comme ma sœur.

– Je connais papa, cracha Shana. Toi non !

– Prouve-le ! »

Les deux sœurs s'affrontaient du regard. Phil déglutit lentement.

« Tu veux que je me rende utile ? demanda brusquement Shana.

– Ça pourrait te faire un changement, à ce qu'il me semble.

– Parfait, dit Shana en souriant. Demain matin, je vais me rendre utile. Je vais être la personne la plus utile que tu connaisses. En fait, je vais être tellement *utile* que tu signeras mon bon de sortie de prison et que tu me ramèneras chez toi.

– Ça m'étonnerait.

– Oh que si. Et même que M. l'enquêteur, dit Shana en désignant Phil de ses mains entravées, sera d'accord. Et comme je serai ta *sœur* et non un dossier, tu m'inviteras chez toi, Adeline. Tu me laisseras même dormir dans ton lit. Pendant quarante-huit heures. » Elle appuya ses dires d'un hochement de tête. « Voilà ce que mon *utilité* va te coûter. Quarante-huit heures à porter tes vêtements, à me doucher dans ta salle de bains, à vivre dans ta tour de luxe. Ce sera le prix à payer.

– Non. »

Shana souffla : « Cent cinquante-trois.

– Shana..., commença Phil.

– Chut, lui dit-elle tout bas. Vous n'avez rien à voir là-dedans, monsieur l'enquêteur. Silence, maintenant. C'est entre ma sœur et moi. Ça a toujours été entre elle et moi, un vieux compte à régler.

– Qu'est-ce que ça signifie, cent cinquante-trois ? » demanda Adeline.

Shana sourit de nouveau. Mais cette expression dénuée d'émotion ne parvenait pas à dissimuler la lueur froide et calculatrice de ses yeux marron.

Elle leur avait joué la comédie, comprit D.D. Ses démonstrations belliqueuses. Sa volonté de les choquer en leur décrivant crûment ses automutilations. Même son flirt maladroit avec Phil. Ce n'étaient pas de vraies émotions, simplement des masques dont elle changeait comme d'autres changent de chemise.

Voilà qui était la vraie Shana Day : une tueuse au cœur de marbre, dont le regard s'attardait avec tendresse sur le doigt ensanglanté de sa sœur.

« Cent cinquante-trois, murmura Shana. C'est la preuve que je me souviens vraiment de papa. Et que je l'aime. Que je l'ai toujours aimé. Maintenant, rentre chez toi, sœurette. Lis tes dossiers. Parle avec tes petits copains de la police. Et ensuite ferme ta porte à double tour. Ce n'est pas parce que tu ne sens pas la douleur que tu ne souffriras pas quand l'assassin viendra te chercher. »

17

En ressortant de la salle d'interrogatoire, je luttais pour conserver mon sang-froid, mais à vrai dire j'étais profondément secouée. Mon père adoptif avait raison : reprendre contact avec ma sœur m'avait seulement ramenée dans la maison de l'horreur dont j'avais eu la chance de m'échapper la première fois.

Je baissai mon index taché de sang, consciente du regard de D.D. sur moi, pendant que Phil et la directrice conversaient à deux pas de là.

« Venez, me dit tout d'un coup D.D. en montrant ma main. On va vous trouver des toilettes pour nettoyer ça. »

Comme elle s'éloignait déjà, je la suivis. À mes yeux de médecin, D.D. était en meilleure forme, ce matin. Usage efficace de techniques éprouvées contre la douleur ou simple effet de l'adrénaline chez une enquêtrice de nouveau lancée sur la piste d'un tueur ?

Alors que l'entrevue avec ma sœur m'avait lessivée, D.D. semblait grisée.

« Vous l'avez manipulée, dit-elle. Après avoir joué la clinicienne tout en froideur, vous êtes d'un seul coup passée à l'attaque ; vous avez minimisé l'intérêt de ses souvenirs, vous lui avez volé la vedette, bref vous avez agi comme une sœur. Et ensuite, cette scène où vous lui agitez votre doigt plein de sang sous le nez. Un trait de génie. »

Je ne répondis rien, mais resserrai mon poing autour de mon index rougi. Le problème, quand je parlais avec Shana, n'était jamais son obsession de la violence ; c'était la manière dont ses pulsions entraient en résonance avec les miennes. Un affrontement de fauves, un affrontement de sœurs, au terme duquel j'avais réellement eu envie de porter mon doigt à mes lèvres, de prendre une petite lichée délicate...

Nous étions arrivées devant des toilettes mixtes, équipées d'une porte vitrée qui annulait toute possibilité d'intimité pour le détenu – ou pour le visiteur. Je fréquentais la prison depuis suffisamment longtemps pour en connaître les installations. Je me contentai de me laver les mains, point final.

D.D. m'attendait dans le couloir.

« Vous croyez qu'elle sait réellement quelque chose ? me demanda-t-elle à la sortie. Sur l'existence d'un lien entre les crimes de votre père et ces nouveaux meurtres ? »

J'hésitai. « Vous connaissez Charlie Sgarzi, le journaliste ? »

L'enquêtrice fit signe que non.

« C'est le cousin de Donnie Johnson, le gamin assassiné par Shana, expliquai-je alors que nous retournions vers Phil et la directrice. Cela fait trois mois qu'il écrit à Shana pour obtenir une interview en vue d'un livre sur le meurtre de son cousin. Étant donné le mal que Shana a fait à sa famille, il estime qu'elle lui doit bien ça.

– Je vois.

– Comme Shana n'a jamais répondu à ses lettres, il s'est pointé chez moi hier soir pour plaider sa cause en personne. Il prétend aussi avoir interrogé des détenues qui ont purgé une partie de leur peine avec Shana. D'après lui, elles affirment qu'elle sait des choses qu'elle ne devrait pas savoir. Comme si elle avait gardé des contacts à l'extérieur et qu'elle pouvait tirer les ficelles depuis sa cellule.

– Comme un baron de la pègre ? s'étonna D.D.

– Peut-être. Le hic, c'est qu'elle ne se lie pas avec ses codétenues, n'entretient pas de correspondance et ne reçoit personne pendant ses heures de parloir. Je suis sa seule visite, une fois par mois. À part ça, elle passe vingt-trois heures par jour à l'isolement. Je ne vois pas comment elle aurait su, ou pu, se construire le réseau social nécessaire pour nouer des contacts avec l'extérieur. Cela dit... » Je ne terminai pas ma phrase.

« Cela dit ?

– C'est vrai qu'elle sait des choses. Des petites choses anodines, disons la couleur du nouveau pull que je viens d'acheter. Des détails un peu inquiétants, mais sans importance. Et assez faciles à expliquer. Peut-être que je lui avais parlé de l'achat de ce pull et que ça m'est sorti de l'esprit. Cependant... ce type de remarques s'est multiplié chez elle ces derniers temps. Depuis quelques mois, chaque fois que je viens la voir, ma sœur détient sur moi une information sans que je me l'explique.

– Vous pensez qu'elle vous surveille ? Ou, plus précisément, qu'elle vous fait surveiller ?

– Je ne sais plus quoi penser.

– Cent cinquante-trois », rappela D.D.

Je secouai la tête. « J'ignore ce que ça signifie.

– Rien dans ce chiffre ne vous évoque Harry Day ?

– Non. Il va falloir que je relise les dossiers.

– Ce serait super. Dieu sait que Phil ne racontait pas des craques quand il disait qu'il faut remplir des tonnes de paperasse et s'armer de patience pour exhumer de vieux dossiers des archives de la police. Il nous faudra bien six semaines pour obtenir ces informations, et encore, si on a de la chance. Donc, ça nous rendrait un grand service si vous pouviez déjà jeter un coup d'œil.

– Aussitôt que je serai chez moi.

– Parfait. En attendant, allons discuter avec la directrice. Si quelqu'un sait comment votre sœur peut être en contact avec l'extérieur, c'est bien elle. »

Kim McKinnon ne leur laissa aucune illusion :

« Communiquer avec l'extérieur ? Pour être franche, la plupart des détenues se débrouillent pour avoir des rapports sexuels dans un établissement où les contacts physiques sont interdits. Qu'elles se parlent est le dernier de nos soucis. »

D'après la directrice, les techniques de communication entre détenues étaient nombreuses et ingénieuses. Même si Shana était confinée dans une cellule de haute sécurité, elle prenait régulièrement des livres dans le chariot de la bibliothèque ambulante, commandait des articles à la cantine et recevait des plateaux-repas trois fois par jour. En prison, toute transaction était l'occasion d'envoyer ou de recevoir un message (note griffonnée, mot soufflé au passage ou communication astucieusement codée).

« C'est triste à dire, avoua la directrice, mais certains échanges entre détenues sont même facilités par les surveillants en contrepartie d'argent, de drogue ou de faveurs sexuelles. Bon, vous vous en doutez, Shana n'est pas vraiment populaire, mais peut-être que l'autre, celle avec qui elle est en contact, oui. Et certaines détenues prêtent volontiers leur concours à ce genre de transactions, ne serait-ce que pour dissiper leur ennui. Le fond du problème, c'est que nous n'avons qu'une heure ou deux par trimestre pour évaluer notre politique et revoir nos procédures, tandis que les détenues passent trois cent soixante-cinq jours par an à chercher les failles du système. C'est simple, il y a ici des femmes assez intelligentes pour diriger les plus grandes entreprises du pays si seulement elles mettaient leur talent au service du bien plutôt que du mal.

– Est-ce qu'il y aurait une détenue dont Shana serait proche ? Une amie, passée ou présente ? »

La directrice fronça légèrement les sourcils. « Pas que je sache, ce qui est d'ailleurs extrêmement surprenant. La plupart des détenues nouent des relations. Même une femme aussi endurcie que Shana... Il y a des détenues, plus jeunes, plus vulnérables, qui éprouvent de l'admiration pour ce type de personnalité. Et, qu'elles se considèrent comme hétérosexuelles ou lesbiennes, la plupart des condamnées à la perpétuité finissent avec une partenaire. Mais, à ma connaissance, Shana n'a jamais eu la moindre petite amie.

– Elle ne m'a jamais parlé de personne, confirmai-je.

– Rien non plus si on regarde ses achats à la cantine – un des premiers signes d'une relation naissante est qu'une détenue se met à acheter des "cadeaux" pour une autre, comme dans la vraie vie. Un flacon de shampooing. Une lotion parfumée. Mais Shana fait très peu d'emplettes et elles lui sont exclusivement destinées. Et personne ne lui fait parvenir de cadeaux. Je dirais même... » La directrice eut une hésitation ; elle coula un regard vers moi.

Je hochai la tête en signe d'assentiment.

« Je m'inquiète de l'isolement quasi total de Shana, continua-t-elle. Malgré ce qu'on pourrait croire, il n'est pas dans notre intérêt que les détenues soient malheureuses. La dépression engendre de la colère, laquelle engendre un risque accru de violence. Comme j'en ai discuté avec le docteur Glen, il y a plusieurs mois que l'état psychologique de Shana me préoccupe. Il était évident à mes yeux qu'il se dégradait, ce qui explique que la tentative de suicide d'hier ne m'ait pas surprise.

– Une seconde, l'arrêta D.D. Vous voulez dire que vous aviez noté un changement dans son comportement ? Depuis quand ?

– Trois ou quatre mois, je dirais. Je pensais que ça avait un rapport avec l'anniversaire de son premier meurtre qui approchait, mais je n'ai aucune certitude. Shana aurait droit à un suivi psychiatrique, mais elle a refusé toutes les propositions.

– Qui s'occupe de son dossier ? » demanda Phil.

Je levai la main. « C'est moi. Je suis psychiatre, en plus d'être une des rares personnes à qui Shana accepte de parler. Même si ce n'est pas tout à fait... orthodoxe... de prendre en charge un proche, Shana et moi n'avons pas vraiment une relation classique. Nous n'avons même pas vécu comme une famille pendant la majeure partie de notre vie.

– Mais elle vous appelle sœurette, souligna D.D.

– Seulement quand elle me cherche.

– Comportement habituel entre sœurs.

– Et comportement habituel chez une patiente hostile à l'idée de changement, dis-je en regardant D.D. d'un air entendu. Vraiment, vous seriez étonnée de voir ce que peuvent faire ou dire mes patients pour résister à ma thérapie. »

D.D. me décocha un grand sourire où l'on ne décelait pas le moindre repentir. Puis elle tourna de nouveau son regard vers la directrice. « Est-ce que le nombre cent cinquante-trois vous dit quelque chose ? »

La directrice ne voyait pas.

« Est-ce que vous croyez possible que Shana soit en contact avec ce tueur à la rose, comme on l'appelle ? Ou que le tueur communique avec elle ?

– Ma foi, pourquoi pas. Mais j'aimerais bien savoir comment. L'idée qu'un tueur en activité communique avec une meurtrière incarcérée ne m'aiderait pas à passer de bonnes nuits.

– Je peux dire quelque chose ? » Trois paires d'yeux se tournèrent vers moi. « Ce n'est peut-être pas le moment de s'inquiéter du comment, mais plutôt du pourquoi. Shana a commis un crime abominable, mais c'était il y a près de trente ans. L'affaire n'est plus sous les feux de l'actualité, ce qui a permis à Shana de faire profil bas pendant des années. Peut-être que la semaine prochaine, avec l'anniversaire, ça changera, mais jusqu'à présent...

– On ne lui connaît même pas de correspondant ni d'admirateur, renchérit la directrice. C'est rare. En général, plus l'assassin, homme ou femme, est célèbre, plus il reçoit de courrier. Agrémenté ou non de demandes en mariage, ajouta-t-elle, pince-sans-rire. Pour une tueuse aussi connue, Shana mène une existence tranquille.

– Et si l'important, c'était Harry Day ? suggéra D.D. en se tournant vers moi. Si quelqu'un, disons un fan, voulait se renseigner sur votre père...

– Sur Harry », rectifiai-je. C'était plus fort que moi.

« Sur les méthodes de Harry, continua D.D. sans moufter. Il ne s'adresserait pas à vous, n'est-ce pas ? Sachant que vous êtes une psychiatre qui a pignon sur rue.

– Il m'arrive de recevoir des lettres, la détrompai-je.

– Ah bon ? »

Les deux enquêteurs avaient maintenant les yeux fixés sur moi.

« Il m'arrive de recevoir des lettres, répétai-je lentement. Pas souvent, mais de temps à autre. Les crimes de Harry remontent à un bail, mais vous imaginez bien qu'il y a des gens fascinés par les tueurs en série de toutes les époques. D'où l'aura de légende qui entoure encore Bonnie et Clyde. Étant donné que ma maladie rare a fait de moi l'objet de plusieurs articles qui me présentent comme la fille de Harry Day... je reçois du courrier. Environ trois ou quatre lettres par an. Parfois on me pose des questions sur Harry : comment était-il, qu'est-ce que ça fait d'être sa fille ? Mais le plus souvent, on me demande des souvenirs : est-ce que j'aurais encore en ma possession certains de ses effets personnels et est-ce que ça m'intéresserait de les vendre ?

– Sans blague ? » demanda D.D. avec un mélange d'intérêt et d'épouvante. Ce qui correspondait grosso modo au cocktail d'émotions que faisait naître Harry Day chez les gens : un tiers terreur, deux tiers curiosité morbide.

« Il y a un marché relativement important pour les souvenirs de tueurs en série, lui expliquai-je. Plusieurs sites Internet font commerce de lettres de Charles Manson ou de tableaux peints par John Allen Muhammad. Je me suis renseignée le jour où j'ai reçu la première demande. Les objets avec lesquels on peut gagner gros sont ceux qui ont appartenu aux vraies vedettes : les Manson, Bundy, Dahmer. Harry Day n'est pas un nom qui se reconnaît au premier coup d'œil. Dans une liste d'articles vendus entre dix et dix mille dollars, une lettre signée de lui avoisinerait plus les dix dollars.

– Vous les gardez, ces lettres que vous recevez ? demanda Phil.

– Je les déchire. Elles ne méritent pas mon temps ni mon attention.

– Est-ce que certains vous auraient écrit plusieurs fois ? insista D.D.

– Pas que je me souvienne. »

D.D. se tourna vers Phil. « Et si notre homme avait d'abord écrit à Adeline ? Puis, voyant qu'elle ne répondait pas, avait retrouvé et contacté Shana ? Elle a reçu des lettres, non ? demanda-t-elle en regardant la directrice.

– Oui. Il arrive qu'elle en reçoive, mais pas énormément.

– Et depuis un an ?

– Il va falloir que je me renseigne.

– Donc, il est possible que Shana ait reçu une lettre. Et même qu'elle ait décidé de répondre. Sauf qu'elle s'est dit qu'à la seconde où elle répondrait et entretiendrait enfin une correspondance après toutes ces années, vous vous intéresseriez à son cas.

– C'est sûr, confirma la directrice avec un signe de tête.

– Donc, elle est passée par un canal parallèle, si je puis dire. Elle a utilisé un autre moyen de communication pour le joindre. Peut-être avec la complicité d'une codétenue ou d'une surveillante. Voire de son avocat ? » D.D. nous interrogeait du regard, la directrice et moi.

« Shana a un avocat commis d'office, expliquai-je. Elle ne l'aime pas et je ne me souviens même pas quand elle l'a vu pour la dernière fois.

– Il y a deux ans, précisa la directrice. Shana lui a mordu le nez. Nous lui avons confisqué sa radio. Elle a répondu que ça valait quand même le coup. »

D.D. hocha la tête. « D'accord. On progresse. Il s'agirait d'un tueur qui s'identifie à Harry Day et qui aurait peut-être noué une relation avec sa meurtrière de fille. Sympa.

– Laquelle fille a prophétisé que nous la laisserions sortir de prison à la première heure demain matin, ajouta Phil plus lentement. Je parierais que c'est sa récompense dans cette histoire.

– Même pas en rêve ! s'exclama D.D.

– On est bien d'accord, dit la directrice avec fermeté. Ma prisonnière, mon établissement. Point barre. »

Je regardai ces deux femmes et regrettai de ne pas partager leurs certitudes. Au contraire, je m'entendis murmurer : « Cent cinquante-trois.

– Vous avez trouvé la signification de ce chiffre ? demanda aussitôt Phil.

– Non, mais connaissant ma sœur, je crois que nous n'allons pas tarder à le regretter. »

18

Qui suis-je ? Un être rempli d'amour.

À quoi est-ce que je ressemble ? À rien de particulier, je suis moi.

Principale motivation : Tendre la main à quelqu'un qui en a besoin.

But de l'opération : il faut que ce soit fait.

Bénéfice net : ~~elle ne sentira rien.~~

Bénéfice net : ~~elle ne sentira rien.~~

Bénéfice net : ~~elle ne sentira rien.~~

Arrête de réfléchir. Il est temps.

Ça ne va pas être une mince affaire.

Prendre une grande inspiration, s'entraîner encore une fois devant le miroir en pied.

Coincer le petit flacon dans la manche serrée. Le faire descendre discrètement jusqu'au creux de la main. Avec dextérité, déboucher et verser d'un seul geste. Glisser le flacon dans la poche gauche.

Trop lent. Bêtement lent. Il faudrait qu'elle ait le dos tourné, qu'elle soit distraite une minute entière.

Impossible de compter là-dessus. Pas avec cette cible. Ce sera la plus ambitieuse à ce jour. Une femme qui ne fait confiance à personne et qui soupçonne tout le monde. La vie l'a déjà blessée une fois. Elle n'a pas l'intention de lui laisser une seconde chance de la frapper.

Non, ce nouveau projet exige la perfection. Sourire sincère, regard soutenu, mots choisis. Et ensuite, quand l'occasion se présentera... d'un geste rapide et fluide, saisir le flacon en un tournemain, mélanger le contenu dans son verre en un clin d'œil.

Et ensuite, défi plus grand encore, attendre sans rien faire. Contrôler l'inévitable montée d'adrénaline, maîtriser sa respiration et reprendre : sourire sincère, regard soutenu, mots bien choisis, pendant que le contenu du flacon fera lentement mais sûrement son œuvre.

S'exercer encore. Sourire. Regard. Mots.

Coincer dans la manche, faire descendre, déboucher, verser, escamoter.

Trop lent, trop lent, trop lent.

S'entraîner. S'entraîner. S'entraîner.

Qui suis-je ? Un maître de la douleur.
À quoi est-ce que je ressemble ? Au premier venu.
But de l'opération : je peux le faire !
Bénéfice net : ... on doit tous mourir un jour.

Cacher le flacon au creux de la main, déboucher, vite verser, escamoter.

Sourire, regarder dans les yeux, dire les mots qu'il faut.

Encore, et encore, et encore.

Parce qu'au premier faux pas, elle saura. Il y a trop d'années qu'elle s'attend au pire pour ne pas le reconnaître quand il se produira. Il faut que la mécanique soit huilée, maîtrisée, parfaite. Jusqu'à l'instant suprême.

Deux temps, trois mouvements. Le meurtre tel qu'il doit être.

Première motivation : une mort indolore.
Bénéfice net : un bienfait rendu au centuple.
Qui suis-je ? ~~Le successeur de Harry Day.~~
Qui suis-je ? ~~Le successeur de Shana Day.~~
Qui suis-je ?

19

Charlie Sgarzi était un gamin de Southie, par la naissance comme par l'éducation. Son air méfiant et sa mâchoire butée étaient là pour en témoigner. Bien sûr, à un moment donné de son parcours, il avait troqué ses mains calleuses contre les mains douces d'un homme plus habitué à taper sur un clavier que sur autre chose, et la veste en cuir du loubard contre le classique imperméable du reporter. Malgré cela, il conservait le visage fermé de l'ancien voyou devenu un journaliste cynique et revenu de tout. Étant donné ce qui était arrivé à son cousin alors qu'ils n'étaient encore que des adolescents, c'était peut-être le cas.

Ils lui étaient tombés sur le râble au moment où il sortait de son appartement du deuxième étage. Quittant des yeux la porte qu'il était en train de verrouiller, il avait vu D.D. et Phil remonter le couloir dans sa direction et les avait accueillis d'un grognement.

« Vous en avez mis, du temps.

– Comment ça ? » demanda Phil.

Il avait essayé de convaincre D.D. d'attendre dans la voiture. À vrai dire, il avait même essayé d'obtenir qu'elle le laisse la raccompagner chez elle. La matinée avait été rude, elle aurait dû reposer son épaule, s'appliquer à guérir.

Cause toujours. Elle était remontée comme une pendule et ne s'était pas sentie aussi bien depuis des semaines. Ils tenaient le bon bout. Son sixième sens le lui disait. Shana Day possédait la clé qui les conduirait à l'assassin ; quant à Charlie Sgarzi, il était un indice qui leur permettrait de résoudre l'énigme Shana. Pas question qu'elle reste sur le banc de touche.

« Le docteur Glen vous a appelés ? demanda Sgarzi, la main encore sur la poignée. Elle m'a accusé de la harceler ? Parce que c'est faux. Je ne veux que mon dû et celui de ma famille. »

Qu'est-ce qu'on s'amuse ! pensa D.D., qui en aurait presque sautillé de joie dans le couloir.

« Donc, vous n'avez pas menacé le docteur Glen ? » demanda-t-elle.

Tandis que Phil ajoutait : « Et si nous entrions, monsieur Sgarzi ? Pour discuter plus à notre aise. »

Sgarzi poussa un gros soupir, puis rouvrit sa porte et les invita à entrer.

Un studio étriqué, observa D.D. La piaule de vieux garçon dans toute sa splendeur, vu la taille de la télé et la faible proportion de meubles qui n'avaient pas été achetés dans des vide-greniers. Assez rangé, cela dit. Sgarzi avait des moyens financiers limités, mais il s'efforçait de tenir correctement son intérieur. Les plans de travail étaient propres, le sol n'était pas jonché de sous-vêtements sales.

Un Mac dernier cri trônait sur une table pliante devant le vieux canapé marron. Le bureau de monsieur, devina-t-elle. Où il pouvait repousser les frontières du journalisme numérique tout en suivant la saison des Bruins de Boston.

« Vous avez interrogé Shana Day ? demanda-t-il en s'immobilisant au milieu du séjour.

– Et si vous enleviez votre manteau, qu'on passe un petit moment ensemble ? » suggéra Phil.

Sgarzi haussa les épaules. « Volontiers, je n'ai rien à cacher. Tenez, je vous offre à boire, les amis ? De l'eau, de la bière ? Allez, posons-nous un moment. Parlons crime. Vous saviez que mon oncle était dans la police ? Avant d'avaler une balle de pistolet, du moins. Est-ce que ça s'ajoute au palmarès de Shana Day ? Les années passent et elle fait toujours des victimes. »

Sgarzi retira son imperméable. Puis, joignant le geste à la parole, il fit quelques pas vers la cuisine, ouvrit le robinet et remplit deux verres, qu'il leur tendit sans cérémonie. Après quoi il les regarda, l'air interrogateur.

Sans son trench-coat, il faisait une taille de moins, comme Superman sans sa cape. Il n'était pas grand, sans doute juste un poil au-dessus du mètre soixante-dix, mais ça ne l'empêchait pas d'avoir une posture de bagarreur. Comme s'il se préparait à recevoir un coup et qu'il était déterminé à l'encaisser sans broncher. Avait-il toujours été comme ça ? se demanda D.D. Ou bien est-ce que c'était le fait d'avoir perdu les trois quarts de sa famille ?

« Quel âge aviez-vous quand votre cousin est mort ? » demanda-t-elle.

Il la fusilla du regard. « Quand il a été assassiné, vous voulez dire ? Dix-sept ans. J'avais dix-sept ans.

– Pas beaucoup plus vieux que Shana Day.

– Vous voulez savoir si je la connaissais ? Évidemment que je la connaissais. J'habitais le même quartier que Donnie. À l'époque, c'était comme ça à Southie. Les familles, même élargies, vivaient proches les unes des autres. On grandissait ensemble. On s'entraidait. »

Malgré le ton volontairement monocorde adopté par Sgarzi, D.D. perçut une pointe d'émotion. De la nostalgie. Le regret d'une époque où il était en sécurité, certain de sa place dans le monde. Sa famille, son quartier étaient son univers.

« Vous la fréquentiez ? demanda Phil avec flegme.

– Non. C'était une fille à problèmes. Tout le monde le savait. Et pas le genre de problèmes qui peuvent vous valoir une réputation de cador dans le quartier, vous voyez. Shana... elle fichait carrément la frousse. Comme un chien enragé. Les gamins qui avaient pour deux sous de jugeote passaient au large.

– Mais pas Donnie. »

Sgarzi grimaça. « Donnie était... différent. Il aimait les livres, les sciences, les maths. S'il avait vécu, il serait probablement devenu le frère jumeau de Bill Gates et ma mère n'aurait aucun problème à l'heure qu'il est. Mais un petit génie de douze ans à Southie ? Les autres gosses lui menaient la vie dure. Si j'entendais des réflexions ou que je passais par là, je les obligeais à la fermer. C'était mon cousin, vous voyez. J'essayais de le protéger. Mais il ne rentrait pas dans le moule. Et même si Shana est tarée, elle est maligne. Déjà à l'époque... » Sgarzi secoua la tête. « Mon cousin n'avait aucune chance.

– Vous avez assisté au procès ? demanda Phil.

– Non, mes parents ont refusé. J'apprenais les nouvelles comme tout le quartier, par les ragots. Et puis, c'était une autre époque. Pas comme aujourd'hui, avec les chaînes du câble en continu et les emballements médiatiques perpétuels. La presse locale a suivi le procès, bien sûr, surtout quand le procureur a annoncé qu'il allait juger Shana comme une adulte. Mais la défense ne s'est pas beaucoup bagarrée. L'affaire a été pliée en moins de deux. Et ensuite tout le monde a repris sa petite vie. Sauf mon oncle et ma tante, évidemment.

– Et vous ? fit D.D. avec curiosité. Au bout de trente ans, vous en êtes encore à écrire à l'assassin de votre cousin ? Vous remettez de l'huile sur le feu ?

– "Encore" ? s'exclama Sgarzi avec une évidente stupéfaction. Pourquoi "encore" ? Les lettres que j'ai écrites il y a trois mois étaient mes premières tentatives de prise de contact. Il ne faut pas croire, Donnie était un bon garçon, mais moi aussi. Je vous jure que j'avais d'autres projets d'avenir que de rester toute ma vie le cousin du gamin assassiné. J'ai quitté le quartier. Je suis allé à l'université de New York, j'ai fait des études de communication et je suis devenu journaliste. Je ne suis pas le dernier des abrutis.

– Et pourtant, on vous retrouve ici…, fit remarquer Phil.

– Je suis revenu m'occuper de ma mère, répondit vivement Sgarzi. Le docteur Glen ne vous l'a pas raconté ? Ma mère est en train de crever d'un cancer. Il lui faut un établissement de soins palliatifs, une aide-soignante à domicile, quelqu'un qui puisse mieux prendre soin d'elle que son journaliste de fils. Ça a un coût. Et vu ce que ça rapporte d'écrire par les temps qui courent, je ne roule pas sur l'or. Alors je me suis dit que si les journalistes en ligne ne gagnent pas grand-chose, en revanche certains récits de crimes réels… On peut décrocher des avances à six ou sept chiffres. Je suis capable d'écrire un bouquin comme ça. Il me faut juste la matière. Disons, un entretien exclusif avec une meurtrière célèbre, vous voyez. Alors, dites, c'est trop demander ? Au bout de trente ans, Shana aurait même pu être contente d'avoir l'occasion de se racheter. Enfin bon, comme elle n'a pas daigné répondre à une seule de mes lettres, j'imagine que ce n'est pas le cas.

– Alors, vous vous êtes tourné vers sa sœur ?

– Logique. On travaille comme ça, dans le journalisme. Quand une source dit non, on en cherche une autre qui dira oui. Il me faut un oui. Pour ma mère.

– Quand son cancer a-t-il été diagnostiqué ? demanda D.D.

– Il y a six mois.

– Et vous avez écrit pour la première fois à Shana...

– Il y a trois mois, environ.

– Et le tueur à la rose a fait sa première victime il y a quoi, six, sept semaines ? »

Sgarzi se raidit, les poings inconsciemment serrés. Méfiant, il plissait les yeux. « Où voulez-vous en venir ?

– Voyons, vous essayez soi-disant de fourguer un livre sur une affaire qui remonte à trente ans et dont (malgré tout le respect que je dois à votre famille) très peu de gens se souviennent, et voilà que se produit une nouvelle série de meurtres apparemment en lien avec le sujet de votre bouquin. Intéressant, je trouve. Commode, je dirais même.

– Une petite seconde...

– Où étiez-vous dimanche soir ? demanda Phil.

– Je vous emmerde !

– C'est vous qui nous avez invités à entrer, dit D.D. sans hausser le ton. Pour parler crime.

– Je suis journaliste ! Je cherche la vérité. Vous devriez essayer, un jour. Mais peut-être qu'en réalité ça ne vous dérange pas tant que ça qu'on trucide des femmes dans leur lit.

– Comment êtes-vous au courant de ce détail ?

– Allons donc, c'est un secret de Polichinelle. Mais ce que vous devriez savoir sans que j'aie besoin de vous le dire, c'est que Shana Day a la même intelligence perverse qu'il y a trente ans.

– Qu'en savez-vous ? Elle ne vous a jamais répondu.

— Exact. Mais là encore, le secret, dans ce métier, c'est de ne jamais lâcher l'affaire. J'ai retrouvé certaines de ses codétenues...

— Elle est à l'isolement.

— Elles sont toutes dans le même couloir. Vous croyez qu'elles ne se parlent pas d'un côté à l'autre ? Et puis elles se croisent à l'infirmerie ou sur le chemin du parloir. Ce ne sont pas les occasions de socialiser qui manquent, même quand on est à l'isolement. Surtout qu'elles n'ont rien d'autre à faire.

— Avec qui avez-vous discuté ? demanda D.D., intriguée.

— N'allez pas vous figurer qu'elles seraient prêtes à vous parler. Vous vous doutez bien qu'elles ne portent pas la police dans leur cœur. Alors qu'un beau gars comme moi...

— Dites-nous simplement ce qu'elles vous ont dit.

— Shana a un ami.

— Qui ça ?

— Un admirateur. De longue date. Peut-être même quelqu'un qu'elle aurait rencontré à Southie, ou dans une famille d'accueil. Personne ne le sait réellement, mais quelqu'un qui la soutient depuis des années, qui reste en contact avec elle, qui lui rend même de petits services.

— Par exemple ?

— Déjà, espionner sa sœur.

— Le docteur Glen ?

— Voilà. Shana est obsédée par Adeline. Son travail, son appartement, sa voiture. Adeline possède tout ce que Shana aurait voulu avoir. D'où le fait qu'elle soit incapable de lâcher prise.

— Et comment ses anciennes codétenues le savent-elles ? »

Sgarzi haussa les épaules. « Par des remarques de Shana, des allusions. Mais aussi... à cause de détails qu'elle connaissait. En particulier au sujet de ses compagnes de prison. Il semblerait que son petit copain ait enquêté pour elle, parce que quand quelqu'un se disputait avec Shana, elle se mettait à proférer des menaces très précises, du genre : arrête de nous soûler avec cette chanson à la con ou : la prochaine fois que ton alcoolique de mère conduira ton gamin au centre de loisirs, il leur arrivera des bricoles... Ce genre de conneries. Mais des conneries très détaillées. Au point que les autres filles lui obéissaient. Avant, elle leur fichait la trouille, maintenant elle les terrifie. Je ne plaisante pas. Renseignez-vous. Le réseau de Shana s'étend bien au-delà des murs de la prison. Même si elle a réussi à convaincre sa sœur et tout le personnel qu'elle est dépressive et isolée, croyez-moi, c'est de la comédie. La plus grande arnaque de toute l'histoire du pénitencier. Malheureuse prisonnière le jour. Génie du crime la nuit. »

D.D. regardait Sgarzi avec de grands yeux. Elle ne savait plus quoi dire. Ni quoi penser.

« Cent cinquante-trois, reprit Phil.

– Pardon ?

– Cent cinquante-trois. Vous êtes censé être un expert sur Shana Day. Dites-nous ce que signifie ce chiffre.

– Aucune idée.

– Vous avez fait des recherches sur Harry Day, le père de Shana ?

– Bien sûr.

– Alors, qu'est-ce que ça représentait pour lui ?

– Comme un chiffre porte-bonheur, vous voulez dire ?

– Ce serait ça ?

– Je ne vois pas. Je n'ai rien lu de tel.

– Une adresse ? demanda D.D. Qui aurait compté pour lui ou pour ses victimes ? »

Sgarzi secoua la tête, manifestement aussi déconcerté qu'eux-mêmes.

« Et pour Shana ? insista D.D. Votre cousin, la famille d'accueil de Shana, où est-ce qu'ils habitaient ?

– Pas au 153 de la rue, répondit Sgarzi, une soudaine lueur d'intérêt dans le regard. Pourquoi est-ce important ? C'est un indice dans l'affaire du tueur à la rose ? Un code à déchiffrer ? Je peux creuser la question. Mais je veux l'exclusivité. Donnant-donnant.

– Vous rêvez, rétorqua D.D. Il faut payer pour voir et jusqu'à présent vous ne nous avez rien dit que nous ne sachions déjà.

– Je vous ai appris que Shana avait un complice.

– Quel complice ? Son ami imaginaire, vous voulez dire ? Celui avec qui elle parle, mais que personne n'a jamais vu ? Autant nous demander de retrouver Casper le gentil fantôme.

– Elle a des yeux et des oreilles à l'extérieur.

– Nous le savions déjà.

– Elle espionne sa sœur.

– Ça aussi, nous le savions.

– Ah bon ?

– Le docteur Glen n'est pas aussi stupide qu'elle en a l'air. Tiens, d'ailleurs, elle a l'air sacrément intelligente. Et c'est une psychiatre, qui nourrit très peu d'illusions sur son bagage héréditaire. Allez. Il nous faut un bon tuyau. Qu'est-ce qui vous fait penser que Shana est liée au tueur à la rose ?

– D'abord, sa façon d'écorcher ses victimes. Pas seulement parce qu'il est connu que Harry Day conservait des trophées, mais aussi parce que je sais ce que Shana a fait à mon cousin. Hé, j'étais ado ; évidemment que je suis entré en douce dans le bureau de mon oncle pour voir les photos. Et là... » La voix de Sgarzi se brisa. Malgré ses airs bravaches et les trente années qui s'étaient écoulées, il devait prendre sur lui pour conserver son sang-froid. « Quand j'ai lu la description des deux derniers meurtres dans la presse, la première image qui m'est venue, c'est celle du bras et du ventre de Donnie. Je... je savais ce qui avait été fait à ces femmes. Parce que je l'avais déjà vu. Sur les photos du cadavre de mon cousin. Dites-moi que je me trompe. Regardez-moi dans les yeux et dites-moi que j'ai tort. »

D.D. et Phil en furent incapables. Pour une fois, ils détournèrent le regard. Parce qu'au cours de la dernière journée, tous deux avaient vu les œuvres de Shana trente ans plus tôt, et que Charlie Sgarzi avait raison : le parallèle était flagrant entre le traitement qu'elle avait infligé à sa victime et celui qui avait été infligé aux victimes de son père et maintenant à celles du tueur à la rose...

« Ces femmes n'ont pas été tuées par Shana Day, continua Sgarzi. Ni, évidemment, par Harry Day. Mais si la signature du père comme de la fille aînée était d'écorcher leurs victimes... »

Sgarzi s'interrompit. D.D. savait déjà ce qu'il allait dire.

« Il nous reste la cadette... »

20

Mon premier problème fut de me débarrasser convenablement du formol.

Après l'entrevue avec Shana, j'avais appelé ma secrétaire pour lui demander d'annuler tous mes rendez-vous de la semaine. Pessimisme ? Préparation en vue du pire ? Mon père adoptif avait raison : ce n'était pas parce que j'étais insensible à la douleur que ma famille ne pouvait pas me faire souffrir.

Ma sœur savait quelque chose. La demande d'entrevue, les questions des enquêteurs, rien ne l'avait surprise. C'était l'impression qui me restait de cette matinée. Les policiers pouvaient se congratuler et même me féliciter d'avoir obtenu que Shana fournisse « spontanément » le nombre mystère, 153. Mais je la connaissais mieux que ça. Pour elle, il s'agissait d'un jeu. Et comme elle s'était présentée de son plein gré à la table de poker, j'en déduisais que c'était elle la meneuse, en réalité. Et nous qui lui courions après.

J'avais dit vrai : je ne connaissais pas la signification de ce nombre. Mais Shana la connaissait, et si elle affirmait que nous la laisserions sortir de prison le lendemain matin, qu'elle logerait chez moi, dormirait dans mon lit et porterait mes vêtements, je la croyais. La prédiction était trop précise pour être balayée d'un revers de main.

Et cela me terrifiait.

Formol. Je possédais toute une collection de flacons remplis de ce conservateur dans lequel macéraient des lambeaux de peau. Tout devait disparaître. Immédiatement.

Serez-vous surpris d'apprendre que je conservais ma « collection » sous le plancher de ma penderie ? En tant que psychiatre, je peux vous dire que même les personnes les plus intelligentes sont gouvernées par des forces plus puissantes que la logique. Besoin compulsif. Obsession. Toxicomanie.

Je me dirigeai vers mon grand dressing. La commode à gauche, en merisier, semblait encastrée, mais en fait elle était amovible. Je me glissai derrière et me penchai sur les lames de plancher mises à découvert, reconnaissables à leurs éraflures sur les bords. J'avais pratiqué cette cache moi-même, le week-end suivant mon emménagement dans cette tour de grand standing. Mon premier geste de nouvelle propriétaire. Révélateur, non ?

Dissimulé sous le plancher, un simple carton à chaussures. Tout ce qu'il y a de plus banal. Couvercle noir, côtés gris-bleu délavé, marque depuis longtemps effacée. Le genre de vieille boîte esquintée qui aurait pu contenir des photographies aux couleurs fanées ou autres précieux souvenirs de famille. Je l'attrapai à deux mains et ressortis en me contorsionnant, mon trésor serré sur le cœur.

Direction la salle de bains, à la déco moderne : marbre blanc, meubles chocolat, carrelage gris et bleu. Je posai la boîte sur le plan de toilette couleur crème, à côté du second lavabo, celui qui aurait dû être celui de mon mari, de mon compagnon, de l'amour de ma vie. Le lavabo qui, depuis que je vivais dans cet appartement, n'avait jamais vu une seule goutte d'eau.

Je retirai le couvercle du carton à chaussures et découvris un intérieur capitonné et tendu de soie qui jurait complètement avec l'extérieur. Des flacons. Une quantité de minces fioles en verre, toutes à peu près de la taille d'un tube à essai, toutes munies d'un bouchon en caoutchouc. Pas de bocaux à conserves pour cette fille de Harry Day. Cette branche de l'arbre généalogique était montée dans l'échelle sociale.

Je m'avisai que je ne connaissais pas le nombre de ces flacons. Encore maintenant, j'avais tendance à les considérer comme un tout. La Collection. Je n'en comptais pas les pièces, amassées par à-coups au fil d'une petite dizaine d'années. Toute psychiatre que j'étais, je refusais de regarder les choses en face.

Je fermai les yeux. Comme si j'étais l'une de mes patientes. Combien, selon moi, y avait-il de flacons ? La question revenait à demander à une alcoolique combien de verres elle pensait avoir bus la veille.

Je pariai sur douze. Un nombre déjà effarant. J'estimais avoir arrondi à la hausse, puisque la réponse que j'avais sur le bout de la langue, c'était huit. Là encore, comme l'alcoolique qui sait au fond d'elle-même qu'elle a un problème – j'aurais eu envie de dire que j'avais pris trois verres, mais c'était sans doute plutôt cinq... Fausse sincérité. Si je ne suis pas dans le déni, alors je n'ai pas vraiment de problème...

J'ouvris les yeux, comptai les flacons.

Vingt et un.

Je vacillai. Au point qu'il fallut que je me raccroche au bord lisse de mon plan de toilette.

Vingt et un.

Non. Comment ? Jamais de la vie. Impossible... Je recomptai. Plusieurs fois.

Et une étrange sensation me parcourut. Comme si mon âme, comprenant l'affreuse, l'abominable vérité, désertait littéralement mon corps. Descendait de ma tête à mes pieds, s'infiltrait dans le sol de la salle de bains et disparaissait dans le siphon de la douche. Transformée en esprit malfaisant qui regagnait les bas-fonds dont il était sorti.

Je ne pouvais pas...

Je pris un flacon au hasard. *Informaticien*, disait l'étiquette. Je revis soudain un cliché pris par la police dans le placard de mon père. *Chemisier à fleurs*, disait à l'époque l'étiquette sur le bocal. Un seul détail choisi au hasard, tout ce qui restait pour relier le contenu du récipient à la jeune femme qui avait autrefois vécu dans cette peau.

Mon corps fut saisi de tremblements. J'aurais voulu m'asseoir, mais je résistai à cet instinct. Mieux valait rester debout, m'obliger à affronter mon sentiment de culpabilité.

« Mais sans douleur, murmurai-je. La lidocaïne. Ils n'ont rien su... »

Parce qu'au déni succède le besoin de se justifier. Je ne suis pas vraiment un monstre comme mon père. Lui massacrait des jeunes femmes qu'il gardait en captivité et torturait pendant des jours. Alors que moi, je ne subtilisais qu'un tout petit bout de peau à mes partenaires plongés dans le sommeil. Jamais ils ne frémissaient, ne se retournaient, ni ne ressentaient une perte quelconque. Juste un innocent souvenir de la seule et unique nuit que nous aurions passée ensemble. Soit dit en passant, certains auraient peut-être même accepté une telle transaction de leur plein gré : je te donne une nuit torride, passionnée, sans engagement, sans obligation ; la seule condition, c'est que tu me cèdes un mince vermicelle de peau qui se reconstituera en l'espace de quelques jours...

Je levai le flacon étiqueté « informaticien ». Et j'observai mon reflet dans le miroir. Regardez-moi cette jolie femme qui a manifestement réussi dans la vie. Je me demande bien ce qu'elle tient à la main... Et je revis le sang de l'enquêteur sur mon doigt. Cette sensation. Cette odeur. Le puissant désir de goûter.

Mes genoux cédèrent. Je m'effondrai sur le carrelage froid. Atteinte d'une maladie génétique rare, j'étais bien placée pour savoir que l'éducation n'aurait jamais réponse à tout. Nous sommes tous aussi le produit de la nature. Et voilà quelle était ma nature. Ce flacon, que je serrais amoureusement sur ma poitrine.

Un flacon qui contenait du formol et de la peau humaine.

Il ne fallait pas que ma sœur apprenne ça. Personne, strictement personne, ne devait savoir. J'avais échoué, je m'étais montrée faible, j'avais succombé à une obsession héréditaire. Mais je pouvais sortir victorieuse de cette épreuve. Bien sûr. Pourquoi pas ? Seulement il fallait commencer par survivre à cette semaine étrange, épouvantable, où le spectre de mon père errait de nouveau dans les rues de Boston, où des jeunes femmes mouraient et où ma sœur aliénée savait des choses qu'elle n'aurait jamais dû savoir.

Première étape : détruire les preuves. Le carton, les flacons, le formol, les lambeaux de peau. Tout devait disparaître.

Mais comment ? Le formaldéhyde est en réalité un gaz incolore, le plus souvent employé en solution aqueuse pour conserver des spécimens. Outre qu'il est toxique à forte concentration, il peut avoir des effets nocifs sur les voies respiratoires, irriter la peau et provoquer différents types de cancer. Inutile de vous dire que jeter du formol dans les règles suppose de le signaler comme déchet toxique et de respecter certaines procédures.

Mais je ne pouvais pas prendre le risque qu'il soit consigné quelque part que j'avais déposé des déchets toxiques.

Le plus simple aurait été de verser la solution transparente dans le lavabo ou dans les toilettes, en faisant confiance au réseau de distribution des eaux de la ville pour diluer cette quantité relativement minime. Malheureusement, je n'étais pas certaine que cela me mette à l'abri de la police scientifique. D'une part, une odeur âcre risquait de persister, cette odeur si particulière que personne ne l'aurait confondue avec celle d'un détergent pour cuvette de W-C. Et par la suite, si jamais les manigances de ma sœur provoquaient une fouille de mon appartement, la police serait-elle capable de détecter la présence ne serait-ce que de traces de formol restées sur le bord de mon lavabo ou piégées dans mes canalisations ? Franchement, je n'en savais rien ; on n'aborde jamais ce genre de questions à la fac de médecine.

Il allait falloir que je sorte le formol de mon appartement. Que je l'emporte ailleurs pour m'en débarrasser. Même chose pour les lambeaux de peau, les flacons, le carton.

Un centre commercial. Un vaste lieu public où je pourrais entrer dans de nombreux magasins et dans des toilettes sans éveiller les soupçons. Je pourrais jeter un objet par-ci, un autre par-là. Et terminer par un saut à l'épicerie. Juste une femme qui fait ses courses.

Ça pouvait marcher. Tant que je restais calme, que je ne me faisais pas remarquer et que je gardais en tête qu'il y avait des caméras partout. Si j'avais appris une chose avec ma sœur au fil des ans, c'était que les meilleures supercheries se cachent sous des couches de vérité. Bien sûr que j'étais allée dans ce centre commercial où il y avait une boutique Ann

Taylor. Bien sûr que j'étais passée acheter du lait et du pain. Pourquoi pas ?

Comme un plan commençait à se former dans mon esprit, je pris une inspiration pour me calmer et me mis au travail.

Gants en latex. Transvaser tout le formol dans un récipient en verre, un bocal, par exemple ? Mais ça ferait bizarre. Quiconque verrait une femme entrer dans des toilettes publiques avec un bocal plein d'un mystérieux liquide, surtout à Boston, après le double attentat du marathon... Mauvaise idée.

Un thermos en inox. J'en avais quatre ou cinq dans le placard de ma cuisine. Je pris celui que j'aimais le moins, d'un bleu métallisé passe-partout, avec un bouchon noir, et le posai à ma droite sur le plan de toilette. Deuxième accessoire : un sachet de congélation d'un litre, ouvert à ma gauche.

Lambeau de peau déposé dans le sachet. Quelques centilitres de formol versés dans le thermos. Une besogne vite expédiée, franchement. Une décennie de collection démantelée en moins d'un quart d'heure.

Je refermai le zip du sachet de conservation, puis le thermos, qui tous deux tiendraient facilement dans mon sac-cabas.

Sauf que je me retrouvais maintenant devant un nouveau problème : vingt et un flacons vides.

J'aurais pu les laver. Les passer au lave-vaisselle et les emporter au cabinet. Des flacons en verre dans le cabinet d'une psychiatre, rien de trop étrange. Mais ne resterait-il aucune trace de formol sur les bouchons en caoutchouc ? Sans parler de mes empreintes digitales...

Sac congélation, de quatre litres cette fois. Deux, plutôt. Après avoir retiré les bouchons, je mis les flacons dans les sacs que j'avais enfilés l'un dans l'autre. Puis, avec l'attendrisseur à viande en métal, je m'appliquai à pulvériser le contenu des sachets pour réduire les tubes en éclats suffisamment petits pour passer dans des toilettes ; une étape de plus dans mon expédition achats quotidiens plus suppression de preuves.

Le sac de quatre litres prit aussi le chemin de mon cabas, de même qu'un sachet de bouchons en caoutchouc, à bazarder dans une quelconque benne à ordures. Pour la boîte, ce fut un jeu d'enfant. Ce n'était après tout qu'un carton à chaussures. Je retirai la doublure en soie, que je pliai et rangeai dans ma penderie. Le coussin en mousse, poubelle. Le carton, écrasé pour être déposé dans le local recyclables de mon immeuble.

Si on remontait la piste d'un de ces trois objets jusqu'à moi, quelle importance ? *Oui, monsieur le policier, je reconnais cette boîte. Elle se trouvait dans mon placard. Mais j'ai récemment fait du rangement par le vide.* Question suivante.

Ma tâche enfin accomplie, je retirai les gants en latex pour les mettre dans mon sac. Eux aussi, je les jetterais, mais à un autre endroit. Je sèmerais mes petits cailloux compromettants dans tout Boston.

Et je me lavai les mains. Encore et encore et encore. Je regardais mes doigts trembler en me disant que tout allait bien, que j'avais pris la bonne décision, que je n'étais pas obligée d'être cette personne-là ; que je refusais d'être cette personne-là.

N'importe qui peut changer. Même les pulsions les plus viscérales peuvent se surmonter, avec du temps et de la volonté.

Puis j'allai dans ma chambre, m'assis au bord du lit et fondis en larmes. Parce que ma collection n'existait plus et que je ne savais pas ce qui désormais pourrait me combler autant qu'elle, m'aider à passer les mauvaises nuits.

J'étais seule.

Un bébé, sanglé sur un siège-auto et enfermé dans un placard noir comme un four, le monde entier réduit à un angoissant filet de lumière...

Rien à voir, mais beaucoup à entendre.

Ne pas comprendre grand-chose, mais tout absorber, comme des petits croquemitaines prisonniers dans un coin de ma tête.

Je t'en prie, Harry, pas le bébé.

D'un seul coup... Je me relevai précipitamment. Courus vers mon bureau. Fis tomber un livre, ouvris violemment un tiroir, cherchai, cherchai, cherchai.

Là. Le classeur que mon père adoptif avait constitué. Je feuilletai rapidement les pages, les photos, parcourus à la hâte les notes des enquêteurs sur Harry Day. Jusqu'à trouver. Un compte rendu du légiste.

Cent cinquante-trois.

Exactement comme ma sœur l'avait prédit – comme elle s'en était souvenue ? Comme elle l'avait su.

La collection de notre père. Cent cinquante-trois bandelettes de peau conservées dans une grosse trentaine de bocaux.

Je décrochai mon téléphone et appelai D.D. Warren.

21

« Vous pensez que Shana Day, incarcérée depuis près de trente ans, a un lien avec celui qu'on surnomme le tueur à la rose ? Qu'en fait, ce serait peut-être même elle qui tire les ficelles ?

– Voilà.

– Alors qu'elle est à l'isolement ? Qu'elle n'a pas de groupies ? Qu'elle n'entretient pas de correspondance ? Qu'il n'y a pas une seule codétenue qui dise l'apprécier ?

– Exactement.

– Je vois. » Alex prit un siège face à D.D., assise à la table de la cuisine avec une poche de glace sur l'épaule. « Je ne suis peut-être qu'un humble analyste de scène de crime, mais je n'y comprends que pouic. »

D.D. venait de rentrer chez elle après l'interrogatoire de Shana, puis la petite conversation que Phil et elle avaient eue avec Charlie Sgarzi. Un simple coup d'œil à la maison lui avait appris qu'Alex non plus n'avait pas chômé pendant son absence. La porte d'entrée arborait des serrures flambant neuves, les fenêtres avaient été renforcées, et une cheville en bois bloquait les baies coulissantes à l'arrière. Il avait également pris l'initiative de mettre leur système de surveillance au goût du jour grâce à plusieurs caméras équipées de détecteurs de mouvement qu'ils pouvaient commander avec leurs smartphones. D.D. se faisait un peu l'effet d'une candidate de jeu de téléréalité, mais comme ils devaient ramener Jack à la maison dans quelques heures...

« D'accord », avait-elle dit pour tout commentaire.

Alex avait hoché la tête avec satisfaction.

Voilà donc à quoi ressemblerait désormais leur quotidien : vivre sous l'œil des caméras comme des prisonniers jusqu'au moment où ils coinceraient le meurtrier qui s'était introduit chez eux pour déposer en personne des vœux de prompt rétablissement.

« Évidemment que tu ne comprends pas, dit D.D. Tu ne jures que par les preuves, or pour l'instant on en manque un peu. Des preuves tangibles, tu vois.

– Il me semble.

– Je t'explique : la preuve irréfutable, ce serait un message de Shana Day à notre individu, le fameux tueur à la rose. Mais d'après la directrice de la prison, communiquer librement et sans entraves avec le monde extérieur ne passe pas nécessairement par une correspondance écrite. Le plus probable est que Shana ait mis au point un code basé sur ses emprunts à la bibliothèque, les chaussettes qu'elle suspend à sa fenêtre ou le nombre de bouchées qu'elle laisse dans son assiette. Va savoir. Mais c'est monnaie courante en prison. Vu son intelligence, il n'y a aucune raison de penser que Shana soit incapable de tels stratagèmes.

– Objection retenue, lui accorda Alex. Mais... avec qui communiquer ? Ce journaliste prétend qu'elle aurait un acolyte qu'elle connaissait avant d'être en prison, tu dis ? Ça supposerait une amitié de trente ans comme on en a rarement vu. »

D.D. ne savait pas. « Au dire de tous, Shana n'a pas noué de relations depuis qu'elle est derrière les barreaux. Il serait donc logique que son seul allié date de l'époque où elle était en liberté. »

Alex lui lança un regard clairement sceptique. « Et cette personne espionnerait pour elle ?

– On nous a plusieurs fois signalé que Shana savait des choses qu'elle n'aurait pas dû savoir.

– Shana y gagnerait donc des informations et du pouvoir. Et son ami imaginaire ? Qu'est-ce qu'il en retirerait ? »

D.D. réfléchit. « Une franche partie de rigolade ? Un frisson d'excitation ? Qu'est-ce que j'en sais ? Je suis une personne équilibrée. On ne peut pas en dire autant de ceux qui se prennent d'affection pour des assassins en taule. »

Alex leva les yeux au ciel. « Comment va Melvin ? demanda-t-il en montrant l'épaule de D.D.

– Oh, tu sais, un peu grincheux, comme d'hab'. Il se pourrait que je l'aie légèrement trop bousculé, aujourd'hui. »

Alex lui jeta un coup d'œil.

« Cela dit, il se trouve que jouer à la reine de l'intox avec une des plus célèbres meurtrières du Massachusetts est très distrayant ; au moins, ça m'aide à faire abstraction de la douleur. Étonnant, non ? »

Son mari poussa un profond soupir. À tous les coups, il regrettait de ne pas avoir épousé une spécialiste des cupcakes, ou pourquoi pas une bibliothécaire gentille comme tout qui organiserait des animations épatantes pour les enfants. Mais cela ne l'empêcha pas de répondre avec entrain : « D'accord. Comme tu voudras. Du moment que Melvin n'est pas trop grincheux et que toi, tu n'es pas trop fatiguée… Mais je vois une autre faille dans ta théorie.

– Oui ?

– Pourquoi maintenant ?

– Comment ça ?

– Pourquoi maintenant ? répéta Alex. À supposer que Shana et son mystérieux complice soient en relation depuis tout ce temps, pourquoi le premier meurtre ne s'est-il produit qu'il y a quelques semaines ? Tous les assassins n'ont-ils pas (comment dit-on déjà ?) un événement déclenchant ? Bref, qu'est-ce qui, au bout de trois décennies, aurait fait basculer leur relation dans cette toute nouvelle dimension ?

– Le trentième anniversaire du meurtre de Donnie Johnson, proposa D.D.

– Ah bon ? Et pourquoi pas le dixième ? Ou le vingtième, le vingt-cinquième ? En quoi le nombre trente serait-il magique ?

– Comment je le saurais ?

– J'ajouterais : pourquoi toi ?

– Qu'est-ce que je viens faire là-dedans ?

– C'est bien ce que je te demande. Après s'être formé pendant trente ans auprès de son maître, le tueur à la rose, petit protégé de Shana Day, passe enfin au niveau supérieur, il fait sa première victime et s'en prend à toi, le commandant Warren. Il te pousse dans les escaliers et dépose des petits mots doux chez toi. C'est délibéré, ne me dis pas le contraire...

– Je n'ai jamais dit...

– Alors pourquoi toi ? insista-t-il. Tu n'étais même pas dans la police, il y a trente ans. Tu n'as aucun lien avec Donnie Johnson ni avec Shana Day. Pourquoi t'attirer dans ce guêpier, toi ou une autre enquêtrice ? »

D.D. fit la tête. « Si tu as l'intention de continuer à me cuisiner, il va me falloir du chinois à emporter.

– Ça marche.

– Bon. Alors. Pour commencer, je ne prétends pas que nous soyons arrivés au bout de notre enquête. Nous savons que notre théorie comporte encore plus de zones d'ombre que de certitudes. Raison pour laquelle Phil est en train de contacter les contrôleurs judiciaires de toutes les détenues en liberté conditionnelle qui ont un jour partagé une cellule avec Shana Day. Qui sait ? Peut-être que l'une d'entre elles a été libérée il y a trois mois et qu'après avoir passé de chouettes moments à papoter avec Shana, elle a décidé de faire à son tour régner la terreur en collectionnant des lambeaux de peau. D'ailleurs, il se pourrait que j'aie moi-même un lien avec cette détenue. Pourquoi pas ? En tout cas, ça va déjà nous faire un paquet de gens à interroger. »

Alex se figea et une idée illumina son regard. « On en revient à la possibilité que le tueur à la rose soit une femme. Hypothèse rendue d'autant plus crédible par le nombre de criminelles qui sont entrées en contact avec Shana Day au fil des ans. Si Shana détient la clé de l'énigme et qu'elle a en quelque sorte pris une collègue sous son aile, le plus probable est que nous cherchons une ex-taularde qui se promène en liberté.

– Si on ajoute l'absence d'agression sexuelle, le choix de l'asphyxie par compression comme mode opératoire... Ça plaide toujours pour Pat plutôt que pour Bob. Quant à savoir pourquoi le tueur s'en prend à moi... peut-être que notre hypothèse de départ était la bonne. J'étais sur la première scène de crime, j'ai surpris l'assassin et, même après avoir été poussée dans les escaliers, je n'ai pas lâché l'affaire. Autant notre assassin est un virtuose du crime, autant je suis de toute évidence une virtuose de l'enquête criminelle. Nous sommes faits l'un pour l'autre. »

Alex lui lança un regard qui en disait long.

Elle n'en tint pas compte. « Pour finir, tu as raison au sujet du passage à l'acte. Il doit y avoir une raison si ces meurtres se produisent maintenant. Franchement, la libération conditionnelle d'une détenue qui aurait connu Shana Day ne serait pas plus mauvaise qu'une autre.

— Chronologie, dit Alex. Je veux l'enchaînement des faits, je veux un mobile, je veux des preuves. Et je veux que ma femme soit en sécurité. Pas nécessairement dans cet ordre.

— Super. Et moi je veux du poulet général Tao. Sinon pour moi, au moins pour Melvin.

— Quel connard, ce Melvin. »

D.D. sourit, murmura : « Je t'aime. »

Il ne lui répondit pas. C'était inutile. Il déposa un baiser sur ses lèvres.

Puis il attrapa ses clés au vol et partit chercher le repas chinois.

Le téléphone sonna cinq minutes plus tard et D.D. eut la surprise de constater que c'était Adeline.

« Justement, j'ai une question pour vous, dit aussitôt D.D.

— Au sujet de votre épaule ?

— Non, de votre sœur. »

Silence au bout de la ligne. Puis Adeline reprit la parole, sur un ton plus circonspect : « Oui ?

— Nous sommes partis de l'hypothèse que votre sœur avait une sorte de complice en dehors de la prison. Et que ce complice avait entrepris de faire des victimes avec des méthodes rappelant celles de votre père, Harry Day.

— C'est une théorie.

— Mais pourquoi maintenant ? Votre sœur est en prison depuis trente ans et les meurtres n'ont débuté qu'il y a quelques semaines. Que s'est-il passé dans l'intervalle ?

— Shana a fait une rencontre ? suggéra Adeline sans y croire. Ou alors... le tueur à la rose... ses instincts homicides couvaient depuis un bon moment. Pour finir, il a contacté Shana et sa réponse a mis le feu aux poudres.

– Mais comment le tueur à la rose et Shana se sont-ils trouvés pour ne serait-ce qu'entrer en communication ? Vous êtes sa seule visiteuse, non ? Et la seule nouvelle personne à lui écrire récemment a été Charlie Sgarzi, or elle ne lui a jamais répondu. C'est pour ça qu'il s'est tourné vers vous.

– C'est vrai. »

D.D. attendit une fraction de seconde. Elle était curieuse de voir si Adeline reviendrait sur le fait qu'elle était la seule visiteuse de Shana. Elle qui partageait la même hérédité chargée. Une psychiatre, qui avait donc suivi des études de médecine.

Comme Adeline ne disait rien, D.D. enchaîna, toujours avec autorité ; elle était là pour recueillir des informations, pas pour faire part de ses soupçons.

« Dans le cours de la conversation, McKinnon a évoqué un changement d'humeur chez Shana, qui remonterait à quelques mois. Sa morosité s'était accentuée. Vous sauriez pourquoi ?

– Non, mais Shana n'est pas vraiment du genre à s'épancher sur ce qu'elle ressent. Médicalement parlant, ma sœur souffre de dépression. Chronique. Il y a simplement des hauts et des bas.

– Mais, dans ce contexte, est-ce qu'un événement a pu provoquer une dégradation de son état ?

– C'est possible.

– Et vous ne savez pas quoi ?

– Non. Ses horizons sont très… limités. Cela dit, reprit Adeline, le trentième anniversaire du meurtre de Donnie Johnson approche, et si on combine ça à la demande d'interview de Charlie Sgarzi… Ça a certainement pu déclencher une réaction émotionnelle chez elle. Contrairement à ce qu'on pourrait penser, ses sentiments à l'égard de Donnie sont très complexes. Elle refuse de parler de lui, aujourd'hui, ce qui est un signe quasi infaillible que ce qui s'est passé à l'époque la dérange encore. Si elle n'éprouvait réellement aucun remords, elle en parlerait volontiers et souvent. Or ce n'est pas le cas.

– Je vois. » Ça moulinait encore dans la tête de D.D. Alex avait soulevé une bonne question : reconstituer l'enchaînement des événements était important. Tous les tueurs vivent un événement qui déclenche le passage à l'acte. Que s'était-il donc passé, deux ou trois mois plus tôt, qui avait brusquement donné naissance au tueur à la rose ?

« Que savez-vous des prétendus meurtres en réunion ? demanda D.D., sachant qu'elle s'adressait à une psychiatre. Les relations de ce type sont rares. On a connu une poignée de conjoints et autres duos amoureux unis dans le crime. Des cousins qui tuaient en tandem. Quoi qu'il en soit, il y a toujours un dominant et un dominé.

– Vous pensez que Shana et le tueur à la rose sont complices ? s'insurgea Adeline. Qu'elle donne les ordres et qu'il exécute ?

– Ou peut-être qu'*elle* exécute », dit D.D. pour voir la réaction d'Adeline.

Celle-ci parut simplement déconcertée. « Qui ça ? Ma sœur ? Mais elle est en prison.

– Non, le tueur à la rose. Si c'était une femme ?

– C'est extraordinairement rare, répondit aussitôt Adeline. La plupart des tueurs en série sont des hommes parce qu'ils ont beaucoup plus tendance à extérioriser leur colère. Et la majorité des rares meurtrières en série rentrent dans la catégorie des veuves noires : elles ne sont pas motivées par le sexe ou la violence, mais par l'appât du gain, si bien qu'elles emploient de préférence le poison ou des tueurs à gages.

Alors que ce tueur à la rose, qui agresse personnellement ses victimes avant de les écorcher...

– Il ressemblerait davantage à votre sœur ? »

Silence. Puis : « Pour tout dire...

– Il n'y a pas eu agression sexuelle », indiqua D.D. Un coup de poker. Ce détail n'avait pas été révélé par la presse ; D.D. était désormais en train de communiquer des informations confidentielles à une personne qui ne faisait pas partie de l'équipe d'enquêteurs. Mais pour pêcher, il faut bien appâter.

« Je vois, dit Adeline d'une voix adoucie, plus songeuse. Donc le tueur à la rose pourrait être une ancienne détenue. C'est comme ça qu'elle aurait fait la connaissance de Shana, elles se seraient trouvées en prison. En tout cas, ça expliquerait que Shana ait pu faire une rencontre sans avoir de nouveaux visiteurs ni de nouveaux correspondants. Et pourtant... »

D.D. attendit. Adeline poussa un profond soupir.

« J'ai du mal à l'imaginer, finit-elle par dire. Pas seulement parce que ma sœur est foncièrement asociale, mais parce que si une telle chose était arrivée – si Shana avait eu une amie, voire une amante –, la directrice serait au courant. Ne soyez pas dupe de sa modestie de ce matin. McKinnon est une grande directrice de prison. Rien ne se passe entre ces murs sans qu'elle le sache. Donc, si une telle relation avait existé, elle nous en aurait parlé.

– À moins qu'elle n'ait pas voulu que la nouvelle se répande », fit remarquer D.D. Elle n'avait pas pu se retenir, les mots étaient sortis tout seuls.

« Que voulez-vous dire ?

– Et s'il ne s'agissait pas d'une détenue ? S'il s'agissait d'un surveillant ? Homme ou femme, peu importe. Ça la ficherait mal, surtout pour McKinnon. Elle est manifestement très fière que Shana n'ait tué aucun gardien depuis qu'elle est aux commandes. Si on venait à savoir que c'est parce que la plus célèbre meurtrière du Massachussetts préfère maintenant coucher avec eux... »

Adeline soupira. « Je ne sais pas. Avec ma sœur, je crois que la réponse honnête est : tout est possible.

– Admettons qu'il y ait une relation. Homme, femme, surveillant, détenue, peu importe. Avec quelqu'un qui aurait le profil psychologique de Shana, comment ça se passerait ?

– Shana serait la dominante, dit Adeline sans hésitation. Elle n'a aucune empathie, aucune capacité à s'attacher. Donc, dans une relation, il faudrait que le partenaire fasse tout le boulot pour la satisfaire en permanence. Si elle n'était pas continuellement incitée à maintenir la relation, Shana y mettrait tout simplement fin.

– Ça vaut aussi pour la relation qu'elle a avec vous ? demanda D.D. avec curiosité.

– À vrai dire, c'est elle qui a pris l'initiative de me contacter. Elle m'a écrit.

– Quand ça ?

– Il y a bien longtemps.

– Comme quoi, il lui arrive d'entretenir des relations ?

– Il n'existe que ce seul et unique exemple en trois décennies...

– Mais vous comptez pour elle, Adeline. Ça saute aux yeux. Si vous arrêtiez d'un seul coup d'aller la voir, que vous rompiez tout contact, pensez-vous qu'elle accepterait votre absence sans broncher, qu'elle resterait paisiblement assise dans sa cellule ? »

Cette fois-ci, le silence se prolongea à l'autre bout de la ligne. « Non, répondit finalement Adeline. Elle réagirait. Elle en ferait des tonnes, certainement, jusqu'à ce que je revienne.

– C'est une manipulatrice. Elle peut rompre, mais pas l'inverse ?

– Exactement. Question de rapport de force. En tant qu'aînée, elle se considère comme la dominante. Elle ne me permettrait pas de m'éloigner d'elle sans sa permission. Elle prendrait ça comme une gifle.

– J'imagine que vous n'avez pas menacé de ne plus lui rendre visite, il y a trois mois ?

– Non. Je ne menace pas ma sœur. Ça m'abaisserait à son niveau. Nous avons nos... chamailleries. Mais je m'efforce de faire en sorte que nous en restions à un degré d'affrontement classique entre sœurs plutôt que de nous détruire dans des guerres inutiles. »

D.D. hocha la tête. « Donc Shana a besoin d'être la dominante. Ce qui signifie que si elle a une relation avec quelqu'un de l'extérieur, c'est elle qui mène la danse. Mais comment ? Elle est à l'isolement. Comment tient-elle l'autre sous sa coupe, comment s'assure-t-elle qu'il obéisse à ses ordres, etc. ? »

Nouveau silence. « Il faudrait qu'elle détienne quelque chose que l'autre veut. Qui lui donnerait l'ascendant sur lui ou sur elle. La menace de révéler leur relation. Ou des menaces tout court. Ma sœur peut vraiment foutre la trouille. Il est possible que cette personne soit sous son emprise. Elle fait ce qu'elle a promis de faire parce que Shana l'effraie et en même temps la fascine.

– Votre sœur serait le nouveau Charles Manson, traduisit D.D.

– Le Ciel nous en garde, soupira Adeline. Mais non. Shana n'est pas charismatique. Loin s'en faut. Mais l'amour étant ce qu'il est, on ne peut pas exclure qu'une personne tombe en extase devant elle. Or il suffirait d'un seul individu. »

D.D. hocha la tête, le temps d'assimiler ces idées.

« J'ai du nouveau, reprit Adeline, au sujet du nombre cent cinquante-trois. J'ai compulsé le dossier de police sur Harry Day. D'après le rapport du légiste, si on s'en tient à sa collection de bocaux, il avait récolté cent cinquante-trois lanières de peau humaine. »

D.D. ouvrit de grands yeux. « Ce serait le fameux lien ? À l'époque, Harry Day a collectionné cent cinquante-trois morceaux de peau et c'est le nouveau nombre préféré de votre sœur ? À votre avis, comment l'a-t-elle su ? Elle a fait des recherches, à moins qu'elle ne l'ait appris d'un journaliste qui s'était renseigné sur votre père ?

– J'ai vérifié. En fait, il n'y a pas eu beaucoup de presse sur Harry. Et aucun des articles que j'ai trouvés ne décrivait les crimes avec un tel degré de précision. J'ai même googlé son nom en l'associant au nombre 153 : aucun résultat.

– Est-ce que votre sœur aurait mis la main sur le rapport de police ? Elle pourrait en avoir une copie ?

– J'en doute. Mais on pourrait interroger la bibliothécaire de la prison, voir les sujets sur lesquels Shana avait l'habitude de se documenter. »

D.D. fit la moue, plus déroutée que jamais. « En résumé, reprit-elle lentement, Shana nous a donné un nombre qui la relie à son père. Mais ça s'arrête là, non ? Elle sait combien de lambeaux de peau il détenait. Et maintenant, nous aussi. Ça ne veut pas forcément dire qu'il y a lieu de s'inquiéter. »

Silence. Long silence. Assez pour que D.D. soit brusquement envahie par un mauvais pressentiment et que Melvin se manifeste.

« Ce tueur à la rose... », commença Adeline, et D.D. aurait préféré qu'elle s'arrête là. « Il a détaché des lambeaux de peau de ses victimes. Je suppose que votre légiste ne sait pas combien ? »

D.D. ferma les yeux, ne répondit pas.

« Ce n'est qu'une hypothèse, évidemment, mais si jamais le nombre correspondait...

– Votre sœur nous aurait fourni un lien tangible entre elle et le tueur. Qui prouverait une fois pour toutes qu'elle est impliquée dans ces atrocités.

– J'imagine que vous allez tout de suite appeler le légiste.

– Je ne vous le fais pas dire.

– Commandant, Shana ne fait rien sans arrière-pensée. La question n'est pas de savoir ce que son complice retire de cette relation, mais ce que Shana elle-même en retire. Où est le bénéfice pour elle ? Et je peux vous assurer que répondre à cette question ne sera pas simple. Ce serait plus facile pour nous tous si ma sœur n'était qu'une folle dangereuse. Mais non. Elle est intelligente, stratège et... compliquée. Elle a perdu trente ans de sa vie entre quatre murs. Si, comme elle y a fait allusion ce matin, tout cela n'est qu'une ruse pour sortir, négocier une courte permission en échange de sa coopération...

– Oui ?

– Elle n'y retournera pas. Je sais au moins ça sur ma sœur. Dans son esprit, elle n'a commis qu'une seule erreur dans sa vie, alors qu'elle n'était qu'une gamine...

– Tuer un autre gamin, vous voulez dire ?

– Non, s'être fait prendre. En prison, sa vie est finie. Alors que dehors... Je ne sais pas ce qui se trame, je ne sais pas ce qu'elle cherche, mais nous ne pouvons pas le lui donner. Elle gagnera et nous perdrons.

– C'est votre opinion de psychiatre ou de petite sœur ?

– Vous avez des frères et sœurs, commandant ?

– Non, je suis fille unique.

– Moi aussi, je l'ai été pendant la majeure partie de mon enfance. Alors je me cantonne au rôle de psychiatre. Vous allez appeler le légiste ?

– Sans faute. Et en attendant, évitons de tirer des conclusions hâtives. Pas question de laisser cette histoire nous mettre la tête à l'envers. »

D.D. visualisa le sourire las d'Adeline à l'autre bout du fil. « Vous me direz si vous y arrivez. En ce qui me concerne, je vais aller faire les magasins. Rien de tel qu'un peu de shopping pour se remonter le moral. »

Le docteur raccrocha. D.D. appela le cabinet du légiste. Elle dut attendre dix minutes que Ben la prenne en ligne. Il venait justement de finir de mettre en ordre et d'examiner les lanières de peau de la première victime. Il en avait compté cent cinquante-trois.

« En fait, je pense que cent soixante ont été retirées, continua-t-il avec entrain. Et que sept ont été emportées en guise de souvenir. Je n'ai aucune preuve, bien entendu. Mais cent soixante, ça ferait un joli compte rond et c'est clair qu'il manque encore du tissu cutané. »

D.D. le remercia de ses informations et raccrocha, la tête basse. Aucune importance, se dit-elle. Que le tueur à la rose ait retiré cent soixante, cent cinquante-cinq ou cent soixante et un lambeaux au total. L'important, c'était le nombre exact laissé pour inventaire par les enquêteurs. Cent cinquante-trois.

Un hommage numérique à Harry Day. Conformément à la prédiction de Shana.

« Pas question que je laisse cette histoire me mettre la tête à l'envers », marmonna-t-elle. Puis :

« Et merde. »

22

Que ressent-on quand, se réveillant au beau milieu de la nuit, on découvre un tueur dans sa chambre ? Pendant la fraction de seconde où on cligne des yeux comme une chouette parce que c'est impossible, cette silhouette d'homme au pied du lit. Tout simplement... impossible.

Est-ce qu'on hurle ? Ou est-ce que la terreur vous écrase la poitrine, vous serre la gorge aussi efficacement que les mains de l'individu ne tarderont pas à le faire ? Le déni. Cette incapacité naturelle à accepter. Ça ne peut pas être en train d'arriver. Pas à moi. Pas ici. Je ne suis pas ce genre de femme, je ne vis pas ce genre de vie, je n'étais pas destinée à ce genre de mort.

Alors, un reflet sur une lame parfaitement affûtée qui se déplace dans le noir...

Mes pensées partaient dans tous les sens, sautaient d'une idée à l'autre, tandis que je marchais dans la cohue de ce centre commercial aux lumières trop vives où j'évitais sagement de regarder qui que ce soit dans les yeux ; cramponnée à mon sac-cabas, j'avais une mission à remplir.

Passage à la boutique Ann Taylor. J'essayai consciencieusement un corsage crème, un pantalon fauve en laine. Jetai un coup d'œil au badge de la jeune vendeuse gaie comme un pinson. Puis remarquai sa main pâle, la gauche, sans bague ni alliance, et me demandai si elle vivait seule, en célibataire sûre d'elle-même qui avait pris un appartement. Elle avait des cheveux châtains comme les miens, le sourire facile.

Était-elle le genre du tueur à la rose ? Je n'avais pas pensé à me renseigner sur la couleur de cheveux, la physionomie de ses victimes. Ted Bundy préférait les blondes. Et celui qui était peut-être le complice de ma sœur ?

Quittant précipitamment la boutique, je me rendis dans les toilettes pour dames, qui par bonheur étaient désertes. Cabine du bout. Thermos bleu métallisé dégainé. Formol incolore versé dans les toilettes. Chasse d'eau tirée.

Puis retour au lavabo, où je rinçai le thermos avec plus d'énergie que de coutume. Une mère de famille entra, jonglant entre trois grands sacs de courses et deux jeunes enfants. Elle m'adressa un sourire las avant d'entrer dans la cabine pour handicapés avec ses deux bouts de chou.

Par simple précaution, je fis mine de remplir mon thermos. Puis je le rangeai dans mon sac, calé contre le sachet de verre pilé. Ou celui de peau humaine, peut-être.

Je quittai le centre commercial et me rendis au Target, où j'avais des achats à faire.

Dix-huit heures. Le soleil avait disparu, le froid était mordant. La tête rentrée dans les épaules, je marchais au coude à coude avec la foule des banlieusards qui faisaient leurs dernières courses en sortant du bureau avant de rentrer chez eux au pas de charge.

Nettement plus d'affluence dans les toilettes pour dames du Target. Il fallut que je fasse la queue, avec une anxiété grandissante. Enfin, une cabine se libéra. Debout devant la cuvette, je fourrageai dans mon sac avant de me rendre compte que les autres clientes allaient remarquer mes pieds, tournés dans le mauvais sens ; dans cette position, il était impossible que je sois assise.

Je me retournai aussitôt, posai le sachet sur mes genoux. J'attendis qu'une chasse d'eau soit tirée pour que le bruit couvre celui du zip. Enfin je me relevai pour verser la moitié du contenu du sachet dans les cabinets. Les brins de chair tuméfiée s'étaient transformés en une masse gélatineuse qui flotta à la surface comme un poisson rouge mort avant de sombrer au fond de la cuvette.

Je crus que j'allais vomir. Une sensation bizarre, qui m'était tout à fait étrangère ; je me fis la réflexion que collectionner de la peau m'aidait peut-être à mieux dormir la nuit, mais que détruire les preuves me rendait malade.

Nouveau signe d'une mutation génétique ? Mon père adoptif avait tout faux : il guettait chez moi des signes de douleur, alors qu'il aurait dû chercher des signes de violence.

Je tirai la chasse d'eau. La cuvette se vida, se remplit.

Et trois filaments de chair remontèrent à la surface.

Un cri faillit m'échapper. Je me retins, me mordis la lèvre.

Les mains tremblantes, le souffle court, je tirai de nouveau la chasse. Calme et maîtrise de soi. La situation était parfaitement gérable...

La deuxième fois fut la bonne. La cuvette se vida, se remplit, aucune trace de tissus humains.

Je me retournai, me composai soigneusement un visage, puis ouvris la porte de la cabine et m'approchai du lavabo.

Aucune femme de la file d'attente ne m'accorda un regard. Ce fut mon impression, en tout cas.

Je me lavai les mains à deux reprises. Juste... comme ça.

Et je me demandai, pour la énième fois, comment faisait mon père.

Était-il sans cœur au point de ne rien éprouver lorsqu'il sélectionnait ses victimes ou quand, nécessairement, il faisait le ménage après avoir commis son forfait ? Ou étaient-ce au contraire les seuls moments où il ressentait enfin quelque chose ? Il agissait sous le coup de l'influx nerveux conjugué à la poussée d'adrénaline. Sans oublier le besoin d'infliger des sévices. Un mauvais réglage des pulsions sexuelles, qui le conduisait à se repaître de souffrances plutôt que de plaisir. Au point que les pires moments étaient pour lui les meilleurs.

Je me suis souvent dit que si mon père était encore de ce monde, il serait le premier à affirmer que ce n'était pas de sa faute. Il était né comme ça. C'était simplement sa nature. Une nature qu'il avait aimablement transmise à sa fille aînée, tout en prenant soin de m'en garder une partie.

Mais je ne voulais pas être la fille de Harry Day. Ni la sœur de Shana Day.

Et je m'interrogeai de nouveau sur ma mère. Cette femme qui n'était qu'une ombre, qui existait à peine sur le papier, et qui pourtant avait mis fin aux jours de notre père.

Papa donne de l'amour. Maman est pire.

Comme nous nous l'étions dit avec D.D. Warren, dans chaque relation il ne peut y avoir qu'un dominant. Dans ma famille, il était clair que mon père prenait toutes les décisions. Donc si ma mère lui avait donné de l'aspirine avant de lui ouvrir les veines, c'était uniquement pour se conformer à ses ordres. Il avait commandé, elle avait obéi.

Voilà pourquoi Shana en voulait à notre mère : elle avait perçu en elle la femme soumise, la femme faible, qu'elle méprisait. Shana s'identifiait à notre père, le chasseur, le dominant qui imposait sa loi. Je me suis souvent demandé si elle enviait la décision qu'il avait prise de mourir plutôt que de se laisser capturer.

Si, trente ans plus tôt, au moment où la police était venue l'arrêter, Shana et moi avions encore vécu sous le même toit, comme de vraies sœurs, serait-elle entrée dans la baignoire en me tendant le rasoir sans rien dire ?

Et moi ?

Peut-être bien que j'aurais accepté le rasoir. Mais ensuite, je me serais penchée sur elle pour prélever délicatement un lambeau de peau avant de m'enfuir.

Ma sœur se trompait : je n'étais pas plus ma mère que je n'étais notre père. J'étais les deux, en un sens. Un prédateur et un être soumis, qui faisait du mal aux autres et éprouvait des remords. Un personnage haïssable certaines nuits, mais qui résistait à la tentation plus souvent encore.

Nous avons tous en nous la capacité d'être bons ou mauvais. Héroïques ou malfaisants. Forts ou faibles.

Je frissonnai de nouveau ; j'avais dans la tête des images que je ne voulais pas voir et je n'arrivais pas à me défaire du sentiment d'effroi qui m'étreignait. Ma sœur avait parlé. Elle nous avait livré un nombre qui témoignait d'un lien entre notre père disparu et un nouveau tueur, encore plus habile.

Ma sœur, après toutes ces années, était encore décidée à me blesser jusqu'au sang.

Après le Target, direction l'épicerie. Nouveau passage aux toilettes. Les derniers lambeaux de peau furent emportés par la chasse d'eau. Du premier coup, cette fois-ci. Manifestement, la pression était meilleure dans les tuyaux de ce magasin.

J'écrasai le sachet dans mon poing et le déposai dans la poubelle, sous une pile d'essuie-mains en papier froissés, avec le sac de bouchons en caoutchouc.

Nouveau lavage des mains. Elles étaient sèches et crevassées à force d'être savonnées avec une telle énergie. Je ne sentais rien, bien sûr, mais je constatai que la peau était rouge et irritée au niveau des articulations. Je me promis d'appliquer du baume dans la soirée. Il faudrait aussi que je vérifie à la loupe l'absence d'éclats de verre. Pressée comme je l'étais cet après-midi, il était possible que je me sois esquintée et que la plaie soit en train de s'infecter. Je n'avais aucun moyen de le savoir.

Que ressentirais-je d'ailleurs si, me réveillant en pleine nuit, je trouvais un assassin au milieu de ma chambre ? Il ne pouvait pas me faire souffrir. Me surprendre, oui. Provoquer chez moi du dégoût, de la colère et même de la honte. Mais pas de la douleur.

Je ne connaissais pas la douleur.

Et je me dis comme ça, une idée un peu folle, que mon père devait le savoir. Il avait bien dû me mutiler quand j'étais bébé – pourquoi aurait-il écouté les supplications de ma mère ? Non, je parie qu'un soir il s'était penché sur moi en toute décontraction et qu'il avait fait glisser une lame de rasoir sur mon poing potelé.

Sauf que je n'avais pas réagi. J'étais restée immobile, avec mon petit bras tendu. Le sang avait perlé et j'avais regardé mon père avec ce regard parfaitement grave qu'ont les bébés. Je l'avais pour ainsi dire mis au défi de faire pire.

Et je parie que ça l'avait perturbé. Peut-être même que j'avais semé la peur dans le cœur de ce mâle dominant. Au point qu'il avait pris mon siège-auto pour m'enfermer dans le placard. N'importe quoi pourvu que j'arrête de l'étudier avec ce regard de sage.

Je n'étais pas ma mère. Je n'étais pas mon père. Je n'étais pas ma sœur.

J'étais la conscience de la famille.

Pas étonnant qu'ils m'aient enfermée dans le placard.

Toute seule.

Vingt heures. La température avait encore baissé et je frissonnais dans mon manteau en regagnant ma voiture, deux sacs de courses à la main. J'avais envie de rentrer chez moi, mais j'avais encore les flacons pulvérisés. Où pouvait-on jeter du verre cassé en toute discrétion ?

C'est alors que j'eus la bonne idée. Le recyclage. Évidemment. Le conteneur pour déchets en verre.

Je déposai mes sacs dans la voiture et retournai dans le hall d'entrée du magasin, où se trouvait une batterie de poubelles bleues destinées au tri des déchets. Là, le bac pour le verre. Je regardai autour de moi en attendant un moment où il y aurait moins de passage.

Puis j'ouvris rapidement mon cabas, attrapai le sachet, l'ouvris d'un coup sec et en jetai le contenu. Rapido presto.

Ma mission accomplie, je me retournais vers les portes automatiques quand, levant les yeux, je découvris les caméras de surveillance juste au-dessus de moi. Braquées sur la poubelle.

Allez, allez, allez, ordonnai-je à mes muscles soudain frappés de paralysie. Bouge-toi !

Ressortant dans la nuit glaciale, je m'enfuis pour ainsi dire jusqu'à ma voiture, où je démarrai et quittai le parking sur les chapeaux de roues. Il me fallut deux, trois, quatre carrefours pour réussir à reprendre le contrôle de ma respiration et m'obliger à raisonner.

Les supermarchés ont des caméras de surveillance pour lutter contre le vol à l'étalage. Je n'avais rien dérobé ; par conséquent, je n'avais rien à craindre. Au contraire, j'avais mis du verre au recyclage, c'est dire si je n'avais rien à me reprocher.

Rentre donc chez toi, m'ordonnai-je. La journée avait été longue et éprouvante, entre ma sœur, l'énigme du nombre 153 et les effroyables scénarios qui se dessinaient maintenant.

Mais le temps jouait en notre faveur. Le tueur à la rose avait frappé deux jours plus tôt. Puisqu'il s'était écoulé un intervalle de six semaines entre les deux premiers meurtres, il y avait des chances que la police dispose d'un bon mois avant que l'assassin ne récidive. Amplement le temps de trouver la meilleure stratégie pour contrer Shana et ses petits jeux de manipulation.

Amplement le temps pour moi de remettre de l'ordre dans mes idées.

Vingt et une heures. Je retrouvai enfin mon appartement, où je laissai tomber mes divers sacs de courses par terre.

Je filai droit à ma chambre. Allumai l'unique lampe de chevet. Me déshabillai.

Et j'allai dans mon dressing pour me rouler en boule par terre, dans le noir complet, les genoux serrés entre les bras, le regard tourné vers le fin liséré de lumière au bord de la porte.

Enfin, je me laissai aller au gré des vagues de terreur indicible qui se succédaient en moi.

Que ressentiriez-vous ? Que feriez-vous ? Si vous vous réveilliez au milieu de la nuit pour découvrir un assassin dans votre chambre ?

« Papa », murmurai-je.

Pendant que, dans la pièce d'à côté, le téléphone se mettait à sonner.

23

Charlie Sgarzi avait l'air d'un homme brisé. La mâchoire butée, le menton obstiné, les épaules solides : il n'en restait plus rien. Au lieu de cela, effondré sur le canapé de sa mère, il semblait défait et regardait D.D. et Phil avec des yeux rougis.

« Vous ne comprenez pas, disait-il d'une voix pâteuse. Jamais elle n'ouvrait sans avoir regardé par le judas. Et en aucun cas elle n'aurait laissé entrer un inconnu. Même en pleine journée. À quelle heure croyez-vous que mon cousin a été assassiné ? »

D.D. hocha la tête. Elle se souvenait d'avoir entendu Sgarzi dire que sa mère vivait plus ou moins en recluse.

Et pourtant, quelque part entre quatorze et seize heures (d'après la première estimation du légiste), le tueur à la rose était entré chez Janet Sgarzi, avait drogué la vieille mère cancéreuse de Charlie et emporté son pauvre corps de quarante-cinq kilos jusqu'à la chambre, où il avait mis son projet à exécution.

Charlie avait découvert le crime peu après dix-neuf heures, en apportant le dîner. Comme Phil lui avait laissé sa carte à la fin de leur entrevue, il l'avait aussitôt appelé. Et Phil avait à son tour fait venir Alex pour qu'il lui prête son concours dans l'analyse de la scène, ainsi que D.D. en qualité de « consultante indépendante ».

Alors qu'ils étaient en train d'aller chercher Jack chez ses grands-parents, Alex et D.D. avaient fait demi-tour en voiture et informé les baby-sitters compréhensifs qu'ils se rendaient sur les lieux du dernier meurtre du tueur à la rose – une coquette maison de South Boston qui sentait à plein nez les vieux souvenirs et la chair fraîche.

« Nous pensons que l'assassin se fait peut-être passer pour un employé d'entreprise de surveillance, un dératiseur ou autre, dit Phil. Est-ce que votre mère aurait ouvert à un livreur, par exemple ?

– Pourquoi la presse n'en a-t-elle rien dit ? explosa Sgarzi.

– Parce que nous n'avons trouvé aucun témoin pour confirmer notre théorie, répondit Phil avec douceur. Ce n'est encore qu'une hypothèse, liée à la facilité avec laquelle l'individu pénètre chez ses victimes. Vous dites que votre mère était prudente...

– Ça, oui !

– Se pourrait-il qu'elle ait été endormie en plein après-midi ?

– Elle fait des siestes, oui. D'ailleurs, elle est proche de sa fin. Il y a plus de mauvais jours que de bons et les médecins ne peuvent... Enfin, ils n'auraient rien pu faire. Et merde. Une minute, d'accord ? »

Le salon exigu n'offrait guère de place pour s'isoler. Sgarzi s'approcha avec raideur de la cheminée en brique et se mit à en contempler la tablette.

La maison rappelait le studio de Sgarzi, pensa D.D. Petite, mais bien entretenue. Meubles dépoussiérés, tapis aspirés. Elle se demanda si Janet faisait encore le ménage ou si c'était parfois son fils qui s'en chargeait. Très probablement la seconde hypothèse, étant donné la brusque dégradation de son état de santé. Du reste, Sgarzi avait aussi apporté son dîner à sa mère ce soir-là. De la soupe achetée dans un de ses restaurants préférés, avait-il expliqué, puisqu'elle avait de plus en plus de mal à avaler des aliments solides.

D.D. ne pouvait pas imaginer ce que cela avait dû être d'entrer, d'appeler sa mère souffrante et de ne recevoir aucune réponse. Puis, avec une pointe d'inquiétude, d'aller dans la chambre du fond et d'y découvrir que ses pires craintes étaient encore bien en deçà de la réalité.

Sgarzi ouvrait et fermait convulsivement les poings. D.D. se demanda s'il allait frapper la cheminée ou crever la vieille cloison jaunie. Mais, avec un effort visible, il se ressaisit. Un dernier frisson et il se retourna vers eux, hagard.

« C'est Shana Day qui a fait ça, affirma-t-il en perforant l'air d'un index affirmatif.

– Allons, Charlie, protesta Phil.

– Il n'y a pas de "Allons, Charlie". Je suis à deux doigts de dénoncer son petit manège et elle le sait. Je pensais enquêter sur de l'histoire ancienne quand j'ai commencé à me renseigner sur elle. Mais la première chose que j'ai apprise, c'est qu'elle avait des yeux et des oreilles à l'extérieur. Et maintenant, elle s'en sert. Elle s'est trouvé une marionnette tueuse qui peut faire tout le boulot pendant qu'elle, elle tire les ficelles depuis sa cellule. Un alibi en béton, hein ? Shana n'a pas pu tuer ma mère, puisqu'elle est déjà en taule ! Et pourtant si. Elle l'a assassinée pour se venger de moi, et le pire, c'est qu'elle se tord de rire parce qu'elle sait que vous ne pouvez rien faire. Voilà ce que lui ont appris trente ans de prison : comment commettre le crime parfait.

– Votre mère aurait-elle ouvert à un livreur ? insista Phil.

– Je ne sais pas. J'imagine.

– La maison est équipée d'un système de surveillance ? demanda D.D.

– Oui, il y a une alarme.

– Des caméras ?

– Non. Juste des détecteurs aux portes et aux fenêtres.

– Le nom de l'entreprise ? »

Sgarzi le fournit ; Phil le nota.

« Est-ce que votre mère aurait signalé l'arrivée d'un nouveau voisin dans le quartier ? Un inconnu qu'elle aurait surpris à rôder ? Un locataire qui viendrait d'emménager ?

– Non.

– Se serait-elle sentie surveillée ?

– Ma mère ne sortait pas de chez elle et vivait les stores baissés. Comment aurait-on pu la surveiller ? »

Un point pour lui, pensa D.D. « Des visites d'une infirmière à domicile, d'un autre professionnel de santé ? intervint-elle.

– Oui. Deux fois par semaine, pour des soins d'infirmerie. Ma mère aurait eu besoin de plus d'aide, évidemment, mais c'était tout ce que nous pouvions nous offrir.

– Infirmier ou infirmière ?

– Mme Eliot, une dame d'un certain âge. Assez gentille. Ma mère l'aimait bien.

– Toujours la même ?

– En général. Et quand elle avait un empêchement, on nous envoyait un remplaçant, mais jamais sans nous prévenir. Et puis elle venait le mardi et le vendredi, donc on n'attendait personne avant demain. Est-ce que les voisins ont vu quelque chose ? demanda Sgarzi en sautant directement au sujet suivant. Le type a dû attendre devant la porte, sous le nez de toute la rue...

– L'enquête de voisinage est en cours, lui assura Phil d'une voix lénifiante.

– Autrement dit, vous n'avez rien ! les accusa Sgarzi. Si un de vos agents en civil avait un tuyau intéressant, vous seriez au courant. Quel fils de pute ! »

Il se retourna, reprit sa contemplation de la cheminée.

« Vous disiez que vous apportiez son dîner à votre mère, reprit D.D. Et pour le déjeuner ?

– Elle avait une de ces boissons nutritives. Ensure, un truc comme ça. »

D.D. fixait le dos du journaliste. « Et elle prenait une collation dans l'après-midi ? Parce qu'il y a deux assiettes et deux verres dans l'évier.

– Quoi ? »

De nouveau, Sgarzi se retourna, les yeux écarquillés. Avant qu'ils puissent le retenir, il était déjà dans la cuisine.

« Ne touchez à rien ! » lança Phil derrière lui.

Le bras du journaliste se figea au moment où il allait saisir le premier verre dans l'évier en inox.

« Pièce à conviction », expliqua D.D.

Sgarzi baissa la main. « Elle a eu un invité, dit-il d'une drôle de voix, troublé.

– Qu'est-ce qui vous fait dire ça ?

– Maman ne mangeait plus grand-chose depuis des semaines. Les effets secondaires des médicaments, la douleur. Je lui apporte son dîner, elle prend un petit déjeuner léger et un substitut de repas pour le déjeuner. Mais deux assiettes, deux verres.... Et son beau service, en plus. Elle ne le sortait que pour les grandes occasions. Quand il y avait un invité, par exemple.

– Charlie, demanda posément D.D., est-il possible que votre mère ait connu la personne qui s'est présentée à sa porte cet après-midi ? Et que ce soit pour cette raison qu'elle l'a laissée entrer ?

– Je ne sais pas, répondit Sgarzi, hébété, à cent lieues des certitudes qu'il affichait précédemment.

– Quand elle avait un invité, que lui offrait-elle ? demanda Phil.

– Des biscuits. Du thé avec des petits gâteaux, ce genre de chose. »

Sgarzi ouvrit un placard et en sortit un paquet jaune qui semblait entamé depuis peu. Il manquait deux biscuits.

« Quel fils de pute, répéta Charlie.

– Il va nous falloir une liste des amis et relations de votre mère, indiqua Phil.

– Inutile. Ma mère souffrait d'un cancer en phase terminale. Les gens qui la connaissaient ne venaient pas la voir pour qu'elle leur offre des petits gâteaux ; ils lui apportaient à manger. Cet invité était un étranger pour elle, vous voyez ? Le genre de personne dont vous êtes en train de faire connaissance, pour qui vous vous mettez en frais. » Sgarzi regarda le paquet de biscuits, comme s'ils pouvaient lui parler. « Un ami d'ami par exemple, murmura-t-il. Quelqu'un qui aurait affirmé me connaître, ou une ancienne relation, de retour dans le quartier. Quelqu'un qui aurait connu Donnie, conclut-il d'un seul coup. Ou qui aurait prétendu posséder des informations sur lui. » Il leur lança un regard. « Elle aurait ouvert sa porte à quelqu'un comme ça. Elle l'aurait invité à entrer. Elle lui aurait offert des biscuits sur ses plus belles assiettes. Elle aurait fait un effort pour quelqu'un qui avait connu Donnie. Je vous le dis : c'est Shana Day qui a tué ma mère. Et il faut vraiment que vous soyez cons pour ne pas l'en avoir empêchée. »

D.D. ne prit pas la peine de répondre. L'absence de preuves à l'appui de sa théorie, le respect des procédures, le b.a.-ba du travail d'enquête : ces questions n'intéressaient pas Charlie Sgarzi. Ce qu'il voulait réellement, c'était la seule chose qu'ils ne pourraient jamais lui rendre : sa mère.

Phil réussit à le renvoyer dans le salon et demanda au technicien de scène de crime de procéder au relevé des empreintes sur la vaisselle de l'évier et dans toute la cuisine. Il venait d'obtenir que Sgarzi commence à dresser la liste des amis et voisins de sa mère quand Alex les rejoignit.

Il avait une expression que D.D. ne lui avait jamais vue ; pas seulement d'une extrême gravité, mais aussi profondément bouleversée. D'un signe, il l'invita à le suivre.

Pas un mot de mise en garde. Pas une parole d'encouragement.

Alors D.D. sut que ça allait être insoutenable avant même d'avoir mis les pieds dans la chambre.

La pièce du fond était minuscule et elle avait certainement été conçue comme un cabinet de travail avant d'être convertie en chambre lorsque l'état de santé de Janet Sgarzi s'était dégradé au point qu'elle ne pouvait plus monter les escaliers de cette charmante demeure de style colonial.

Un lit médicalisé avec barrières métalliques occupait la quasi-totalité de l'espace. Repoussé contre le mur, il bloquait une porte qui devait ouvrir sur le jardin. Au chevet, une vieille table de nuit en chêne avec une carafe d'eau, une kyrielle de flacons de pilules orange et, bien entendu, une bouteille de champagne et une rose rouge.

D.D. regarda fixement ces deux objets un bon moment parce que s'attendre à la vision qu'elle était sur le point de découvrir ne rendait pas l'idée plus supportable.

« Pas de menottes en fourrure, constata-t-elle.

– Non », confirma Alex. Là où il se trouvait, il lui bouchait la vue du lit. Tous deux se tenaient au coude à coude dans l'embrasure de la porte. Pour qu'elle avance, il aurait fallu qu'il recule. « Il y a plusieurs différences avec les meurtres précédents, continua Alex. À la fois en ce qui concerne la victime et le mode opératoire. Mais ceci explique peut-être cela.

– Si on prenait les choses dans l'ordre ?

– La victime, Janet Sgarzi, soixante-huit ans, vivait seule et souffrait d'un cancer en phase terminale. Le fait qu'elle vivait seule est cohérent avec le profil de nos victimes. Mais son âge et son état de santé font d'elle un cas à part. Nous sommes passés du meurtre de célibataires relativement jeunes à celui d'une vieille maman malade.

– Et l'acte a été commis en plein jour, ajouta D.D. Le risque était plus élevé.

– Oui. Pat s'enhardit. Cela dit, cette victime avait la réputation d'être prudente et elle n'aurait sans doute pas ouvert sa porte à la nuit tombée. J'ajoute que, même si elle vivait seule, Charlie dormait souvent ici en raison de sa maladie. Donc, dans ce cas précis, une agression nocturne aurait été plus risquée.

– Le tueur avait dû l'épier. Forcément, pour tenir compte de tous ces paramètres.

– On s'en doutait déjà, dit Alex. Pat ne laisse rien au hasard, il prépare ses coups. Ce qui explique qu'on n'ait toujours aucune idée de son identité, même après quatre intrusions.

– Quatre ?

– Trois meurtres, plus chez nous. Également en pleine journée. »

D.D. se raidit. « Il s'exerçait ! Je te parie tout ce que tu veux. Ce connard voulait faire mumuse avec nous, d'accord, mais il voulait aussi s'exercer ! Il avait déjà choisi sa prochaine victime, Janet Sgarzi, une victime qu'il lui faudrait aborder de jour. Alors il a peaufiné ses méthodes de repérage et d'intrusion chez nous. Merde ! »

Alex posa une main sur son épaule. Pas pour la réconforter : pour l'inviter au silence.

« D.D. », dit-il avec une immense gravité. Aussitôt, elle se tut.

« Pour en revenir à notre analyse..., reprit-il sur un ton solennel.

– D'accord.

– Pat prépare son coup à l'avance. Dans le cas présent, il va devoir approcher sa victime de jour. Vu son âge et son état de santé, il n'a sûrement aucun doute sur sa capacité à la maîtriser même au cas où elle serait éveillée et pleinement consciente, mais il semblerait que, par précaution, il ait apporté un sédatif incolore, inodore et sans saveur. Ben a retrouvé un flacon contenant des traces de Rohypnol dans la poubelle. Pat a dû droguer Janet.

– Il y a de la vaisselle pour deux dans l'évier, l'informa D.D. Comme si Janet avait offert un goûter à un invité. Des biscuits à la figue. »

Alex fit la grimace.

« Le plus probable est que Janet n'a rien senti, dit-il. Comparé aux ravages du cancer, on pourrait même soutenir que c'était une fin... moins pénible. En tout cas, une mort moins douloureuse. N'empêche... »

Il fit un pas en arrière et lui laissa voir le grand lit d'hôpital. Malgré elle, D.D. fut prise d'un haut-le-cœur.

Janet était déjà morte, se rappela-t-elle. Déjà morte, déjà morte, déjà morte, déjà morte. N'empêche, comme le disait Alex, que cela restait une vision d'horreur.

Fidèle à sa méthode, le tueur à la rose avait écorché le buste et le haut des cuisses de Janet Sgarzi. Mais contrairement aux deux premières victimes (des jeunes femmes en relativement bonne santé), Janet était déjà en train de dépérir sous l'effet d'une cruelle maladie. Il ne lui restait plus que la peau sur les os. Autrement dit, quand le tueur avait retiré la peau...

D.D. porta sa main à la bouche. Par réflexe. Voilà une scène de crime qui lui laisserait une marque indélébile.

« Il y a des traces d'hésitation, indiqua Alex.

— Pardon ?

— Sur l'extérieur de la cuisse et sur la cage thoracique. On voit... que la peau est déchiquetée, découpée de manière irrégulière. À son troisième meurtre, l'assassin aurait dû avoir moins de résistance intérieure à surmonter. Il aurait dû posséder une technique plus maîtrisée et minutieuse. Au contraire, il a eu du mal avec cette victime.

— À cause de son âge ? suggéra D.D. C'était plus difficile de s'en prendre à une vieille dame ?

— Pas de menottes en fourrure, ajouta Alex. Les objets les plus explicitement sexuels qu'il laissait derrière lui. Dans l'hypothèse où il s'agirait d'une meurtrière qui tuerait des jeunes femmes pour collectionner des lanières de peau sans défaut...

— Une vieille dame ferait tache dans le tableau. Elle n'est pas son type. Mais sommes-nous même certains que c'est bien l'œuvre du tueur à la rose et pas d'un imitateur ?

— Oui, confirma Alex.

— Malgré les traces d'hésitation, l'absence de menottes...

— Janet Sgarzi est bien sa troisième victime, l'interrompit Alex. Cent cinquante-trois, D.D. Voilà à quoi j'étais occupé tout à l'heure : compter des lanières de peau humaine. Et Dieu sait que j'espère ne plus jamais avoir à faire une chose pareille de toute ma vie, mais je suis tombé sur le nombre magique : cent cinquante-trois. »

D.D. ne répondit pas tout de suite. La gorge nouée, elle ne pouvait pas avaler, encore moins parler. Pas étonnant qu'Alex ait eu cet air... lugubre. De toutes les scènes qu'il avait eu à analyser...

« Je suis désolée, dit-elle finalement.

– Janet Sgarzi est une victime du tueur à la rose, continua posément Alex, mais elle n'était pas son type préféré. Donc, un autre critère a dû la désigner comme cible.

– Charlie Sgarzi pense que Shana Day est derrière ce meurtre. Qu'elle a ordonné au tueur d'assassiner sa mère pour le punir d'enquêter sur elle. Ou pour le dissuader de continuer – dans ce cas, je crois que c'est raté, parce qu'il a juré de se venger.

– Ou alors, Janet savait quelque chose, suggéra Alex.

– Comment ça ?

– Shana Day se tient tranquille à l'isolement depuis près de trente ans, n'est-ce pas ?

– Exact.

– Et tu penses que, d'un seul coup, elle entretiendrait une communication codée avec un tueur en série qui serait apparu à Boston par génération spontanée et qui prendrait modèle sur un autre assassin mort depuis des lustres.

– Voilà.

– Alors on en revient à notre question du jour : pourquoi aujourd'hui ? Quel serait l'événement déclenchant ? Le trentième anniversaire du meurtre de Donnie Johnson ? Plutôt arbitraire, si tu veux mon avis. »

D.D. lui lança un regard appuyé. « Nous avons déjà eu cette conversation. Et crois-moi, tu as parfaitement mis ma sagacité en doute dès la première fois.

– Je ne mets pas ta sagacité en doute. J'avance une théorie. Janet Sgarzi n'était pas seulement la tante de Donnie Johnson ; elle était la mère de Charlie, c'est-à-dire du journaliste qui, il y a tout juste quelques mois, a commencé à poser de nouvelles questions sur la mort de son cousin. »

D.D. le regarda avec perplexité : « Tu veux dire...

– L'histoire de la date anniversaire, c'est subjectif. En revanche, rouvrir une enquête sur un assassinat... Et si Shana Day avait réellement un ami qui date de cette époque ? Et si cette personne possédait des informations ou avait commis des actions qu'il ou elle ne pouvait pas se permettre de voir resurgir, même après des décennies ?

– Le véritable objectif du tueur à la rose ne serait pas de mettre en scène une macabre série de meurtres évoquant Harry Day, murmura D.D. Ce serait d'étouffer une ancienne affaire. Parce qu'il n'y a pas de prescription en cas d'homicide. Pat a encore tout à perdre.

– Et un point faible bien réel, fit remarquer Alex d'un air farouche : Shana Day. »

24

Kim McKinnon m'appela peu après six heures du matin. Comme je n'avais pas réussi à trouver le sommeil, je n'eus aucun mal à décrocher, puis à murmurer la réponse appropriée quand elle m'expliqua que ma sœur voulait me parler. Mais comment donc, dis-je. Je pouvais être là-bas à huit heures.

Après quoi je raccrochai et quittai à quatre pattes les profondeurs de mon dressing, où j'avais passé la nuit après que D.D. Warren m'avait informée par téléphone du dernier crime du tueur à la rose. Je passai de longues minutes sous un jet d'eau tiède cinglant, mais cela ne suffit pas à me remettre tout à fait d'aplomb.

Quelle tenue pour ce nouvel affrontement verbal ? J'optai pour le cardigan fuchsia. Un choix qui paraissait aller de soi. Cela faisait des années que ma sœur et moi dansions le tango. Un pas en arrière, un pas en avant, nous nous balancions dans un corps à corps. Mais la musique venait de changer. Le tempo s'accélérait, dans un violent crescendo au terme duquel une seule d'entre nous resterait debout.

Sur la route du pénitencier, j'envisageai de passer un coup de fil à D.D. et à son collègue. Mais j'y renonçai. Je savais déjà ce que j'allais dire à Shana, ce que j'avais à faire. Et, s'agissant de ma sœur, c'était moi l'experte. Il était logique que ce soit moi qui prenne les décisions.

J'entrai dans la grisaille du hall aseptisé. Je montrai la pièce d'identité adéquate, déposai mon sac à main dans un casier. J'accomplissais ces gestes sur pilote automatique, c'était un rituel que je n'avais que trop souvent accompli ces derniers temps. Si c'était ma sœur qui avait commis un crime, pourquoi est-ce que j'avais l'impression de passer ma vie en prison ?

La directrice m'attendait. Elle me fit passer les contrôles, puis m'accompagna dans un petit couloir. Ses chaussures à talons noires claquaient avec énergie.

« Pas d'officier de police ? demanda-t-elle.

– La journée ne fait que commencer. Comment va Shana ?

– Fidèle à elle-même. Ce journaliste, Charlie Sgarzi... D'après le journal, sa mère a été assassinée hier soir. Elle serait la dernière victime du tueur à la rose ?

– Il semblerait.

– Vous pensez que Shana est impliquée, n'est-ce pas ? »

La directrice s'arrêta net et fit volte-face, bras croisés sur la poitrine. Tailleur noir à la coupe impeccable, chignon serré, pommettes hautes et joliment marquées : le look maîtresse femme lui allait à ravir. « Hier, j'ai convoqué une réunion d'urgence de mon équipe de surveillants. Je leur ai demandé si quelqu'un aurait flairé le moindre indice montrant que Shana communiquerait avec quelqu'un à l'intérieur ou à l'extérieur de la prison. D'après eux, c'est exclu, totalement. En tout cas, ils n'ont rien vu venir. »

Je répondis d'une voix neutre : « Mais ce n'est pas le genre de chose qu'un coupable avouerait. Comme vous le disiez hier, si c'est un surveillant qui joue les intermédiaires, il doit le faire moyennant rétribution.

– Sauf qu'aucune rétribution ne pourrait les persuader d'aider votre sœur. Elle a tué deux de nos collègues. Entre ces murs, ce n'est pas vu d'un très bon œil.

– En êtes-vous sûre ? Ces faits remontent à longtemps, la plupart de vos surveillants ne travaillaient pas encore ici. Vous non plus, d'ailleurs. »

McKinnon me regardait sans bienveillance. « Où voulez-vous en venir, Adeline ?

– Shana n'a pas reçu de nouveau visiteur. Et d'après vous, il est certain qu'elle n'entretient pas de communication avec l'extérieur. Alors je me demande si ça ne signifie pas tout simplement qu'elle n'en a pas besoin : son nouvel ami n'est pas dehors. Il est entre ces murs. Détenue. Surveillant. Membre du personnel. »

McKinnon ne répondit pas tout de suite. Quand elle le fit, ce fut sur un ton sec : « Est-ce que je figure sur votre liste de suspects ? Dans la catégorie "membre du personnel" ? Parce que, pour être juste, il faut aussi que je vous ajoute sur cette liste. Ce n'est pas nouveau, mais vous venez souvent. Vous êtes le genre de visiteuse régulière que nous avons tellement l'habitude de voir qu'il nous arrive même de ne pas vous remarquer, je parie.

– Pourquoi m'autorisez-vous à rencontrer Shana ? Nous avons plus que dépassé notre quota mensuel. Et pourtant, vous avez accédé à sa demande. »

La directrice se troubla de nouveau. « Je voudrais savoir ce qui se passe. Hier… Shana m'a convaincue. J'ignore comment, mais elle a trempé dans ces assassinats. Reste à savoir si elle est un génie du crime qui commandite des meurtres depuis la solitude de sa cellule ou si elle s'amuse simplement à nos dépens avec un petit jeu macabre qui fait que je vous soupçonne, que vous me soupçonnez et que la police nous soupçonne sans doute toutes les deux. Il faut que je sache ce qui se trame, Adeline. En tant que directrice de cet établissement, et même en tant que femme théoriquement intelligente et qui, jusque-là, dormait bien la nuit, j'aimerais en avoir le cœur net. J'imagine que les enquêteurs ne tarderont pas à revenir creuser la question, mais, soupçons mis à part, je parierais sur vous. Si quelqu'un doit faire sortir la vérité de la bouche de Shana, ce sera vous. »

Nous reprîmes notre chemin, non pas vers le parloir où Shana et moi nous rencontrions d'habitude, mais vers la salle d'interrogatoire utilisée la veille par la police. De toute évidence, la directrice avait l'intention d'écouter aux portes. Désir de découvrir la vérité ? Ou de s'assurer que Shana n'en révélerait pas trop ?

Et moi ? Qu'est-ce que je voulais, pensais, ressentais dans cette histoire ?

McKinnon avait raison : nous avions tous les nerfs à fleur de peau. Nous avions peur de notre ombre, nous soupçonnions chacun, nous redoutions tout.

Je repensai à la remarque de Charlie Sgarzi : puisque je ne sentais pas la douleur, qu'avais-je à craindre ?

Je me souvins de mon expédition de la veille. Du moment où j'avais jeté des filaments de chair dans des toilettes publiques. Et où trois d'entre eux étaient remontés à la surface, pour me narguer.

Et je me rendis compte que je n'avais jamais eu aussi peur de ma vie.

Une fois de plus, Shana m'attendait déjà, ses mains liées posées sur le bord de la table. Elle leva les yeux à mon arrivée, ses yeux sombres passèrent mon haut fuchsia au laser et je connus un premier instant d'hésitation.

Ma sœur ne faisait absolument pas la tête à laquelle je m'attendais.

Elle avait les traits tirés et, si c'était possible, était encore plus pâle que la veille, avec des cernes marqués. On aurait dit qu'elle n'avait pas fermé l'œil de la nuit et ses épaules étaient crispées.

J'avais imaginé une Shana pleine d'une exultation malveillante, jubilant de sa nouvelle puissance, qui lui permettait de convoquer la police et sa sœur d'un claquement de doigts. Sa prophétie s'était réalisée et je me retrouvais à répondre à son injonction et à attendre qu'elle dicte ses conditions.

Au lieu de cela, et même si je n'étais pas dupe, on aurait dit que ma sœur était en proie à une intense anxiété. Son regard passa de mon cardigan au miroir sans tain.

« Qui est là ? » demanda-t-elle sèchement.

J'hésitai. « La directrice.

– Et l'enquêteur, Phil ?

– Tu voulais lui parler ?

– Non. Juste à toi. »

Je hochai la tête, m'approchai de la petite table en Formica, pris un siège.

« J'imagine que tu es au courant que le tueur à la rose a assassiné une autre femme, hier soir ? »

Shana ne répondit pas.

« Il a détaché cent cinquante-trois lanières de peau de son corps ravagé par le cancer. Ça n'a pas dû être une mince affaire. Certains traitements rendent la peau tellement fine et translucide qu'on dirait une pelure d'oignon. Difficile de la détacher sans la déchirer. »

Elle ne répondit pas.

« Comment tu t'y prends ? » lui demandai-je finalement.

Elle détourna le regard, les lèvres hermétiquement fermées en une ligne mince, les yeux rivés sur le mur derrière ma tête.

« Cent cinquante-trois, repris-je avec légèreté. Le nombre de lanières de peau rassemblées par notre père il y a quarante ans. Ce même nombre que le tueur à la rose laisse aujourd'hui derrière lui. Preuve que tu échanges vraiment des messages avec un assassin ? Que tu lui fournis des informations sur notre père ? Est-ce que ça fait le même effet, Shana, de tuer à distance ? Ou bien est-ce que ce n'est pas aussi agréable que tu l'imaginais ? Tu es toujours coincée ici, alors que ta marionnette est dehors et que c'est elle, en réalité, qui tient la lame, qui respire l'odeur du sang.

– Tu ne sais pas de quoi tu parles, murmura-t-elle enfin.

– Ah bon ? Tu as vu, je porte le pull de ta couleur préférée. »

Un muscle se contracta dans sa mâchoire. Elle me lança un regard noir et je découvris toute l'étendue de sa fureur. Mais elle retomba dans le silence.

Je me renfonçai dans ma chaise. Posai mes mains sur mes genoux. Pour observer cette femme qui était ma sœur.

Combinaison de détenue orange. Une couleur qui lui donnait le teint jaune, encore plus blafard. Ses cheveux apparaissaient une nouvelle fois ternes et mal lavés. Peut-être ne pouvait-elle pas faire mieux avec la pression notoirement faible des douches de la prison.

Une femme endurcie. Mince et nerveuse de constitution, comme notre père. J'aurais parié qu'elle faisait des exercices dans sa cellule. Pompes, abdos, fentes avant, gainage. Mille façons de s'entretenir dans une pièce de dix mètres carrés. Cela se lisait dans la sévérité de son visage émacié, dans ses joues creuses. Les années passaient, mais elle ne s'autorisait pas à se ramollir ou à grossir sous l'effet de la nourriture industrielle servie dans un établissement pénitentiaire.

Les années passaient, mais elle continuait à attendre.

À attendre, en quelque sorte, ce jour précis.

« Non, dis-je.

— Non quoi ?

— Non à tout ce que tu demanderas. Pas de donnant-donnant, pas de marchandage ni d'échange d'informations. Si tu es en relation avec le tueur à la rose, si tu détiens des renseignements qui pourraient contribuer à l'arrestation d'un assassin, donne-les spontanément. Comme tout le monde. Fais preuve d'humanité. »

Shana me regarda enfin, les paupières mi-closes. Un regard difficile à interpréter.

« Tu n'es pas venue jusqu'ici pour me dire non, affirma-t-elle sans émotion. Pour dire non, il suffit d'un coup de fil, pas besoin d'une visite. Et tu n'es pas du genre à perdre ton temps, Adeline.

— Je suis venue parce que j'ai une question à te poser.

— Alors maintenant, c'est toi qui vas négocier ?

— Non. Te poser une question. Tu peux répondre ou pas, à ta guise. Quand papa t'a-t-il scarifiée pour la première fois ?

— Aucun souvenir. » Sa réponse était trop automatique. Je ne la croyais pas.

« Et moi, quand m'a-t-il scarifiée pour la première fois ? »

Là, elle eut un sourire goguenard. « Jamais. Tu n'étais qu'un *bébé*.

— Menteuse. »

Elle se renfrogna, cligna des yeux.

« Il l'a fait. Je le sais. Et je n'ai pas pleuré, c'est ça ? Je n'ai pas frémi, pas retiré ma main. Je me suis contentée de le regarder avec de grands yeux. Je l'ai regardé et ça lui a fichu une peur bleue, pas vrai ? C'est pour ça que je passais ma vie dans le placard. Pas pour ma sécurité. Pas parce que, par miracle, notre mère m'aurait aimée davantage que toi, ni parce que je n'étais que le bébé. On m'enfermait dans ce foutu placard parce qu'il ne voulait plus de mon regard sur lui.

– Sans blague ? répondit ma sœur d'une voix gouailleuse. C'est *ça* qui te fout en rogne ? D'avoir été enfermée dans un placard ? Parce que, crois-moi, j'ai des raisons plus graves d'être en colère. »

Elle entreprit de retrousser sa manche pour me montrer sa collection de cicatrices – celles que mon père lui avait faites et celles qu'elle s'était elle-même infligées. Cicatrices épaisses ou fines, ondulations rosées, stries blanches. Je les avais toutes déjà vues. Elle ne m'apprenait rien.

« Je sais que tu as souffert, Shana, dis-je tranquillement. Je ne peux pas ressentir la douleur, mais je la connais. C'est mon rôle, d'être la conscience de la famille. Depuis toujours. C'était ce qui faisait tellement peur à papa à l'époque. Il m'a regardée dans les yeux et au lieu d'y lire la terreur, l'anxiété et la détresse dont il avait l'habitude, il s'est vu, lui. Comme dans un miroir. Pas étonnant qu'il m'ait séquestrée dans le placard. C'est facile d'être un monstre, mais ça l'est beaucoup moins d'avoir cette image de soi.

– Encore du prêchi-prêcha de psy ? Le genre de baratin que tu factures à l'heure ? Parce que les gens normaux appellent ça des conneries. Je te signale.

– Au revoir, Shana.

– Tu t'en vas déjà ? » Puis, comme le silence se prolongeait et que le sens de mes paroles s'imprimait dans son esprit : « Tu es sérieuse ? Tu es venue jusqu'ici... tu as fait tout ce chemin... pour, comment dire, rompre avec moi ?

– Je t'aimais, Shana. Sincèrement, quand j'ai reçu ta lettre, il y a toutes ces années… Ça a été comme si j'avais passé vingt ans enfermée dans le placard, à attendre que tu m'ouvres. Ma sœur. Ma famille. »

Shana serra les lèvres ; ses doigts tambourinaient nerveusement sur la table.

« Je me suis dit que je pourrais supporter ces conversations, mois après mois. J'ai voulu me convaincre que j'avais la formation nécessaire pour gérer une relation avec une femme qui avait été reconnue coupable de meurtres. Mais j'avais surtout envie de te voir. Envie d'avoir une sœur, une heure par mois. Il ne reste plus que nous, tu sais. Juste toi et moi. »

Les doigts de Shana accélérèrent la cadence.

« Mais on n'a pas vraiment de relation, n'est-ce pas ? On bute toujours sur le fait que tu souffres d'un sévère trouble de l'attachement. Donc je n'existe pas réellement pour toi. Pareil pour la directrice, tous les gardiens et les autres détenues. Jamais tu ne m'aimeras, jamais tu ne te feras du souci pour moi. Il t'est aussi impossible d'éprouver ces émotions que ça l'est pour moi de ressentir la douleur. Nous avons toutes les deux nos limites ; il serait temps que je l'accepte. Au revoir, Shana. »

Je repoussai ma chaise, me levai.

Et ma sœur parla enfin, tellement en sourdine qu'on aurait dit un grognement plutôt qu'une exclamation : « T'es vraiment trop conne ! »

Je me dirigeai vers la porte.

« Il m'a demandé de m'occuper de toi ! Voilà ce qu'il a dit, ce jour-là, papa. Les sirènes arrivaient dans la rue. Il s'est déshabillé, il est entré dans la baignoire, en tenant ces foutues aspirines au creux de son poing. Et il a souri. En lui tendant le rasoir.

« J'avais peur, Adeline. J'avais quatre ans, maman pleurait, les gens dehors criaient et papa n'arrêtait pas de sourire, mais même moi je savais que ce n'était pas normal, ce sourire.

« "Prends soin de ta sœur", il m'a dit en entrant dans la baignoire. "Quoi qu'il puisse arriver, tu es sa grande sœur et tu es chargée de la protéger. Crois-moi, ma Shana, si on n'a pas de famille sur cette terre, alors on n'a rien." Ensuite il a tendu le bras et maman a baissé le rasoir…

« Les policiers ont attaqué la porte au bélier. Avant ça, ils avaient frappé, sonné, sommé d'ouvrir, mais papa était trop occupé à mourir, maman était trop occupée à le tuer et moi, j'étais désemparée, Adeline. Je n'étais qu'une petite gosse terrifiée et tous les adultes étaient devenus fous, le monde entier.

« Et là, je t'ai entendue pleurer. Toi, le bébé qui ne pleurait jamais, qui nous regardait toujours avec ces grands yeux noirs. Tu as raison, Adeline. Ça perturbait papa et maman. Mais pas moi. Jamais. Je suis allée te voir. J'ai ouvert la porte du placard, je t'ai prise dans mes bras et je t'ai serrée contre moi. Et tu as arrêté de pleurer. Tu m'as regardée. Tu as souri. Ensuite, ils ont défoncé la porte, des hommes ont déboulé en criant dans la maison. Et je t'ai dit tout bas de fermer les yeux. "Ferme les yeux, je t'ai soufflé. Je te protégerai. Parce que tu es ma petite sœur et que si on n'a pas de famille, alors on n'a rien du tout."

« Je ne voulais pas te faire de mal ce jour-là, dans la famille d'accueil. Je faisais ce qu'on m'avait appris, mais on t'a emmenée loin de moi et je me suis retrouvée toute seule. Seule comme tu ne peux pas te l'imaginer, Adeline. Mais je ne t'ai pas oubliée. Je me souvenais de la promesse faite à papa et je t'ai retrouvée pour pouvoir veiller sur toi et te protéger. C'est moi l'aînée et jamais je ne laisserai personne te faire du mal. Je l'ai promis et, quoi que tu puisses penser de moi, j'ai toujours été une femme de parole. »

La voix de ma sœur se perdit dans le silence. Je m'étais arrêtée avant d'arriver à la porte. J'observais Shana. Son visage avait l'expression la plus étrange que j'avais jamais vue. Non seulement sérieuse, mais sincère.

« Tu es de mèche avec un tueur, murmurai-je.

— Comment ? Je ne peux pas communiquer avec l'extérieur. Il faudrait qu'il se trouve ici quelqu'un qui m'apprécie suffisamment pour m'aider. Personne ne m'aime, Adeline. On le sait toutes les deux.

— Tu es bien renseignée. Ce pull fuchsia.

— Je suis observatrice. Le résultat de trente ans de solitude. L'autre jour, tu avais un fil fuchsia accroché à ton haut. On ne voyait que lui sur ce chemisier gris à la con. Logique : tu étais venue avec un vêtement de couleur vive, mais tu t'étais changée pour te fondre dans le décor de la prison. Et ça, ça m'a... exaspérée. Que, même toi, cet endroit te rende déprimante.

— Cent cinquante-trois ? »

Ma sœur poussa un soupir, fit une tête de trois pieds de long. « Je me souviens de tout. Peut-être que je ne devrais pas. Peut-être que c'est mon problème. Et que si seulement j'arrivais à oublier... Quand j'ai été assez grande, j'ai fait des recherches sur papa. Je rêvais de sang. Tout le temps. Des images, toujours très nettes, et puis l'odeur, le goût. J'avais déjà certains fantasmes... Sauf que ce n'étaient pas vraiment des fantasmes. Ça aurait été... des reconstitutions. Papa m'a détruite, Adeline. Pas seulement à cause de ses gènes, mais à cause de ses pulsions. Je suis papa. Il est mort dans cette baignoire, mais il revit en moi. Alors, oui, je me suis renseignée. Je suis allée à la bibliothèque, j'ai lu tous les articles que je pouvais trouver sur microfiches. Sa collection a atteint le chiffre de cent cinquante-trois lambeaux de peau, étiquetés et conservés dans des bocaux à confiture. Il faut reconnaître que ce n'est pas mal, comme œuvre d'une vie.

– Mais le tueur à la rose...

– C'est manifestement un admirateur de papa. Donc lui aussi a pris ses informations. Et tant qu'à étudier un maître, autant lui rendre hommage, non ?

– Tu veux dire que tu n'aurais aucun lien avec le tueur à la rose ? Que simplement tu... raisonnerais comme lui ? Ou comme elle ? »

Shana sourit. « C'est si difficile que ça à imaginer ?

– Tu savais qu'il frapperait de nouveau hier soir ?

– Je n'aurais pas choisi ce soir-là. Mais ce n'était qu'une question de temps. Une fois qu'on sait de quoi on est capable... difficile de résister à l'envie.

– Homme ou femme, Shana ? Toi qui es une experte, de quel sexe est notre assassin ?

– Je n'en sais rien. Je n'y ai pas vraiment réfléchi. La plupart des assassins sont des hommes, donc par défaut ce serait ma réponse. Toutes les femmes ne peuvent pas être aussi douées que moi, tu sais. »

Je la dévisageai. « Peut-être que c'est quand même toi. Peut-être que toute cette affaire tourne autour de toi. »

Mais ma sœur secoua la tête. « Non. Elle tourne autour de toi, Adeline. Moi, ça fait des dizaines d'années que je croupis en taule, dans l'ombre. Personne ne se souvient de moi...

– Charlie Sgarzi...

– Une petite ordure arrogante. Il a toujours été comme ça, même à l'époque. Personne ne se soucie de moi, Adeline. Alors que toi... L'assassin te connaît. Tu es la fille de son idole, épanouie, jolie, brillante. Intéressante, en plus, avec cette histoire d'insensibilité à la douleur. Évidemment que le tueur s'est renseigné sur toi, qu'il a découvert ton nom. Sans doute qu'il est aussi allé voir ton cabinet et qu'il a trouvé où tu habitais. Je parie qu'il est entré dans ta chambre, qu'il a caressé ton oreiller. Il doit se faire ouvrir la porte en se présentant comme un agent de maintenance ou un employé des services de dératisation, un truc tellement banal que tu ne t'es jamais doutée de rien. Mais lui, il *sait*, Adeline. Le tueur à la rose s'est renseigné sur toi, il ou elle t'a observée, tu es devenue son obsession. Forcément. Tu es la fille de Harry Day, une magicienne insensible à la douleur. Tu es un appât irrésistible pour un tueur en série. Impossible pour lui de renoncer à toi. »

Je ne pus réprimer un frisson.

« Mais moi aussi, je te connais, a continué ma sœur sans s'émouvoir. Je sais que ta maladie a joué contre toi, en fait. À cause d'elle, tu n'as jamais pris de leçons d'autodéfense ni pratiqué d'activité physique, puisque tu ne pouvais pas courir le risque de te blesser. Tu ne sais pas te battre avec un couteau, tirer au pistolet ou même donner un coup de poing. Tu es vulnérable, Adeline. Je le sais, et je parie que le tueur le sait aussi.

– Arrête. » J'aurais voulu prononcer ce mot avec autorité. C'était raté.

« Le tueur va s'en prendre à toi. Tu l'attires. Et cette attirance ne disparaîtra que lorsque tu seras morte et qu'il aura montré sa supériorité en assassinant la fille de son idole. Il va te tuer, Adeline. En prenant tout son temps. Parce qu'il voudra vérifier par lui-même cette histoire d'insensibilité. À mon avis, il va t'écorcher vive. Pour voir ta réaction. Pour te regarder dans les yeux en même temps qu'il décollera ta peau centimètre par centimètre. »

Je ne pouvais plus soutenir le regard de ma sœur. Je détournai brusquement les yeux et fixai le sol ; ses paroles me terrifiaient, comme c'était certainement son intention. J'avais affaire à une manipulatrice, me rappelai-je. Que retirait-elle de toute cette conversation ? Voilà la question que je ne devais pas perdre de vue.

Ma sœur continua : « Je suis là, dans ma cellule, Adeline. Jour après jour, j'apprends ce qui se passe. Je lis les journaux. Et tu sais ce que je vois ? Qu'un assassin qui imite notre père a ma petite sœur en ligne de mire. Homme ou femme, qu'est-ce qu'on en a à foutre ? Le tueur à la rose va s'en prendre à toi. Il va te tuer. Et je me retrouverai toute seule.

« Évidemment, tu t'en fous pour l'instant, hein ? Tu es venue me faire tes adieux. Pour te prouver que tu es plus forte et plus intelligente que moi. Mais je ne t'ai pas abandonnée, Adeline. Je t'ai sortie du placard, à l'époque. J'ai tenu la promesse faite à papa. Je t'ai serrée sur mon cœur. Je t'ai protégée. Et je recommencerais... »

La voix de Shana se brisa.

Je levai les yeux juste à temps pour surprendre un spasme de chagrin sur son visage. Émotion inhabituelle chez elle ? Petit numéro particulièrement convaincant ?

« Si... d'une manière ou d'une autre, j'obtenais une permission de sortie de vingt-quatre heures, je pourrais te débarrasser de ce tueur, Adeline. J'accepterai n'importe quelles conditions, je suivrai toutes les règles que tu dicteras. Ce qui compte, c'est que tu me laisses l'affronter, que tu me donnes une chance de protéger ma petite sœur. » Elle sourit. Une grimace, cruelle, qui me fit froid dans le dos. « Comme le disait papa, si on n'a pas de famille, on n'a rien. Tu es ma famille, Adeline. Sors-moi d'ici et je tuerai pour toi. Tu sais que c'est ma spécialité. »

25

D.D. fut surprise d'entendre frapper à sa porte en milieu de matinée. Instinctivement, son regard se dirigea vers Phil et Neil, assis en face d'elle dans le séjour. Tous deux avaient des carnets de notes sur les genoux et un grand tableau de conférence trônait au milieu de la pièce, noirci d'annotations au feutre.

« Tu veux que j'aille ouvrir ? proposa Phil.

– Non, laisse. » Elle se leva lentement en retirant la poche de glace de son épaule. Alex l'avait quittée aux aurores pour aller donner ses cours à l'école de police. Ensuite il avait l'intention de passer chez ses parents récupérer Jack. Jamais ils n'avaient été séparés de leur fils aussi longtemps et il leur manquait terriblement à tous les deux.

D.D. se dirigea vers la porte d'entrée avec une appréhension croissante. Elle avait demandé à Alex de lui laisser son Glock, le chargeur plein. Elle saurait tirer d'une main. Ce ne serait peut-être pas idéal, mais tant qu'elle visait le tronc, elle devait réussir son coup suffisamment pour ralentir l'adversaire. Ensuite, il n'y aurait plus qu'à continuer à appuyer sur la détente. Son ami et ancien tireur d'élite Bobby Dodge tuait peut-être d'une seule balle, mais D.D.

n'en avait que faire du moment qu'elle était la dernière encore debout.

Elle arriva à la porte. Pas l'arme à la main, vu qu'elle avait deux collègues pour assurer ses arrières, mais elle pliait et dépliait nerveusement les doigts en collant un œil au judas pour regarder dehors.

Le docteur Glen attendait sur son paillasson.

En voilà, une surprise ! pensa D.D. en tirant le verrou.

« Désolée de vous déranger, dit Adeline sans préambule. Mais je viens d'aller voir ma sœur et j'espérais pouvoir vous parler.

– Vous avez discuté avec votre sœur en notre absence ? »

Le regard d'Adeline se porta, derrière D.D., sur le séjour où ses collègues étaient bien en vue. D.D. s'efforça de ne pas rougir comme si elle était prise en faute.

« Nous, c'est notre métier », dit-elle pour se justifier. Que ses collègues et elle continuent à enquêter sans Adeline, cela n'avait rien à voir avec le fait qu'Adeline continue à enquêter sans eux.

« Vraiment ? Votre épaule va mieux ? On vous a autorisée à reprendre le travail ? »

– Oh, et puis zut. » D.D. jeta l'éponge. « Entrez. Oui, nous faisions le point sur le meurtre d'hier soir, et non, je ne suis pas en fonction et je vous jure que ce n'est pas pour cette raison que Phil et Neil ont décidé de passer me voir. Cette visite n'a aucun rapport avec le fait que, officiellement, je suis en arrêt maladie. Mais le café est meilleur ici, c'est bien ça, les gars ? »

Phil et Neil confirmèrent. Phil se leva, serra la main d'Adeline et la présenta à Neil. D.D. ne fut pas étonnée du regard dubitatif qu'Adeline jeta sur le benjamin de l'équipe. Avec son physique dégingandé et sa tignasse rousse, Neil avait des allures d'éternel adolescent. Ce qui était bien pratique pour les interrogatoires : les suspects prenaient rarement cet enquêteur chevronné au sérieux avant d'en avoir trop dit.

Puis le regard de la psychiatre tomba sur le chevalet et le tableau, divisé en trois colonnes, une pour chaque victime. Elle blêmit, mais surtout son expression se figea. Devint clinique : elle prenait ses distances avec les détails poignants énumérés sur le papier.

« Alors, quoi de neuf, docteur ? ne put s'empêcher de demander D.D.

– C'est du café ? J'en prendrais volontiers une tasse. »

Phil se chargea de lui en servir une. La dernière fois que D.D. avait essayé, elle avait versé à côté. Tirer au pistolet à une main, ça irait. Mais servir une tasse de café, bonjour les dégâts.

« C'est vous qui avez appelé votre sœur ou c'est elle qui a pris l'initiative ? » demanda D.D.

Elle s'assit sur une des chaises de cuisine que Neil avait apportées dans le salon et invita Adeline à se mettre à son aise sur le canapé.

« À la première heure ce matin, elle a fait part à la directrice de son désir de me voir. J'ai pensé qu'elle mijotait quelque chose. Qu'elle avait appris le dernier meurtre et qu'elle était prête à fournir de nouveaux renseignements en échange d'une permission de sortie.

– Totalement exclu, dit D.D. Vous lui avez déjà dit hier, il me semble ?

– On ne peut pas lui en vouloir de poser la question. Quoi qu'il en soit, ce n'est pas... exactement le tour qu'a pris notre conversation.

– Je vois. » D.D. se pencha vers Adeline, curieuse d'entendre la suite. Neil et Phil en firent autant.

« Shana prétend qu'elle n'est en contact ni avec le tueur à la rose ni avec personne d'autre. Pas de réseau clandestin d'espions, pas de fans en adoration à l'extérieur de la prison. Pour accomplir une telle prouesse, il lui faudrait des appuis au sein de l'établissement, or, comme elle le dit, elle n'a pas d'amis. Nous le savons tous. »

D.D. tiqua. Elle s'attendait à tout sauf à ça. « Nier est évidemment dans son intérêt. Comment explique-t-elle le fait qu'elle ait été si bien renseignée ?

– Don d'observation.

– Pardon ?

– Trente ans passés à l'isolement. Elle n'avait rien de mieux à faire que d'observer ses semblables. Plutôt qu'un génie du crime, c'est Sherlock Holmes. »

Phil poussa un grognement de dédain. « Comment connaît-elle le chiffre magique ? demanda-t-il sans dissimuler son scepticisme.

– Quand elle était adolescente, elle a fait des recherches sur notre père en bibliothèque. D'après elle, elle a découvert qu'il possédait une collection de cent cinquante-trois lambeaux de peau simplement en consultant les archives de la presse locale. Ce que le tueur à la rose a très bien pu faire de son côté – j'avais essayé de regarder sur Google, mais rapidement. D'après ma sœur, l'information est disponible pour qui veut fouiller. Comme par ailleurs il est évident que le tueur imite notre père, il paraît logique qu'il en profite pour faire un geste spectaculaire, comme de retirer précisément cent cinquante-trois lanières de peau, en guise de coup de chapeau au maître. Shana prétend qu'elle ne *savait* pas à proprement parler qu'il faisait cela. Simplement, elle s'y attendait ; après tout, elle connaît mieux que personne le fonctionnement d'une âme criminelle.

— C'est le moins qu'on puisse dire, ironisa D.D.

— L'ennui, c'est qu'elle a ajouté que le tueur devait aussi avoir pris ses renseignements sur moi. La fille de Harry Day, qui plus est atteinte d'une maladie génétique rare. Ma simple existence l'attirerait. Et ça aurait pu le pousser à venir à mon cabinet, peut-être même à s'introduire chez moi en se faisant passer pour un livreur, par exemple...

— Pardon ? l'interrompit D.D.

— Après ma conversation avec Shana, j'ai appelé le gardien de mon immeuble pour lui demander si quelqu'un était entré chez moi ces derniers mois. "À part l'employé du gaz, vous voulez dire ?" m'a répondu M. Daniels. J'ai appris qu'il y a quelques semaines, un agent en uniforme s'était présenté en affirmant qu'on avait signalé une possible fuite à mon étage. On lui a évidemment ouvert ma porte et, vu les risques, M. Daniels a attendu dans le couloir... D'après lui, cette personne n'est pas restée très longtemps chez moi, mais il a été incapable de me préciser ce que "pas très longtemps" voulait dire. J'ai tout de suite appelé le fournisseur de gaz. Ils n'ont aucune trace d'une telle demande d'intervention ni du passage d'un agent chez moi.

— Mais M. Daniels a vu cette personne ? demanda aussitôt Phil. Il pourrait nous fournir un signalement ? Qui nous confirmerait que notre individu est un homme ? »

Adeline ne répondit pas tout de suite.

« Je le crois pas, murmura Phil en lisant la réponse sur son visage.

— À vrai dire..., commença-t-elle.

— Je le crois pas.

— Après mûre réflexion, M. Daniels ne sait plus très bien qui il a vu. L'employé portait une casquette vissée sur le front et tenait son écritoire bien haut. En réalité, M. Daniels n'est même pas certain d'avoir vu son visage.

– Donc cet employé pourrait être aussi bien un homme qu'une femme ? » demanda D.D., un peu déboussolée.

Adeline haussa les épaules. « M. Daniels avait l'impression qu'il s'agissait d'un homme. J'ai essayé d'insister aussi subtilement que j'ai pu sans influencer son souvenir. Pas quelqu'un de très grand, donc la taille et la stature seraient compatibles avec l'un ou l'autre sexe. Mais une voix bourrue. C'est ce qui a déterminé son impression qu'il s'agissait d'un homme. Pas l'allure générale, mais la voix du faux préposé au gaz.

– Oh, flûte », marmonna Phil.

Adeline était bien d'accord avec lui. « Je ne vous le fais pas dire. Une voix bourrue, ça peut être un homme, mais ça peut aussi être une femme qui déguise sa voix.

– Vous pensez que cette personne était le tueur à la rose », constata D.D.

Au tour d'Adeline d'être décontenancée : « Pas vous ?

– Et, partant de ce principe, continua lentement D.D., sachant que votre sœur prédit ses agissements, vous êtes désormais convaincue qu'elle se sert de ses superpouvoirs pour faire le bien plutôt que le mal ?

– L'idée m'a traversé l'esprit. C'est ma sœur. Il est naturel de penser le meilleur de sa famille. Alors, oui...

– À moins qu'elle n'ait monté cette histoire de toutes pièces, intervint D.D. Votre sœur, passée maître dans l'art de la manipulation, dont nous avons tout lieu de penser qu'elle est de mèche avec le tueur à la rose. Elle a demandé à cette personne de s'introduire dans votre appartement, expliqué à sa marionnette quoi faire exactement. Et ensuite, elle a lâché l'information au moment où ça lui était le plus utile. Au moment où vous commenciez à douter d'elle, disons.

Quel moyen plus efficace pour vous ramener à de meilleurs sentiments ? »

Adeline tressaillit, observa un long silence, puis reconnut : « C'est aussi une possibilité. Même si je voudrais avoir un regard objectif sur ma sœur, ça m'étonnerait que j'y arrive. D'où ma présence ici pour partager cette information avec vous. Vous saurez peut-être me dire ce qu'il faut croire.

– Se faire passer pour un employé du gaz serait cohérent avec le *modus operandi* du tueur à la rose, indiqua Phil. Nous savons déjà qu'il ou elle est doué pour s'introduire discrètement chez les gens, comme la fois où il est entré chez D.D. en se déguisant en agent de société de surveillance... »

Adeline regarda D.D. avec des yeux ronds.

« Il m'a laissé une petite carte très touchante pour me souhaiter un prompt rétablissement, expliqua celle-ci.

– Ce qu'il faut retenir, reprit Phil, c'est que D.D. a raison : si votre sœur sait tout cela, c'est peut-être précisément parce qu'elle est en contact avec le tueur, et non parce qu'elle est coupée du monde.

– Vous avez trouvé comment elle communique avec lui ? objecta Adeline. Code, lettres, messager ? »

D.D. fit signe que non. « Mais votre sœur a plus d'un tour dans son sac, c'est ce que vous dites tout le temps. Et puis nous avons été un peu occupés avec ce nouveau meurtre à élucider. Vous savez qui est la victime ?

– La mère de Charlie Sgarzi.

– Laquelle, soit dit en passant, n'était pas vraiment le type de l'assassin. Les deux premières victimes étaient des célibataires encore relativement jeunes. Janet Sgarzi était une dame âgée, veuve et condamnée par un cancer. Les tueurs en série sont généralement fidèles à un profil de victime. Il fait partie intégrante de leur fantasme. Tant qu'à changer de victime, autant changer le crime lui-même. Donc ce meurtre apparaît comme un intrus, surtout qu'il s'est produit très vite après le deuxième. Il se pourrait qu'il ne soit pas le fruit d'une pulsion profonde, mais d'un calcul froidement rationnel. Il fallait que Janet Sgarzi meure. Et d'après Charlie, votre sœur serait la coupable.

— Shana ne s'en prend pas aux femmes.

— Non, mais ce meurtre serait une excellente manière de s'en prendre à Charlie. De se venger d'un journaliste qui pose tout un tas de questions désagréables sur elle, jusqu'à l'accuser de continuer ses méfaits depuis le fond de sa cellule. »

Adeline reposa sa tasse et poussa un profond soupir. « Prouvez-le, dit-elle simplement.

— On était en train d'y travailler, figurez-vous. Avant d'être interrompus.

— Pourquoi votre sœur a-t-elle demandé à vous parler ? intervint Phil. Sinon pour monnayer sa liberté ?

— Oh, elle pense toujours que nous devrions lui accorder une permission de sortie et l'installer dans mon appartement...

— Ben voyons ! s'exclama D.D.

— Mais pas en contrepartie de son aide pour coincer l'assassin, non. Pour qu'elle puisse me protéger. Et qu'elle puisse, en fait, liquider le tueur. Comme elle dit, elle est douée pour ce genre de chose. »

Nouveau silence.

« Qu'est-ce qu'il faut comprendre ? demanda Neil avec nervosité.

— J'ai demandé à la directrice des précisions sur les incidents qui ont émaillé la détention de ma sœur. Elle a tué trois fois. La première, peu après son incarcération, une codétenue qui l'avait apparemment agressée. Ce meurtre-là a été mis sur le compte de la légitime défense. La vie a ensuite tranquillement suivi son cours pendant une petite dizaine d'années, jusqu'au moment où Shana a tué un surveillant de manière assez… barbare. Quelques semaines plus tard, elle zigouillait un autre surveillant, ce qui lui a valu d'être condamnée à passer le restant de ses jours à l'isolement. McKinnon essayait de ne pas trop en dire, mais quand j'ai insisté pour connaître les circonstances de ces deux meurtres… Au moment de leur décès, les deux surveillants étaient sous le coup d'une enquête interne. Pour avoir "frayé" avec des détenues. Il va de soi que tout rapport sexuel entre un gardien et une prisonnière est interdit, mais, au moins en ce qui concerne le premier, les accusations portées contre lui étaient assez vilaines et concernaient deux détenues du bloc de Shana. On s'est demandé s'il n'était pas entré dans sa cellule pour faire d'elle une nouvelle victime et si elle n'avait pas résisté. Vigoureusement.

– Elle aurait poignardé un homme qui voulait la violer ? demanda D.D.

– C'est une hypothèse. Shana a refusé de s'expliquer. En fin de compte, comme le surveillant était mort et l'enquête peu concluante, le dossier a été mis aux oubliettes, certainement aussi parce qu'il aurait terni l'image du personnel pénitentiaire. Sauf que Shana a récidivé à peine quelques semaines plus tard, ce qui a décidé de son sort – même si cet autre surveillant avait aussi la réputation d'être "entreprenant" avec les détenues.

– Un instant, intervint Neil. Si je résume, votre sœur dit qu'elle a été poussée à tuer ? C'est le plus vieux système de défense du monde, non ? De rejeter la faute sur la victime. »

Adeline confirma. Le regard toujours clair, remarqua D.D. Comme elle l'avait dit, elle cherchait à être objective.

« Et Donnie Johnson ? demanda Neil. Un gamin de douze ans. Le nez toujours fourré dans ses livres, d'après tous les témoignages. Il n'a pas pu être une menace pour elle. Sur les photos de police de l'époque, elle est plus grande que lui. Et clairement plus costaude.

– Je n'ai pas d'explication pour le meurtre de Donnie, reconnut Adeline. Et Shana refuse de parler de lui. Même trente ans après, c'est encore tabou.

– Donnie Johnson est l'intrus », murmura D.D. Et brusquement elle posa sa tasse de café et se leva pour se diriger vers le tableau. « Si on s'amusait à une petite comparaison ? Le tueur à la rose et ses trois victimes d'un côté, Shana Day et ses quatre victimes de l'autre. Nous savons déjà qu'il y a un intrus chez le tueur à la rose : Janet Sgarzi. Et un autre chez Shana Day : Donnie Johnson. En temps normal, il n'y aurait pas de quoi en faire tout un plat, mais quelle est la probabilité pour que les intrus de deux séries de meurtres appartiennent à la même famille ? Un neveu et sa tante. Vous n'allez pas me dire qu'il n'y a aucun lien.

– Le lien, c'est Charlie Sgarzi », observa Adeline, sans toutefois comprendre où cela les menait.

D.D. eut un sourire de triomphe. « Charlie Sgarzi qui fait quoi, en ce moment ?

– Qui enquête sur le meurtre de son cousin, répondit Phil.

– Conclusion ? insista D.D.

– Conclusion, je vais encore devoir faire de la spéléo dans les archives », proféra Neil d'un ton lugubre. Il en était encore à essayer d'exhumer le dossier Harry Day. Aux dernières nouvelles, celui-ci avait peut-être été égaré pendant le déménagement entre leur ancien QG et leurs nouveaux locaux. Beaucoup de dossiers datant de l'ère préinformatique avaient connu le même sort.

« Bingo, donnez son lot à notre ami l'enquêteur. Voilà notre lien. Même si ces meurtres se produisent aujourd'hui, leur origine remonte à trente ans. Je vous parie tout ce que vous voulez que les chemins de Donnie Johnson, Shana Day et du tueur à la rose se sont croisés à l'époque. Il nous faut les noms des voisins, des témoins, de l'entourage. On dresse cette liste et on trouve notre assassin.

– Ou alors, dit Adeline en se levant, on peut se contenter d'attendre que l'assassin vienne à nous. D'après Shana, il ne pourra pas s'en empêcher. Ma seule existence est un chiffon rouge pour les assassins du monde entier.

– Vous craignez pour votre sécurité ? demanda D.D. On peut vous affecter un agent.

– Vous sauriez tirer d'une seule main ?

– Oui. Ça fait partie de notre formation au maniement des armes et, ces derniers temps, je m'en félicite.

– Moi, je ne saurais pas. Mon insensibilité à la douleur, vous vous souvenez ? Elle implique que toute activité dangereuse, même pratiquée à titre d'entraînement, pourrait avoir des conséquences dramatiques. Je ne sais ni me battre, ni me servir d'une arme à feu, ni courir. Vous pourriez m'affecter un agent. Mais, aussi étrange que ça puisse paraître, je préférerais ma sœur. Les policiers s'exercent à l'agressivité, mais Shana en a fait une science. »

D.D. leva les yeux au ciel. « Vous voudriez sérieusement qu'on donne une permission de sortie à votre sœur ? Naturellement, vous vous rendez compte qu'elle ne se contenterait sans doute pas de vous emprunter votre tenue préférée ? »

Adeline se dirigeait vers la porte. « Ce n'est pas parce que la proposition de ma sœur est d'une brutalité et d'une violence hors du commun qu'elle ne vaut pas la peine d'être étudiée.

Il faut reconnaître que c'est la dernière chose à laquelle s'attendrait le tueur.

— À moins, bien sûr, contesta tranquillement Phil, que ce ne soit précisément son objectif depuis le début. »

26

Qui suis-je ? Un locataire qui vient de s'installer, un nouveau voisin aimable et plein d'enthousiasme.

À quoi je ressemble ? J'ai l'air sympathique, cultivé, sérieux. Je vous demanderai peut-être de me dépanner avec cent grammes de sucre, mais jamais je ne m'attarderais sur le grain de votre peau pour l'imaginer en suspension dans un bocal.

Principale motivation : le simple plaisir de faire votre connaissance.

But de l'opération : mettre la barre plus haut, exacerber les tensions, resserrer l'étau.

Bénéfice net : toutes les bonnes choses ont une fin.

L'Heureux Nouveau Voisin n'est pas à l'aise. La tenue est très bien. Récemment achetée d'occasion au Goodwill, où, dans une ville comme Boston, on trouve autant de vêtements de marque que chez Saks. Une tenue parfaitement coupée, professionnelle, mais neutre. Un déguisement qui, comme les autres, veut donner une impression générale tout en laissant les détails dans le flou. *Comment décririez-vous cette personne ? Sympathique. Comment ça, sympathique ? Je ne sais pas. Sympathique.*

La tenue est très bien. Ensuite, la posture et la démarche. Encore du temps passé à s'exercer devant le miroir. Être détendu et sûr de soi sans paraître avachi. Les épaules en arrière, les bras et les jambes décontractés. Plus difficile à faire qu'on ne le penserait. Cela suppose de dominer la montée d'adrénaline – ne pas se pencher en avant, ne pas céder à la tentation constante de se précipiter, de foncer.

Mais, une fois encore, avec de l'entraînement, on tend à la perfection.

La tenue est très bien. Le langage corporel acceptable.

Et cependant. Debout devant le miroir en pied, l'Heureux Nouveau Voisin se repasse la scène en boucle et n'est pas... heureux.

Tuer cette femme aura été une épreuve.

Bien sûr, le risque était présent depuis le début. Les deux premières victimes, sélectionnées au hasard dans des cafés, ne lui ont pas posé de difficulté. Il avait accompli le travail de reconnaissance sous les apparences de la Personne la Plus Ordinaire du Monde, le rôle qu'il travaillait depuis le plus longtemps et qu'il lui était le plus facile d'endosser. Cette Personne la Plus Ordinaire du Monde s'était mise en quête de deux jolies célibataires. Le choix devait être arbitraire, c'était essentiel. Elles ne devaient avoir aucun lien entre elles ni avec la Personne la Plus Ordinaire du Monde. En fait, plus d'une dizaine d'approches avaient été nécessaires. Des femmes qu'il avait soigneusement choisies et prises en filature s'étaient finalement révélées vivre avec un conjoint, des colocataires ou 2,2 enfants. Comme ses recherches le lui avaient suggéré, tuer demande du temps et de l'énergie.

Le meurtre n'est pas une affaire de mauviette.

Mais à l'arrivée, tous ses efforts avaient payé. Deux victimes repérées, étudiées jusque dans les moindres détails, puis officiellement ciblées. Le lancement de la première phase des opérations l'avait fait passer de Personne la Plus Ordinaire du Monde à Tueur Émérite. Il lui avait même valu un surnom, celui de tueur à la rose, qui lui donnait un curieux sentiment d'accomplissement.

Qui aurait cru que de tous les costumes essayés puis rejetés au fil des ans, celui d'assassin serait en fin de compte celui qui lui irait le mieux ?

Qui suis-je ? Votre pire cauchemar.
À quoi je ressemble ? À vous, en tout point.
Principale motivation : reconnaissance, gloire, réussite. Harry Day peut aller se rhabiller. Shana Day aussi. Je serai le meilleur.

Sauf que le meurtre d'hier soir ne lui a pas fait le même effet. Ce qu'il a fait hier...
Le simple souvenir le bouleverse. L'Heureux Nouveau Voisin perd l'aura de personnage avenant qu'il s'est donné tant de mal à acquérir et se met à faire les cent pas avec nervosité.

Ce qui s'est passé la veille était une nécessité. Logiquement, il le comprend. Rationnellement, il a suivi son plan. Glisser du Rohypnol dans son thé. Regarder ses paupières s'alourdir, entendre sa voix devenir pâteuse.

Quand elle s'est écroulée, il est entré en action : il l'a rattrapée avec grâce, un peu surpris et impressionné de la vivacité de son réflexe. Puis il a soulevé son corps léger comme une plume...

Elle a ouvert les yeux et regardé son assassin. Plutôt, non, elle a pénétré jusqu'à l'âme de son assassin. Elle y a lu sa condamnation, elle en a pris acte.

Et son regard a clairement exprimé de la pitié.

Puis le somnifère a pris le dessus, vaincu les dernières défenses de son corps exténué et elle a sombré dans l'inconscience. Le plus dur était passé. L'emporter dans la chambre du fond. La déshabiller, monter sur le lit, bistouri à la main. Et ensuite...

Le tueur à la rose a flanché. Enfin seul avec sa cible, et alors qu'il avait accompli la partie la plus difficile de la mission, ce grand, ce terrible tueur n'a eu qu'une envie : partir en courant. S'enfuir sans se retourner. Elle était morte ; est-ce que ça ne suffisait pas ?

Mais non. Son médecin traitant supposerait peut-être qu'elle avait été emportée par son cancer, mais dans le cas contraire ? Il y aurait des analyses, des tests toxicologiques, et la découverte de Rohypnol ferait naître des soupçons.

Mieux valait que tout soit cohérent. Elle était la victime numéro trois. Une victime plus âgée, c'était un fait. Clairement pas le type habituel du tueur à la rose. Mais sa victime numéro trois. Qui signerait une fois pour toutes son terrible testament. Car quel monstre faut-il être pour s'en prendre à une vieille dame cancéreuse ? Même Harry Day n'avait pas fait preuve d'une telle cruauté.

Encore une fois, le meurtre n'est pas fait pour les mauviettes.

Qui suis-je ? Je ne sais pas. Je ne l'ai jamais su. Peut-on jamais comprendre qui on est ?

À quoi je ressemble ? Je me cache sous une carapace de normalité. Parce que tous les enfants apprennent rapidement qu'il est important d'être normal et que si vous ne l'êtes pas, vous avez tout intérêt à donner le change.

Principale motivation : me sentir comme tout le monde. Ce qui est bien sûr la seule chose que je ne pourrai jamais être.

But de l'opération : puisque je ne peux pas être comme tout le monde, je serai mieux que tout le monde. J'affinerai mes talents. Je serai vous. Je serai moi. Je serai la mort. Je serai le salut. Je serai tout. Et alors j'aurai finalement tout ce que je veux.

Bénéfice net : la liberté, enfin.

L'Heureux Nouveau Voisin se détourne du miroir. Il s'est suffisamment rongé les sangs comme ça. Fini de réfléchir. Place à l'action.

Il entre dans le dressing, s'agenouille, soulève avec précaution les trois lames de parquet. Quelques instants plus tard, le carton à chaussures apparaît.

Soulever le couvercle, contempler le contenu. Savoir ce qui doit suivre. Et éprouver le sentiment de puissance que donne la détermination.

But de l'opération : voir de quel bois est réellement faite une spécialiste de la douleur qui ne la ressent pas.

Bénéfice net : quitte ou double.

27

Christi Willey correspondait trait pour trait à l'image que D.D. s'en était faite, ce qui avait un je-ne-sais-quoi de déprimant. À un moment donné de sa carrière, elle s'était juré de raccrocher dès que ses enquêtes ne seraient plus peuplées que de clichés ambulants. Et pourtant elle était là, dans la zone restauration d'un centre commercial où elle avait rendez-vous avec une ancienne détenue et sa conseillère d'insertion, et, ça n'avait pas raté, Christi Willey ressemblait en gros à ce qu'on pouvait prévoir, jusqu'aux cheveux blond décoloré avec racines apparentes, au dos rond et aux yeux bleus qui jetaient des regards furtifs.

Sa conseillère d'insertion avait appelé Phil alors qu'ils étaient encore en pleine séance de brainstorming chez D.D. Phil avait demandé à rencontrer toute détenue en liberté conditionnelle qui aurait purgé une partie de sa peine avec Shana Day, or la conseillère avait une candidate : Christi Willey, libérée l'année précédente après vingt ans au pénitencier pour divers crimes et délits, dont complicité de meurtre. Christi avait accepté de répondre à leurs questions à une seule condition : qu'Adeline soit présente.

Pas la sœur de Shana. Pas le docteur Glen. Adeline.

Cette demande avait piqué la curiosité de D.D. Par chance, elle avait aussi piqué celle d'Adeline. Ils étaient donc là, Phil, D.D. et Adeline, autour de deux tables de cafétéria rapprochées à la va-vite, en compagnie de Candace Proctor et de la reprise de justice dont elle suivait le dossier, dans un lieu qui sentait puissamment la friture. Les crevettes aux épices et à l'orange, en particulier. Ça donnait faim à D.D.

Jusque-là, Adeline avait eu la bonne idée de garder le silence, laissant Phil et D.D. mener la conversation.

Il fut confirmé que Christi Willey avait autrefois été incarcérée dans le même pavillon que Shana Day. Elles avaient aussi cohabité dans le quartier d'isolement, après, vous savez, l'incident.

Le casier judiciaire de Christi Willey comptait une demi-douzaine de délits liés à la toxicomanie ; vol à main armée pour se procurer de quoi acheter de la drogue, agression pour pouvoir continuer à en consommer, complicité de meurtre avec son petit copain pour se débarrasser d'un rival et ainsi pouvoir continuer à en vendre... Vu les gestes nerveux de cette femme et ses yeux qui sautaient d'un point à l'autre, D.D. n'était pas persuadée que Christi avait tourné le dos à ses anciennes habitudes, d'autant que la prison était un des meilleurs endroits où trouver de la dope. Cela dit, Christi les rencontrait de son plein gré, en présence de sa conseillère d'insertion, et comme elle devait certainement se soumettre à des tests de dépistage de drogue dans le cadre de son suivi judiciaire...

Qui sait ? Peut-être qu'elle était clean. Peut-être que le cerveau garde des séquelles, même des années après le sevrage.

Possible.

« Oui, je connaissais Shana Day », répondit leur informatrice secouée de tics. Elle portait un débardeur, pas vraiment de saison, qui mettait en évidence ses bras fins comme des barreaux de chaise. Candace avait posé une grosse barquette de frites sur la table, peut-être pour la tenter, mais Christi n'y avait pas encore touché.

D.D., malgré son amour inconditionnel pour tout ce qui était restauration rapide, s'était limitée à une bouteille d'eau. Pareil pour Phil. Adeline avait fait des folies et pris un smoothie, expliquant qu'elle avait sauté le petit déjeuner. Jusque-là, Christi ne prêtait guère attention à la psychiatre, au grand soulagement de D.D. Officiellement, Adeline n'aurait même pas dû être là. D.D. non plus, cela dit.

« Ils avaient un petit jeu, racontait Christi, les yeux rivés sur la table. Ils appelaient ça les jeux Olympiques des putains. Frankie, Rich et Howard. Ils y jouaient chaque fois qu'ils bossaient en même temps. Ils prenaient trois filles, ils les alignaient devant eux et ils descendaient leur braguette. La première qui faisait jouir le mec remportait un lot. Un lait pour le corps. Quelques minutes de plus sous la douche. Des conneries de ce genre. »

La conseillère d'insertion lui tapota la main. D.D. n'avait jamais travaillé avec Candace, mais cette dernière semblait sincèrement se préoccuper des détenues qu'on lui confiait.

« Trois surveillants participaient à ces faits ? demanda Phil.

– Au début, répondit Christi dans un murmure, le regard toujours fuyant. Mais ils ne travaillaient pas très souvent aux mêmes horaires et Frankie, vous voyez... il avait des envies. Alors des fois, il agissait seul. Il débarquait dans notre cellule. Une pipe et au boulot, il disait. Il la sortait. On le suçait. Et quand c'était fini, il la rentrait et retournait bosser. Comme si de rien n'était. Comme si... on ne comptait pas.

– À combien de détenues s'en prenait-il ? demanda Phil.

– Je ne sais pas. Trois ou quatre.

– Est-ce que vous avez porté plainte ? »

Elle releva la tête, encore les larmes aux yeux après toutes ces années. « Comment ? Auprès de qui ? C'était nos surveillants. À qui on était censées se plaindre ? »

Phil ne dit rien. Ce genre de question n'appelait pas de réponse.

« Que s'est-il passé ?

– Howard c'était pas le pire. Des fois, il lui arrivait même de remercier, de nous faire passer des petits cadeaux en douce, du chocolat. Je crois qu'il n'avait pas de copine. Il avait l'air… seul. Mais Frankie et Rich… Plus ils en avaient, plus ils en voulaient. Comme il y avait des caméras, ils se couvraient chacun leur tour. En appuyant sur tel ou tel bouton, par exemple. Je ne sais pas. J'imagine qu'à ce moment-là, ça faisait sauter les caméras. Et le temps qu'elles redémarrent, l'autre entrait dans la cellule. Une fois à l'intérieur, il était hors de portée des caméras, alors ça n'avait pas d'importance. Il pouvait rester autant qu'il voulait, faire tout ce qu'il voulait… Et ensuite, quand il avait eu son compte, il donnait un signal, l'autre appuyait sur le bouton et abracadabra, le surveillant se retrouvait dans les couloirs, au boulot. Ils se croyaient très malins. Ils n'arrêtaient pas de s'en vanter.

– Combien de temps a duré ce petit manège ?

– Je ne sais pas. Des mois. Des années. Une éternité.

– Est-ce qu'ils ont agressé Shana Day ? » intervint D.D.

Christi la regarda d'un drôle d'air. « Qu'est-ce qu'ils auraient voulu faire avec elle ? Une fille qui avait coupé l'oreille d'un petit garçon. Qui aurait eu envie de coucher avec ça ? »

D.D. prit cela pour un non.

« Elle restait dans son coin, cette salope. C'est pour ça que c'est tellement bizarre, ce qui s'est passé après. »

D.D., Phil et Adeline tendirent l'oreille.

« C'était le soir de repos de Frankie. Nous, comme des connes, on se détendait. Le salopard était parti, on pouvait enfin respirer. Et puis il a débarqué. En tenue de ville. En expliquant comme quoi il avait eu une idée : puisqu'il ne travaillait pas, il pouvait rester toute la nuit. Et puis il nous a regardées l'une après l'autre, avec un sourire vicieux, en attendant qu'on comprenne bien. Richie tenait le poste de commande. Donc il n'avait qu'à appuyer une fois sur l'interrupteur de la caméra, Frankie entrerait tranquillement et on pourrait lui servir d'esclaves sexuelles. Toute la nuit. Les veinardes.

« C'est moi qu'il a choisie, continua Christi, les yeux fixés sur la portion de frites. C'est moi qu'il a choisie. »

Personne ne dit rien.

« J'ai hurlé, à un moment donné. Ça servait à rien, vu que c'était juste un quartier plein de criminelles et d'un gardien qui n'en avait rien à foutre. J'ai entendu les autres filles faire du ramdam. Elles tapaient contre les barreaux avec des chaussures, des bouquins, des brosses à dents. C'est une façon de protester, en prison. Mais ça ne se voit pas bien à la caméra. Alors Frankie est resté. Il a fait tout ce qu'il a voulu. Encore et encore et encore. Il avait dû prendre du Viagra en prévision, ce fils de pute... Et je ne pouvais strictement rien faire. Quand il a eu fini, il a remis ses vêtements, remonté sa braguette, et il m'a donné un échantillon de shampooing. Comme dans les hôtels, vous voyez. Il m'avait défoncée... Et voilà ce que j'avais en retour. Une saleté de shampooing.

« Je ne me suis pas levée, le lendemain. Je ne pouvais même plus marcher. Mais Richie avait pris soin de laisser une note pour expliquer que je m'étais "épuisée" en faisant du chahut la veille. Le gardien de jour ne s'est même pas donné la peine de vérifier comment j'allais. Ils se tiennent tous les coudes, vous savez. C'est nous qui sommes enfermées, mais ce sont eux les monstres. »

D.D. ne voyait rien à répondre à cela.

« Le lendemain soir, Frankie était de service. Il m'a fichu la paix. Il s'est attaqué à une nouvelle. Elle a pleuré, la pauvre idiote. Elle a pleuré, crié, pleuré encore. Ça m'était égal. C'est comme ça, là-bas : tant que ce n'était pas moi qu'il baisait, ça m'allait très bien. Dieu soit loué, alléluia, j'ai ma soirée de libre. Mais on n'est pas des animaux, vous savez. »

Elle releva brusquement la tête et ses mains glissèrent nerveusement sur la table. « Seulement, à force d'être traitées comme si on en était... Frankie n'était pas de service le vendredi. On le savait toutes. On était sur les nerfs. Tout le quartier. Parce qu'on se doutait qu'il allait revenir. C'était notre démon, notre malédiction, et ça n'a pas raté, à dix heures du soir, il s'est pointé à l'étage, tout content. En jean et sweatshirt des Red Sox. Et moi qui étais fan des Red Sox ! Alors il m'a regardée avec un grand sourire. Comme si c'était un privilège d'être l'élue. Comme si la petite nouvelle ne saignait pas encore par tous les trous après ce qu'il lui avait fait.

« Il s'est approché. Qu'est-ce que je pouvais faire ? C'était la fatalité. Et là... »

Christi s'interrompit, les regarda. « Shana lui a parlé. Bien haut et fort. Elle s'est mise à la porte de sa cellule et elle lui a demandé comment se passait le divorce. Ce que ça lui faisait de savoir que l'autre baisait sa femme, élevait ses enfants. Et tiens, c'était marrant, non, même son chien lui faisait la gueule. Dans le genre loser, on ne faisait pas mieux. Il n'y avait qu'à regarder le mot dans le dico, on trouverait la photo de Frankie comme illustration... » Christi fut parcourue d'un léger frisson, secoua la tête. « On pouvait plus l'arrêter. Et elle savait un paquet de choses. Des tonnes de détails sur la vie de Frankie. Comment c'était possible, franchement ? Au début, Frankie a essayé de ne pas faire attention, mais ensuite il lui a dit de la boucler, qu'elle ne savait rien de rien. Mais elle a continué et avant qu'on ait eu le temps de dire ouf, Frankie s'est retrouvé devant la porte de sa cellule à hurler qu'elle n'était qu'une sale petite salope et qu'elle ferait mieux de fermer sa grande bouche avant qu'il l'oblige à le faire. Mais non. Elle a souri, mon vieux. Elle lui a souri à la tronche, le sourire le plus dément que vous ayez jamais vu.

« Oblige-moi, elle a dit. Comme ça.

« J'ai cru que c'était réglé. Qu'elle avait signé son arrêt de mort. Frankie n'allait pas seulement lui filer une trempe, il allait la tuer. Pour lui avoir parlé comme ça. Pour l'avoir *regardé* comme ça, comme s'il n'était qu'un minable, un pauvre loser, probablement même pas foutu de bander dur.

« Frankie a fait signe à Richie d'ouvrir la porte de la cellule de Shana. L'autre l'a fait et Frankie s'est rué à l'intérieur, complètement survolté et prêt au meurtre. On lui voyait le blanc des yeux quand il s'est jeté sur elle. Mais elle n'a pas reculé d'un pouce. Elle a encore souri. Il a hésité un instant. Comme si une partie de son cerveau essayait de tirer le signal d'alarme. Mais il était trop tard. Il a chargé et Shana lui a planté un couteau dans le bide. J'entends encore le bruit, des fois, au milieu de la nuit. Un gros bruit mouillé. Et ensuite le bruit de succion quand elle a ressorti la lame. Une lame courte. Peut-être un peigne aiguisé ? J'ignore si je l'ai su. Elle a dû lui donner des dizaines de coups, je n'avais jamais vu quelqu'un d'aussi ravi, et pendant ce temps-là Frankie s'étranglait, tombait par terre, et elle, elle s'acharnait. *Tchac, tchac, tchac.*

« Richie a fini par lever son gros cul de sa chaise pour donner l'alerte. La brigade d'intervention est arrivée, tout harnachée. Mais Shana a refusé de reculer. Elle est restée au-dessus du cadavre de Frankie et elle les a regardés en montrant les crocs. »

Soudain Christi se tourna vers Adeline.

« Il faut imaginer : toute la baraque est en train de péter les plombs. Les sirènes beuglent. Les filles deviennent dingues. Le couloir est plein de surveillants remontés comme des horloges qui brandissent des boucliers matelassés et des grosses matraques. Ils gueulent à Shana de se baisser, de lâcher son arme, de se coucher à plat ventre. Mais Shana refuse de céder. On aurait dit une lionne, je ne sais pas, moi, qui défend sa proie. Et ensuite, pendant qu'ils sont tous à lui hurler dessus, elle lèche le sang qui dégouline de son poignet. J'ai cru que deux des surveillants allaient tourner de l'œil.

« Ils lui sont tombés dessus comme une masse. Et elle a résisté. Jusqu'au bout, elle a donné des coups de couteau, des coups de pied, des coups de poing. J'ai pensé qu'ils allaient la tuer. J'ai failli leur crier d'arrêter. Mais je n'ai pas pu. Même après ce qu'elle venait de faire pour moi... je n'ai pas pu.

« Quand ils ont fini par la tirer de sa cellule, elle était quasi méconnaissable. Le nez explosé, deux coquards. Mais elle s'est tournée vers moi et pendant qu'ils l'entraînaient dans le couloir, elle m'a regardée dans les yeux en disant : "Je suis désolée, Adeline." Voilà ce qu'elle m'a dit. "Je suis désolée, Adeline."

« Deux semaines plus tard, elle est sortie de l'infirmerie. Ils l'ont transférée dans le quartier d'isolement et, comme par un fait exprès, je me suis encore retrouvée dans la cellule d'en face. Comme j'avais signalé que j'avais été violée et sodomisée par Frankie, les autorités en avaient déduit que j'avais fricoté

avec un surveillant et que je méritais donc d'être punie...
J'avais été envoyée au quartier d'isolement, où Richie avait
aussi fait en sorte d'être affecté. Surtout pour avoir Shana à
l'œil, bien sûr. Avec ce qu'elle savait sur lui...

« "Il faudra bien que tu finisses par dormir", il murmurait
par la fente de la porte. Et elle, elle riait et elle répondait :
"Tu me le paieras, connard."

« Je ne sais pas comment elle a fait. Mais une nuit, j'ai été
réveillée par des chuchotements. Un murmure faible, insis-
tant, presque comme une psalmodie. Shana parlait tout bas
à Richie, comme si elle lui disait quelque chose de vraiment
très important, encore et encore. Lui ne répondait pas, mais il
ne partait pas non plus. Il restait planté là, devant sa cellule,
en secouant la tête, non, non, non... Ensuite elle a arrêté.
Il y a eu un silence et je peux vous dire que la prison n'est
jamais, jamais silencieuse. On aurait dit que tout le monde
tendait l'oreille. Moins on en entendait, plus on avait envie
de savoir. Mais Shana n'a plus rien dit.

« Au lieu de ça, Richie a... poussé un soupir. Comme...
comme le type le plus épuisé du monde qui aurait enfin déposé
son fardeau. Alors il a ouvert la porte de Shana. Je l'ai regardé
faire. Il a ouvert la porte de sa cellule et il s'est jeté dans ses
bras. On aurait dit des amants. Quand elle lui a enfoncé sa
lame dans le cœur, il n'a même pas eu l'air d'avoir peur. Il
était... reconnaissant. Il s'est effondré et elle est restée assise
à côté de lui en lui caressant les cheveux jusqu'au moment
où le centre de commande s'est aperçu qu'un surveillant avait
disparu des écrans, où d'autres alarmes ont retenti et où la
brigade d'intervention a encore une fois déboulé.

« Cette fois-là, elle ne leur a pas résisté. Elle m'a regardée
droit dans les yeux par-dessus leurs épaules. Ensuite elle a
levé le couteau et elle s'est ouvert le bras du poignet jusqu'à

l'épaule. *Zip.* Moi, j'ai peut-être poussé un petit cri, mais elle n'a pas fait le moindre bruit. Elle venait de passer le couteau de sa main droite dans sa main gauche quand les surveillants sont arrivés sur elle et l'ont jetée par terre avant qu'elle en finisse. Sinon... »

Christi ne termina pas sa phrase. Elle haussa les épaules, comme pour ponctuer la fin de son récit. Personne ne prit la parole. Adeline, remarqua D.D., semblait frappée de stupeur.

« Et le troisième gardien ? demanda finalement Phil. Comment s'appelait-il déjà ? Howard ?

— Il n'a jamais repris son poste. J'ai appris qu'il était mort quelques mois plus tard. Une sortie de route en voiture. Je ne sais pas grand-chose là-dessus, mais je vous parie que Shana, si. Je parie que s'il s'est tué, c'est qu'elle le lui a demandé.

— Qui d'autre connaît cette histoire ? » demanda D.D.

La femme haussa de nouveau les épaules. « Je ne sais pas. J'ai répondu aux questions qu'on me posait à l'époque. On a toutes répondu. Des infos par-ci par-là. Mais est-ce qu'ils ont entendu ? Est-ce qu'ils en avaient quelque chose à foutre ? Vous ne savez pas ce que c'est. Les prisonniers ne sont pas des êtres humains. Pour eux, nous sommes des animaux qui bêlent. Évidemment, ils ont étouffé l'affaire. Les surveillants ont eu leur enterrement, les veuves ont eu leur pension. Et nous, on a eu de nouveaux surveillants. Tout était normal.

— Et le directeur ?

— Le grand patron ? Jamais on ne le voyait. En tout cas, avant l'arrivée de Beyoncé. Elle, elle fait semblant de nous aimer, elle passe même dans les quartiers de temps en temps. Mais Wallace ? Fallait pas rêver. »

McKinnon, alias Beyoncé, ne dirigeait le pénitencier que depuis dix ans, donc l'épisode raconté par Christi s'était déroulé sous le règne de son prédécesseur. Ce qui pouvait expliquer que McKinnon n'ait pas semblé au courant de tous les détails sordides.

« Vous en avez discuté avec Shana ? demanda Phil.

– Je ne l'ai jamais revue. Elle était encore en convalescence à l'infirmerie quand j'ai quitté le quartier d'isolement.

– Mais ces surveillants ? intervint Adeline. Richie, Frankie, Howard. Ils ne l'avaient jamais agressée ? Vous en êtes certaine ?

– Certaine.

– Alors pourquoi a-t-elle décidé de s'interposer, à votre avis ?

– Pour Adeline », répondit Christi. Elle fixa son regard sur la psychiatre, avec une évidente curiosité. « C'est vous, Adeline, n'est-ce pas ? »

Adeline hocha la tête.

« Vous êtes sa sœur ? »

Nouveau hochement de tête.

« Mais vous n'avez jamais été en prison. Vous avez l'air trop sympa. »

Sourire sans conviction.

« J'avais un frère, dit soudain Christi, de cinq ans plus jeune que moi. Quand j'étais petite et que notre père avait bu... j'essayais de faire en sorte que mon père ne voie pas Benny. Ou, s'il le voyait, de détourner son attention vers moi.

– Et ça marchait ? demanda Adeline.

– Ça a marché un moment. Mais quand Benny a eu douze ans, il s'est mis à boire aussi et plus rien n'a eu d'importance. C'étaient deux poivrots qui avaient l'alcool mauvais.

– Je suis désolée.

– J'adorais mon petit frère. Le Benny d'avant ses douze ans. Je me serais fait tuer pour lui. Ça a bien failli m'arriver deux ou trois fois. Quand Shana m'a regardée et qu'elle a murmuré "Adeline", j'ai su ce qu'elle voulait dire. Elle disait "Benny", en fait. C'était vous qu'elle voulait sauver.

– Possible.

– Est-ce que vous valez la peine d'être sauvée ? demanda Christi avec gravité. Ou est-ce que vous n'êtes qu'une sale petite ordure ingrate comme mon frère ?

– Je ne sais pas. Comme souvent entre sœurs, notre relation est... compliquée.

– Je suis contente qu'elle ait tué Frankie. Rien à foutre que ce soit bien ou mal. Il ressemblait à mon père. Autre homme, autre uniforme, même connard. Shana le savait. Elle a vu qui il était et elle s'en est servie contre lui.

– Comment avait-elle appris tous ces détails sur sa vie ? demanda Phil. Son divorce, ses enfants, le chien. Est-ce que tout était vrai ?

– Je ne sais pas comment elle l'a su, mais après la mort de Frankie, nous avons entendu les surveillants chuchoter entre eux. Apparemment, sa femme l'avait quitté deux semaines plus tôt pour un de leurs collègues. C'était pour ça qu'il avait commencé à passer la nuit sur place.

– Mais la rumeur n'est arrivée jusqu'à vous qu'*après* la mort de Frankie ? » se fit préciser Phil.

Christi confirma : « Si je me souviens bien. Shana savait aussi des choses sur Richie. Du style, ses pensées personnelles, ses secrets les plus intimes. Je crois que c'est ce qu'elle lui a murmuré ce soir-là. Elle lui disait que tout ce qu'il craignait le plus à propos de lui-même était vrai. C'est pour ça qu'il a voulu mourir. Une fois qu'on comprend que non seulement on n'est qu'une merde infâme, mais qu'en plus le monde entier est au courant... la mort ne paraît pas une si mauvaise solution. Il s'est jeté dans ses bras et elle l'a tué avec...

gentillesse. Presque avec tendresse. Elle fait du vaudou, cette fille. Voilà ce que je pense.

– Vous avez raconté tout ça à Charlie Sgarzi ? demanda D.D.

– Le journaliste ? Ouais, il est venu fouiner dans le coin, il y a quelques mois. Il prépare un gros "best-seller" sur Shana. » Dans la bouche de Christi, le mot *best-seller* avait des accents de moquerie.

« Vous avez répondu à ses questions ?

– Il m'avait invitée à dîner, répondit Christi en guise d'explication. À l'Olive Garden. Il faut bien se nourrir.

– Il vous a interrogée sur le meurtre de son cousin, Donnie Johnson ?

– Oui, mais je ne savais pas quoi répondre. Shana n'en parlait jamais. Je ne l'ai même jamais entendue prononcer ce nom.

– Mais vous étiez au courant de l'affaire, n'est-ce pas ? Elle avait fait beaucoup de bruit à l'époque. Les autres filles ont bien dû lui poser des questions », insista Phil.

Christi le regarda d'un air surpris. Puis elle éclata de rire : « Vous ne l'avez jamais rencontrée, hein ?

– Si.

– Vraiment ? Et à combien de questions avez-vous survécu ? On ne peut pas... juste... parler à Shana. Elle a un sérieux problème là-haut. Pas le genre mignonne araignée au plafond ou timbrée à côté de ses pompes. Elle est vraiment, authentiquement, dingo, comme si elle avait vendu son âme au diable. Elle n'en a rien à foutre de moi ou de qui que ce soit là-bas. Bien sûr qu'elle a tué Frankie. Et *peut-être* qu'elle voulait nous sauver ou je ne sais quoi. Mais elle voulait surtout le tuer, point barre. Il faut voir le milliard de coups de couteau qu'elle lui a donnés. Pour ensuite lécher le sang. Je ne crois pas que j'aie jamais vu Wonder Woman faire ça à la fin d'un épisode.

– Mais ensuite elle vous a appelée Adeline », fit remarquer D.D., étonnée que l'agression de Christi par Frankie ait déclenché une réaction chez Shana. Elle avait fait un carnage ; alors que la mort du deuxième surveillant, Rich, s'était déroulée de manière beaucoup plus paisible, presque douce, selon Christi.

« C'est elle, Adeline. Posez-lui la question », dit celle-ci en désignant la psychiatre.

D.D. se tourna vers Adeline.

« Simple phénomène de projection », expliqua Adeline d'une voix enrouée. Elle n'était pas aussi maîtresse d'elle-même que d'ordinaire. Elle se racla la gorge. « Shana a passé quatre ans avec des parents maltraitants avant d'être confiée à toute une série de familles d'accueil qui ne lui ont sans doute pas apporté grand-chose en matière de sécurité affective. Dans ce type de situations, le petit frère ou la petite sœur en vient souvent à représenter l'enfant intérieur du patient. En essayant de voler au secours du plus jeune, l'aîné essaie en réalité de revenir en arrière pour se sauver lui-même. Shana fait une fixation sur l'idée de veiller sur moi comme pour se protéger par procuration. De la même manière, prendre la défense de détenues plus jeunes, plus inexpérimentées, peut être une façon de préserver le sentiment de son identité.

– Ah oui ? demanda Christi. Et d'où ça sort, cette façon de lécher le sang ?

– Hérédité chargée, répondit Adeline avec un sourire sans joie.

– Que vous a dit Sgarzi à propos de son livre ? demanda Phil.

– Pas grand-chose. Que Shana avait tué son cousin. Qu'il écrivait un bouquin sur l'affaire et qu'il voulait interroger Shana et des gens comme moi pour obtenir des infos exclusives.

– Qu'a-t-il pensé de cette histoire de surveillants ripoux ?

– Franchement ? Il est resté sous le choc. Pour un type qui veut écrire un thriller, on aurait pu croire qu'il aurait le cœur un peu mieux accroché, non ?

– Il n'était pas au courant ? demanda Phil.

– Faut croire.

– Il vous a demandé si Shana avait des amis, des admirateurs ?

– Oui. Mais c'est vite vu. Elle n'en a pas.

– Vous êtes restée en contact avec elle ? demanda Adeline. Après votre libération ?

– Non. Je ne lui avais pratiquement jamais parlé quand on était toutes les deux en cabane. Pourquoi je lui aurais parlé une fois dehors ?

– Mais les détenues arrivent à communiquer entre elles à l'intérieur de la prison.

– C'est sûr. » Christi s'agita sur son siège et regarda sa conseillère d'insertion d'un air gêné.

Celle-ci comprit le message. « Et si j'allais nous chercher des bouteilles d'eau ? proposa-t-elle avec entrain.

– Excellente idée. »

Dès que sa conseillère se fut éloignée, Christi se pencha vers les autres. « On s'échange tout le temps des messages. D'une cellule à l'autre, d'un étage à l'autre. Entre détenues, ou d'un surveillant à une détenue. Parfois juste pour tuer le temps. D'autres fois, en échange de faveurs, vous voyez. Du chocolat, du sexe, de la drogue. Ça dépend du message et du messager.

– Mais pas Shana ?

– Les surveillants ne lui font pas confiance. Elle a tué deux des leurs. Et même quand on n'était pas fan de Frankie ou Richie, la *façon* dont elle l'a fait... » Christi fut parcourue d'un petit frisson. « Un Hannibal Lecter au féminin, murmura-t-elle. Vous savez qu'un jour elle s'est ouvert le doigt pour mélanger du sang à sa compote de pommes ? »

D.D. et Phil firent signe que non ; pas Adeline.

« Peut-être que si elle avait donné dans la drogue, reprit Christi avec animation, elle aurait eu une monnaie d'échange pour soudoyer les surveillants ou payer des complices. Ou si elle n'avait pas autant foutu les jetons, elle aurait pu proposer une petite pipe, je ne sais pas. Mais Shana... c'est Shana. Les surveillants en ont la trouille. Les détenues l'évitent. Jamais personne n'ira faire passer des messages pour elle ; elle n'a même pas droit à un *salut, comment ça va ?*. Voilà la vérité, il n'y a pas à chercher plus loin. »

D.D. acquiesça. Adeline, en face d'elle, semblait affectée. Elle se demanda si la psychiatre avait jamais réellement songé à la vie que menait Shana derrière les barreaux. C'est une chose de savoir que votre sœur souffre d'un trouble de la personnalité. C'en est une autre de savoir qu'elle en *souffre* au sens propre du terme.

« Croyez-vous que Shana soit intelligente ? » demanda Phil. D.D. le regarda d'un air intrigué ; elle ne voyait pas très bien où il voulait en venir.

« Ça oui.

– Vous pensez qu'elle saurait coincer un assassin ?

– Si elle voulait, répondit Christi avec philosophie. Mais vous ne le retrouveriez sans doute pas en un seul morceau.

– Et elle ne parlait jamais de Donnie Johnson ?

– Jamais.

– Et la nuit ? demanda Adeline. Est-ce qu'elle faisait des cauchemars, est-ce qu'elle parlait dans son sommeil ?

– Oh, je suis sûre qu'elle faisait des cauchemars. On en fait toutes.

– Mais est-ce qu'elle parlait ?

– Je ne l'ai jamais entendue murmurer qu'un seul nom.

– Lequel ? »

Christi, les traits tirés, grave, dévisagea la psychiatre. « Adeline. Au milieu de la nuit, quel que soit le rêve de votre sœur, vous étiez toujours dedans. »

28

« Il ne faut pas la plaindre », affirmai-je. Nous avions quitté la zone des restaurants, laissant derrière nous une écœurante odeur de friture, et nous descendions les escalators vers la sortie du Prudential Center. « Ma sœur n'est pas comme vous et moi. Elle ne crée pas de liens, elle n'éprouve pas d'empathie et ne trouve pas de réconfort auprès des autres, comme tout le monde. Ce n'est pas parce qu'elle est seule qu'elle en souffre forcément. En fait, elle ressentirait la même chose au milieu d'une pièce bondée ou même dans les bras d'un homme qui se dirait amoureux d'elle. Cela fait partie de son trouble de la personnalité.

– Autrement dit, le confinement en cellule individuelle n'est pas vraiment une punition dans son cas ? demanda D.D.

– Oui et non. Ce qui lui manque, ce n'est pas la compagnie des autres, mais la stimulation. Elle ne souffre peut-être pas de sa solitude, mais elle s'ennuie.

– Pas assez pour changer de comportement, constata Phil.

– Le changement nécessaire serait trop profond. Les troubles de l'attachement sont excessivement difficiles à traiter. C'est avec les patients de moins de cinq ans qu'on a les meilleures chances de réussite. Étant donné que Shana a passé toute son adolescence et toute sa vie d'adulte derrière les barreaux...

– C'est vrai qu'elle a mélangé du sang à sa compote de pommes ? demanda D.D.

– Pour le plaisir de choquer, lui expliquai-je. La directrice lui avait attribué un nouveau conseiller, ce qui, vu la vie sociale très limitée de Shana, revenait à lui offrir une nouvelle proie. Shana a raconté à ce type qu'elle était la servante du diable et que mélanger du sang à sa compote faisait apparaître des motifs qui lui permettaient de prédire l'avenir. De voir, par exemple, qu'il serait mort avant la fin du mois. Alors quand il a fait une crise cardiaque à peine trois semaines plus tard...

– Incroyable ! dit D.D. en s'arrêtant net.

– Pas vraiment une crise cardiaque, la rassurai-je. Une attaque de panique. Très probablement déclenchée par les trois heures hebdomadaires qu'il passait en compagnie de ma sœur. Inutile de vous dire qu'il a pris sa retraite. Et que ma sœur s'est remise à mijoter de nouvelles manières de se divertir.

– Comme d'entrer en relation avec un tueur ? » suggéra Phil.

Je ne savais plus quoi dire. D'un seul coup, je me sentais vidée, lessivée. Déchirée entre ce que je comprenais de ma sœur d'un point de vue professionnel et ce que j'avais envie de ressentir à son sujet d'un point de vue personnel.

Comme quoi, ce n'était pas parce que j'étais insensible à la douleur que ma famille ne pouvait pas me faire souffrir.

Elle rêvait de moi, elle murmurait mon nom. Ma grande sœur. Nous n'avions passé qu'une poignée d'années ensemble (une chez nos parents, deux dans diverses familles d'accueil) et pourtant nos vies étaient inextricablement liées.

« Vous avez déjà joué au jeu du bar ? » demandai-je.

Les deux enquêteurs s'étaient immobilisés. Nous nous trouvions au pied du Prudential Center, sur un trottoir noir de passants dont les flots s'écoulaient autour de nous. Un après-midi dans le centre-ville de Boston. Des banlieusards, des touristes, des habitants du quartier, qui tous vaquaient à leurs très importantes occupations. Pendant que nous parlions meurtre, avec l'air vif de cette fin d'automne sur nos joues et le soleil qui pensait déjà à décliner.

« Le jeu du bar, répétai-je. On y jouait tout le temps quand j'étais étudiante en psychiatrie. Vous allez dans un bar, vous observez les consommateurs et vous devinez la vie de tous les habitués. En tant que futurs médecins, on se faisait une fierté d'interpréter leur langage corporel. Vous êtes enquêteurs : j'imagine que vous devez aussi être très forts. »

D.D. et Phil me regardaient sans avoir l'air de comprendre où je les emmenais. « D'accord. Nous aussi, on aime le jeu du bar, finit par répondre D.D. Et alors ?

– Je parie que vous repéreriez à trois kilomètres le type fraîchement divorcé.

– Forcément.

– Ma sœur aussi. »

Un silence, et je les vis tirer les conséquences de ce qui venait d'être dit.

« D'après vous, conclut Phil, elle a deviné que Frankie était en plein divorce rien qu'en l'observant.

– Pas bien sorcier. Jusque-là, il venait au travail avec son casse-croûte (emballé par sa femme), il ne le fait plus. Jusque-là, il portait un uniforme tout propre (lavé par sa femme), ce n'est plus le cas. Et puis il modifie ses habitudes, se met à passer toute la nuit au pénitencier alors qu'il n'est pas de service. Un type avec une réputation de misogyne comme Frankie devait être marié avec une femme au foyer qui pourvoyait à tous ses besoins. Une femme qui faisait le ménage, la cuisine, aux petits soins pour lui. Donc, le jour où elle a pris ses cliques et ses claques, l'impact sur la vie de Frankie ne pouvait que sauter aux yeux. Dans un bar bondé, j'aurais su le décoder, et vous aussi. Alors pourquoi pas ma sœur, qui n'avait rien de mieux à faire de ses journées ? »

Ils examinèrent la question. « Mais elle n'était pas seulement au courant de sa récente séparation, fit remarquer D.D.

— Peut-être qu'elle avait glané de précieuses informations en écoutant les bruits de couloir. D'autres ont laissé tomber des allusions, elle les a ramassées. Et puis, tout est dans le ton. Il s'agit moins de *savoir* réellement que de donner *l'impression* qu'on sait. Christi a appelé ça du vaudou. Le plus probable, c'est que ma sœur est simplement très douée pour les tours de passe-passe. Elle écoute, elle analyse et boum, elle frappe.

— Elle aurait écouté et analysé le deuxième surveillant, Richie, au point qu'il se serait laissé tuer ? s'étonna Phil, la mine soucieuse.

— Je crois qu'elle a vu qu'il avait une conscience. Le reste ne devait pas être très difficile.

— Vous voulez dire que vous seriez capable de le faire ? demanda D.D. comme par défi.

— Sauf que moi aussi, j'ai une conscience », lui rappelai-je. Me rappelai-je à moi-même.

« Vous pensez que Christi disait peut-être vrai, reprit Phil. Votre sœur aurait manœuvré ces deux surveillants, et peut-être même qu'elle aurait obtenu du troisième, Howard, qu'il se tue en voiture, mais ce ne serait pas grâce à des informations venues de l'extérieur. Elle les aurait juste manipulés.

— Je crois que nous ne devrions pas attribuer trop de super-pouvoirs à ma sœur. On lui colle déjà assez de superlatifs comme ça.

– Et qu'est-ce qu'on en déduit ? » demanda D.D.

Je pris une grande inspiration. « Qu'elle ne l'a pas fait.

– Pas fait quoi ? demanda D.D., sceptique. Tuer Donnie Johnson, assassiner une détenue, poignarder deux surveillants, manipuler le tueur à la rose, ou tout ça à la fois ?

– Elle n'a pas tué Donnie Johnson », répondis-je, et à l'instant où ces mots franchirent mes lèvres, je sus qu'ils étaient justes. « Toujours cette histoire de projection, vous voyez ? Les trois meurtres au pénitencier, ceux sur lesquels nous avons le plus d'informations, avaient tous le même objet : protéger. C'est le facteur déclenchant chez Shana : voir un fort s'en prendre à un faible. Dans ce cas, elle s'identifie à la victime et intervient. Sauver cet enfant aujourd'hui, c'est sauver l'enfant qu'elle était hier. Même dans le cas de l'agression dont elle a été victime – cette détenue qu'elle a tuée dans un geste de légitime défense –, c'est la même logique qui était à l'œuvre. Ça s'est passé au début de son incarcération et cette détenue était plus grande et plus expérimentée. Là encore, un fort avait attaqué un faible.

– Mais Donnie Johnson n'était pas un fort, remarqua Phil.

– Non. Donnie était précisément le genre de personne qu'elle aurait eu envie de protéger.

– Alors que s'est-il passé ? » demanda D.D.

Je secouai la tête. « Je ne sais pas. Shana a plaidé la légitime défense en prétendant que Donnie avait tenté de la violer. Franchement, ça n'a jamais tenu debout. Pas avec les centimètres qui les séparaient et encore moins avec les personnalités qu'on leur connaissait. Donnie a été présenté comme un gentil matheux introverti et Shana comme une gamine des rues cruelle qui l'avait persuadé d'aller à un rendez-vous dans l'unique but de l'assassiner. Pour le frisson du premier meurtre, si on veut. Devant un crime aussi odieux, il a fallu moins d'une journée au jury pour condamner une adolescente à la perpétuité. Voilà le genre d'affaire que c'était. Le genre d'accusée que faisait Shana.

– Cet épisode remonte à trente ans, rappela Phil. Votre sœur était une gamine. Impulsive, en plein bouleversement hormonal, incontrôlable... Si ce meurtre était différent, c'est peut-être que votre sœur aussi était différente.

– Les facteurs déclenchants ne changent pas, répondis-je simplement. On aimerait bien pouvoir les modifier aussi facilement.

– Alors pourquoi n'a-t-elle pas davantage protesté ? demanda D.D.

– Parce que c'est Shana. Parce qu'elle est réellement atteinte d'un trouble de la personnalité qui l'empêche d'avoir des relations normales avec autrui, que ce soit son avocat, un juge ou des jurés. Il est aussi possible qu'elle ait déjà été dépressive à l'époque. Je ne sais pas. Je ne l'ai revue que dix ans plus tard, je ne connais pas la Shana de quatorze ans. Mais si elle était dépressive... le pire devait lui sembler probable. Alors quand il arrive, à quoi bon lutter ? »

Phil hocha la tête. Il semblait troublé. Que ma sœur psychotique de quarante-quatre ans soit enfermée ne lui posait aucun problème. Mais repenser à l'adolescente à l'enfance traumatisante qu'elle avait été, c'était plus pénible. À juste titre.

« Et son avocat ? demanda D.D. Il a dû se battre, pour une cliente de quatorze ans.

– C'était le meilleur qu'on pouvait avoir gratuitement », lui assurai-je.

D.D. leva les yeux au ciel.

« Par ailleurs, Charlie Sgarzi prétend avoir retrouvé des lettres de Shana à son cousin, mais je n'y crois pas non plus. Shana déteste les personnalités soumises. Jamais elle n'aurait été attirée par un garçon plus petit, plus jeune, plus vulnérable.

– Il a des lettres ?

– Qu'il aurait découvertes après le suicide de son oncle.

– Vous croyez qu'il les a inventées ? Pour vendre son bouquin ? »

Je n'en avais aucune idée. « Peut-être qu'il existe vraiment des messages, mais qu'il les a mal interprétés. Il pourrait s'agir d'une communication codée, ou alors ces lettres n'étaient pas du tout destinées à Donnie. Lui n'était que le messager, ou alors… » Je m'interrompis, réfléchis. « Donnie était intelligent, toujours le nez fourré dans ses livres, c'est ça ? Peut-être qu'il tenait la plume pour Shana. Elle-même n'était pas franchement une première de la classe. Encore aujourd'hui, son écriture, son orthographe… Disons qu'un mot rédigé de sa main ne donne pas une image flatteuse de ses capacités intellectuelles. »

D.D. était toujours soucieuse.

« Vous pensez qu'elle aurait tout manigancé ? dit-elle subitement. Je veux dire, ces nouveaux meurtres, reprit-elle avec un moulinet de la main. Vous avez entendu Christi : Shana croupit sous les verrous sans le moindre espoir de revoir la lumière du jour. Elle est intelligente, elle s'ennuie, elle a du temps à revendre. Pourquoi ne pas mijoter une série d'assassinats compliqués pour ensuite se donner le beau rôle ? Il s'est passé plus de dix ans depuis qu'elle s'est posée en héroïne en zigouillant Frankie Machinchose d'une centaine de coups de couteau. Maintenant, elle peut s'attaquer au tueur à la rose. Un peu de chair fraîche, comme vous dites. »

Je n'étais pas d'accord. « Je crois que vous étiez dans le vrai, ce matin : il y a un lien entre le tueur à la rose et ma sœur. Mais ce n'est pas Harry Day ; c'est Donnie Johnson. C'est ce qui s'est réellement passé il y a trente ans. Le secret que le tueur à la rose ne veut pas que Charlie Sgarzi déterre.

– On en revient à Charlie Sgarzi, constata D.D. avec un coup d'œil vers Phil.

– Non », la corrigeai-je, ce qui me valut un regard noir. « Il n'a pas encore découvert le secret ; c'est bien le problème. Il faut trouver la personne qui le détient. Et pour ça, il se pourrait que je puisse rendre service. La dernière famille d'accueil de Shana habitait dans la rue des Johnson et il y a des chances que la mère ait gardé quelques souvenirs de ce gamin. Or il se trouve que j'ai son nom et son numéro de téléphone. »

Brenda Davies se souvenait encore de moi. Nous ne nous étions rencontrées qu'une seule fois, près de six ans auparavant, quand j'avais repris le suivi psychiatrique de ma sœur et que j'avais interrogé Brenda pour les besoins de mon enquête préliminaire sur les antécédents de ma patiente. À l'époque, la conversation avait exclusivement porté sur Shana.

Brenda ne sembla pas surprise de mon appel, ni du fait que je puisse avoir de nouvelles questions sur le meurtre de Donnie Johnson. Malgré un agenda mondain très chargé, elle était disponible si nous voulions passer tout de suite.

Nous partîmes pour South Boston, Phil au volant. Sur la route, je lui demandai de faire un arrêt chez un traiteur italien pour acheter des pâtisseries. Ça paraissait la moindre des choses, étant donné que nous allions nous imposer chez une femme d'un âge désormais respectable pour parler d'une époque qu'elle avait certainement passé les trente dernières années à essayer d'oublier.

Brenda ouvrit la porte de sa maison délabrée et cligna des yeux sous la lumière du jour, alors même que le soleil était en train de se coucher et que la journée tirait à sa fin.

« Docteur Glen », dit-elle immédiatement.

Elle semblait avoir perdu des centimètres depuis notre dernière entrevue. Sa silhouette arrondie s'était voûtée et ses cheveux gris dressés sur sa tête lui donnaient l'air d'un hérisson dans sa robe de chambre à fleurs verte. Je lui présentai les enquêteurs. Elle les salua d'un signe de tête respectueux, mais déjà elle se tordait les mains.

Je lui tendis la boîte de gâteaux. Une étincelle de gratitude passa dans son regard bleu délavé, puis elle remonta le couloir sombre du rez-de-chaussée pour nous conduire jusqu'au salon, qui occupait l'arrière de cette maison étroite à deux étages. Elle désigna un canapé marron défraîchi, puis s'employa à déplacer les montagnes de papiers qui encombraient la table basse. Elle en déposa une par terre, où elle rejoignit un grand nombre de ses semblables. Phil et D.D. regardaient autour d'eux avec circonspection.

Six ans plus tôt, je m'en souvenais, la maison de Brenda Davies était en désordre. Mais désormais, on pouvait parler d'accumulation pathologique. Pour compenser la perte des enfants qu'on lui avait confiés ? Le vide laissé par la disparition de son mari ? Le crépuscule de son existence, qu'elle devrait désormais affronter seule ?

Je regardai la cuisine pleine à craquer, le séjour exigu, et regrettai déjà les questions que nous allions poser à cette gentille dame. Son mari et elle avaient fait partie des meilleures familles d'accueil. Elle en était fière, d'ailleurs. C'était pour cette raison qu'on avait envoyé ma sœur chez eux. Sauf qu'au lieu d'aider Shana à trouver le chemin du bonheur, ils étaient devenus une ruine de plus sur son parcours. Le meurtre de

Donnie Johnson avait détruit leur réputation dans le quartier et la foi qu'ils avaient en leur travail.

Il me vint à l'idée que Charlie Sgarzi tenait un bon filon : l'histoire complète de ce meurtre restait à explorer. Toutes ces vies bouleversées. Celle de Brenda Davies. Celle des Johnson. Celle de leurs proches, les Sgarzi. Celle de ma sœur. Et maintenant la mienne.

Un acte odieux. Tant d'ondes de choc.

« Café, thé ? » proposa Mme Davies. Elle s'était activée dans la cuisine, déplaçant des piles de vaisselle sale, des cruches à eau vides, pour finalement dénicher une assiette propre. Elle y disposa l'assortiment de choux à la crème, cannoli et macarons, puis, précautionneusement, l'emporta de son pas traînant vers la table basse.

Phil lui prit aimablement l'assiette des mains. D.D. et lui refusèrent le café, puis, devant son air déconfit, se ravisèrent et affirmèrent qu'un café leur ferait grand plaisir.

Le visage de Mme Davies s'illumina de nouveau et elle retourna dans la cuisine pour continuer sa popote dans un espace qui n'avait sans doute vu ni serpillière ni éponge depuis des années.

Phil et D.D. étaient assis avec raideur sur le canapé, D.D. le bras gauche collé au corps. Je pris le fauteuil relax miteux au bout de la table basse. Sorti de nulle part, un chat tigré orange sauta sur mes genoux. Puis deux ou trois autres matous pointèrent le bout de leur nez. Il fallait s'y attendre.

D.D. se retrouva avec un chat au pelage noir et blanc, aux yeux verts, qui donna des coups de museau agressifs à son épaule blessée. Elle le chassa d'un *psst* ; il sauta par terre et s'éloigna avec majesté en remuant la queue.

« Allons, Tom, lança Mme Davies depuis la cuisine. N'ennuie pas nos invités. Aucun sens des bonnes manières, celui-là.

Je l'ai recueilli dans la rue quand il était petit et il n'en est pas reconnaissant pour deux sous ! Voilà, nous y sommes. »

Mme Davies revint et apporta les mugs de café instantané, un par un. Phil se leva d'un bond, sans doute pour échapper à de nouvelles avances de la part de Tom, et lui donna un coup de main. Quand nous eûmes tous repris nos places, Mme Davies s'assit en face de moi.

Elle n'avait pas de café et ne toucha pas aux gâteaux. Les mains jointes sur les genoux, elle attendait, l'air interrogateur. Deux des chats se blottirent contre elle, un de chaque côté, comme des sentinelles. Et ce fut alors que je lus le chagrin dans son regard, profond et pénétrant, un chagrin que tous les chats et tout le désordre du monde n'apaiseraient jamais. Elle souffrait et acceptait sa souffrance. Assise en face de nous, elle savait que nos questions allaient la blesser, mais elle s'y résignait.

« Merci de nous recevoir dans d'aussi brefs délais, commençai-je.

– Il s'agit de votre sœur, vous disiez ?

– De nouvelles questions sont apparues concernant la mort de Donnie Johnson...

– Son assassinat, vous voulez dire ?

– Voilà. Les enquêteurs ici présents souhaiteraient vous poser des questions sur cette époque. Sur Shana, Donnie, le voisinage. Tout ça. »

Mme Davies pencha la tête sur le côté. Elle fit la grimace, sembla hésiter, puis céda avec un petit hochement de tête. « Eh bien, ça commence à dater, maintenant, vous savez. Mais vous avez de la chance, on dirait qu'avec l'âge, ma mémoire préfère le passé au présent. Si vous me posiez des questions sur la semaine dernière, je ne suis pas certaine que je pourrais vous aider. Mais il y a trente ans... » Elle poussa un soupir. « Sur ce qui s'est passé il y a trente ans, j'ai encore des souvenirs que j'aimerais mieux oublier.

– Parlez-nous de Shana », intervint D.D.

Mme Davies me lança un regard, comme si elle hésitait sur la conduite à tenir en ma présence.

« Vous pouvez y aller, la rassurai-je. Je ne nourris aucune illusion sur ma sœur. Vous n'avez pas à craindre d'en dire du mal devant moi.

– C'est un monstre », répondit aussitôt Mme Davies. Sans émotion, juste un constat. « Pourtant, on en avait accueilli, des gamins, Jeremiah et moi. Des enfants perturbés, tristes, en colère. Des garçons, des filles, tous les âges. On croyait qu'on avait tout vu, qu'on saurait faire face à tout. Nous étions arrogants. L'orgueil est un péché et le diable a envoyé Shana pour signer notre perte.

– Vous aviez d'autres enfants à cette époque ? demanda Phil.

– Trois. Un adolescent, Samuel, qui avait dix-sept ans et qui vivait chez nous depuis trois ans. Jeremiah l'avait formé, il lui avait appris la menuiserie. C'est un problème, vous savez, avec le système de l'aide à l'enfance. Dès que les gamins ont dix-huit ans, c'est fini. L'État les lâche dans la nature, qu'ils soient prêts ou non. Sam était inquiet pour son avenir, mais Jeremiah pensait pouvoir lui trouver un emploi chez un ami. Et nous lui avions dit qu'il pourrait rester chez nous ; nous le considérions comme notre fils. Peu importait ce que pourraient dire les services sociaux. Nous n'allions pas lui tourner le dos.

– Vous avez encore de ses nouvelles ? demanda D.D.

– Oui. Il vit à Allston, maintenant. Il passe à l'occasion. Mais tout le monde est tellement occupé, de nos jours. Et la menuiserie n'est plus ce qu'elle était. Il se déplace beaucoup pour trouver du travail. Je ne le vois sans doute plus aussi souvent qu'autrefois. »

Je remarquai que, sur ses genoux, Mme Davies se tordait les mains avec une telle violence que ses doigts en étaient devenus blancs. Un des chats, un matou gris, lui donna un coup de museau. Docilement, elle le caressa en réponse. Sur mes genoux, le chat orange ronronnait tout son soûl, ménageant un fond sonore étrangement apaisant pour une conversation aussi dérangeante.

« Et les autres enfants ? » relança Phil.

Mme Davies les énuméra. Une petite fille de huit ans avec une belle peau couleur café, qui n'était restée que deux mois avant d'être renvoyée à sa mère cocaïnomane. Et un petit garçon de cinq ans, Trevor, dont les parents avaient trouvé la mort dans un accident de voiture. L'État cherchait des proches susceptibles de l'accueillir. En attendant, on l'avait confié aux Davies.

« Et puis Shana, bien sûr. L'État nous avait avertis que c'était une enfant difficile. Elle était déjà passée par six ou sept familles en deux ans, ce qui n'est jamais bon signe. Difficultés relationnelles avec les autres enfants, difficultés à accepter l'autorité. Elle se scarifiait. » Mme Davies marqua un temps. « Vous savez ce que c'est, n'est-ce pas ?

— Elle se coupait les bras et les jambes au rasoir, répondit D.D.

— Voilà, c'est ça. Moi aussi, c'était à peu près tout ce que je savais sur le sujet. Mais Shana, elle se coupait les cuisses un peu plus haut que nécessaire. Plutôt, disons, tout en haut, précisa-t-elle à mi-voix d'un air entendu. J'ai cru qu'elle avait ses ragnagnas et je lui ai donné ce qu'il fallait. Mais non, elle saignait de blessures qu'elle s'était elle-même infligées. La première fois que je lui en ai parlé, elle m'a regardée sans rien dire. Pas un remerciement, aucune gratitude qu'on essaie de s'occuper d'elle, juste… rien. Je lui ai demandé pourquoi elle se faisait du mal comme ça. Elle a haussé les épaules et elle a répondu : pourquoi pas.

« Voilà comment elle était, Shana. On ne pouvait rien dire ou faire… Quand je la prenais à piocher dans mon sac à main, elle ne niait pas, elle disait tranquillement : j'ai besoin de cet argent. Et Sam, le garçon de dix-sept ans : j'ai surpris Shana dans sa chambre, deux fois. Ils étaient en train de… vous voyez. Ce n'est pas permis, je leur ai dit. Sam ne savait plus où se mettre, il n'osait même plus me regarder en face. Mais Shana s'en fichait comme d'une guigne. Elle aimait le sexe, elle en voulait, au nom de quoi je lui aurais interdit ? Aucune honte, aucun remords, juste moi, moi, moi, moi.

« Au bout de deux semaines, nous étions prêts à jeter l'éponge. On ne pouvait ni la punir ni la récompenser. Jeremiah avait établi un emploi du temps pour toute la maisonnée. Rien de trop contraignant, mais de quoi donner aux enfants un sentiment d'ordre et de régularité. Pas à Shana. Elle se levait quand ça lui chantait, partait quand elle en avait envie, revenait quand elle voulait. Nous avons essayé de la cadrer. Elle nous riait au nez et prenait la porte. Nous l'avons dénoncée pour vol à la police, elle a passé la nuit en prison et elle est revenue en sifflotant, fraîche comme une rose. Rien de ce que nous pouvions dire ou faire n'avait de prise sur elle.

« Nous pensions qu'il suffisait de se donner un peu plus de temps. Nous étions une bonne famille. Une maison propre, des repas nourrissants, des parents attentifs. Et Trevor l'aimait bien, aussi bizarre que ça puisse paraître. Je gardais toujours un œil sur eux quand ils étaient ensemble… Ne me regardez pas comme ça ! Mais en fait, elle était gentille avec lui. Elle lui lisait des histoires, elle dessinait avec lui. Il avait du chagrin, ce petit garçon triste qui avait perdu toute sa famille en un après-midi. Lorsque Shana était avec lui, elle n'avait plus cet horrible sourire narquois et, pendant un moment, elle avait presque l'air normale. C'était la Shana qu'elle pourrait devenir si nous ne renoncions pas, voilà ce que nous nous disions.

– Quand a-t-elle rencontré Donnie Johnson ? » demanda Phil.

Mme Davies secoua la tête. « Je ne savais pas qu'elle le connaissait. Donnie habitait le quartier, bien sûr, mais comme une vingtaine d'autres gamins. Ils s'amusaient dans les parages. On ne faisait pas très attention, à l'époque. Les enfants sortaient jouer. Lorsque c'était l'heure du dîner, on les appelait depuis le pas de la porte et ils rentraient.

– Est-ce qu'il y avait d'autres enfants en particulier avec qui elle passait du temps ?

– Le cousin de Donnie, un peu plus grand, Charlie. Charlie Sgarzi. Avec certains gamins plus âgés, ils formaient une sorte de, je ne sais pas, le mot *bande* serait trop fort. Mais ils traînaient toujours ensemble. Vestes en cuir noir, cigarettes, à se donner des airs de petits durs.

– Charlie était ami avec Shana ? » Cette fois-ci, c'était moi qui avais pris la parole ; elle m'apprenait quelque chose.

« Ami ? releva Mme Davies. Oh, je ne dirais pas que Shana avait des amis. Mais pendant un moment, on l'a vue traîner avec ce groupe. Je me suis inquiétée. C'était de la graine de voyou et elle avait assez de problèmes comme ça. J'ai essayé de la raisonner, mais elle m'a ri au nez. *Des petits merdeux qui se la jouent*, c'est ce qu'elle m'a dit à leur sujet. Et ensuite, j'ai appris par une autre mère que ce n'étaient pas eux qui l'intéressaient, mais que l'un d'eux avait un grand frère de vingt-quatre ans qui vendait de la drogue. Voilà avec qui elle passait réellement son temps. Une gamine de quatorze ans qui fréquentait un garçon de vingt-quatre... »

Mme Davies secoua la tête. Même après toutes ces années, elle était consternée.

« Combien de temps Shana a-t-elle vécu chez vous ? » demanda Phil.

L'expression de Mme Davies changea, devint aussitôt plus grave. Les sillons de son visage se creusèrent. « Trois mois, murmura-t-elle. Trois mois. C'est tout ce qu'il a fallu. Et notre vie a été fichue.

– Que s'est-il passé ce jour-là, madame Davies ? demanda D.D. avec douceur.

– Je ne sais pas. Je ne sais vraiment pas. Shana s'est levée vers onze heures, elle est sortie. Nous avons donné leur goûter aux autres enfants vers quatre heures, au retour de l'école, mais on n'avait toujours pas revu Shana. Et puis, vers cinq heures... Oui, cinq heures, j'allais enfourner le dîner, j'ai entendu des cris. Mme Johnson. Sa maison était à quelques numéros de la nôtre. Elle criait, elle criait. Mon bébé, elle criait. Mon bébé...

« Jeremiah s'est précipité. Quand il est arrivé, on avait déjà appelé les secours. Mais d'après lui, les ambulanciers ne pouvaient rien faire d'autre que regarder le corps mutilé du petit garçon... Mme Johnson ne s'en est jamais remise. Cette famille, les malheureux... »

La voix de Mme Davies se perdit dans le silence. Puis elle reprit posément : « Une heure plus tard, Shana est rentrée par la porte du jardin. Couverte de sang, un couteau à la main. Je me suis étranglée. Je lui ai demandé si elle allait bien. Elle s'est approchée et elle m'a tendu le couteau. Ensuite, elle a fait demi-tour et elle est montée à l'étage. Quand Jeremiah est allé la voir, il l'a trouvée assise au bord du lit, encore couverte de sang, prostrée.

« Il a su. Au premier coup d'œil, il m'a dit, à voir son visage inexpressif. Il lui a demandé si ça avait un rapport avec le petit Johnson. Elle n'a pas répondu ; elle a plongé la main dans sa poche et elle en a sorti un mouchoir en papier roulé en boule. L'oreille de Donnie. Elle a donné l'oreille du petit à mon mari. Jeremiah a appelé la police. Que pouvait-il faire d'autre ?

« George Johnson, le père de Donnie, est arrivé le premier. Il avait entendu l'information sur la radio d'un collègue policier et il a remonté la rue en courant. J'aurais préféré ne pas le laisser entrer. J'avais peur de ce qu'il pourrait faire à la gamine. Mais il a gardé son sang-froid quand Jeremiah l'a emmené à l'étage. Il a directement demandé à Shana si elle avait tué son fils. Mais là non plus, elle n'a pas voulu répondre. Elle nous regardait toujours avec les yeux dans le vague. Pour finir, les autres policiers ont débarqué, tout essoufflés. L'un d'eux a pris l'oreille, il l'a mise dans un sachet, comme pièce à conviction. Ensuite ils ont lu ses droits à Shana et ils l'ont emmenée.

« Elle n'est jamais revenue chez nous. Mais c'était trop tard. Le mal était fait. Les voisins ne nous adressaient plus la parole. Nous avions recueilli un monstre et nous l'avions lâché parmi nos amis. Jeremiah ne s'en est jamais consolé ; il était brisé et il s'est complètement désintéressé des enfants, de notre maison, de notre vie. Samuel est parti six mois plus tard ; je crois que c'était trop difficile pour lui de rester dans une maison tellement… peuplée d'ombres. La jolie petite AnaRose a été rendue à sa mère et les services sociaux ont transféré Trevor dans une autre famille. Sans nous donner d'explications, mais nous savions. C'est ce qui nous a fichu le plus gros coup, vous savez. Avec Shana, on n'avait jamais eu la moindre chance. Mais ces deux petits que nous aurions pu sauver... Je n'ai jamais eu le cœur de chercher ce qu'ils étaient devenus. AnaRose, une mignonne petite fille rendue aux soins d'une toxicomane... Dieu sait ce qui lui est arrivé quand sa mère a été prête à n'importe quoi pour avoir sa dose. Et Trevor a dû atterrir dans une de ces... soi-disant familles d'accueil. Vous savez, des gens qui hébergent des gamins juste pour l'allocation mensuelle et qui les entassent à quatre par chambre, avec les trois grands qui maltraitent le plus petit sans que personne ne s'en préoccupe. J'aurais sans doute dû poser plus de questions, mais je crois que je n'aurais pas supporté les réponses. Peut-être qu'avec tout ce qui s'était passé, j'ai un peu craqué, moi aussi. »

Mme Davies se remit à caresser le chat à sa droite, le temps de s'apaiser.

« Pouvez-vous nous dire ce que sont devenus les Johnson ? » demanda Phil.

Mme Davies haussa les épaules, les yeux rougis. « Martha, la mère de Donnie, est tombée dans l'alcool. À ce qu'on m'a dit. Elle ne voulait plus ni me voir ni me parler. Je sortais de moins en moins de chez moi, puisque ça semblait déranger les voisins que je mette le nez dehors. Mais cette famille... Donnie était leur grande fierté. Un garçon brillant, particulièrement doué en sciences. Son père se vantait, il disait que lui était peut-être simple flic, mais que Donnie dirigerait un jour la police scientifique. J'ai entendu la détonation, le jour où George s'est tiré une balle. Les parents ne sont pas censés survivre à leurs enfants, voilà tout.

— Mme Davies, dis-je, vous étiez présente quand on a fouillé la chambre de Shana ?

– Oui.

– Vous souvenez-vous si on aurait retrouvé une correspondance, des messages échangés entre Shana et Donnie ? Peut-être des petits mots, des lettres d'amour. »

Mme Davies fit une drôle de tête. « Shana et un petit garçon de douze ans ? Ça m'étonnerait. Franchement, le dealer de vingt-quatre ans était beaucoup plus son genre.

– Est-ce qu'elle aurait simplement pu se lier d'amitié avec lui ? Le prendre sous son aile, comme elle l'avait fait avec Trevor ?

– Aucune idée. Elle n'était pas bavarde, celle-là. Mais... c'est possible. J'ai toujours pensé qu'elle était moins mauvaise qu'il n'y paraissait. Ce qui prouve peut-être ma grande naïveté.

– Et les Sgarzi ? reprit D.D. Il semblerait qu'ils aient aussi été durement atteints par l'assassinat de Donnie.

– C'est certain. Janet et Martha, les deux sœurs, avaient toujours été proches. J'ai entendu dire que Janet avait fait de longs séjours chez eux par la suite, quand Martha a entrepris de noyer son chagrin dans la boisson. Son couple et sa famille ont dû en souffrir. Et malheureusement, ça n'a pas sauvé Martha, qui a rapidement été emportée par son alcoolisme.

– Autrement dit, Janet Sgarzi a perdu son neveu, puis sa sœur et son beau-frère, résuma D.D. Et le mari de Janet ?

– Je ne sais pas grand-chose de lui. Il était pompier, il avait des horaires décalés. Mais leur fils, Charlie, s'est attiré des problèmes dans les années qui ont suivi. Je ne sais pas si c'était le choc du meurtre de son cousin, ou le fait que sa mère était monopolisée par sa sœur, mais il s'est livré à des petits larcins, du vandalisme, ce genre de choses. Ses parents se sont finalement arrangés pour l'expédier ailleurs. À New York, je crois. Ça a dû être efficace ; aux dernières nouvelles,

Janet se vantait qu'il était devenu journaliste, qu'il menait bien sa barque. Je crois qu'il est de retour en ce moment, pour s'occuper d'elle. Elle n'est pas bien portante, vous savez. Un cancer. Méchant, je crois. »

Nous hochâmes tous la tête, réalisant a posteriori que Mme Davies n'était pas au courant de l'assassinat de Janet Sgarzi. Peut-être n'avait-elle pas du tout entendu parler du tueur à la rose. Il semblait plus charitable de la laisser dans sa bienheureuse ignorance.

« Est-ce que vous voyez quelqu'un d'autre qui aurait été directement affecté par le meurtre de Donnie ? demanda Phil.

– Non, pas vraiment.

– Les amis de Donnie ? Les enfants dont il était le plus proche ? »

Mme Davies secoua la tête. « Je suis désolée. Je ne le connaissais pas si bien que ça. C'était juste un gamin parmi d'autres. Vous devriez interroger Charlie, il se souviendrait mieux que moi de toute cette génération. »

Phil approuva et prit les noms des autres enfants qui avaient vécu dans la maison en même temps que Shana. Samuel Hayes, AnaRose Simmons, Trevor Damon.

Nous nous levâmes et le chat orange sauta de mes genoux avec grâce.

Malgré l'épreuve qu'avait été notre conversation et les souvenirs douloureux qu'elle avait fait resurgir, je voyais bien que Mme Davies était peinée de nous voir partir. Je me demandais l'effet que ça devait faire de toujours vivre dans le même quartier après toutes ces années – et de s'y sentir encore comme une paria.

D'instinct, je me penchai vers elle pour embrasser sa joue parcheminée.

Elle me serra la main.

Puis elle nous raccompagna par le long couloir étroit. La dernière chose que je vis fut son visage triste et profondément ridé, juste avant qu'elle ne referme la porte.

29

« Comment va votre épaule ?

– Très bien », grommela D.D., même si en réalité son épaule lui faisait un mal de chien et qu'elle se déplaçait certainement avec encore plus de raideur que d'habitude. Elle aurait dû être chez elle, au repos, avec une poche de glace, et servir des diatribes enflammées à Melvin. Au lieu de cela, elle avait poussé le bouchon trop loin et son épaule, son bras et sa nuque en payaient le prix.

Elle s'en foutait. En tout cas, elle voulait s'en foutre ; elle était enquêtrice et elle avait une affaire sur le feu. Or les choses prenaient enfin un tour intéressant.

Elle jeta un coup d'œil vers Adeline, qui marchait à sa droite tandis que Phil marchait à sa gauche. Ils regagnaient la voiture de ce dernier. C'était la croix et la bannière pour se garer à Southie, ils avaient une bonne trotte à faire.

« Vous savez que vous saignez ? demanda-t-elle à la psychiatre.

– Pardon ? »

Adeline s'arrêta. D.D. la regarda avec curiosité passer rapidement son corps en revue pour finalement découvrir trois griffures à son poignet, sans doute laissées par le chat lorsqu'il avait sauté de ses genoux.

« Vous êtes allergique aux chats ? » demanda D.D.

En plus de saigner, les griffures semblaient boursouflées.

« Je ne sais pas. Je ne passe pas beaucoup de temps en compagnie d'animaux. Précisément pour cette raison.

– Vous ne sentez rien ? » s'étonna Phil.

La psychiatre, impassible, confirma.

« J'ai une trousse de premiers secours dans ma voiture, dit Phil.

– Merci.

– Je suis sûr que si on nettoie les plaies avec une lingette antiseptique, ce sera réglé.

– Merci », répéta Adeline. Ils reprirent leur marche ; la psychiatre semblait plus préoccupée que jamais.

« Vous pensez toujours que Shana n'a pas tué Donnie ? demanda Phil. Cette scène où elle rentre chez elle couverte de sang et où elle sort l'oreille de sa poche, ça paraît plutôt convaincant.

– Je crois qu'en réalité ma sœur ne sait pas ce qui s'est passé ce jour-là. D'où le fait qu'elle n'a pas su se défendre. Peut-être qu'elle a tué Donnie. Mais peut-être pas. Elle ne sait pas, ce qui expliquerait en partie qu'elle n'en parle jamais. Elle ne s'en souvient pas.

– Pardon ?

– Les symptômes décrits par Mme Davies sont ceux d'un épisode psychotique aigu : devant une réalité insupportable, le cerveau cesse de fonctionner. Shana en présentait sans doute des signes depuis un moment, mais personne n'avait su les décoder. La plupart des crises psychotiques sont déclenchées par un stress extrême ou soudain. Par exemple, un événement sur un champ de bataille, la naissance d'un enfant ou un traumatisme.

– Comme tuer un gamin de douze ans, dit Phil.

– Ou assister à un meurtre.

– Une seconde, intervint D.D. Pourquoi l'avocat de Shana ne s'en est-il pas rendu compte ? À vous entendre, la crise psychotique serait le système de défense idéal : elle n'était pas dans son état normal. »

Adeline haussa les épaules. La nuit était tombée, l'atmosphère devenait aussi glaciale qu'elle avait promis de l'être. La psychiatre, vêtue d'un simple pull fin, croisa les bras autour de sa taille.

« Shana n'était pas en mesure de dire ce qui s'était passé. La plupart des victimes d'épisodes psychotiques ne s'en souviennent pas. Étant donné son passé mouvementé, son avocat a peut-être pensé qu'une telle défense ne tiendrait pas la route. Shana avait déjà commis des actes de violence. Pourquoi les jurés auraient-ils cru que cet acte précis différait de tous les autres ?

– Mais ça peut aussi vouloir dire qu'elle a bel et bien tué Donnie Johnson et que la raison pour laquelle il n'a pas le même profil que les autres victimes, c'est qu'elle n'avait pas toute sa tête, riposta Phil. Sinon, comment expliquer le couteau ensanglanté, l'oreille dans sa poche ? Apparemment, elle ne s'est pas contentée de tomber par hasard sur un meurtre au coin de la rue. »

Adeline ne répondit pas, mais D.D. eut l'impression que sa conviction était arrêtée : elle ne croyait pas que sa sœur avait commis ce crime. Déni de réalité chez une psychiatre pourtant avertie ? Autre chose qu'elle n'était pas encore prête à leur avouer ? D.D. était encore marquée par ce que Charlie Sgarzi leur avait fait observer avec désinvolture : si écorcher leurs victimes était la signature de Harry et Shana Day, et si pour d'évidentes raisons ces deux-là ne pouvaient pas être le tueur à la rose, il restait la cadette...

« Vous dites que votre sœur et vous n'avez pas grandi ensemble. Alors quand vous êtes-vous retrouvées ? demanda D.D.

— Il y a une vingtaine d'années. Elle m'a écrit.

— C'est elle qui a pris l'initiative ?

— Oui, répondit Adeline d'un ton cassant.

— Pourquoi ?

— Je ne sais pas. Parce qu'elle s'ennuyait ? Parce que je suis la seule famille qu'il lui reste ? Il faudrait lui poser la question.

— Elle vous a écrit pour obtenir quelque chose », en déduisit D.D.

Adeline sourit. « On croirait entendre mon père adoptif.

— Mais vous êtes restée en contact avec elle. Pendant toutes ces années, malgré les diverses tentatives de suicide. Vous êtes la personne avec qui elle a entretenu la plus longue relation. C'est ça ?

— Exact.

— Dans quel but ? D'après vous, votre sœur n'éprouve aucune empathie, ne crée pas de liens, ne comprend même pas ce qu'est une vraie relation. Alors qu'attend-elle de vous, Adeline ? Ça fait vingt ans que vous vous parlez. Pour quoi faire ?

— Il y a moins longtemps que nous nous voyons régulièrement. C'est seulement il y a six ou sept ans que la directrice a autorisé des parloirs mensuels.

— Tout de même : pourquoi ? Qu'attend-elle de vous ? Voilà une femme qui a détruit je ne sais combien de familles, je ne sais combien de vies. Aucun repentir, aucun remords. La plus grande émotion dont elle paraît capable est l'ennui. Alors pourquoi toujours vous faire revenir ? Au bout de vingt ans, à quel *besoin* répondez-vous chez elle ?

– Elle a besoin de me protéger, commandant. Une promesse faite à mon père il y a quarante ans. Parce que si on n'a pas de famille, alors on n'a rien.

– Vous *protéger* ? Sérieusement ? »

Adeline ne leva pas les yeux du trottoir et pressa le pas, comme si elle pouvait fuir le scepticisme perceptible dans la voix de D.D. L'idée vint à cette dernière que lorsqu'il s'agissait de sa sœur, Adeline avait une capacité d'aveuglement phénoménale. Elle n'en avait pas conscience. Elle leur servait des évaluations cliniques, déclarait sans ambages aux gens comme Mme Davies : *Ne vous en faites pas pour moi. Je ne nourris aucune illusion sur ma sœur.*

Mais c'était faux. Les années n'y changeaient rien : une partie d'elle-même voulait encore avoir une grande sœur.

Ce qui faisait d'Adeline une future victime idéale pour Shana Day. Restait à savoir ce que Shana attendait.

« Il semblerait que Janet Sgarzi ait été très proche de sa sœur, Martha Johnson, rappela Phil. Donc, s'il reste quelque chose à découvrir sur le meurtre de Donnie – une relation ou un ami caché dont sa mère aurait connu l'existence, mais dont elle n'aurait pas pensé à parler, vu que Shana avait sorti l'oreille de son fils de sa poche...

– Il est possible que Janet Sgarzi ait possédé une information sur ce crime, reconnut D.D., peut-être sans se rendre compte qu'elle en détenait la clé. Ça expliquerait que le tueur à la rose ait éprouvé le besoin de la supprimer même plusieurs décennies après les faits.

– Il faudrait qu'on se renseigne sur Samuel Hayes, déclara Phil alors qu'ils arrivaient enfin à sa voiture. Dix-sept ans au moment du meurtre. Lié à Shana, puisque leur mère d'accueil les a surpris ensemble. Sans doute lui-même avait-il des antécédents, en tant qu'enfant de l'Assistance publique. Suffisamment âgé et costaud pour tuer un gamin de douze ans. Et peut-être qu'il pense encore à Shana. Sa première petite amie, celle qui est partie, celle qu'il ne pourra jamais oublier. Il fait des recherches obsessionnelles sur elle, apprend tout ce qu'il y a à savoir sur son monstre de père, Harry Day... Et se lance dans sa propre carrière criminelle. Tiens, peut-être que la rose et le champagne ne sont pas pour les victimes, après tout. Peut-être qu'ils sont pour Shana, en fait. Ces meurtres sont des lettres d'amour qu'il lui adresse.

– C'est glauque ! » dit D.D. Elle frissonnait, et pas seulement à cause de la fraîcheur du soir.

Le téléphone de Phil sonna. Alors qu'il allait déverrouiller les portières, il interrompit son geste pour répondre. D.D. et Adeline attendirent patiemment sur le trottoir pendant que Phil hochait la tête, écoutait, hochait encore la tête et s'exclamait : « Et merde ! »

D.D. ouvrit de grands yeux. En bon père de famille, Phil ne jurait presque jamais. Généralement, c'était à elle que revenait ce rôle dans l'équipe.

« Charlie Sgarzi a organisé une manifestation devant le pénitencier, expliqua Phil en rempochant son téléphone. Cet après-midi, il a révélé tous les détails du meurtre de sa mère sur son blog...

– Merde, marmonna D.D.

– Jusqu'au fait qu'elle a été écorchée, possiblement en hommage à Harry Day, un tueur en série dont plus personne n'avait le moindre souvenir jusqu'à aujourd'hui, seize heures. Tandis que maintenant, grâce à M. Sgarzi, toutes les grandes chaînes d'info ouvrent leur édition sur l'annonce qu'un criminel s'inspirant d'un légendaire tueur en série trucide des femmes vulnérables aux quatre coins de Boston. Ah oui, j'oubliais : Shana Day, l'odieuse fille de Harry, semble particulièrement bien informée sur ces crimes, puisqu'elle sait d'avance combien de lambeaux de peau ont été retirés aux cadavres...

– Comment Charlie est-il au courant ? s'emporta D.D. On ne le lui a jamais dit. »

Phil était philosophe. « Il est journaliste. J'imagine qu'il a enquêté. Et tu connais le service de médecine légale...

– Merde ! » répéta D.D. Depuis quelque temps, ce service était une vraie passoire. Ben Whitley n'avait pas encore découvert l'origine de la fuite, mais il avait intérêt à mettre le doigt dessus rapidement avant que les gros bonnets ne s'en avisent.

« Donc, Charlie est au pénitencier, survolté, et il demande justice pour les victimes. Partante pour une dernière expédition ? » demanda-t-il à Adeline, dont ils avaient laissé la voiture en centre-ville.

« Je viens.

– Quelle saleté, ces journalistes, grommela D.D. en montant avec précaution en voiture.

– Merde », confirma Adeline.

Charlie Sgarzi avait organisé une veillée à la bougie. Une foule de quelque cent ou cent cinquante personnes rassemblées devant le bâtiment principal du pénitencier brandissait des photos agrandies au format affiche des trois victimes d'assassinat, y compris la mère de Charlie, sous les feux des projecteurs des miradors de la prison.

Au moment où Phil se gara, la foule chantait « Amazing Grace », un alignement de surveillants lourdement équipés de protections matelassées faisant barrage entre elle et la prison. Lorsque Charlie Sgarzi vit Phil et D.D. descendre de voiture, il se saisit du mégaphone et se mit à scander : « Justice ! Justice ! Justice ! »

Phil poussa un profond soupir. D.D. ne pouvait pas l'en blâmer. Dans ces moments-là, le travail des policiers n'avait rien d'une partie de plaisir. Affronter d'ignobles criminels, c'était chouette. Affronter des familles endeuillées, en revanche...

Elle laissa Phil passer le premier. Pour une fois que son épaule blessée lui servait à quelque chose...

Adeline fermait la marche. D.D. en était réduite à deviner ce que la psychiatre pensait de ce cirque.

« Charles, dit Phil en saluant le journaliste.

– Vous êtes venus arrêter Shana Day ? » Charlie avait les yeux injectés de sang, presque voilés, comme s'il avait bu.

« Vous voulez qu'on en discute ? » proposa Phil de bonne grâce. Il avait toujours été doué à ce petit jeu.

« Et pas qu'un peu !

– D'accord, allons faire un tour. Histoire d'échanger nos informations.

– Non.

– Non ?

– Si vous avez quelque chose à dire, vous nous le dites à tous. Vous avez rencontré les parents de Christine Ryan ? Ou les grands-parents de Regina Barnes ? Leur famille, leurs voisins, leurs amis. Nous méritons tous des réponses. Nous exigeons *tous* que justice soit faite.

– Merde », laissa encore échapper D.D. Elle n'avait pas pu se retenir.

Le regard de Charlie se braqua sur elle, furieux. « Vous venez de dire quoi, là ? Hein ? Hein ?

– Au fait, Charlie, répondit-elle, renonçant à toute diplomatie, j'ai entendu dire que vous aviez des lettres de Shana à votre cousin. Nous avons un acte de réquisition dans la voiture. » Petit mensonge, mais efficace. « Alors remettez-les-nous. »

Charlie baissa le mégaphone. Il la regarda de ses yeux troubles. « Quoi ?

– Les lettres, Charlie. Celles dont vous prétendez qu'elles ont été écrites il y a trente ans par Shana à votre cousin. On les veut. Tout de suite. »

Il vacilla.

« Il n'y a pas de lettres, hein, Charlie ?

– Le moment est mal choisi...

– Réquisition.

– Mais...

– Réquisition. »

Il la regarda d'un œil noir.

« Et si on allait faire ce petit tour, Charlie ? intervint Phil sur le ton de l'apaisement. Nous sommes là pour vous aider. Allons, venez, qu'on bavarde et qu'on éclaircisse tout ça. »

Charlie remit le porte-voix à un voisin.

Et il les suivit, le regard toujours un peu dans le vague. De près, D.D. ne sentait aucun relent d'alcool. Peut-être n'était-il pas soûl, en fin de compte. Juste anéanti par le chagrin.

Phil attendit qu'ils soient un peu à l'écart du tumulte. « Pourquoi ne pas nous avoir parlé de ces lettres, Charlie ? demanda-t-il. Vous dites vouloir que justice soit faite, mais c'est vous qui dissimulez des éléments.

– J'en ai besoin, marmonna Charlie sans le regarder dans les yeux. Pour mon livre. Il me faut de l'inédit, vous voyez. Des infos exclusives.

– Vous êtes réellement en train d'écrire un livre ? demanda D.D.

– Oui !

– Mais vous n'avez pas de lettres. Nous le savons, Charlie. Parce que Shana n'était pas amoureuse de votre cousin. Elle était amoureuse de vous. » Cette théorie trottait dans la tête de

D.D. depuis qu'ils avaient quitté la maison de Brenda Davies. Jamais une gamine avec la réputation de Shana n'aurait pu être attirée par un lunetteux de douze ans. En revanche, Charlie le chef de bande, qui avait un père pompier et un oncle policier...

Charlie les regarda d'un œil fixe. Puis son visage se décomposa. Il se tassa sur lui-même et elle crut qu'il allait s'effondrer sous le poids de la culpabilité qu'il portait sur les épaules.

« Je l'aimais bien. Je savais que c'était une fille à problèmes. Mais j'avais dix-sept ans et, imbécile que j'étais, les problèmes m'attiraient.

– Vous sortiez ensemble ? »

Il fit la grimace. « Aujourd'hui, je crois que le terme adéquat serait *plan cul*. On se retrouvait quand l'envie nous prenait, vous voyez.

– Est-ce qu'il y a des lettres ? Qu'elle vous aurait écrites ?

– Non. J'ai menti. » Il se racla la gorge d'un air gêné, jeta un regard en direction d'Adeline. « J'essayais juste d'attirer votre attention. Merde, quoi. Après tout ce que ma famille a enduré, d'abord votre sœur et ensuite vous, vous m'avez envoyé paître. C'est vraiment trop demander de savoir ce qui est arrivé à mon cousin ? »

Il avait haussé le ton et s'était redressé sous le coup d'une colère qui lui redonnait de la vigueur.

« Donnie était votre intermédiaire, dit Adeline en le transperçant du regard. C'est ça, la vérité, Charlie ? Vous vous serviez de votre jeune cousin pour faire passer des messages à Shana. Le lieu et l'heure du rendez-vous. Comme ça, on ne vous verrait pas trop souvent avec la tarée. »

D.D. crut qu'il allait nier, mais il répondit d'une voix rauque : « Oui.

– Que s'est-il passé ce soir-là ? demanda D.D., même si, à ce stade, elle avait déjà sa petite idée.

– Shana était de plus en plus… bizarre. Je veux dire, au début, je n'avais jamais rencontré une fille qui parlait aussi ouvertement de sexe. Quand elle avait envie, elle avait envie. Elle assumait et elle ne faisait pas semblant. D'ailleurs, elle avait initié notre relation en venant me voir un jour pour me demander si je voulais baiser. Alors on l'avait fait.

« Mais ensuite, j'ai appris que Mme Davies l'avait surprise non pas une mais deux fois avec Samuel, et ça m'a un peu refroidi. Combien de types elle se tapait dans le quartier ? Elle n'était pas du genre à me le dire. Alors j'ai décidé qu'il était temps de calmer le jeu. On était censés se voir, ce soir-là. Dix-sept heures, sous les lilas. On devait traîner ensemble, peut-être prendre une pizza.

« J'ai demandé à Donnie d'y aller à ma place. » Charlie se tut, la voix étranglée par l'émotion. Il déglutit, reprit : « J'ai demandé à Donnie de, heu, d'arrêter ce truc.

– Vous avez envoyé votre cousin de douze ans rompre avec votre plan cul ? » résuma D.D., qui n'en revenait pas.

Charlie Sgarzi regardait le trottoir. « Oui.

– Et ensuite ?

– Elle l'a tué. » Charlie releva la tête. « J'ai déconné. J'ai envoyé mon cousin faire ce que je n'avais pas le courage de faire, elle s'est énervée et elle l'a tué. Résultat, ma tante est morte d'alcoolisme, mon oncle s'est tiré une balle et mes parents ont été brisés. Parce que j'ai été lâche. Je passais ma vie à jouer les caïds et, en fin de compte, je n'étais qu'un connard. Et tous ceux que j'aimais en ont payé le prix.

– Vous n'avez rien vu, ce soir-là ? insista Phil.

– Je n'étais même pas dans le quartier. J'avais retrouvé des potes et je m'étais tiré à la galerie marchande. Je ne voulais pas être dans les parages… au cas où.

– C'est pour ça que vous travaillez sur ce livre ? demanda tranquillement Adeline. Parce qu'il est temps de dire enfin la vérité. »

Un muscle se contracta dans la mâchoire de Charlie. « Sans doute. Je n'en étais pas encore là de ma prise de conscience, mais oui, j'imagine que ce n'est pas un hasard si j'ai décidé d'écrire ce livre quand on a diagnostiqué un cancer à ma mère ; tant qu'elle était en vie, je n'aurais pas voulu l'embarrasser. Mais si je pouvais décrocher une avance tout de suite pour aider à payer ses soins et terminer le livre... après coup... je pourrais dire la vérité. Juste... tout étaler au grand jour. Ça ne pouvait faire de mal qu'à moi-même et, on ne sait jamais, peut-être que la vérité libère.

« Je ne dors pas très bien, conclut-il à voix basse. Ça fait trente ans, bordel, et je fais encore des cauchemars où je vois Shana se pavaner avec l'oreille sanguinolente de mon cousin. Je suis un connard. Je le sais, d'accord ? Mais c'est quand même elle, le monstre.

– Qui fréquentait-elle à l'époque ? demanda Phil. À part vous ?

– Sam, bien sûr. Lui était amoureux, d'ailleurs. D'une manière pas très saine. Il croyait réellement qu'ils étaient faits l'un pour l'autre. Un vrai petit couple, des âmes sœurs. Moi, au moins, je n'ai jamais été aussi cinglé.

– Qui d'autre ?

– Un de mes copains, Steven, avait un grand frère. Shep. La rumeur disait qu'ils se voyaient, fumaient de la drogue. Shana n'était pas du genre à papoter. Elle exigeait, plutôt. Je veux. J'ai besoin. Quand on a dix-sept ans et que ce qu'on exige de vous, c'est du sexe, on n'y réfléchit pas à deux fois. Mais rétrospectivement... elle était effrayante. Aucun de nous ne comptait. Il n'y en avait que pour elle. Jusqu'au jour où j'ai dit non. Et là, elle a perdu les pédales. Peut-être que personne ne lui avait jamais dit non.

— Vous avez réellement divulgué les détails de la mort de votre mère sur votre blog ? demanda D.D.

— Les gens ont le droit de savoir ! s'emporta Charlie. Vous faites de la rétention d'informations. Sur les méthodes du meurtrier pour entrer chez les victimes. Et sur le fait qu'il existe un lien entre Shana Day et cette nouvelle machine à tuer. Trois femmes sont mortes en l'espace de sept semaines. Et vous n'avez même pas de suspect.

— Je croyais qu'on était censés arrêter Shana Day, dit D.D. d'un air innocent.

— Arrêtez vos conneries ! Je sais bien qu'elle est déjà en taule et que vous ne pouvez rien lui faire de plus. Mais peut-être que si le tueur comprend que vous avez fait le rapprochement, il prendra peur, il cessera tout contact, il passera en mode sous-marin, je ne sais pas...

— Rien qui nous aiderait à le coincer.

— Ça pourrait sauver des vies, déjà !

— Faites votre deuil, lui ordonna Phil. Accordez-vous un jour ou deux pour être le fils de Janet Sgarzi. Pendant ce temps-là, on fera notre boulot. Et ensuite on se reparlera. Mais révéler les détails de l'affaire dans le journal...

— Sur Internet.

— Peu importe. Ça ne nous aide pas. L'enquête progresse. Les mailles du filet se resserrent autour d'un suspect.

— Je peux vous citer sur mon blog ? dit Charlie en reprenant du poil de la bête.

— Non, parce que vous serez occupé à honorer la mémoire de votre mère, vous vous souvenez ? »

Phil raccompagna Charlie vers l'assemblée, devenue silencieuse en son absence.

Seule avec Adeline, D.D. glissa sa main droite dans sa poche pour la réchauffer.

« Vous pensez toujours que votre sœur n'a pas tué Donnie Johnson ? »

La psychiatre ne répondit pas.

30

Je regagnai mon appartement fatiguée et abattue. Ce dont j'avais le plus envie, c'était d'envoyer balader mes chaussures, de me servir un grand verre de vin et de fixer un mur blanc jusqu'à ce que la tornade de peurs anciennes et de nouvelles révélations au sujet de ma sœur finisse par se calmer dans ma tête.

Mais je trouvai ma porte ouverte, légèrement entrebâillée.

Je me figeai dans le couloir et me cramponnai inconsciemment à mon sac à main.

Je n'avais ni amis ni relations. Aucun de mes voisins n'avait de double des clés. Aucun plan cul, pour employer le vocabulaire de Charlie Sgarzi, ne m'avait jamais retrouvée ici.

Le tueur à la rose.

Je reculai, sortis mon téléphone portable et appelai la réception. M. Daniels était de permanence.

« Vous avez laissé quelqu'un entrer chez moi ? Un livreur, un vieil ami ?

– Ah, non, non, non, non, se défendit-il. J'ai bien compris le message après le type... la femme... l'employé du gaz. Toutes les demandes doivent d'abord vous être soumises. C'est sûr, il y a eu du va-et-vient aujourd'hui, des invités pour d'autres appartements, l'installation d'un nouveau locataire et la visite de quelques acheteurs potentiels. Mais personne pour vous, docteur Glen. Autrement, je vous aurais tout de suite appelée. Vous avez ma parole. »

Je le remerciai et raccrochai. Des invités en nombre, des acheteurs potentiels qui demandaient à visiter. Autant de couvertures possibles pour le tueur à la rose. Demander mon appartement en particulier pour la seconde fois aurait éveillé des soupçons ; tandis que demander à visiter un appartement, disons, un étage au-dessus du mien, seulement quelques marches à descendre par la cage d'escalier, ça fonctionnerait aussi bien. Ou faire un tour... *Est-ce que je pourrais rester seul un petit moment, me balader dans l'immeuble ? J'aimerais juste me faire une idée de l'ambiance.* Et ensuite sprinter tranquillement jusqu'à chez moi.

J'aurais dû appeler D.D. Warren. Accepter la protection policière qu'elle m'avait proposée.

Au lieu de ça, je poussai la porte et la laissai s'ouvrir sur l'appartement, où régnaient l'obscurité et le silence.

« Chéri, lançai-je avec un soupçon de roucoulement dans la voix, je suis rentrée. »

J'allumai la grande lampe et éclairai le vaste espace de vie. La porte d'entrée donnait sur un vestibule carrelé, à gauche la cuisine, en face la porte ouverte sur la grande chambre, à droite le séjour. Mon canapé bas en cuir noir avait la même allure que d'ordinaire, pas un seul petit coussin décoratif n'avait été déplacé.

J'entrai, la main gauche sur la courroie de mon sac, la droite encore crispée sur mon portable.

Le tueur à la rose avait agressé des femmes endormies et une vieille dame terrassée par un cancer. Pas un affrontement direct, un jeu plus subtil. Épier la victime et comploter à son insu. Pour finalement lui tomber dessus avec du chloroforme.

Eh bien, moi, je n'étais pas endormie. Je n'étais pas vieille. Et ce ne serait pas demain la veille que la peur d'un assassin me chasserait de chez moi. J'étais née dans une famille de prédateurs plus redoutables encore, et je le savais.

J'allumai d'autres lampes. Me dirigeai vers la cuisine, dos contre le mur, embrassant du regard le territoire à découvert. Rien ne semblait anormal. Le mobilier aux lignes pures, la décoration moderne offraient le même confort luxueux qu'auparavant.

J'aurais dû me munir d'une arme. Prendre une batte de base-ball ou un club de golf dans le placard du couloir, par exemple, mais comme j'avais passé toute ma vie à éviter de faire du sport, je ne possédais ni l'un ni l'autre. J'aurais pu aller chercher un couteau dans la cuisine. Le fameux couteau de boucher avec lequel se promène la courageuse héroïne dans certains films d'horreur. Mais ça n'aurait pas été prudent. J'aurais trop facilement pu me couper sans m'en apercevoir.

Comme ces trois griffures à mon poignet. Ça avait été agréable d'avoir un chat sur les genoux, pour changer un peu. Son ronron apaisant. Le toucher soyeux de sa fourrure. J'avais réellement apprécié ces instants, au point que j'avais envisagé d'adopter un chaton.

Jusqu'au moment où nous étions sortis et où D.D. m'avait fait remarquer que je saignais.

Un simple chat, bon sang ! À l'âge que j'avais, je ne pouvais même pas m'offrir le réconfort d'un chaton.

Et d'un seul coup, j'en ai vraiment eu ras le bol. De mon patrimoine génétique et de cette maladie qui faisait de moi un être à jamais à part. Au point que je passais mes journées auprès de patients affligés de l'unique sensation que j'aurais tout donné pour ressentir. Parce qu'il n'y avait pas de Melvin dans ma vie pour me servir de garde-fou. Alors je devais dire non à tout. Aux loisirs, aux promenades sur la plage. À l'amour. Aux enfants. Aux chatons.

J'étais comme un jouet sous papier bulle, en permanence posé sur une étagère et avec lequel on ne s'amuse jamais de peur de le casser.

Je ne voulais pas être un jouet. Je voulais être une personne. Bien réelle, active. Une femme avec des coupures, des bleus, des cicatrices de guerre et un cœur brisé. Quelqu'un qui vivait, riait, souffrait et guérissait.

Autant demander la lune. C'était comme ça. Ce qu'il ne peut changer, l'individu intelligent et performant apprend à l'accepter.

Je scrutai les coins sombres de mon appartement et m'avisai que, pour une fois, ma maladie hors du commun était peut-être mon meilleur atout pour me défendre. Le principe d'une embuscade, c'est de désarçonner sa victime par une agression inattendue dont la douleur la terrassera. Sauf que je ne ressentais aucune douleur. Le tueur à la rose pouvait me filer une beigne sur le crâne, me donner un coup de poing dans le ventre, me tordre le bras : cela ne lui servirait à rien. Je répliquerais de plus belle et, poursuivant l'assassin dans tout l'appartement de mon regard noir et imperturbable, je ne serais plus la conscience de ma famille, mais sa vengeance.

J'inspectai le cellier. Le placard du couloir. Les toilettes. Pour finir, ma chambre. J'appuyai sur l'interrupteur. Mon grand lit double apparut, mon regard se porta immédiatement sur la table de chevet...

Rien.

Ni champagne, ni rose, ni menottes fourrées. Pas même les faux plis qu'aurait laissés un corps allongé sur le lit.

Je ne comprenais pas. Il ne restait plus grand-chose à inspecter. Le dressing, la spacieuse salle de bains...

Rien.

Le tueur à la rose était venu. Je n'en doutais pas. S'agissait-il pour lui de satisfaire sa curiosité ou d'alimenter une obsession ? Aucune idée. Mais il s'était promené dans mon appartement, peut-être avait-il fouillé dans ma lingerie, regardé quels étaient mes aliments préférés, et il était reparti, en laissant la porte ouverte pour le plaisir de frimer.

Je fis un deuxième tour du propriétaire, le pas plus sûr, le regard plus acéré.

Cette nouvelle ronde n'ayant débusqué aucun monstre tapi sous le lit ni aucun intrus cagoulé dans un placard, je finis par poser mon sac à main, me laisser tomber au bord de mon lit et libérer le soupir que j'avais inconsciemment retenu.

Le tueur à la rose était revenu me voir. Conformément aux prédictions de ma sœur. Ce monstre qui avait un lien avec elle et avec un meurtre vieux de trente ans.

Je ne savais plus quoi penser. Si j'en avais été capable, j'imagine que j'aurais eu mal à la tête. Au lieu de cela, j'étais fatiguée à en mourir, comme si je n'avais pas la force d'avoir une idée de plus, de faire un pas de plus.

Il me vint alors à l'esprit que le tueur avait dû s'asseoir sur mon lit. Qu'il ou elle avait peut-être même posé sa tête sur mon oreiller, juste pour voir ce que ça faisait.

Je me levai, retirai les couvertures, puis les draps, et j'emportai le premier ballot au bout du couloir, où se trouvaient, l'un au-dessus de l'autre, le lave-linge et le sèche-linge. Je n'y allai pas de main morte avec la lessive et encore moins avec la javel.

Ensuite, direction la salle de bains, où je me regardai enfin dans le miroir. J'étais plus pâle que le matin même. Les traits plus tirés, les yeux cernés. Je ressemblais davantage à ma sœur. Vivre en prison, vivre dans la peur : apparemment, cela produisait les mêmes effets.

Je reportai mon attention sur mon poignet, les trois griffures que j'avais soignées dans la voiture de Phil. Les plaies étaient superficielles, les bords pas trop déchiquetés, mais elles restaient légèrement enflammées ; il allait falloir que je surveille ma température pour me prémunir contre une infection. Je déboutonnai mon cardigan fuchsia et découvris un mince tricot de corps blanc. Je le retirai à son tour et observai mes épaules pâles, mes bras, mon ventre. Je me tournai d'un côté, de l'autre.

Un bleu. Je ne savais ni quand ni comment je me l'étais fait, mais j'avais une marque sombre à l'arrière du bras gauche. Et encore une écorchure, juste au-dessus de la ceinture de mon pantalon. Le chat ? Un objet saillant que j'aurais frôlé sans y prendre garde ?

Autant de questions auxquelles je n'aurais jamais de réponse. J'en étais réduite à faire l'inventaire des dommages, sans nécessairement en identifier l'origine.

Je retirai mon pantalon, que je laissai en tas par terre. Je me trouvai un nouveau bleu, au creux de la cuisse droite, celui-là. Décidément, avoir deux policiers comme camarades de jeu n'était pas bon pour la santé.

Je passai lentement mes doigts dans mes cheveux pour inspecter mon cuir chevelu. Puis je tâtai mes articulations une à une pour vérifier qu'elles n'étaient pas enflées – j'avais pu faire un faux pas en descendant du trottoir ou me tordre la cheville en montant en voiture. Je terminai en examinant mes yeux dans un miroir grossissant et en prenant ma température. Ces derniers bilans étaient normaux. À part que j'étais traquée par un tueur en série, je me portais comme un charme.

Je nouai la ceinture de mon long peignoir en soie et partis vers la cuisine d'un pas las. Je me servis ce grand verre de vin que je m'étais promis. Puis je regardai ma porte d'entrée et me rendis compte que je n'arriverais jamais à dormir dans ces conditions. Si le tueur à la rose avait crocheté la serrure une fois, il ou elle pouvait recommencer. Peut-être, d'ailleurs, n'avait-il même pas eu à se donner cette peine, s'il possédait une copie des clés. Pourquoi pas ? Il semblait déjà tout savoir de moi.

J'étais trop fatiguée pour appeler un serrurier, alors je décidai de coincer une chaise sous la poignée. Puis, d'humeur vindicative, je semai le plancher de décorations de Noël en verre, comme le gamin dans *Maman, j'ai raté l'avion*. Si ça avait marché pour lui, pourquoi pas pour moi ?

Requinquée, je pris mon verre de vin et me repliai dans la salle de bains, où je m'accordai une douche pas trop chaude (les chiffres rouges du thermostat à affichage digital me garantissaient que je ne me brûlerais pas).

Alors, enfin, j'affrontai la grande question du jour, la vraie source de ma colère et de ma nervosité.

L'ouragan Shana.

Ma grande sœur. Celle qui affirmait qu'elle m'avait sortie du placard, quarante ans plus tôt, et qu'elle m'avait serrée dans ses bras.

Parce que si on n'a pas de famille, alors on n'a rien du tout.

Je voulais qu'elle m'aime. C'était affreux. Illogique. Pitoyable. Une faiblesse sentimentale de la part d'une psychiatre qui aurait dû savoir à quoi s'en tenir.

Et pourtant.

Quand elle avait parlé du dernier instant que nous avions passé ensemble chez nos parents... Il m'avait semblé que je m'en souvenais. Les cris des hommes qui tambourinaient à la porte. La voix de mon père dans la salle de bains, la réponse chuchotée de ma mère.

Et puis Shana. Ma grande sœur qui venait me chercher. Qui me prenait dans ses bras. Qui me disait qu'elle m'aimait et qu'elle me protégerait toujours.

Moi aussi, je l'aimais.

L'eau me semblait plus épaisse sur mes joues. Est-ce que je pleurais ? À quoi bon ? L'enfant de quatre ans qui avait existé quarante ans plus tôt n'était pas la femme aujourd'hui incarcérée. Shana, adulte, se servait des gens. Elle avait détruit la vie de M. et Mme Davies, celle des Johnson, celle des Sgarzi. Et qu'étaient devenus les autres enfants qui vivaient chez eux ? Mme Davies avait raison : il y avait des chances que le petit Trevor ait été expédié dans un endroit abominable où il avait été battu, violé ou perverti par le désespoir implacable d'une vie d'enfant placé, tandis que la jolie AnaRose avait été prostituée pour satisfaire la toxicomanie de sa mère.

Et jamais Shana ne prononçait leur nom. Des familles entières avaient succombé à ses crimes. Et on aurait dit qu'elles n'existaient plus pour elle. D'ailleurs, c'était le cas. Elle avait eu un besoin. Une envie. Et elle avait tiré un trait.

Je rassemblai mes esprits et coupai la douche.

Ce matin-là, ma sœur m'avait touchée parce qu'elle savait y faire. J'étais venue rompre avec elle, comme elle disait, et voilà qu'elle avait sorti de son chapeau cette histoire qu'elle ne m'avait jamais racontée en vingt ans. Je l'avais écoutée parler et j'avais été ensorcelée. Exactement comme les deux surveillants, Frankie et Rich.

C'était une manipulatrice. Comme elle-même était inaccessible aux sentiments, elle pouvait étudier la nature humaine sans œillères. D'où sa capacité à observer, analyser, rassembler des informations. En parfaite prédatrice.

Et Donnie Johnson, qui l'avait retrouvée dans le bosquet de lilas pour lui transmettre le message de son grand cousin ? Avait-il eu peur, ce soir-là ? Avait-il appréhendé sa réaction ? Ou bien était-il trop jeune pour avoir pleinement conscience du danger qu'il y avait à briser le cœur d'une adolescente ?

Jusqu'au moment où le visage de Shana avait été déformé par un rictus de bête fauve. Où elle s'était jetée sur lui pour le larder de coups de couteau. Impulsive. Déchaînée. Elle était en colère et avait donc agi comme une enragée.

Cette sœur qui avait brodé une fable pour que je reste. Qui, par le pouvoir de la parole, avait conduit deux, sinon trois hommes, à leur destin.

Je tiquai, pris une serviette, m'essuyai.

Les mots. Ma sœur s'en servait aussi comme d'une arme. Et pas la moins dangereuse. Or, si on croyait aux scénarios répétitifs (et les psychiatres adorent les scénarios répétitifs), le mode opératoire de ma sœur supposait de commencer par parler. Instaurer un contact. Séduire. Obliger autrui à adopter le comportement désiré.

Puisqu'elle était capable de faire ça avec des surveillants de prison sur leurs gardes, pourquoi n'aurait-elle pas d'abord tenté cette méthode avec un gamin de douze ans ? Elle lui aurait raconté un bobard pour qu'il lui ramène Charlie sur-le-champ. Elle était malade, elle avait besoin de Charlie, elle n'était pas du tout en colère ; elle avait juste besoin de lui rendre quelque chose.

Elle aurait fait cela. Je le savais. Elle aurait d'abord parlementé avec Donnie parce qu'elle n'aurait pas voulu faire tomber inutilement ses foudres sur le messager de douze ans. Non, Charlie l'avait rejetée et son esprit vif se serait focalisé sur lui, désignant sa cible comme un rayon laser.

Ma sœur n'avait pas tué Donnie Johnson. Quelqu'un d'autre s'en était chargé. Mais avait-elle été témoin de la scène ? Était-elle arrivée à son dénouement ?

Quelqu'un... Une jeune fille, me dis-je, une jeune fille penchée sur un petit garçon, un couteau à la main, comme ma mère et mon père des années plus tôt.

Ce qui avait instantanément déclenché une crise psychotique.

Ma sœur n'avait jamais eu la moindre chance.

Mais l'oreille dans sa poche ?

Elle avait pu la ramasser. Peut-être même s'était-elle livrée à cette mutilation. À ce moment-là, elle devait être sur pilote automatique ; l'épisode avait fait remonter non seulement tous ses désirs les plus enfouis et les plus inavouables, mais aussi ses souvenirs. Mon père avait-il un jour tranché l'oreille d'une malheureuse ? J'étais certaine que si je consultais les dossiers, j'en trouverais au moins un cas.

Le meurtre de Donnie était l'œuvre d'un autre. Qui avait peut-être même été frappé de stupeur quand Shana était arrivée. Mais ma sœur n'avait pas réagi par de l'indignation. Au contraire, elle s'était approchée, captivée par l'odeur du sang...

L'autre personne avait trouvé le pigeon idéal. Il ou elle avait commis le crime, mais Shana porterait le chapeau. Et ma sœur n'avait pas pu se défendre parce qu'elle n'avait aucun souvenir de cette soirée. Et puis ce meurtre ressemblait en tout point à un acte dont au fond d'elle-même elle se savait capable.

Fille d'un tueur en série, accusée de meurtre, destinée à devenir à son tour une tueuse en série. La fatalité, aurait-elle dit, je crois. Elle était simplement trop lasse pour continuer à lutter.

Alors, qu'attendait-elle de moi ?

Et que pouvais-je lui apporter, si on était réaliste ?

J'entrai dans le dressing pour prendre un pyjama. Je ne m'aperçus de rien avant d'avoir ouvert puis refermé le tiroir du haut de la commode. Mais quelque chose retint mon attention. Le dressing n'était pas comme d'habitude. Un détail clochait. Un détail...

Cette commode en merisier. Elle n'était pas là où elle aurait dû se trouver, bien à sa place au-dessus de ma planque. Non, elle était avancée de quelques centimètres. Comme si quelqu'un l'avait déplacée.

Mon pouls s'accéléra.

C'était peut-être moi. La veille au soir, quand j'avais enlevé les flacons, dans ma tentative désespérée pour me débarrasser des preuves. Sauf que je l'avais remise exactement à sa place, fidèle à une habitude paranoïaque acquise au fil de ces années où j'avais essayé de me dissimuler le pire.

Il était venu ici. Dans mon dressing. Il avait...

Alors je sus.

Je déplaçai à mon tour la commode pour accéder aux lames de plancher désirées. À quatre pattes, je soulevai la première, puis la deuxième.

La cachette que je venais de vider n'était plus vide. Elle contenait un carton à chaussures. Un carton tout ce qu'il y a de plus ordinaire, comme celui que j'avais encore la veille. Ou comme celui que j'avais vu sur les photos de scène de crime prises chez mon père.

Je savais. Avant même de le sortir de la planque. Avant même de le poser par terre.

Je savais ce que j'allais trouver à l'intérieur. Les horreurs indicibles qui attendent dans les cartons à chaussures les plus ordinaires, dissimulés sous le plancher d'un dressing.

Le tueur à la rose chez moi. Qui m'offrait des présents. Qui m'avait apporté cette chose qu'il ou elle savait que je désirais entre toutes et qui l'avait cachée dans un endroit dont personne, pas même ma sœur, ne connaissait l'existence.

Je soulevai le couvercle. Le posai sur le côté.

Et regardai avec épouvante trois bocaux neufs remplis de lanières de peau humaine destinés à remplacer ma collection.

Je poussai un hurlement. Mais il n'y avait personne pour l'entendre.

31

« On est cons, dit D.D.

– Qui ça, "on" : toi et moi ou ton équipe ? demanda Alex.

– Tous autant qu'on est.

– D'accord, alors en quoi est-ce qu'on est cons ? » Ils se trouvaient sur le canapé du salon. D.D. était rentrée à temps pour coucher Jack, un rituel dont elle avait eu besoin après la journée intense qu'elle venait de vivre. Les pieds sur les genoux d'Alex, elle avait une grosse poche de glace sur l'épaule gauche.

« Pour commencer, on ne tient toujours pas notre assassin. J'espérais que ce serait le cas, à l'heure qu'il est.

– Ça ne se fait pas d'un claquement de doigts.

– Oh, mais j'étais prête à faire usage de mes capacités de déduction. Sans claquement de doigts ni rien.

– Tu me racontes les épisodes précédents ?

– D'accord. » D.D. replaça la poche de glace sur son épaule en même temps qu'elle mettait de l'ordre dans ses idées. « Notre première question, c'était de savoir si Shana était en communication avec un ami, un complice, un assassin à l'extérieur, et si oui, comment.

– Réponse ?

— Il y a peu de chances. Le principal indice suggérant qu'elle avait un complice à l'extérieur, c'était qu'elle avait l'air trop bien renseignée. Mais Adeline pense qu'elle est simplement plus observatrice que la moyenne. En gros, elle ne posséderait pas d'informations particulières, mais elle se servirait de son grand sens psychologique pour manipuler les autres. Elle aurait comme ça persuadé trois surveillants d'aller au-devant de la mort. Des surveillants pas très recommandables, c'est déjà ça.

— Je vois. Mais si elle ne communique pas avec le tueur, quel lien y a-t-il entre eux ?

— Question plus épineuse. Nous sommes de plus en plus convaincus que cette affaire a un rapport avec le meurtre de Donnie Johnson, il y a trente ans. Adeline ne croit plus que sa sœur soit l'assassin. Je n'irais pas encore jusque-là, mais ce qui est certain, c'est qu'il s'est passé ce jour-là des choses qui ne sont pas apparues au cours du procès. Charlie Sgarzi a décroché le titre de plus gros naze de l'année en avouant qu'il avait sans doute envoyé son cousin se faire tuer.

— Tu veux rire ?

— Comme je te le dis. Donnie servait de messager entre Charlie et Shana. Donc, quand Charlie a estimé que sa petite amie était trop Marie-couche-toi-là ou qu'elle lui fichait trop la trouille — je ne sais pas très bien —, il a fait porter la nouvelle par son jeune cousin.

— Sympa.

— Charlie veut bien admettre qu'il est un connard, mais c'est quand même encore Shana le monstre. Maintenant, écoute ça : en discutant avec sa mère d'accueil, nous avons appris que Shana fréquentait deux autres garçons. Le premier était un dealer d'une vingtaine d'années, Shep ; l'autre un garçon de dix-sept ans qui vivait sous le même toit qu'elle, Samuel.

Mme Davies avait surpris Shana et Sam ensemble au moins deux fois et, d'après Charlie, Sam était très mordu. Elle papillonnait, mais lui la considérait comme son âme sœur.

– Oh oh, un adolescent meurtri. Reste que Shana était apparemment la seule personne qui avait une raison de tuer Donnie. Malheur au porteur de mauvaises nouvelles. »

D.D. haussa les épaules et regretta immédiatement ce geste. Melvin était très ronchon. Elle avait bien essayé de lui parler, mais son exilé intérieur faisait sa mauvaise tête. Peut-être parce qu'elle avait exagéré ce jour-là et s'était montrée un mauvais *Self*.

La vache, elle pensait des trucs de plus en plus débiles.

« Adeline dit que Shana n'a pas tué Donnie, continua-t-elle, mais qu'elle a peut-être été témoin du meurtre ; ça aurait déclenché une crise psychotique, qui aurait effacé le souvenir de cette soirée et aurait fait d'elle le bouc émissaire idéal.

– Mais Donnie n'avait pas d'ennemis, si ? C'était un bon gamin.

– De l'avis général. La seule hypothèse que je vois, et ce serait cohérent avec ta théorie sur le désir de tuer le porteur de mauvaises nouvelles, c'est que le fameux Sam était encore plus niais que Charlie ne le croyait et qu'il ne s'était pas rendu compte que Shana couchait à droite, à gauche. Il prend le raccourci par le bosquet de lilas et entend Donnie rompre à la place de Charlie... Mais ce qu'il entend surtout, c'est que Shana avait un autre petit ami. Et ça le met dans une rage folle.

– Est-ce que quelqu'un d'autre a vu Sam, ce soir-là ? tempéra Alex. Des témoins qui l'auraient aperçu rentrant chez lui couvert de sang, la mère d'accueil qui aurait retrouvé des vêtements ensanglantés ?

– Rien. Alors que Shana marque des points dans tous ces secteurs de jeu. Encore une fois, je la verrais bien dans le rôle de la coupable. Et cependant...

– Excellent. J'adore les *cependant* dans une enquête...

– Je crois qu'il nous manque encore un élément d'information sur ce qui s'est passé il y a trente ans. D'où mon problème, parce que je ne peux pas savoir ce que j'ignore, tu vois ? Mais tu posais une bonne question, l'autre soir.

– Je te remercie.

– Pourquoi maintenant ? Quel est l'événement déclenchant ? Shana est enfermée depuis trente ans, Harry Day mort depuis quarante. Pourquoi cette folie soudaine ?

– Et la réponse ?

– Je crois que c'est Charlie Sgarzi. Il a décidé d'écrire cette connerie de bouquin sur le meurtre de son cousin, pour libérer sa conscience apparemment, et résultat, il a remué la vase. Ce qui a donné des idées à quelqu'un.

– Quelqu'un qui, sans t'avoir jamais rencontrée, a choisi de te pousser dans les escaliers ?

– Je ne peux pas savoir ce que j'ignore, lui rappela D.D.

– Intéressant comme alibi. Est-ce que des souvenirs te sont revenus ?

– Non. » Elle se massa le front. « Juste la berceuse préférée de Jack, *Un bébé dans un berceau, dans un arbre, tout en haut...* » Malgré elle, elle se mit à la fredonner. « Ça tourne en boucle dans un coin de ma tête. Comme une chanson qui ne te lâche plus une fois que tu l'as entendue à la radio. Mais je ne crois pas que ça venait de la radio. Je la chantonnais et ensuite... un bruit. J'ai entendu quelque chose. Alors j'ai dû... quoi ? Peut-être me retrouver nez à nez avec le tueur. Mais j'avais mon arme à la main, non ? Je n'ai pas pu dégainer pendant que je tombais. Je l'avais déjà à la main. Donc j'ai bien vu quelque chose ce soir-là, j'ai participé à une sorte d'affrontement. Mais plutôt que de fuir, l'assassin a préféré me donner une violente poussée. »

Alex lui adressa un sourire compatissant, lui massa les pieds. « Comment va Melvin ?

— Oh, on s'habitue l'un à l'autre. L'enquête a au moins le mérite de me distraire. Je sais qu'on ne me donnerait jamais l'autorisation de reprendre le service maintenant, mais, Alex, je te jure que si je n'avais pas cette affaire pour m'occuper l'esprit... »

Elle repensait à ce qu'il lui avait dit, à ce léger parfum de reproche : ce n'était peut-être pas de sa faute si on l'avait poussée dans les escaliers, mais ses actions depuis l'accident avaient contribué à faire entrer un assassin dans leur intimité.

Alex lui sourit, ses yeux bleus plissés pleins de compréhension. « Tu es comme tu es, tu fais ce que tu fais. Et tu es plus forte que tu ne le crois.

— C'est du Winnie l'Ourson dans le texte ?

— Hé, figure-toi que j'aime bien notre ami tout petit, tout doux, tout rond et tout mignon. Que crois-tu que Jack et moi fassions de nos après-midi de liberté ? »

Elle leva les yeux au ciel. Il sourit de nouveau et, un instant, la vie fut belle.

« D'accord, revenons à nos moutons, dit Alex. Ce tueur : homme ou femme ? Vous vous êtes fait une religion ? »

Elle grimaça. « Pas facile. Les statistiques plaident pour un homme. Shana Day mise à part, rares sont les meurtrières qui se livreraient à de telles mutilations post mortem. Mais comme Shana Day est dans le coup, on ne peut plus répondre de rien.

— L'usage de chloroforme me fait pencher pour une femme, dit Alex. Sans compter que les femmes éveillent moins les soupçons, surtout quand elles se promènent dans un quartier

tard le soir ou qu'elles rendent visite à une vieille dame cancéreuse. Ça expliquerait peut-être que notre tueur ait réussi
à passer inaperçu.

– C'est vrai. Mais quel serait le mobile ? Il me plaît bien, le
frère d'accueil, Sam. Il a eu une relation avec Shana, il tenait à
elle. De son côté, Shana n'a pas, et n'a semble-t-il jamais eu,
de petite copine. La seule femme de sa vie, c'est sa sœur. »

Alex la regarda. « Tu veux dire celle avec qui elle partage
le même bagage génétique homicide et qui, en plus, a fait
des études de médecine pendant lesquelles elle a dû manier
le bistouri ?

– Celle-là même.

– Vous vous êtes renseignés sur elle ?

– À ton avis ? Elle fait pratiquement partie de l'équipe d'enquêteurs. C'est tactique : sois proche de tes amis et encore
plus de tes ennemis.

– Elle a des alibis pour les soirs des meurtres ?

– Non. Phil a posé la question, mais elle passe l'essentiel
de ses nuits seule.

– Autrement dit... »

D.D. haussa les épaules, grimaça une nouvelle fois. « Il est
possible qu'Adeline soit impliquée. Supposer le contraire serait
naïf de ma part. Mais... je crois qu'elle aussi essaie de comprendre ce qui se passe. J'ai l'impression que sa sœur est une
énigme à ses yeux autant qu'aux nôtres, sauf que, dans son
cas, c'est plus douloureux. Shana est la seule famille qu'il lui
reste, et même si elle donne bien le change avec ses discours
de psy, c'est clair qu'elle est vulnérable quand il s'agit de sa
sœur. Elle voudrait avoir une relation avec elle, même si la
clinicienne en elle comprend que ça n'arrivera jamais ; Shana
en est incapable. D'ailleurs, rebondit D.D., si on imagine que
tout ça a un rapport avec le meurtre de Donnie Johnson...

Adeline n'était pas dans les parages, à l'époque. Elle ne savait même pas ce qu'était devenue sa sœur.

— Pourquoi des meurtres aussi atroces ? Si l'objectif est d'étouffer un crime vieux de trente ans, pourquoi des mutilations post mortem ? »

D.D. n'eut pas besoin de réfléchir. La réponse lui vint instantanément, surgie d'un coin de sa tête. « Parce que c'est une mise en scène.

— Pardon ?

— Une mise en scène. La rose, le champagne, les menottes, le cadavre écorché… L'assassin attire notre regard sur ce qu'il veut que nous voyions. Pour que nous ne fassions pas attention aux autres détails. Au fait que les victimes étaient endormies, par exemple, et que leur mort a été rapide. Il ne s'agit pas de crimes passionnels ou sanguinaires. C'est calculé. Mis en scène. Franchement, je commence à me demander si les deux premiers meurtres n'étaient pas simplement un écran de fumée visant à couvrir celui de Janet Sgarzi. Pour donner l'impression qu'elle n'était que la énième victime d'un tueur en série, et non sa principale cible.

— Mais elle était déjà en train de mourir d'un cancer.

— Peut-être pas assez vite. C'est maintenant que Charlie pose ses questions, pas plus tard.

— En tout cas, je peux te dire qui est le grand gagnant de cette histoire », dit Alex en soupirant. Il retira les pieds de D.D. de ses genoux pour se lever.

« Qui ça ?

— Harry Day. Grâce au blog de Sgarzi, qui fait le rapprochement entre lui et le tueur à la rose, les chaînes d'info rivalisent pour ressortir du placard tous les détails de son parcours criminel. Lui qui était tombé aux oubliettes, voilà qu'il refait les gros titres. Pas mal pour un type mort depuis quarante ans. »

D.D. le regarda. « Quand je te disais qu'on était cons ! »

Elle s'extirpa du canapé, mouvement douloureux pour son épaule qui mit Melvin d'encore plus mauvaise humeur. Mais il allait falloir qu'il se fasse une raison parce qu'elle avait besoin de sa tablette. Tout de suite.

Alex alla chercher un verre d'eau à la cuisine. Lorsqu'il revint, elle était en train de taper *objets à vendre assassins* sur Google. Quatre sites apparurent. Elle choisit le premier de la liste et fit défiler la page.

Alex se posta derrière elle, alors qu'elle était encore plantée au milieu du salon.

« Qu'est-ce que c'est que ces horreurs ? » demanda-t-il. Sur la page s'affichaient des images de crânes, de poignards ensanglantés et de ruban de police jaune.

« Un site qui fait commerce d'objets liés à des meurtriers. Des tueurs incarcérés rédigent des lettres, peignent des tableaux, pour que d'autres gens les refourguent à des collectionneurs. Quand celui qu'on appelait le rôdeur du soir est mort l'an dernier, sa cote a triplé pendant un mois.

— Tu vends ou tu achètes ?

— Je fais du lèche-vitrines. Regarde-moi ça. Une lettre d'aveux manuscrite de Gary Ridgway, alias le tueur de la Green River. Cent pour cent authentique, d'après le vendeur. Ou encore ça, une lettre de Jodi Arias. Détails pornographiques inclus. Tu te rends compte, c'est mis en vente à six mille dollars par un vendeur japonais noté cinq étoiles. »

Alex fit une mine dégoûtée. « Tu plaisantes ?

— Il faut se rendre à l'évidence, Internet n'est rien d'autre qu'un immense centre commercial. Comme ce genre d'articles est interdit sur eBay, on peut être sûr qu'il trouvera un autre débouché.

– Une confession signée, une œuvre d'art originale, des cartes de Noël, lisait Alex par-dessus l'épaule de D.D. Une dizaine de cartes personnalisées confectionnées par vos tueurs préférés. Parce que personne ne dit Joyeux Noël comme Charles Manson ? Comment est-ce qu'on peut même se procurer des trucs pareils ?

– Voyons voir... » D.D. continuait à surfer. « D'après ce que je lis, un grand nombre de ces "marchands" ont noué des liens avec les assassins en question. J'imagine qu'on établit d'abord une relation de confiance et qu'ensuite on demande des cartes de Noël personnalisées ?

– Mais les condamnés n'ont pas le droit de tirer profit de leurs crimes, donc ils n'ont rien à y gagner.

– Pas de l'argent, mais du temps, de l'attention, une distraction. D'après Adeline, l'ennui est un problème majeur quand on est enfermé à vie. Peut-être que c'est l'avantage qu'en retirent ces tueurs : quelqu'un correspond avec eux régulièrement et ça leur fait un petit but pour la semaine, peindre tel portrait, confectionner telle carte. Je ne sais pas. Tout ça me donne envie de vomir. Attends une seconde, on y est : Harry Day. »

Elle cliqua sur son nom et une nouvelle page s'ouvrit.

« Deux articles, annonça-t-elle. Le premier est présenté comme une lame de plancher de sa maison de l'horreur. L'autre est une facture rédigée de sa main et donnée à un voisin pour une bibliothèque sur mesure. Il était menuisier, tu te souviens ? Et maintenant, regarde un peu, dit D.D. en touchant l'écran : le prix de la facture est monté de dix à vingt-cinq dollars. Mais la championne, c'est la lame de plancher, qui est passée de cent à deux mille dollars en quatre heures. Voilà un vendeur qui doit se frotter les mains !

– Une lame de plancher de chez Harry Day ? Un vieux morceau de bois, tu veux dire ? » Alex était sceptique. « Comment le vendeur peut-il garantir l'authenticité d'un truc pareil ? Ça pourrait être la première planche venue.

– Le site recommande aux acheteurs d'être vigilants. Mais dans ce cas précis, le vendeur affirme que l'article sera livré avec la fiche du registre des scellés qui en donne une description détaillée.

– Tu veux dire que certains de ces objets viennent de *chez nous* ? Des services de police ?

– On dirait bien. Ça expliquerait le rapport d'autopsie que j'ai vu à vendre en page d'accueil.

– Quelle horreur. » Alex en était malade.

« Souviens-toi que je fais juste du lèche-vitrines. » Mais elle ne pouvait pas lui donner tort. C'est une chose de contraindre un assassin à griffonner un autoportrait. Mais bon nombre d'articles du catalogue semblaient clairement contrevenir au droit des victimes et aux règles du système pénal. Des photos de scènes de crime, un rapport de légiste. Pour un policier, cela tenait du sacrilège.

« Peut-être des objets fauchés par des agents mécontents, raisonna-t-elle à voix haute. D'anciens agents, j'espère, parce qu'il y a des trucs qui puent vraiment là-dedans.

– Mais Harry Day s'est suicidé, non ? Pas d'arrestation, pas de procès, pas de séjour en prison. Donc ces anciens agents ne devraient pas avoir grand-chose à mettre sur le marché et il n'y a plus moyen de faire ami-ami avec le tueur.

– Bien vu. D'ailleurs, je n'ai trouvé que deux articles, alors que d'autres assassins en ont des dizaines. » Elle s'interrompit, réfléchit. « Autrement dit, si vous êtes une des rares personnes à posséder un objet en lien avec Harry Day, c'est votre jour de chance. La valeur de votre stock vient de prendre trois mille pour cent, et étant donné les sommets qu'atteignent certains prix... » Elle regarda Alex. « Si on imagine que notre tueur possédait un trésor d'objets liés à Harry Day, peut-être qu'il ou elle avait un motif financier de remettre Harry Day sur le devant de l'actualité. Est-ce que ça pourrait être aussi simple que ça ? Le mobile que nous cherchions serait l'appât du gain. Le fric, tout bonnement. »

Alex réfléchissait. « Mais qui serait en situation de posséder des souvenirs personnels d'un tueur mort et enterré depuis quarante ans ?

– Ses héritières. Cela dit, Shana et Adeline n'étaient que des enfants. Et la maison a probablement été vendue aux enchères. Peut-être qu'on a mis l'argent de côté pour couvrir leurs frais d'entretien ou financer leurs études. Et il se peut qu'on leur ait gardé des objets personnels. Une assistante sociale ou même le procureur. J'ai déjà vu faire ça dans des cas où un enfant en bas âge était le dernier survivant.

– Est-ce que la mère d'accueil aurait parlé de quoi que ce soit ?

– Non, et je ne la vois pas conserver le moindre effet personnel de Shana. Pas après ce qui s'est passé. Adeline affirme qu'elle s'est tenue à l'écart de l'héritage paternel. Elle a parlé d'un dossier que son père adoptif avait constitué pour elle, mais pas d'objets de famille.

– Conclusion... ?

– Ce n'est ni Shana ni Adeline. Impossible. Mais imaginons... »

D.D. se tourna vers Alex. « Et si Shana, l'aînée, avait autrefois possédé certaines affaires de son père ? Des objets qu'elle aurait trimballés de famille d'accueil en famille d'accueil. C'est elle qui lui vouait un culte.

– Que seraient-ils devenus ?

– Elle les aurait donnés ? À un ami ? Un amoureux ? Ou alors, quelqu'un connaissait leur existence. Elle s'était vantée ou confiée à quelqu'un du quartier. Qui, quand la police l'a embarquée, a fait main basse sur les objets qui se trouvaient dans sa chambre. Vite, regardons les autres sites. »

D.D. ressortit les adresses des quatre sites de vente incriminés et leurs divers catalogues. Le deuxième ne proposait pas le moindre article lié à Harry Day, mais ils firent bonne pioche avec le troisième. Deux lettres, soi-disant des mots doux de Harry à sa femme. Les deux étaient passées de vingt dollars à plus d'un millier dans la journée.

« Si tu essayais de sauver quelque chose à l'intention des filles de ce couple ? murmura-t-elle à Alex.

– Ce serait le genre de document que je mettrais à l'abri », reconnut celui-ci.

Elle cliqua sur le vendeur. Mais au lieu d'un nom, elle tomba sur une série de chiffres aléatoires associée à un compte Gmail.

« Il ne veut pas être identifié, dit Alex. Si je voulais commercer avec des gens obsédés par les tueurs en série, j'en ferais autant.

– Tu pourrais remonter la piste pour moi ? implora D.D. Je peux demander à Phil de soumettre ça à nos experts, mais tu sais qu'on perdrait au moins vingt-quatre heures ; alors que, si j'ai bonne mémoire, tu as un copain à l'école de police...

– Ce qu'on fait de mieux en matière d'investigation numérique. Allez, ça marche. »

Alex appela son collègue. Étant donné l'heure tardive, Dave Matesky était chez lui. Alex lui donna l'adresse. Matesky fit ce que font les experts en informatique et, à peine quelques minutes plus tard, ils avaient un nom.

Samuel Hayes.

L'ancien frère d'accueil de Shana.

« Nom de nom », dit D.D. avant d'appeler Phil.

32

Le soleil pointait le bout de son nez lorsque je commençai mes préparatifs. Je n'avais pas dormi, mais mes traits tirés et mes cernes marqués allaient m'être bien utiles dans les heures à venir.

D'abord mes cheveux, que je tirai violemment en arrière pour former la coiffure la plus stricte que je pouvais imaginer. Ni fond de teint, ni poudre, ni mascara. Le docteur Glen se présenterait au naturel ce matin. Elle montrerait son vrai visage au monde. Étant donné le stress auquel j'étais soumise, je me disais que personne ne se poserait de questions sur ce nouveau style. Si j'avais l'air à deux doigts de craquer, eh bien, j'avais quelques raisons, non ?

Trois bocaux. Disposés dans un carton à chaussures. Et soigneusement rangés dans cette planque d'où, précisément l'avant-veille, j'avais retiré ma propre collection de peau humaine.

Dans le courant de la journée d'hier, le tueur à la rose avait aimablement reconstitué mon butin. La chair des victimes, cachée dans mon appartement. Les atrocités d'un tueur dans mon placard.

Avait-il imaginé que je dormirais là ? La fille de Harry Day, une fois de plus pelotonnée au-dessus de précieux trophées ?

Il m'avait encore fallu quinze minutes pour trouver les caméras, ces petits yeux électroniques. Une dans mon dressing, une dans ma chambre, une dans mon salon. Voilà comment l'assassin avait appris l'existence de la planque. Il ne s'était pas contenté de visiter mon appartement ; il m'avait espionnée. Et il avait dû venir plus souvent que je ne le croyais, pour installer un système de surveillance aussi sophistiqué.

Comme la soirée était bien avancée, je n'avais même pas essayé de comprendre. J'avais simplement collé des languettes de ruban de masquage sur chacun des petits objectifs, pour les aveugler. Puis je m'étais assise sur le canapé, armée de ma seule colère, et j'avais attendu que le tueur vienne rectifier la situation.

Je n'avais pas appelé la police. Pas mis D.D. Warren ou Phil au courant. Oui, j'avais des pièces à conviction chez moi. Des objets dont ils auraient certainement eu besoin pour traquer le tueur, que ce soit la collection de peau ou les caméras de surveillance. Mais cela n'avait plus d'importance. On ne jouait pas aux gendarmes et aux voleurs.

C'était du sérieux. Une affaire de famille.

Je choisis ma tenue avec soin. Un pantalon marron basique, une chemise noire à manches longues, des mocassins marron foncé. La simplicité absolue. Ensuite, je remplis un sac d'un assortiment de vêtements décontractés, puis je mis des billets de banque sur le côté avant d'ajouter du maquillage, des ciseaux et plusieurs bonnets.

Pas de petit déjeuner. Je ne pouvais rien avaler.

À sept heures du matin, j'étais au téléphone avec McKinnon. Il fallait que je parle à ma sœur, séance tenante. À propos de notre père. Si elle voulait bien par pitié donner son autorisation...

Elle accepta que je vienne à partir de neuf heures.

Ce qui me laissait amplement le temps de me rendre au Walmart. Téléphone jetable, rasoirs jetables, quelques autres objets de première nécessité. À la fin de mes courses, il me restait plus d'une heure à tuer. Ne sachant que faire, je restai dans le parking, à sursauter au moindre bruit. L'assassin m'espionnait-il en ce moment même ? M'avait-il suivie depuis mon appartement ? J'essayai de faire attention aux véhicules autour de moi, mais je n'étais pas l'agent 007. Je n'étais qu'une psychiatre brisée par le stress et l'épuisement, qui venait de prendre un aller simple pour l'autodestruction.

Truquer ma chaussure prit plus de temps que je ne l'aurais cru. Enfin, la pendule afficha huit heures et demie et je partis vers le pénitencier, les mains tremblant sur le volant.

Avant d'entrer, je m'obligeai à respirer lentement et régulièrement. Il n'y avait rien là que je n'avais déjà fait un million de fois. Signer le registre. Ranger mon sac dans le casier. Saluer les surveillants, Chris et Bob, en les appelant par leur prénom. Franchir les contrôles de sécurité. Faire, comme de coutume, sonner la machine à cause de mon bracelet médical.

Maria avait maintenant tellement l'habitude qu'elle ne prit même pas la peine de passer la raquette de détection.

Une rapide palpation et voilà tout. Aurait-elle pu me fouiller de manière plus approfondie ? Aurait-elle dû le faire ? Mais j'étais un visage familier, bien connu de tous depuis six ans que je venais tous les mois. Ils me faisaient confiance et ils me laissèrent passer.

Maria me précéda dans le couloir jusqu'au parloir privé où Shana et moi nous rencontrions habituellement, plutôt que dans la salle d'interrogatoire qui avait eu la faveur ces derniers jours. Je poussai un petit soupir de soulagement devant ce deuxième coup de chance.

Ma sœur m'attendait, les mains attachées devant elle, conformément au règlement. Maria se posta dans le couloir, d'où elle pouvait nous observer à travers la vitre, mais pas nous entendre. Ces parloirs soi-disant privés étaient généralement dévolus aux prisonniers qui s'entretenaient avec leur avocat. De l'extérieur, on ne pouvait pas entendre ce qui se disait dans le local, ceci pour protéger les droits des détenus, mais les surveillants pouvaient tout de même garder un œil sur eux. Ce serait pour moi le premier défi à relever.

Chaque chose en son temps.

Pour l'instant, j'entrai dans la pièce. Je m'approchai de la chaise libre. M'assis.

Ma sœur avait l'air d'avoir passé la même nuit que moi. Sans sommeil. Pénible. Agitée. Pour une fois, nous nous ressemblions presque comme deux gouttes d'eau.

Parfait.

Elle m'observa d'un air désapprobateur. « Tu as changé de look ? Ce n'est pas une réussite. »

Je ne répondis pas et consultai ma montre. Cinq minutes, à peu de chose près.

Sa perplexité s'accrut. « Quoi, je t'ennuie déjà ?

– Parle-moi de Donnie. »

Son visage se ferma. Comme ça. Devint parfaitement inexpressif. Les lèvres pincées, elle ne disait rien.

« Lui aussi, c'était un plan cul ? »

Elle haussa le sourcil, surprise de cet écart de langage. « Je le connaissais à peine, ce gosse. » Aveu du bout des lèvres, mais aveu tout de même.

« C'était le messager. Charlie Sgarzi se servait de lui pour préciser l'heure et le lieu de vos rendez-vous. »

Elle se détourna.

« C'est pour ça que tu n'as jamais répondu aux lettres de Charlie ? Parce qu'il est davantage qu'un journaliste, c'est ça ? Plutôt un ancien amour. »

Elle ne dit toujours rien.

« Tu couchais avec lui, continuai-je avec énergie. Avec Samuel Hayes aussi. »

Pas de réponse.

« J'ai rencontré la dame qui t'avait accueillie, Mme Davies. Tu as brisé sa vie, tu sais. Les voisins les ont rendus responsables de la mort de Donnie, elle et son mari. C'était une bonne famille d'accueil, Shana. Jusqu'à ton arrivée. »

Enfin une réaction. Un regard buté que je ne connaissais que trop bien.

« Et la vie de Trevor, aussi », ajoutai-je posément.

Elle eut un léger sursaut, surprise d'entendre ce nom.

« Un petit garçon de cinq ans, continuai-je d'une voix implacable, en accord avec mon humeur. Il avait eu de la chance la première fois, en atterrissant dans une bonne famille. Tu te souviens de lui, n'est-ce pas ? Tu lui consacrais du temps, tu lui lisais des histoires, tu lui faisais des dessins. Il t'aimait bien. Il était la seule personne de cette maison à croire en toi. »

La mâchoire de Shana se crispa.

« Et l'État l'a retiré de cette maison. Du jour au lendemain, M. et Mme Davies, qui faisaient partie des meilleures familles d'accueil, sont devenus persona non grata aux yeux des services sociaux. Trevor a été transféré, sans doute dans un de ces foyers où on le battait tous les soirs, si ce n'est pire. »

Ce n'était pas mon imagination qui me jouait des tours : elle avait blêmi.

« Tu te souviens de Trevor, n'est-ce pas, Shana ? Tu t'étais projetée en lui. Il était l'enfant que tu te sentais obligée d'essayer de sauver pour te sauver par procuration. Comme ta codétenue, Christi, et à une époque, moi-même.

– Laisse tomber, Adeline, dit-elle d'une voix où perçait la supplication.

– Mais tu ne te souviens pas de Donnie, n'est-ce pas ? De ce soir-là. De ce qui s'est passé avec lui. Tu ne te souviens de rien.

– Va-t'en. » Elle se leva d'un seul coup, repoussa sa chaise. En cas de doute, fonce dans le tas. « Je ne sais même pas pourquoi tu es venue. Je croyais que c'était fini, nous deux, affaire classée ? Tu ne m'aimes pas et je suis incapable d'éprouver de l'amour. Sauve-toi, Adeline. Fuis-moi.

– C'est toi qui es vraiment trop conne. »

Recevoir ses propres mots en pleine figure l'arrêta dans son élan.

« Mais qu'est-ce que...

– Assieds-toi. Il ne reste plus beaucoup de temps. J'ai une dernière question : sais-tu qui est le tueur à la rose ? »

Ma sœur me regarda. Ma gravité avait finalement réussi à percer sa carapace. Lentement, elle fit signe que non.

« Mais il ou elle va venir te trouver, n'est-ce pas ? Ou, plutôt, venir *me* trouver. Et quand ça arrivera, tu le tueras. Comme ce surveillant, Frankie. »

Ma sœur ne me quittait plus des yeux. « D'accord.

– Ensuite, je te donnerai ce que tu veux, Shana. Ce que tu as toujours voulu.

– Comment sais-tu ce que c'est ?

– Je suis ta sœur. Qui pourrait le savoir mieux que moi ? »

Shana me regardait. Je la regardais en retour. J'avais dit la vérité à D.D. : quand on avait affaire à ma sœur, l'essentiel était de ne jamais se faire d'illusions. La relation dépendrait toujours des avantages qu'elle en retirerait. J'aurais aimé penser qu'elle m'aiderait par amour. Mais il était nettement plus probable qu'elle tiendrait sa promesse pour obtenir la seule et unique chose que je pouvais lui donner, enfin, après tout ce temps.

Lentement, elle hocha la tête. « Croix de bois, croix de fer ? demanda-t-elle d'une voix enrouée qui ne lui ressemblait pas du tout.

— Si je mens, je vais en enfer », répondis-je. Et je souris, parce que cette promesse de gosse, qui fleurait bon la complicité entre sœurs, les jours d'été et l'innocence enfantine, me brisait le cœur.

« D'une seconde à l'autre, lui expliquai-je posément, il va se produire un incident à l'extérieur. Ça détournera l'attention de Maria. Il faudra que tu me sautes dessus. Que tu me jettes par terre et que tu m'assommes. Ensuite, tu coinceras une chaise sous la poignée et tu éteindras la lumière. »

Ma sœur me regardait avec de grands yeux.

« Ça ne les empêchera pas d'entrer, hein ? continuai-je. Le personnel est formé à ces situations.

— Ils feront sauter la vitre. C'est du verre blindé, mais on peut quand même démolir le cadre à coups de marteau.

— Combien de temps ?

— Alerter la brigade d'intervention, s'équiper, se mettre en place. Cinq à sept minutes.

— Alors il faudra agir vite.

— Adeline... »

Mais elle n'eut pas le temps d'aller plus loin parce que des cris retentirent dans le couloir, presque immédiatement suivis par les hurlements stridents d'une sirène. Maria tourna la tête vers le bout du couloir. Alors ma sœur bondit par-dessus la table et se jeta sur moi, épaule en avant. Une seconde, j'étais sur ma chaise. La suivante, je basculais en arrière avec elle.

J'entendis un craquement lorsque je heurtai le mur, me rendis compte que ma sœur me comprimait fortement la trachée de ses doigts entrecroisés.

Mais, naturellement, je ne ressentais aucune douleur.

Encore des cris. Beaucoup plus proches. Maria s'époumonait, mais avec le vacarme de l'alarme, on l'entendait à peine. Puis l'obscurité se fit dans la pièce ; Shana avait actionné l'interrupteur. Elle coinça une chaise sous la poignée de la porte, renversa la table à la verticale devant la fenêtre pour boucher la vue. Cinq secondes, dix ? Ma sœur était encore plus rapide que je ne m'y attendais.

À terre, derrière la table renversée, j'attrapai en toute hâte ma chaussure droite.

« Vite, soufflai-je, encore hors d'haleine après ma chute. Tends tes poignets.

– Adeline.

– Mais tais-toi donc ! Écoute le numéro du casier. À la seconde où ils te laisseront partir, tu iras dans le hall d'entrée, vers ce casier. Je te donne la combinaison. Répète après moi. »

Elle obéit et j'arrivai enfin à extirper du bout des doigts la lame de rasoir qui dépassait à peine de ma chaussure, glissée entre la semelle et l'empeigne. Elle avait fait sonner les détecteurs de métaux à mon arrivée, mais Maria était partie du principe que l'alarme avait été déclenchée, comme d'habitude, par mon bracelet médical.

Je regardai les poignets de Shana, retenus par d'épais liens en plastique. Ma petite lame n'était pas vraiment l'instrument idéal, mais je n'avais pas mieux.

Je commençai à scier les liens, blottie contre ma sœur, épaule contre épaule, ses mains sur mes genoux. Depuis toutes ces années, jamais nous n'avions été aussi proches. Si proches que j'entendais son souffle court, que je sentais l'odeur aigre de sa peau. Petites, nous étions-nous serrées l'une contre l'autre comme ça pour nous rassurer après une colère de papa ? Nous n'étions que deux gamines perdues, qui essayaient de survivre.

Je sentis une nouvelle odeur. Prenante, cuivrée. Du sang.

Je n'avais pas mal, bien sûr, mais je comprenais ce que signifiait cette sensation d'humidité croissante entre mes doigts, le fait que j'avais de plus en plus de mal à tenir la lame : je m'étais coupée. Peut-être même que j'avais perdu un bout de doigt, que je m'étais sectionné une phalange entière. Je n'avais aucun moyen de le savoir.

Je n'avais qu'à trancher les liens. Ensuite, ce serait à Shana d'agir.

« Arrête ça ! m'ordonna-t-elle à voix basse. Ça ne marchera pas. Jamais je ne sortirai d'ici. Ça ne servira qu'à te faire coffrer.

– Mais je n'ai rien fait », lui assurai-je. Je sentais que les liens commençaient à céder. « C'est moi la victime, ici.

– Mais putain...

– Écoute ! Dans le casier, il y a mon sac à main, avec mes clés de voiture. Une Acura blanche. Cinquième rangée sur le parking. Plus tard, il faudra que tu changes pour une autre – une qui ne sera pas recherchée par la police –, mais celle-là va te permettre de décoller. À l'intérieur, tu trouveras un sac avec plusieurs tenues de rechange, un millier de dollars en liquide, les clés de mon cabinet et un téléphone jetable. Ne m'appelle pas. Je le ferai dès que possible. »

Encore du bruit dans le couloir. Une cavalcade, à laquelle se mêlaient les pulsations de la sirène. Je comptais sur la diversion créée à l'extérieur pour ralentir la mobilisation. Pendant que les surveillants se ruaient en masse dans une direction, combien d'entre eux comprendraient qu'une seconde menace réclamait tout autant leur attention ?

Les liens cédèrent. Je me relâchai, déjà exténuée par cet effort.

« Déshabille-toi, lui ordonnai-je. Vite, vite, vite. » Je commençai à enlever mon pantalon, puis retirai ma chemise à manches longues. Mon soutien-gorge et ma culotte aussi ; je ne laissai rien au hasard. Je lançai le tout à Shana. Le tissu était probablement maculé de sang à cause de mes doigts mutilés et je me félicitai d'avoir choisi des teintes sombres sur lesquelles les taches se verraient à peine. Bientôt, un peu de sang n'aurait plus guère d'importance.

Shana s'activait de son côté. Sous le coup du choc ou de la perplexité, elle cédait à mes injonctions et enfilait mon pantalon marron pendant que j'essayais pour la première fois une tenue orange prison.

« Ne va ni chez moi ni à mon cabinet, lui dis-je. Ce sont les premiers endroits où ils chercheront. Trouve-toi un coin où te planquer et ne bouge plus. Il y a un sac avec des vêtements propres, des outils et des ciseaux. Change-toi, coupe-toi les cheveux, teins-les, fais le nécessaire. Quand les choses se seront tassées, je t'emmènerai à la maison.

— Tout ça pour attraper un assassin ? gronda Shana.

— Non.

— Pourquoi, alors ?

— Parce que j'ai besoin de toi.

— Pourquoi ? »

Je me figeai. Dans l'obscurité, je sentis l'odeur du sang, la nervosité de ma sœur, et un calme profond m'envahit. On y était. Le terminus de notre parcours. La destination vers laquelle nous avions toujours tendu.

Ma sœur et moi, réunies, alors qu'une fois de plus des hommes criaient et frappaient à la porte.

« Tu es habillée ? demandai-je.

– Oui. »

Je lui tendis mon bracelet médical, que j'avais fait glisser de mon poignet pour qu'elle le passe au sien.

Ensuite, mon nœud pour les cheveux. « Tire-les en arrière, aussi serrés que possible. »

Pendant qu'assise par terre elle attachait ses cheveux tant bien que mal, je mis la dernière main à son déguisement en trouvant son visage avec mes doigts sanglants. Doucement, timidement, je dessinai des lignes humides sur son nez, ses joues. J'effaçais ma sœur. À sa place, je créais une nouvelle Adeline ensanglantée.

Je me rendis compte que c'était la première fois que je la touchais, que je la touchais vraiment, depuis quarante ans. Nous avions parlé, assises de part et d'autre d'une table, mais les contours de son visage, la bosse sur l'arête de son nez... Elle me paraissait à la fois étrangère et familière. Normal, en famille.

Un premier craquement. La vitre commençait à se desceller. Plus beaucoup de temps.

« Tu es Adeline, lui expliquai-je. Tu es une femme instruite qui a réussi dans la vie, mais qui vient de se faire violemment agresser par sa grande sœur. D'où le sang sur ton visage, ta démarche hésitante. Quand McKinnon te posera des questions, tu feras des réponses courtes en modifiant ta voix autant que possible. Souviens-toi seulement que tout s'est passé en un éclair. Tu ne sais pas ce qui a déclenché cette crise chez ta sœur, cette agression t'a prise au dépourvu. Non, tu n'es pas gravement blessée. Tout ce que tu veux, c'est rentrer chez toi pour te reposer. Mets-leur souvent le bracelet médical sous les yeux. C'est un détail qu'ils associent à moi et, sans qu'ils s'en aperçoivent, ça rendra ton déguisement beaucoup plus crédible.

– Mais tu ne me ressembles pas, se désespéra Shana, dont le bout du nez touchait presque le mien. Peut-être qu'avec ces vêtements, la coiffure, le visage en sang, il y a une chance que je me fasse passer pour toi. Mais jamais ils ne te prendront pour moi.

– Tu as raison. Dernière étape. » Je levai le rasoir. Posai le tranchant sur ma joue. « Ta mauvaise habitude de te mutiler va devenir ta planche de salut. Indemne, je ne peux pas me faire passer pour toi. Mais quand mon visage aura été réduit en charpie… »

Je commençai à faire glisser le rasoir. Aucune douleur, même pas une sensation de froid, puisque la lame avait déjà été réchauffée par mon sang.

« Attends ! » dit Shana en retenant ma main.

Les surveillants criaient de plus belle et la fenêtre cédait à leurs assauts sans relâche, la vitre commençait à se fendiller.

« Laisse-moi faire. Tu n'as pas assez l'habitude. Tu vas couper trop profond, ça laissera une cicatrice. Ce ne serait pas bien. »

Elle se tut, prit une grande inspiration. Et me retira le rasoir des doigts.

Elle se pencha vers moi pour mieux voir dans l'obscurité. Je sentis ses yeux rivés aux miens. Une seconde. Deux. Elle posa la lame sur ma joue. Trois secondes. Quatre.

« Tu peux y aller, murmurai-je. Rappelle-toi que je ne sentirai rien. »

Ma sœur traça le premier sillon. Je sentis son souffle sur mon visage, un soupir, à la fois de mélancolie et d'extase. Je me demandai si elle avait eu cette même expression dans notre enfance, quand elle m'avait taillé le bras aux ciseaux dans la famille d'accueil. Et si elle tenait parole en cet instant, si elle s'efforçait de ne pas couper trop profond pour éviter de me défigurer à vie.

« Ça va ? me demanda-t-elle d'une voix rauque après la première balafre.

– Encore.

– Merde, Adeline.

– Encore. Il faut qu'ils y croient, Shana. Pour toutes les deux, il le faut. »

Nouvelle estafilade. Sur mon nez, le rasoir me faisait l'effet d'une mine de stylo, comme si quelqu'un dessinait sur mon visage. Puis une sensation de pluie dégoulinante sur mes joues.

« Le front, lui ordonnai-je. Les plaies au crâne pissent toujours le sang. »

Les yeux de ma sœur brillaient. Des larmes qu'elle retenait ? Une émotion qu'elle aurait voulu cacher ? Mais elle ne s'arrêta pas. Je lui offrais la liberté, pourquoi aurait-elle arrêté ? Ensuite, elle franchirait la porte sous l'identité du docteur Adeline Glen. Elle réaliserait son fantasme le plus cher et vivrait ma vie. Ma voiture, mon appartement, mon cabinet : je lui aurais tout donné.

Shana Day. La plus célèbre meurtrière du Massachusetts. Qui avait brisé la vie de Mme Davies ; celle des Johnson ; celle des Sgarzi ; et qui avait persuadé trois hommes de se jeter dans les bras de la mort.

Et qui pourtant avait volé au secours de ses codétenues et qui pleurait encore un petit garçon de cinq ans.

Ma grande sœur. Le monstre que je relâchais dans la nature.

Tandis qu'elle continuait à faire glisser la lame sur ma joue, je posai mes doigts sur la sienne.

« Je suis désolée », murmurai-je, sans trop savoir pourquoi. C'était moi qui étais en train de donner et elle de prendre.

Mais, d'aussi près, je pouvais lire dans ses yeux que ça lui coûtait aussi. La honte de me faire du mal, associée à une jubilation inavouable, puisqu'une partie d'elle-même se délectait de cet instant. L'inné contre l'acquis. Comme chez moi.

Ma sœur dessina une cinquième balafre et je sentis le goût du sang sur mes lèvres.

Le dernier coin de l'encadrement de la vitre céda et tout le panneau s'effondra dans un fracas de verre. Les hommes en gilet pare-balles noir nous tombèrent dessus, certains en hurlant sur moi (sur Shana) pendant que d'autres écartaient brusquement Shana (Adeline) et que j'entendais ma sœur crier, d'une voix suraiguë, pleine d'angoisse :

« Aidez-la, je vous en supplie, aidez-la. Elle s'est procuré un rasoir. Elle s'est peut-être ouvert la gorge. Aidez-la, par pitié ! »

Un grand gaillard surgit au-dessus de moi, visière baissée, face cachée, et hurla :

« Tes mains, connasse. Montre-moi tes mains ! »

Je me contentai de sourire, en imaginant le spectacle que je devais offrir, avec ce sang écarlate au bord de mes dents blanches.

Du grand Shana, c'était certain.

Alors on me releva et on m'emmena sans ménagement.

Pendant que ma sœur, le docteur Glen, sortait en vacillant dans le couloir, encore dans la prison mais déjà en route vers la liberté.

33

Lorsque D.D. vit le nom de Phil s'afficher sur l'écran de son téléphone, elle se jeta dessus. Elle s'attendait à ce qu'il lui annonce qu'on avait enfin localisé Samuel Hayes. Mais non :

« Shana Day s'est évadée.

– Quoi ?

– Un peu après neuf heures, ce matin. Elle a agressé sa sœur avec une lame de rasoir et ensuite elle a échangé leurs vêtements pour qu'Adeline porte sa combinaison de détenue pendant qu'elle-même se ferait passer pour Adeline. Ensuite, il ne lui restait plus qu'à prendre la poudre d'escampette.

– *Quoi ?*

– Ouais, soupira Phil, c'est un assez bon résumé de la situation. Adeline est encore à l'infirmerie de la prison, on panse ses plaies. Je vais y aller pour voir la directrice…

– Je suis prête dans une demi-heure », s'empressa de répondre D.D.

Elle entendit presque le sourire de son collègue à l'autre bout du fil. « À tout à l'heure. »

Il raccrocha. Elle envoya balader le téléphone et se leva d'un bond du canapé.

« Alex, Alex ! Il faut que je prenne une douche et que je me change. Tu peux m'aider, s'il te plaît ? *S'il te plaît ?* »

McKinnon les accueillit dans le hall d'entrée du pénitencier. Au vu des derniers événements, D.D. s'étonna de ne pas remarquer de grands changements. Abstraction faite, cela va de soi, des sentinelles en gilet pare-balles postées devant l'établissement et de l'hélicoptère qui passait périodiquement au-dessus de leurs têtes.

« L'unité spéciale a été activée », les informa aussitôt la directrice. En cas d'évasion, on faisait automatiquement appel aux forces d'intervention. « On a retrouvé la voiture d'Adeline salement amochée à plusieurs kilomètres d'ici sur l'autoroute, mais aucune trace de Shana.

– Salement amochée ?

– Shana a percuté plusieurs voitures en sortant du parking, et allez savoir ce qu'elle a pu faire sur la voie rapide. Souvenez-vous qu'elle est incarcérée depuis ses quatorze ans. C'était sans doute la première fois qu'elle prenait le volant. »

D.D. cilla. Elle n'avait même pas songé à cela. En pratique, ils cherchaient une femme qui avait été en prison toute sa vie. Une femme qui n'avait jamais possédé de téléphone portable ni conduit une voiture, bref, qui n'avait aucune expérience de la frénésie du monde moderne. Shana aurait aussi bien pu être une femme préhistorique subitement libérée d'un bloc de glace.

« Elle sait se servir d'un ordinateur ?

– Elle a suivi plusieurs stages de formation. Si elle se comportait bien, elle avait parfois une radio dans sa cellule. C'est aussi une grande lectrice, donc elle peut être au courant de beaucoup de choses, mais elle n'a jamais fait grand-chose en vrai...

– C'est maintenant que nous avons les meilleures chances de la coincer, marmonna Phil, avant qu'elle n'apprenne à vitesse grand V. »

La directrice les emmena à son bureau. « J'imagine que vous voudrez parler au docteur Glen.

– En effet. »

Elle hocha la tête. « Adeline est à l'infirmerie. Ses plaies au visage sont pour la plupart superficielles, mais étant donné son insensibilité à la douleur, les médecins craignent l'infection. Ses mains, en particulier, sont très abîmées. Ils sont en train de la bourrer d'antibiotiques.

– Ses mains ? demanda D.D.

– Elles présentent de très vilaines coupures, et l'extrémité de son index gauche a été sectionnée. Blessures de défense, a priori, elle devait essayer de repousser le rasoir. »

D.D. détourna les yeux. Les blessures à l'arme blanche la révulsaient. Allez savoir pourquoi. Les plaies par balle, les chairs brûlées par des cordes, les intoxications aiguës, ça allait encore. Mais les coupures en tout genre lui glaçaient les sangs.

« On reprend depuis le début ? » demanda Phil en sortant son dictaphone.

Il posa l'appareil sur le bureau et la directrice se lança.

Adeline avait donné le coup d'envoi de la journée peu après sept heures du matin, en demandant à venir voir sa sœur.

« Au sujet du tueur à la rose ? intervint D.D.

– Pour affaires personnelles, m'a-t-elle dit. Une histoire en rapport avec leur père. »

D.D. et Phil hochèrent la tête.

À son arrivée, une surveillante avait conduit Adeline au parloir privé qu'on utilisait habituellement pour ses entrevues avec Shana. Mais au bout de huit minutes de conversation, des troubles avaient éclaté à l'extérieur.

« Quel genre de troubles ? »

La directrice poussa un profond soupir. « Des pétards. Dissimulés sous une voiture au fond du parking. Au début, bien sûr, on aurait dit des coups de feu. Un surveillant a donné l'alerte, mobilisé l'unité tactique.

— Vous avez des caméras sur le parking ? demanda aussitôt Phil.

— Elles filment les premières rangées. Malheureusement, la voiture en question était garée trop loin. D'après mon adjoint, les pétards étaient là depuis un moment ; on les avait reliés à un long fil à combustion lente. À première vue, il a pensé qu'il s'agissait simplement d'une mauvaise plaisanterie, peut-être liée à la veillée d'hier soir. Mais vu ce qui s'est passé ensuite...

— C'est-à-dire ?

— La surveillante, Maria Lopez, s'est retournée vers le parloir juste au moment où Shana s'en prenait au docteur Glen. Shana a sauté par-dessus la table et s'est jetée sur Adeline, qui s'est retrouvée par terre...

— Un instant, l'arrêta D.D. Shana n'a pas les mains liées, normalement ?

— Si. Et c'était le cas. Tout le monde a respecté le règlement. Tout le monde a fait son travail de son mieux. » McKinnon avait répondu avec une certaine brusquerie. « Le problème, c'est qu'il est de notre devoir de répéter toujours les mêmes gestes et de suivre les mêmes procédures. Alors qu'une détenue comme Shana n'a rien de mieux à faire depuis des années que de chercher les failles du système.

— Qu'a-t-elle fait ?

— Elle a coincé une chaise sous la porte et éteint la lumière. Lopez a aussitôt alerté l'unité d'intervention, mais comme elle était déjà mobilisée sur le parking... Il a fallu plusieurs minutes – cinq, m'a-t-on dit – avant que l'équipe ne soit au complet devant le parloir.

– Et pendant ce temps-là ?

– Entre l'absence de lumière et la table qui bouchait le bas de la fenêtre, Lopez ne voyait pas grand-chose. Il lui a semblé que Shana et Adeline s'empoignaient au sol. Elle les a juste entraperçues qui roulaient par terre. Quand la brigade est arrivée, ils se sont attaqués à la fenêtre Securit en descellant le cadre.

« Lorsqu'ils sont entrés dans la pièce, ils ont trouvé le docteur Glen – croyaient-ils – penchée sur Shana. Les deux femmes étaient couvertes de sang, mais les blessures du docteur Glen semblaient superficielles, tandis que Shana présentait des entailles profondes sur tout le visage. Le docteur Glen – croyaient-ils – a affirmé que Shana l'avait attaquée avec une lame de rasoir avant de la retourner contre elle. Étant donné les multiples tentatives de suicide de Shana, cette version n'a d'abord éveillé aucun soupçon. On avait retrouvé une lame de rasoir sur les lieux...

– Comment Shana l'avait-elle apportée ? » intervint de nouveau D.D.

La directrice lui lança un regard. « Nous l'ignorons, commandant. Le surveillant Lopez affirme qu'elle a procédé à une fouille à nu complète avant de conduire Shana au parloir. Mais comment Shana s'était-elle procuré tous ces rasoirs, couteaux artisanaux et autres lames par le passé ? Alors que, soit dit en passant, je suis fermement convaincue que mon personnel fait partie des meilleurs qui soient et qu'il remplit une mission difficile avec brio. Il n'y a que Shana qui arrive à nous faire passer pour des imbéciles. »

La voix de la directrice se brisa avec amertume. Jusqu'alors, D.D. ne s'était pas rendu compte à quel point elle était personnellement touchée par l'incident. Mais c'était son établissement, son équipe, son territoire. Et il fallait reconnaître que les dernières frasques de Shana n'étaient pas très flatteuses pour elle.

« Donc, reprit Phil avec tact, vos surveillants font ce que la logique leur impose : ils conduisent la femme blessée en tenue orange à l'infirmerie pour détenues dangereuses. Et pendant ce temps-là, Shana, se faisant passer pour le docteur Glen...

– Je suis descendue en personne pour faire le point avec elle. Elle m'a affirmé qu'elle allait bien, physiquement ; le sang sur son visage était celui de sa sœur, pas le sien. Elle était juste secouée et voulait rentrer chez elle au plus vite. Elle n'arrêtait pas de triturer son bracelet médical, je voyais bien qu'elle était chamboulée. Mais ça ne m'a pas empêchée de lui poser d'autres questions. Que s'était-il passé, pourquoi cette crise ? Elle m'a répondu qu'elle ne savait pas. Elle a prononcé le nom de Donnie Johnson... »

Phil et D.D. échangèrent un regard.

« Et Shana l'a attaquée. Tout s'était déroulé trop vite pour qu'elle puisse me dire quoi que ce soit. Je lui ai proposé des soins médicaux, même une ambulance qui la conduirait à l'hôpital de son choix. Elle a refusé. En tant qu'amie, j'ai... » La voix de la directrice se brisa imperceptiblement. Elle se reprit, releva la tête. « J'ai proposé de la raccompagner chez elle. Je lui ai aussi suggéré de contacter l'un ou l'autre d'entre vous, puisque vous avez tous l'air de travailler ensemble, pour demander de nouvelles mesures de protection, maintenant que sa sœur se promenait dans la nature. Bien sûr, elle a refusé. »

D.D. ne put retenir sa question : « Combien de temps avez-vous discuté avec elle ?

– Quinze, vingt minutes.

– Et vous ne vous êtes jamais rendu compte qu'il ne s'agissait *pas* du docteur Glen ? »

Les yeux noirs de la directrice lancèrent un éclair. « Non. »

Phil se racla la gorge, comme il le faisait généralement pour inviter D.D. à rester en retrait. Elle se renfonça dans sa chaise, cherchant la position la plus confortable.

« Quand avez-vous compris qu'il y avait eu échange ? demanda-t-il.

– Il a fallu encore trois quarts d'heure, le temps qu'Adeline soit suffisamment remise pour parler. J'ai aussitôt activé la brigade d'intervention, averti toutes les forces de l'ordre, et nous en sommes là.

– Comment Shana s'est-elle procuré les clés de voiture d'Adeline ?

– Elle les a trouvées dans son sac à main, déposé dans un casier à l'entrée. D'après Adeline, Shana l'a obligée à lui donner la combinaison sous peine de mort. »

D.D. résuma : « Bon, nous avons donc une meurtrière en cavale, sans doute à pied maintenant, puisque vous avez retrouvé la voiture. J'ajoute qu'elle n'a pas assez d'expérience de la conduite pour qu'il lui soit utile de voler un autre véhicule. Nous avons un signalement de sa tenue, puisqu'il s'agit en fait des vêtements d'Adeline, et en plus ils sont tachés de sang.

– Voilà.

– J'aurais cru qu'il serait à la portée du premier imbécile venu de repérer une fugitive aussi voyante. D'où ma question : pourquoi, au bout de quatre heures, personne ne l'a-t-il encore aperçue ?

– Elle a un complice, conclut tranquillement Phil. C'est lui qui a allumé les pétards dans le parking. Elle a pris la voie rapide pour le rejoindre. Pas trop loin, pour qu'elle n'ait pas trop à conduire, mais suffisamment pour que la brigade d'intervention ou les caméras ne puissent pas la voir changer de véhicule.

– Mais qui ? s'interrogea McKinnon. Shana n'a pas d'amis ni de fans.

– Elle n'a peut-être pas d'amis, dit D.D., mais je crois bien qu'elle a un fan. »

Phil lui lança un coup d'œil. « Le tueur à la rose.

– Autrement dit, nous ne cherchons pas simplement une meurtrière en cavale et un assassin en série, mais une équipe de tueurs à la puissance deux. »

Un quart d'heure plus tard, Adeline était en train de se redresser dans son lit quand D.D. et Phil entrèrent dans l'infirmerie sur les talons de la directrice. Son visage était à tel point recouvert de pansements qu'il était impossible de distinguer ses traits. Mais ce fut avec un regard plein de détermination qu'elle sortit ses jambes du lit.

« Qu'est-ce que vous fabriquez ? demanda brutalement la directrice.

– Je m'en vais.

– Une petite minute...

– Ne m'obligez pas à crier, dit Adeline en serrant les dents. Ça ferait craquer mes points de suture. »

La directrice pinça les lèvres et croisa les bras d'un air sévère. D.D. ne savait pas comment elle faisait : elle avait rarement rencontré quelqu'un qui en imposait autant que cette superbe femme.

Elle passa devant la directrice, solidement campée sur ses jambes, et Phil la contourna par l'autre côté.

En les voyant, Adeline poussa un gros soupir. « Je voudrais juste rentrer chez moi.

– Vous croyez que c'est prudent ? demanda D.D. Votre sœur a les clés de votre appartement.

– Si elle avait voulu me tuer, elle aurait pu le faire. » La psychiatre tâta ses pansements. « Pas difficile, vous savez, d'égorger quelqu'un plutôt que de lui balafrer le visage.

– Alors pourquoi ne l'a-t-elle pas fait ?

– Il faudra lui poser la question.

– Vous croyez toujours qu'elle vous protège ?

– J'ai des dizaines de points de suture. J'ai perdu un bout de doigt. *Protectrice* n'est pas le mot que j'emploierais pour la décrire, là tout de suite. »

D.D. hocha la tête. Comme Phil et elle encadraient Adeline, ils l'empêchaient de fait de s'enfuir. Elle poussa un nouveau soupir.

« Que voulez-vous ?

– Pourquoi êtes-vous venue voir votre sœur ce matin ?

– Je voulais lui poser des questions sur nos parents.

– Et sur Donnie Johnson. »

Adeline fusilla D.D. du regard. En tout cas, elle essaya. Elle avait les yeux un peu vitreux – le contrecoup du choc, de la peur ou des antidouleurs, songea D.D., avant de se rappeler qu'Adeline n'avait pas besoin d'antidouleurs. Elle se demanda si le médecin avait été saisi d'effroi en recousant le visage d'une patiente parfaitement consciente et lucide qui le regardait sans ciller.

Adeline se passa la langue sur les lèvres. « J'avais une théorie sur Donnie Johnson. Je voulais la tester.

– Quelle théorie ? demanda Phil.

– Je crois que Shana a traversé une crise psychotique…

– Vous nous en avez parlé hier.

– Oui, mais plus j'y pense, plus j'en suis persuadée... Vous savez comment est mort notre père ? À quoi ont ressemblé ses derniers instants ?

– Il s'est suicidé, répondit D.D.

– Pas exactement. D'après Shana, c'est notre mère qui a fait le geste. Harry est entré dans la baignoire, il lui a tendu le rasoir et elle a fait le nécessaire. Sous les yeux de Shana. Vous imaginez le traumatisme pour une petite fille de quatre ans ? Littéralement un tournant dans son développement. Tout ce qui pourrait se rapprocher de cette scène, toute répétition de ce scénario, lui ferait l'effet d'un coup de massue.

– Un instant, dit D.D. en levant la main. Vous êtes en train de nous dire que d'après vous c'est ce que Shana a vu ce soir-là ? Une fille qui attaquait Donnie ? Comme votre mère avec votre père des années plus tôt ?

– En tout cas, je pense qu'une scène de ce genre aurait eu un impact suffisant pour déclencher une crise psychotique.

– Une tueuse, murmura D.D., devenue, trente ans plus tard, tueuse en série.

– Et quelle a été la réponse ? demanda Phil. Qu'a dit votre sœur ?

– Je n'ai jamais eu de réponse. J'ai prononcé le nom de Donnie et... ça a été le cataclysme. Les sirènes hurlaient, des hommes criaient. Et Shana m'a sauté à la gorge. Comme ça. »

Adeline cligna des yeux, semblant encore sous le coup de la surprise.

« Elle vous a méchamment arrangée, dit D.D.

– Elle n'avait pas le choix. Sans cela, personne n'aurait pu me confondre avec elle.

– Vous la défendez encore ?

– Je suis vivante. Vu son tempérament, ça prouve qu'elle s'est retenue. »

D.D. secoua la tête.

« Où pensez-vous qu'elle pourrait aller ? demanda Phil.

— Je ne sais pas. Elle n'a pas vécu dehors depuis près de trente ans. Franchement... je dirais qu'elle est vulnérable. La logique aurait voulu qu'elle cherche à me rejoindre, mais étant donné qu'elle m'a tailladé le visage pour gagner sa liberté... Je suis sûre qu'elle sait qu'il y a peu de chances que je l'aide.

— Nous pensons qu'elle a un complice, la provoqua D.D.

— Elle n'a pas d'amis.

— Mais elle a un admirateur. Le tueur à la rose. »

Pour la première fois, Adeline hésita. « Non, dit-elle dans un souffle, mais sa réponse manquait de conviction.

— Shana et le tueur à la rose, dit D.D. Le tueur à la rose et Shana. Où donc ces deux assassins fous à lier ont-ils pu aller pour s'amuser ? »

Mais aussitôt, elle n'eut plus besoin de poser la question à Adeline ; son intuition lui disait qu'ils retourneraient à la source. Là où tout avait commencé, trente ans plus tôt.

Elle se tourna aussitôt vers Phil.

« Chez Mme Davies, s'exclama-t-elle. Dans leur ancien quartier ! »

34

McKinnon insista pour me conduire à une agence de location de voitures. La police avait déjà saisi la mienne, m'expliqua-t-elle. Dans la mesure où elle allait être traitée comme une scène de crime, il n'y avait aucun moyen de savoir quand je pourrais la récupérer. Ou *si* je pourrais la récupérer.

Un silence gêné régnait dans la voiture. De mon côté, je pensais à tout ce qu'il me fallait cacher. Et McKinnon, le visage grave, ne laissait rien paraître. Comme si elle-même possédait des secrets qu'elle n'osait pas avouer.

Je me rendis compte qu'au fil des années où nous avions collaboré pour tenir ma sœur sous contrôle, la directrice et moi étions devenues davantage que des collègues : des amies. Je me demandais si les surveillants, Maria Lopez, ou Chris, ou Bob, en pensaient autant. Je me demandais quel effet ça leur ferait, le cas échéant, de découvrir que c'était moi qui avais fait évader ma sœur. Que c'était moi qui avais trahi leur confiance.

Il me sembla que je devais dire quelque chose. Faire un geste dans sa direction, des excuses à demi-mot, qu'elle ne comprendrait peut-être pas sur le moment mais qui la réconforteraient plus tard. Mais alors elle se tourna vers moi et ses yeux noirs jetaient de tels éclairs que je ne pus m'empêcher d'avoir un mouvement de recul.

« Si vous étiez intelligente, vous feriez changer vos serrures, Adeline, dit-elle, moins sur le ton du conseil que de la provocation. Vous êtes intelligente ? »

Je ne répondis pas.

« Et si vous étiez encore plus intelligente, vous partiriez en vacances. Aux Bermudes, par exemple. Loin, très loin d'ici.

– Si ma sœur me voulait du mal, je serais déjà morte », fis-je une nouvelle fois remarquer sans me démonter.

Elle me lança encore un regard acéré. « Vous partez du principe que votre sœur est le seul danger qui vous menace.

– Que voulez-vous dire ? » répondis-je vivement.

Mais elle se détourna, fixa la route, et nous ne dîmes plus rien.

Dans l'agence de location, le réceptionniste jeta un regard à mon visage couvert de pansements, à la manique de cuisine qui me tenait lieu de main gauche, et eut aussitôt un mouvement de recul. Mais McKinnon ne s'en laissa pas conter. Elle entreprit d'asséner des instructions et, en moins de vingt minutes, je disposais d'une berline bleu marine.

« Je vous suis jusque chez vous, annonça-t-elle avec autorité. Je vous aiderai à vous installer.

– Non, merci. Ça ira. J'ai juste besoin de repos.

– Est-ce que vous arriverez même à ouvrir votre porte avec ce truc ? À tenir la clé, à la tourner dans la serrure ? » Elle désignait ma main gauche, inutilisable. « Sans parler de conduire, de passer une tenue confortable, de vous préparer un repas...

– Ça ira.

– Adeline...

– Kimberly. »

Elle se rebiffa en m'entendant l'appeler par son prénom, ce qui m'arrivait rarement. Elle essaya encore le coup du regard sévère. Puis, voyant que ça ne marchait pas : « Ne le prenez pas mal, Adeline, mais quand il s'agit de Shana, vous pouvez être la dernière des imbéciles. »

Je tâtai les pansements de mon visage. « Et ce serait ma punition ?

– Je n'ai pas dit cela. En l'occurrence, c'est clairement Shana qui est en tort, mais... Vous êtes sa sœur. Et vous tenez mordicus à trouver ce qu'il pourrait y avoir de bon en elle, quand bien même il n'y aurait rien.

– Je le note.

– Souvenez-vous qu'elle est sous ma responsabilité depuis près de dix ans. Vous n'êtes pas la seule à la connaître, à pouvoir prédire ses moindres faits et gestes. Je vous raccompagne à votre appartement. Contre nous deux, elle n'aura aucune chance. »

Elle m'offrait son aide, de bonne grâce. Mais ses yeux étaient de nouveau anormalement brillants et cela me mettait mal à l'aise. Avais-je affaire à une directrice de prison atteinte dans son amour-propre et soucieuse de remettre les pendules à l'heure, de châtier la seule et unique détenue qui avait triomphé d'elle ? Ou bien avait-elle une autre motivation, que je n'avais pas encore réussi à cerner ?

« Je vais faire changer mes serrures, sans faute, c'est promis. »

McKinnon se renfrogna, m'observa sans bienveillance.

Et des idées très désagréables me passèrent par la tête. D.D. était de plus en plus convaincue que le tueur à la rose était peut-être une femme ; et que ma sœur ne pouvait pas avoir été en contact avec un complice à l'extérieur ; tandis qu'avec un complice à l'intérieur de la prison, disons une codétenue, un surveillant ou même la directrice...

« Je dois y aller. Il faut que je me repose. »

McKinnon hésitait, toujours impénétrable.

« Vous êtes sûre ?

— Certaine.

— Et ces vacances ?

— J'y songerai.

— Vous me tenez au courant ?

— Bien sûr, mentis-je.

— N'hésitez pas à m'appeler en cas de besoin, Adeline. Je me rends bien compte que notre relation a toujours tourné autour de Shana, mais après toutes ces années... Si vous avez besoin de quoi que ce soit, conclut-elle avec raideur, ce serait un honneur de pouvoir vous aider.

— Si ça peut vous consoler, répondis-je en me dirigeant vers la voiture de location, je doute que Shana prenne grand plaisir à sa liberté en ce moment. Après trente ans d'incarcération, j'imagine qu'elle se sent plutôt dépassée, voire carrément angoissée. »

La directrice poussa un petit grognement et me laissa m'éloigner, ce qui nous donna de l'air à toutes les deux. « Oui, c'est une idée assez réconfortante, mais ce sera encore mieux quand une brigade d'intervention lui aura mis le grappin dessus. »

À mon tour de sourire, mais le frottement des bandages rugueux sur ma peau faisait un drôle d'effet.

« Kimberly, la rappelai-je, la main sur la poignée de la portière.

— Oui ?

— Je suis désolée. Pour ce matin. Pour tout ce que ma sœur vous a fait subir. Pour... tout.

— Ce n'est pas à vous de vous excuser. »

Je souris de nouveau et me fis la réflexion que, tout insensible à la douleur que j'étais, cette sensation dans ma poitrine ressemblait pourtant étrangement à une cuisante et sourde brûlure.

De retour au pied de mon immeuble, je garai la voiture de location au sous-sol. Auparavant, j'avais fait trois fois le tour du quartier et compté quatre voitures de patrouille – trois de la police municipale, une de la police d'État. Mon appartement resterait sous surveillance jusqu'à nouvel ordre, supposais-je, il était donc impératif de prendre des dispositions pour la suite des opérations.

Je rentrai chez moi avec prudence, sans bien savoir ce que je redoutais le plus d'y découvrir : les enquêteurs, des techniciens de scène de crime ou le tueur à la rose lui-même.

Je ne trouvai que des pièces désertes. Jusqu'à présent, la police me considérait comme une victime. Des agents surveillaient mon immeuble au cas où ma sœur s'en serait approchée, mais ils n'avaient pas encore de raison d'envahir mon intimité, étant donné que Shana avait été vue pour la dernière fois à plus de trente kilomètres de là et qu'on la croyait à pied.

Shana ne savait pas conduire. J'avais oublié ce détail. Si bien que je me demandais sur quels autres détails je m'étais plantée.

Je me livrai à une rapide exploration de mon appartement. Les caméras étaient toujours là, les objectifs recouverts de ruban adhésif. Le tueur à la rose n'avait pas encore eu l'occasion de venir récupérer ses jouets. Trop occupé à espionner la prochaine victime ? À moins qu'il ne savoure cette brève accalmie avant de revenir bouleverser ma vie ?

Je n'avais plus peur. J'avais surtout envie qu'il se dépêche d'en finir.

Dans la salle de bains, je décollai avec précaution les pansements de mon visage. Autant ne pas remettre au lendemain ce qu'on peut faire le jour même. Je pris une grande inspiration. Relevai la tête. Et ouvris de grands yeux.

Les pansements blancs n'étaient certes pas très discrets, mais le patchwork sanglant qu'était devenu mon visage était carrément une vision d'épouvante. Six, sept, huit balafres écarlates. Sur mon front. À la verticale au-dessus et en dessous de mon œil droit. Sur mon nez, sur mes deux joues, une entaille irrégulière sur le menton. On aurait dit la créature du docteur Frankenstein ; pas une vraie femme, une macabre imitation cousue à partir de morceaux de peau pris au hasard.

Et cependant... je tâtai une plaie rouge luisante, puis une autre. Seules trois d'entre elles avaient nécessité des points de suture, et encore, uniquement par endroits. La plupart, comme Shana l'avait promis, étaient superficielles. Les médecins les avaient nettoyées avant de les recouvrir de colle cutanée pour stimuler la cicatrisation.

Non, c'était de loin ma main gauche qui avait le plus souffert. Et c'était moi qui m'étais infligé ces blessures, très probablement en sciant les liens de Shana.

Ma sœur avait tenu parole. Ça voulait dire quelque chose, non ? L'honneur des brigands, tout ça.

Plus moyen de revenir en arrière, informai-je la femme dans le miroir. Plus moyen.

J'aurais aimé prendre une douche, mais je n'étais pas censée me mouiller la main ni le visage. Je me contentai d'une toilette de chat, ce que je pouvais faire de mieux avec ma seule main droite. Puis j'enfilai tant bien que mal un jean ample, un pull uni à torsades.

Revigorée, je me dirigeai vers mon dressing. J'y avais un coffre, tout au fond, où je conservais mes plus beaux bijoux.

Je l'ouvris et en sortis un téléphone. Un appareil prépayé, le jumeau de celui que j'avais laissé à ma sœur dans mon sac à main et dont j'avais appris le numéro par cœur au petit matin. Je le composai.

Le téléphone sonna. Deux fois, trois fois, quatre, cinq, six fois. Au moment où je commençais à paniquer, ma sœur décrocha.

« Tu es où ? demandai-je.

– Faneuil Hall.

– Faneuil Hall ? Comment tu es arrivée là ?

– Je ne sais pas conduire, répondit-elle d'une voix monocorde.

– Alors comment ?

– Un type s'est arrêté. Il a vu la voiture en panne, il a proposé de m'emmener. Je m'étais nettoyé le visage », ajouta-t-elle, comme si ça expliquait tout.

Je n'ai pas pu m'empêcher : « Et cet homme, est-ce qu'il...

– Je ne l'ai pas tué. » Pour la première fois, j'entendis de l'exaspération dans sa voix. « Je ne savais pas où aller. J'ai dit Boston. Il m'a déposée ici. Il y a plein de monde. Je me fonds dans la foule.

– Des policiers ?

– Pas trop. »

Probablement parce qu'ils portaient leurs efforts ailleurs.

« Je serai là dans un quart d'heure, dis-je à ma sœur. Je te retrouve au Starbucks. C'est le café au bout du coin des restaurants.

– Je sais ce que c'est qu'un Starbucks, dit-elle, de nouveau exaspérée.

– Désolée. Je ne savais pas que tu t'y connaissais en gastronomie extracarcérale.

– Je t'emmerde », dit-elle, mais sans irritation.

Je ne pus m'empêcher de sourire. L'espace d'un instant, on aurait presque dit deux sœurs. Je raccrochai, pris les plus grosses lunettes de soleil que je pus trouver pour dissimuler mon visage martyrisé et descendis attraper un taxi.

La première fois, je passai à côté de Shana sans la reconnaître. Un type mince, la quarantaine, en jean et chemise à carreaux, tranquillement assis à une table. Aucune raison d'y regarder à deux fois. Ce ne fut qu'après avoir examiné toute la salle noire de clients que je compris mon erreur. Pourquoi cette personne se détachait de toutes les autres.

Quand je retournai à la table, Shana me souriait.

« Je me suis bien démerdée », dit-elle avec une pointe de fierté.

Et c'était vrai qu'elle s'était bien démerdée. Très bien, même. Disparues, les longues mèches ternes. Elle s'était ratiboisé les cheveux à la tondeuse et cette coupe de garçon modifiait sa physionomie, lui donnait l'air plus jeune et plus masculine, surtout avec sa carrure relativement large, sa poitrine plate et ses hanches inexistantes. J'avais mis un jogging dans le sac, mais elle avait dû utiliser une partie de l'argent pour s'acheter des vêtements neufs parce qu'elle portait un jean artificiellement vieilli et une belle chemise à carreaux. On aurait dit une pub pour Gap ou Old Navy. Les tons naturels du tissu écossais convenaient mieux à sa carnation que l'orange vif, mais elle avait aussi eu recours au maquillage. Du fond de teint, j'aurais dit. Peut-être un peu de poudre. Suffisamment pour lui unir le teint, la rajeunir de plusieurs années.

J'avais l'impression de participer à une émission de relooking pervers : comment faire vingt ans de moins et ne plus avoir l'air de sortir de prison.

Elle avait une casquette de base-ball posée devant elle, avec un gobelet de café ; le sac de voyage que j'avais laissé pour elle dans la voiture tenait compagnie à ses pieds.

Je m'assis en face d'elle ; je me sentais ringarde dans mes vêtements enfilés à la va-vite, et pas très discrète avec ma main et mon visage blessés. Nous n'allions pas pouvoir nous attarder ici. Nous n'allions pouvoir nous attarder nulle part sans attirer l'attention.

Ma sœur prit une gorgée de café. Les doigts de sa main gauche pianotaient en rythme sur la table, signe qu'elle n'était pas aussi détendue qu'elle voulait le paraître.

« C'est comment ? » demandai-je en montrant son café.

Elle grimaça. « On dirait de la pisse de chat. Et c'est l'enfer pour commander. Je me suis fait engueuler par un gamin dans la queue.

– Starbucks est un phénomène culturel. Tu t'habitueras. »

Elle grimaça de nouveau, reposa le gobelet. Prit la casquette, la tordit entre ses mains.

« Et maintenant ? demanda-t-elle.

– Est-ce qu'il y a une chose en particulier que tu aurais envie de faire ? Dont tu rêves depuis des années ? »

Elle me regarda d'un drôle d'air. « Adeline, j'ai pris perpète. Les condamnés à perpète ne rêvent pas. Ils n'ont pas d'avenir.

– Mais c'est comme dans ton souvenir, le monde extérieur ?

– Plus ou moins. Plus bruyant. Plus démentiel. Comme si les souvenirs étaient décolorés et que ça, c'était la réalité.

– On se sent dépassé. »

Elle haussa de nouveau les épaules ; elle se voulait nonchalante mais continuait à triturer sa casquette. Après trente ans à l'isolement, se retrouver en pleine journée dans le centre-ville de Boston : la plupart des gens n'auraient pas tenu le choc.

« Tu pourrais t'en aller, dis-je posément. M'abandonner. Partir. »

Ma sœur ne mordit pas à l'hameçon. Au contraire, elle me regarda droit dans les yeux. « Pour aller où ? Avec qui ? Faire quoi ? Je ne sais pas conduire. Je n'ai jamais eu d'emploi. Je ne sais pas comment trouver un appartement ou une maison, je ne sais même pas me préparer un repas. L'État m'a prise en charge pratiquement toute ma vie. Je crois que je suis un peu trop vieille pour changer ça.

– Je suis désolée », dis-je. Ma phrase du jour.

« Pourquoi ? Tout ça n'a rien à voir avec toi. Le passé est le passé. Ce n'est pas toi, la psy ? Parce que tu m'as l'air un peu bouchée, des fois.

– Tu vas m'aider ? » Maintenant qu'elle était dehors, je n'en étais plus aussi certaine.

« J'ai consulté mon emploi du temps surchargé : il semblerait que je puisse caser un affrontement avec un tueur en série aujourd'hui. Mais pas plus. S'il y en a d'autres, il faudra négocier un paiement échelonné. Hé, peut-être que je suis employable, finalement.

– Tu ne sais vraiment pas qui est le tueur à la rose ?

– Non.

– Tu n'as été en contact avec personne ? »

Elle me lança un regard appuyé.

« Le tueur est venu chez moi hier soir, murmurai-je. Pour m'apporter un cadeau. Trois bocaux pleins de peau humaine. »

Ma sœur ne moufta même pas. « Pourquoi a-t-il pensé que ça te plairait ? »

Je ne répondis pas. J'aurais pu, mais non.

« Tu as peur, Adeline ?

– Pas toi ?

— Jamais. Je ne comprends même pas cette émotion. Tu ne ressens pas la douleur. On pourrait croire que tu ne connaîtrais pas non plus la peur.

— Je fais des cauchemars, parfois. Je suis dans un endroit très sombre. Je ne vois qu'une bande de lumière jaune. Et je suis terrifiée. À chaque fois, je me réveille en hurlant. Pendant des années, mon père adoptif s'est demandé comment il était possible qu'une gamine qui n'avait pas mal puisse quand même avoir peur.

— Tu rêves du placard.

— Je crois, oui.

— Dans ce cas, tu as de bonnes raisons d'avoir peur. Adeline, je n'ai pas envie de revenir sur le passé. C'est toi qui nous as embarquées dans cette histoire. J'espère vraiment que ce n'était pas pour le plaisir d'évoquer le bon vieux temps.

— J'ai besoin que tu tiennes ta promesse ; j'ai besoin que tu me protèges. »

Elle regarda mon visage balafré et même moi je compris l'ironie de la situation. Mais elle opta pour un joyeux : « Je suis là, non ?

— Et ensuite...

— Ensuite, tu me donneras la seule chose que j'aie toujours désirée », dit-elle d'un air songeur, et pour une fois j'entendis de la nostalgie dans sa voix.

C'était par ce bout-là qu'il fallait la prendre : même si on avait envie d'amour et de loyauté, il était beaucoup plus efficace de jouer sur son narcissisme foncier. De lui garantir qu'elle y gagnerait quelque chose. Ma sœur, qui après trente ans en milieu fermé, n'entrerait jamais dans le monde réel.

« Je vais t'emmener chez moi, lui dis-je.

— Ce n'est pas dangereux ?

– Pas plus qu'ailleurs.

– Mais la police doit surveiller.

– C'est pour ça que j'ai un plan. Tu me fais confiance, Shana ? »

Elle sourit. « Tu me fais confiance, petite sœur ?

– J'ai des cicatrices qui le prouvent.

– Y a pas à dire. » Elle se leva, jeta son gobelet dans la poubelle la plus proche et ramassa le sac.

« Passe devant. C'est ton show. »

Je l'emmenai chez Brooks Brothers. Sa première tentative de travestissement m'avait donné une idée : si je rentrais chez moi avec une femme, la police risquait de se méfier, mais pas si je rentrais avec un monsieur en costume-cravate. Peut-être un collègue de la psychiatre de renom que j'étais. Un petit ami. Voire mon propre thérapeute. Les possibilités étaient innombrables, mais ma sœur en cavale n'y figurait pas.

Dans la boutique, Shana semblait dans ses petits souliers. Et en même temps, elle ne pouvait pas s'empêcher de tout toucher. Les chemises, les cravates, les costumes, jusqu'à la peinture à effets sur le mur. Elle avait l'air ébahie, comme un péquenaud tout juste débarqué de sa campagne.

Je choisis un costume gris souris classique ; le vendeur, qui ne nous quittait pas d'une semelle, surveillait avec anxiété les doigts baladeurs de Shana, puis il regarda avec une inquiétude croissante mon visage ravagé et ma main enveloppée de bandages. Pour finir, j'attrapai ma sœur et la poussai avec les vêtements dans la cabine d'essayage.

« Putain, la vache ! s'exclama-t-elle trente secondes plus tard.

– Ce n'est pas la bonne taille ?

– Pas la bonne taille ? Tu as vu les prix ?

– Voyons, *mon chéri*, dis-je en appuyant sur ces deux mots à l'intention du vendeur qui rôdait dans les parages. C'est le prix de la qualité, mais tu le vaux bien. Allez, essaie ! »

Shana ressortit une dizaine de minutes plus tard. Elle avait du mal à fermer les boutons, du mal à nouer sa cravate. Elle avait plus l'air en guerre avec ses vêtements qu'à l'aise dedans. Mais je finis de la boutonner, défroissai le tout et la tournai vers le miroir.

Et nous ouvrîmes toutes les deux de grands yeux. Est-ce que c'était les cheveux ? Les traits de son visage ? Parce que Dieu sait que notre père ne s'était jamais promené en costume Brooks Brothers, et pourtant, l'espace d'une seconde... Même si c'était Shana qui se tenait sur la moquette, c'était Harry Day qui nous regardait dans le miroir.

Je ne pus réprimer un frisson. Shana s'en aperçut. Elle pinça les lèvres, ne dit pas un mot.

« On le prend, indiquai-je au vendeur. Retirez les étiquettes. Il part avec. »

J'ajoutai un long manteau noir à notre butin, puis je tendis ma carte de crédit au vendeur, qui évitait toujours soigneusement de regarder mon visage.

Cette carte de crédit était ma carte de secours, celle que je conservais dans mon coffre et pas dans mon portefeuille, en cas de vol. La police surveillait certainement l'activité de mes autres cartes puisque Shana s'était évadée avec mon sac à main. Mais celle-là ne devait pas poser de problème. Et même si la police s'apercevait de l'achat, une femme d'un certain niveau social qui faisait des emplettes chez Brooks Brothers, ce n'était pas trop suspect, si ?

Après la boutique de vêtements, j'emmenai ma sœur à quelques rues de là, dans un salon de coiffure sans rendez-vous. Un gamin, l'air blasé, rafraîchit sa coupe à la six-quatredeux, puis, à ma demande, ajouta un balayage blond. Il y avait une télé dans un coin de la pièce. Les journaux du soir couvraient l'évasion qui avait eu lieu le matin même et ne se privaient pas de montrer le visage de ma sœur, la mine bougonne sur sa photo d'identité judiciaire. Je regardai le coiffeur. Il n'avait pas l'air de faire attention aux informations ni à la photo. En tout cas, il ne semblait pas faire le rapprochement entre cette femme hâve en tenue orange et l'élégant gentleman installé dans son fauteuil.

Je fus tout de même contente de nous faire ressortir toutes les deux en vitesse. Vers le drugstore, sur le trottoir d'en face, pour un dernier achat : des lunettes de lecture à monture noire épaisse. Quand je les perchai sur le bout de son nez, Shana le plissa comme si elle allait éternuer.

Mais le résultat en valait la peine.

Shana Day avait complètement disparu, remplacée par un brillant homme d'affaires.

« Il ressemblait à ça, ton père ? me demanda Shana. Tu sais, ton *autre* père.

— Non.

— Comment ça se fait ?

— C'était un professeur ; il préférait le tweed. »

Ma sœur me regarda comme si je lui parlais dans une langue étrangère. Pour elle, c'était certainement le cas.

« Roger, lui annonçai-je gaiement en redressant ses lunettes. On va t'appeler Roger. Tu seras médecin. En fait, tu es mon thérapeute. Après ce qui s'est passé ce matin, personne n'ira me reprocher d'avoir besoin d'un psy. »

Ma sœur toucha une de mes cicatrices.

« Je suis un spécialiste de la douleur », dit-elle avec un humour à froid.

Puis elle fit volte-face ; mal à l'aise sous le poids de tous ses nouveaux vêtements, elle serrait et desserrait les poings.

Nous repartîmes dans la rue et je continuai à regarder derrière moi, tandis que ma sœur affichait toujours une expression impossible à déchiffrer.

35

L'ancienne mère d'accueil de Shana, Mme Davies, se rebel-
lait : « Elle s'est évadée, et alors ? Qu'est-ce qu'elle peut
me faire ? Me rendre insomniaque, détruire ma réputation,
me faire regretter d'être en vie ? Tout ça, elle l'a déjà fait,
et pire encore.

– Est-ce qu'on pourrait entrer ? insista Phil. Jeter un coup
d'œil ? »

La vieille femme finit par accéder à leur demande, et sa
robe de chambre battit ses chevilles lorsqu'elle remonta le
couloir étroit d'un pas énergique. Elle se déplaçait avec plus
de vigueur que la veille, nota D.D. L'effet de la colère.

D.D. explora la maison de Mme Davies pendant que Phil
faisait un rapide tour des extérieurs. Non pas qu'il y ait eu
beaucoup d'espace dehors, étant donné la densité urbaine à
Boston. Et à l'intérieur, D.D. pouvait en dire autant, compte
tenu de la quantité d'objets que Mme Davies avait entassés.
D.D. se disait à part soi qu'il y avait à peine la place pour la
propriétaire des lieux, alors pour une prisonnière en cavale...

Ils rejoignirent Mme Davies au fond de la maison et la
trouvèrent assise dans le canapé, en train de caresser un chat
tigré noir et gris.

« Avez-vous une idée de l'endroit où Shana aurait pu aller ? demanda Phil.

— Pensez-vous ! Ça fait trente ans. Combien de gens sont passés dans le quartier depuis ? Même la ville n'est plus la même, avec le tunnel autoroutier qu'ils ont creusé et tout. »

D.D. et Phil se regardèrent. Elle n'avait pas tort.

« Madame Davies, reprit D.D. Hier, vous nous avez parlé d'une petite fille, AnaRose Simmons, qui avait été reprise par les services sociaux après... les événements.

— Oh. » L'expression de Mme Davies s'adoucit immédiatement. « Elle était tellement belle. Une jolie petite chose, si timide. Elle ne disait pas trois mots, mais mignonne, très mignonne. »

D.D. y avait pensé toute la nuit. Elle voyait bien Samuel Hayes dans le rôle du tueur, et le fait qu'il mettait des objets en vente sur un site spécialisé dans les souvenirs macabres appelait à coup sûr de plus amples investigations. Mais si le tueur était une femme... Pourquoi pas une petite fille qui, par la faute de Shana, avait dû quitter une famille aimante pour retourner auprès d'une mère toxicomane ? Ça aurait sacrément foutu les boules à D.D., un truc pareil.

« Vous avez eu de ses nouvelles ?

— Oh, non. Je n'ai jamais essayé. Je vous l'ai dit.

— Et de son côté, elle n'a pas cherché à entrer en contact avec vous, une fois majeure ? »

Mme Davies la regarda avec bienveillance. « Ça ne marche pas comme ça, ma belle. On pourrait le croire. Mais j'en ai vu défiler, des enfants. La plupart ne font que passer et une fois qu'ils sont partis, c'est fini. C'est la vie qu'ils mènent qui veut ça. Ils ne s'accrochent pas. Ils ne vivent que dans le présent parce que les épreuves leur ont appris que c'était tout ce qu'ils avaient. »

D.D. fit grise mine. « Et AnaRose ?

– Je ne sais pas ce qu'elle est devenue. Si quelqu'un devait le savoir, ce serait Samuel. Il était comme un grand frère pour elle. Ils sont peut-être restés en contact.

– À propos de M. Hayes...

– Samuel ?

– Nous nous inquiétons aussi pour lui. » En face de D.D., Phil entra dans son jeu et confirma d'un signe de tête. Ils n'avaient toujours pas réussi à localiser Samuel. Pourquoi ne pas recruter Mme Davies pour la cause ?

Après un temps, D.D. reprit : « Est-ce que vous auriez son numéro de téléphone portable ? Ou un autre moyen plus efficace de le joindre ?

– Oh, oui, oui. Un instant. »

Mme Davies disparut dans la cuisine. D.D. s'efforça de ne pas penser à cette pièce, aux monceaux de vaisselle sale, à la nourriture avariée, aux poils de chat sur les plans de travail. Quelques instants plus tard, la vieille dame revint avec un bout de papier.

« Je peux l'appeler, si vous voulez ? proposa Mme Davies, rayonnante.

– Ce serait formidable. »

Mme Davies composa le numéro. Rien de tel que d'appeler un suspect à partir d'un téléphone connu. Mme Davies leur rendait à chaque instant la tâche plus facile.

Le silence se prolongeait et D.D. commençait à s'inquiéter lorsque Mme Davies s'exclama : « Samuel ! » Un sourire chaleureux s'épanouit sur ses lèvres. Les années avaient passé, mais il était facile de voir qu'elle le considérait toujours comme son fils.

D.D. se sentit presque coupable.

« Alors, tu es au courant ? dit Mme Davies. Shana Day s'est évadée. J'ai deux enquêteurs chez moi en ce moment même. Ils s'inquiètent pour moi, Sam. Et pour toi aussi. »

Un silence : Samuel répondait. Une réponse qui fit sourciller Mme Davies.

« Eh bien, je ne sais pas... Je... Oui... Non. Écoute : dis-leur toi-même. Ils voudront te parler directement, de toute façon. »

Sans autre incitation, Mme Davies mit le téléphone dans la main de D.D., qui le porta à son oreille.

« Samuel Hayes ? Commandant D.D. Warren, police de Boston. Nous travaillons avec la cellule de recherche pour retrouver Shana Day. »

Phil hocha la tête pour l'encourager dans cette voie : mettre l'accent sur Shana Day. Ils ne nourrissaient aucun soupçon à l'égard de Samuel. Non, il n'était pas le principal suspect dans le meurtre de trois femmes, pas plus qu'il n'était soupçonné en raison de ses possibles liens avec leur autre suspect, AnaRose Simmons. Non, ils ne mouraient pas d'envie de l'interroger.

« Dans ce type de situations, continua vivement D.D., la procédure prévoit que nous allions voir l'entourage du fugitif. Dans le cas présent, cela vous concerne. Je vais être franche, monsieur Hayes : étant donné le passé de Shana, nous n'imaginons pas réellement que vous ayez participé à son évasion, mais nous avons des raisons de craindre pour votre sécurité.

– Pardon ? s'étonna Samuel Hayes.

– Le mieux serait de nous rencontrer en personne, continua D.D., tout miel. Nous pouvons être chez vous dans les plus brefs délais. Quelle est votre adresse ?

– Ma sécurité ? Mais, mais, mais... »

Elle l'avait emmené là où elle voulait : il n'était pas sur la défensive dans la perspective d'une visite de la police, mais abasourdi.

« Votre adresse ? » relança-t-elle.

Il la fournit, sur un ton toujours hésitant.

« Nous serons là dès que nous aurons fini de sécuriser le domicile de Mme Davies. Ah oui, j'oubliais : à votre place, je ne sortirais pas. Gardez toutes les issues fermées. Faites-nous confiance, ça vaut mieux. »

D.D. raccrocha et rendit le téléphone à Mme Davies, qui semblait dûment impressionnée.

« Vous avez réellement peur à ce point-là… ? demanda-t-elle dans un souffle.

– Deux précautions valent mieux qu'une, lui assura D.D. C'est valable pour vous, madame Davies. Restez à l'intérieur et fermez bien la maison. Au moindre bruit anormal, appelez-nous aussitôt. » Phil sortit une carte de visite. « On enverra immédiatement une voiture de patrouille. D'accord ?

– D'accord. » Mais Mme Davies n'avait plus l'air apeurée, elle avait retrouvé son expression belliqueuse.

« Vous auriez envie de la revoir ? demanda D.D. avec curiosité.

– Il y a des choses que j'aimerais lui dire.

– Par exemple ?

– Que je suis désolée.

– *Désolée* ?

– Désolée, oui, répéta Mme Davies sur le même ton. Nous étions les parents. C'était à nous de faire le nécessaire pour elle. Et quand nous avons compris que ça nous dépassait, nous aurions dû la placer dans un foyer ou un établissement où on pourrait l'aider. Mais non. Nous sommes restés les bras croisés en attendant un miracle. Pour ça, je suis désolée.

— Madame Davies… vous n'êtes pas responsable de ce qu'a fait Shana.

— Ça aussi, je le sais. Cette fille a le diable au corps et il faut faire la part du diable. N'empêche que c'était quand même elle l'enfant et nous les adultes. Ça compte, vous ne croyez pas, commandant ? En tout cas, ça compte à mes yeux. »

D.D. secoua la tête, toujours pas convaincue. Il y a des enfants qui n'en sont plus. Et elle avait rencontré suffisamment de jeunes délinquants pour savoir que même les adultes les mieux intentionnés, même les psychiatres, même les conseillers judiciaires dévoués à leur travail ne pouvaient plus rien pour certains.

Mme Davies leur assura qu'elle prendrait toutes les précautions nécessaires. Puis Phil et D.D. firent lentement le tour du pâté de maisons en voiture en ouvrant l'œil, au cas où quelque chose leur aurait échappé. Shana visiblement en train d'épier derrière un bosquet, par exemple. Ou une piste sanglante conduisant dans le jardin d'un voisin. Comme le quartier semblait paisible, ils poursuivirent leur route.

Quatre heures de l'après-midi. Le soleil faiblissait déjà, le crépuscule s'annonçait. Ils partaient à la recherche de Samuel Hayes.

L'adresse les mena à un immeuble d'habitation à Allston, un des quartiers les plus densément peuplés de Boston. D.D. suivit Phil dans un escalier très étroit. L'épaule droite collée au mur, elle s'encourageait à respirer à fond. Puis, lorsque la puanteur du chou bouilli et de l'urine de chat lui agressa les narines, elle précisa : par la bouche.

Quand ils arrivèrent au quatrième étage, Phil se chargea de frapper à la porte. Il fit signe à D.D. de rester en arrière, légèrement sur le côté. Lui-même gardait sa main droite au niveau de la taille, pas loin de son étui de revolver.

Il y avait tant de choses qu'ils ignoraient sur Samuel Hayes. Phil frappa une deuxième fois.

La porte s'ouvrit enfin.

Et ils se retrouvèrent face à un homme en fauteuil roulant.

« Je n'ai pas eu le cœur de le dire à Mme Davies », leur expliquait Samuel Hayes dix minutes plus tard. Ils s'étaient installés dans son deux-pièces, Hayes dans son fauteuil roulant, Phil et D.D. dans l'unique canapé de ce modeste logement.

« Je suis tombé d'une échelle il y a un mois, en travaillant sur un toit. Ma colonne vertébrale en a pris un coup. Les premiers jours, comme j'avais toujours du mal à bouger les jambes, les médecins me disaient que c'était l'inflammation ; il me fallait juste un peu de temps pour me rétablir. Mais au bout de quatre semaines de séances de kiné et d'exercices à la maison, voilà où j'en suis.

– Il n'y a pas d'ascenseur dans cet immeuble, remarqua D.D. Comment faites-vous ?

– Je sors de mon fauteuil et je descends les quatre étages à plat ventre. Le type qui conduit la navette pour le centre de rééducation m'aide à monter dedans. Au centre, ils ont un fauteuil roulant qui m'attend et dont je peux me servir quand je suis là-bas. Et lorsque je reviens, je remonte, encore à la force des bras. Mes jambes ne valent toujours pas grand-chose, mais je suis en train de me faire ces biceps d'acier dont j'avais rêvé toute ma vie. »

Hayes fléchit le bras droit et montra le beau volume de ses muscles.

D.D. n'arrivait pas à s'y faire : leur principal suspect était cloué dans un fauteuil roulant. Du moins, il le prétendait.

Et si c'était une feinte ? Cela dit, monter et descendre quatre étages en rampant à la vue des voisins, ça aurait été pousser un peu loin le sens du stratagème.

Était-ce pour cette raison que le tueur à la rose surprenait ses victimes dans leur sommeil ? Après tout, Hayes avait pu se hisser sur leur lit, commettre son crime, se laisser glisser du lit...

Et merde, elle ne savait plus quoi inventer. Samuel Hayes n'était pas leur homme. Mais alors, qui était-il ?

« Parlez-nous d'AnaRose Simmons. »

Hayes cligna des yeux, surpris. « La petite fille qui vivait chez Mme Davies ? Mince, ça fait des années que je n'avais pas pensé à elle.

– Vous êtes restés en contact ?

– Non.

– Parlez-nous quand même d'elle », insista D.D.

Hayes parut avoir besoin de fouiller dans ses souvenirs. « Une jolie petite fille, finit-il par répondre. Au point que les gens se retournaient pour la regarder. Ça m'ennuyait pour elle. C'est déjà assez difficile comme ça d'être une enfant placée. Si en plus on est jolie... » Il secoua la tête. « Ce n'est pas bon. Mais elle était solide. Il fallait l'être pour survivre au système.

– Vous étiez amis, on dirait.

– Nous avions noué une relation. Je me souviens du soir de son arrivée : elle est entrée dans ma chambre pour m'avertir que si jamais j'essayais de la toucher aux endroits qu'il ne fallait pas, elle crierait. Et puis elle est ressortie en m'estimant prévenu.

– Elle avait des raisons de penser ça de vous ? demanda Phil.

– Absolument pas ! Je n'ai pas pour habitude d'attenter à la pudeur des petites filles. Mais surtout... ça m'a fait de la peine. Elle avait bien dû subir des attouchements pour se sentir obligée de dire un truc pareil.

– Vous étiez amis. »

Hayes haussa les épaules. « Je l'aimais bien. C'était une chouette gamine. J'essayais de veiller sur elle. Ce n'est pas facile d'être une petite Noire dans un quartier irlandais comme Southie.

– Qui s'en prenait à elle ?

– Tout le monde, n'importe qui. Elle était comme un poisson hors de l'eau et elle le savait. Mais elle marchait la tête haute. Elle ne se mêlait pas beaucoup aux autres, cela dit. Quand elle rentrait à la maison, elle montait direct dans sa chambre. Elle s'y sentait sans doute plus en sécurité.

– Que pensait-elle de Shana ? »

Hayes secoua la tête. « Je ne les ai jamais vues ensemble.

– Vraiment ? Les deux seules filles de la maison… ?

– Shana vivait à cent à l'heure. Elle ne traînait pas beaucoup. AnaRose… C'était une bonne petite fille. Paisible. Maligne. Je crois qu'il lui a suffi d'un regard sur Shana pour voir tout ce qu'elle ne ferait jamais pour avoir un jour une vie meilleure.

– Quand l'avez-vous vue pour la dernière fois ?

– Ben ça… Aucune idée. Lorsqu'elle est partie, il y a trente ans.

– Les services sociaux l'ont retirée à la famille, lui rappela D.D. On l'a renvoyée à sa mère toxicomane quand le crime de Shana a fait douter de l'autorité de M. et Mme Davies sur les enfants qu'on leur confiait. »

Hayes montra des signes d'agitation.

« Vous n'avez jamais reparlé avec AnaRose depuis cette époque ?

– Comment aurais-je fait ? Je ne sais pas où elle est allée. Les enfants placés ne se promènent pas avec un numéro de téléphone épinglé sur la poitrine, ni une adresse pour faire suivre le courrier. Nous ne sommes tous là qu'à titre temporaire. Nous le savons.

– Vous pensez qu'elle pourrait commettre des meurtres ? demanda Phil.

– Pardon ?

– AnaRose. Elle a eu une vie difficile. De son point de vue, Shana a foutu la merde et c'est elle qui a payé. On ne pourrait pas lui en vouloir de haïr Shana.

– Haïr Shana ? Voyons, c'est absurde.

– Vraiment ? dit Phil en changeant son fusil d'épaule. Parlez-nous de Shana.

– Vous plaisantez. Tout ça remonte à trente ans. Je me souviens à peine de cette époque.

– Vous sortiez ensemble ?

– Qui a dit ça ?

– Votre mère d'accueil, pour commencer. »

Hayes rougit, baissa la tête. « C'est vrai, je m'en souviens maintenant.

– Rien de tel qu'un sentiment de culpabilité pour vous rafraîchir la mémoire, lui assura Phil.

– D'accord. Bon, voilà. C'est Shana qui m'avait dragué. Elle avait totalement pris l'initiative. Nous avons couché ensemble quelques fois, disons cinq ou six. Mais ensuite, Mme Davies nous a ordonné de nous calmer. Shana n'en avait rien à faire, mais moi si. Mme Davies était (et elle est toujours) ce qui se rapprochait le plus d'une mère pour moi. Elle m'a accusé de leur manquer de respect, à elle et à M. Davies. Et ça m'a blessé, vous voyez ? Alors je me suis calmé. Mais Shana s'en fichait. Elle voulait juste du sexe. Et comme je n'étais pas disponible, elle est passée à un autre.

– Et quel effet ça vous a fait ? » demanda D.D.

Hayes prit son temps pour formuler sa réponse. « Quand on a dix-sept ans, découvrir avec quelle facilité on peut être remplacé, ce n'est pas ce qu'il y a de plus agréable. Mais c'était du Shana tout craché. Elle ne s'intéressait pas à vos sentiments. Seulement aux siens. Je n'étais peut-être qu'un gamin, mais je n'étais pas complètement idiot.

— Est-ce qu'elle est revenue dans votre chambre ? demanda Phil.

— Deux ou trois fois. J'ai continué à refuser. Elle a fini par comprendre.

— Très noble de votre part. »

Hayes secoua la tête. « Ça n'a rien à voir. Shana n'a jamais prétendu avoir des sentiments pour moi et réciproquement. J'étais simplement commode. C'est tout.

— Vraiment ? dit Phil d'une voix lourde d'ironie. Et à quel moment vous a-t-elle offert des objets qui avaient appartenu à son père, Harry Day ? »

Hayes se figea. « Eh merde, finit-il par lâcher.

— Nous avons vu la lettre en vente sur Internet, Sam. Grâce à Harry Day et à sa fulgurante accession à la célébrité depuis vingt-quatre heures, on dirait que vous allez toucher le pactole. C'est bien pratique, vous ne trouvez pas, que l'évasion de Shana ait remis son père sous les feux de l'actualité alors que vous détenez des souvenirs de ce célèbre tueur en série ?

— D'accord, d'accord, dit Hayes, au bord du désespoir. Ce n'est pas ce que vous croyez.

— Et que croyons-nous ?

— Je veux dire, ce n'est pas Shana qui m'a donné ces objets. Je ne l'ai même jamais entendue parler de son père. Tous les gamins du quartier étaient au courant, bien sûr, et ça jacassait, mais seulement dans son dos.

— Comment êtes-vous entré en possession de la lettre, Sam ?

– Je l'ai trouvée.

– *Trouvée ?* » Phil avait des doutes.

« Oui. Juste avant ma chute. J'étais sur le chantier, j'avais eu une longue journée. En rentrant chez moi, j'ai découvert une grande enveloppe kraft devant ma porte. À l'intérieur, il y avait des vieux papiers, la lettre, ce genre de choses. Au début, je n'ai pas compris, mais quand j'ai vu le nom de Harry Day… J'ai fait des recherches sur Internet, qui m'ont confirmé que les documents lui avaient sans doute appartenu. Et par la même occasion, j'ai découvert des sites où on peut vendre ce genre de conneries – c'est dingue, non, que les gens aient *envie* de collectionner tout ce qu'un assassin a pu toucher ? Sur le coup, je n'ai rien fait, mais la semaine dernière… Je ne gagne pas vraiment ma vie en ce moment, vous voyez. Si on veut me donner de l'argent en échange d'une stupide lettre trouvée sur mon paillasson, pourquoi refuser ?

– Vous l'avez *trouvée ?* insista Phil.

– Oui.

– Montrez-nous l'enveloppe, Sam. »

Hayes fit marche arrière avec une évidente difficulté. Son petit séjour n'était pas fait pour qu'une personne s'y déplace avec un encombrant fauteuil. Il lui fallut s'y reprendre à plusieurs fois pour le faire pivoter et rouler vers une desserte encombrée d'un fatras d'objets divers. Pendant qu'il farfouillait, Phil et D.D. ne quittaient pas ses mains des yeux, à l'affût du premier geste brusque parce que, fauteuil roulant ou pas, il y avait quelque chose de pas net chez ce Sam Hayes.

« Je l'ai. »

Il revint, avec des manœuvres tout aussi laborieuses, et D.D. dut réprimer son envie de se précipiter pour remettre elle-même le fauteuil en place.

Phil prit un instant pour enfiler une paire de gants en latex. Il commença par examiner l'enveloppe en kraft, grand format. Rien d'écrit à l'extérieur, et elle n'avait été ni tamponnée ni scellée. Une enveloppe toute simple, comme neuve.

Puis Phil souleva le rabat et sortit une demi-douzaine de feuillets.

« Extrait d'acte de naissance, lut-il à haute voix pour D.D. Au nom de Harry Day. »

Elle haussa un sourcil.

« Une lettre à un client, au sujet d'un chantier de menuiserie. Trois messages à sa femme. Et ceci. »

Le dernier document était un morceau de papier à dessin jaune décoloré, plié en deux pour former une carte. Sur le volet extérieur, on lisait, d'une petite écriture enfantine : *Papa*. À l'intérieur, une main d'adulte avait écrit : *Bonne fête des Pères*. La carte était agrémentée de divers gribouillis au crayon rouge et bleu et de ce qui était peut-être une constellation d'étoiles. Enfin, d'une grande écriture, avec le S à l'envers, la carte était signée : *SHANA*.

Une carte de fête des Pères. D'une petite fille à son papa. D'un assassin à un autre.

« Vous avez la moindre idée de ce que ça peut valoir, un truc pareil ? s'exclama D.D.

– Hier, pas grand-chose. Mais aujourd'hui... » Hayes ne termina pas sa phrase. Sans doute se rendait-il compte que la valeur accrue de son trésor ne lui rendait pas service.

Dix mille dollars au bas mot, c'était la première estimation de D.D. En même temps, un objet aussi rare et personnel... Pour un passionné, ça pouvait ne pas avoir de prix.

« Vous avez *trouvé* ça ? insista encore Phil.

– Je vous jure.

– Et vous ne vous êtes pas posé de questions ? Vous n'avez pas demandé à vos voisins s'ils avaient vu qui l'avait déposé ? Vous n'avez pas appelé la police pour signaler que vous veniez de recevoir des documents ayant appartenu à un assassin ?

– Interroger mes voisins ? Je ne les connais même pas. Avant l'accident, je travaillais du matin au soir. Et maintenant je vis cloîtré, sauf quand je fais mon opération commando dans les escaliers deux fois par semaine. D'une manière ou d'une autre, je ne serai jamais élu meilleur voisin de l'année. Dans cet immeuble, chacun s'occupe de ce qui le regarde et tout le monde est content.

– Mais vous avez dû vous demander...

– Évidemment. Je me demande aussi pourquoi je n'ai pas mieux fixé cette connerie d'échelle. Ou pourquoi j'ai jugé important de travailler sur ce toit alors qu'il pleuviotait. Je me pose toutes sortes de questions. Ce n'est pas pour autant que j'obtiens des réponses.

– Vous comprenez bien dans quelle situation ça vous place.

– Ça donne l'impression que j'avais un intérêt financier à aider Shana à s'évader pour que Harry Day fasse de nouveau les gros titres ? Sauf que je n'ai pas parlé à Shana depuis trente ans. Et qu'elle me fiche une trouille bleue. Par ailleurs, je vous signale que je ne peux ni conduire ni marcher. Tu parles d'un complice.

– Il existe des voitures à commandes au volant pour les personnes en fauteuil roulant », répliqua D.D.

Hayes lui décocha un regard. « Vous trouvez que c'est l'appartement d'un type qui peut se payer du matériel adapté ? Vous savez pourquoi j'ai mis ce fichu message en vente ? Parce que j'aurais bien besoin de ce fric. Et la première chose que j'aimerais, c'est emménager dans un immeuble avec ascenseur. Je n'ai pas des rêves démesurés. Je suis juste content de rêver encore.

– Parlez-nous de Donnie Johnson », demanda Phil.

La question prit Hayes au dépourvu. « Quoi ?

– Donnie Johnson. Il y a trente ans. Qu'avez-vous vu ce soir-là ?

– Rien. Je faisais mes devoirs dans ma chambre. Je ne suis sorti qu'au moment où il y a eu du barouf. Mme Davies criait à M. Davies qu'il y avait un problème avec Shana.

– Vous avez vu Shana ?

– Non. Sa chambre était au deuxième. Après... nous avoir surpris... M. et Mme Davies m'avaient installé dans une autre chambre, au premier, plus près d'eux. Je me souviens que je suis sorti dans le couloir et que j'ai vu des traces de sang dans l'escalier. Mais à ce moment-là, la porte d'entrée s'est ouverte d'un coup, le père de Donnie a débarqué au pas de charge... Ça m'a terrifié. Tous ces adultes qui avaient l'air de perdre les pédales. Je me suis réfugié dans ma chambre et j'y suis resté. »

D.D. décida de tenter le banco. « Ce n'est pas ce que dit Charlie Sgarzi. D'après lui, vous étiez jaloux de sa relation avec Shana. Et vous vous seriez vengé sur son cousin. »

Hayes ne comprenait pas. « Charlie ? Charlie Sgarzi ? Qu'est-ce qu'il vient faire là-dedans ?

– Nous vous l'avons dit : nous contactons tous ceux qui ont connu Shana à l'époque. Et comme Charlie et elle sont aussi sortis ensemble...

– Holà, holà, holà ! Qu'est-ce que c'est que cette histoire ? »

Hayes avait haussé le ton. Hostilité ? Jalousie ? D.D. et Phil échangèrent un regard et la main de Phil se rapprocha de son étui.

« Charlie Sgarzi affirme que Shana et lui ont eu une relation, expliqua lentement D.D. Qu'il qualifie de "plan cul".

– Connerie ! »

Le mot claqua dans la petite pièce.

D.D. ne répondit rien et se contenta de laisser venir.

Hayes passa une main dans ses cheveux bruns en pétard. Puis il reprit : «Attendez. J'ai autre chose à vous montrer. Il n'y en a que pour une seconde. »

De nouveau, il fit pivoter son fauteuil pour retourner à la table envahie de paperasse. Mais cette fois-ci, il se pencha vers le sol pour attraper une vieille boîte toute cabossée. Comme il ne pouvait pas l'atteindre, Phil se leva et lui posa la boîte sur les genoux. Sous son regard attentif, Hayes retira le couvercle.

Encore des papiers. Hayes les passa en revue et finit par s'exclamer : « Je l'ai ! » en brandissant un Polaroid décoloré.

Phil reposa la boîte par terre et aida Hayes à reprendre sa place. Ce dernier leur tendit immédiatement la photo, comme si elle devait leur parler.

D.D. y découvrit quatre adolescents. Les couleurs avaient bavé avec le temps, si bien que les visages des garçons étaient légèrement flous. Elle reconnut Hayes. Cheveux hirsutes, tee-shirt des Celtics, dont le vert foncé avait viré au vert citron. Ses deux voisins ne lui disaient rien du tout.

Et puis, au bout à gauche, un échalas, presque maigre, avec des cheveux noirs coupés court sur le devant, longs à l'arrière, un tee-shirt Metallica et un blouson noir de motard couvert de clous métalliques et de chaînes argentées.

« Charlie Sgarzi.

– Le roi des imposteurs, assura Sam. Sous l'un de ses nombreux déguisements.

– Comment ça ?

– Charlie était un poseur de première. Vous voyez, ces deux garçons, Tommy et Adam, ils étaient fans de heavy metal. Alors, quand Charlie était avec eux, il était fan de heavy metal. Shana était du genre petite frappe, alors quand elle était dans les parages, il coinçait un paquet de Marlboro dans sa poche arrière. Mais on pouvait aussi le voir en chemise bien sage faire un sourire de bon garçon à sa maman. Ou avec du vernis à ongles noir et un long trench-coat pour traîner avec les fans des Flock of Seagulls. Il s'adaptait à son public. Du moment que ça lui permettait de faire partie de la bande des mecs branchés. »

Phil haussa les épaules. « Crise d'identité. C'est fréquent, chez les ados.

– Mais ce qu'il cherchait à cacher, ce n'était pas ses interrogations existentielles.

– Quoi alors ?

– Charlie ne couchait pas avec Shana. Charlie est gay. »

D'après lui, Hayes savait infailliblement les repérer.

« Croyez-moi, on ne survit pas à l'Assistance publique sans apprendre à reconnaître les garçons qui aiment les garçons. Surtout ceux qui ne le vivent pas bien.

– Charlie avait peur de la réaction de ses parents ? demanda D.D.

– Aucune idée. Ses parents étaient plutôt du genre conventionnel, c'est sûr. Une femme au foyer et un pompier ? Mais je ne crois pas que le problème venait d'eux. Plutôt de Charlie lui-même. Il voulait être comme tout le monde. Sauf qu'il y avait ce petit détail, vous voyez. Aujourd'hui, on n'en ferait peut-être plus tout un plat. Mais il y a trente ans, un garçon qui aimait les garçons dans un quartier comme Southie pouvait se faire descendre. Alors il luttait contre sa nature. Il consacrait tout son temps à devenir quelqu'un d'autre.

D'ailleurs, il était doué. Un véritable acteur. Mais moi, je n'étais pas dupe.

– Parce que vous possédez le meilleur détecteur à homos du monde ? railla D.D.

– Non, parce que je l'avais surpris avec Donnie.

– Quoi ?

– Les mains dans le pantalon de son cousin. Je l'ai vu comme je vous vois. Charlie a relevé la tête, il m'a aperçu et il a fait mine de repousser violemment le petit, comme s'ils jouaient à la bagarre ou autre. Mais je savais ce que j'avais vu et il le savait aussi.

– Quelle tête faisait Donnie ? demanda Phil.

– Il avait l'air contrarié. Je pense qu'il n'était pas ravi des avances de Charlie. Mais l'autre était plus grand, plus fort. Que pouvait-il faire ?

– Et vous n'avez pas raconté tout ça à la police, il y a trente ans ? s'offusqua D.D.

– Personne ne me l'a demandé. Et puis, c'est Shana qui a sorti une oreille sanglante de sa poche. Même sachant que Charlie avait agressé son cousin, je pense que c'est Shana qui l'a tué. Charlie avait mauvais fond, c'est clair, mais on savait à quoi s'en tenir. Quand il portait son blouson en cuir, c'était monsieur Gros-Dur, on faisait attention. Mais quand il était en chemise proprette, c'était le petit garçon à sa maman, pas de problème. On aurait dit qu'il avait un interrupteur pour passer d'un rôle à l'autre. Même quand il était violent, c'était pour coller à son personnage. »

D.D. avait l'impression que sa tête allait exploser. « Quand lui avez-vous parlé pour la dernière fois ?

– La vache. Ça remonte à une éternité. En fait, j'ai quitté le quartier seulement six mois après l'arrestation de Shana. Je n'ai pas revu Charlie depuis.

– Savez-vous qu'il travaille à un livre sur le meurtre de son cousin ? » intervint Phil.

Hayes ne savait pas.

« Il n'a pas cherché à vous contacter ? »

Un sourire en coin. « Comme s'il allait me poser des questions sur Donnie. »

D.D. hocha la tête. Cette réponse semblait accréditer la version de Hayes : il était suspect, en tout cas assez remarquable, que Charlie ait contacté ou interrogé tout le monde sur le soir du meurtre *sauf* le frère d'accueil de Shana.

« Si Charlie ne couchait pas avec Shana, quelle relation entretenaient-ils ?

– Je ne sais pas. Amis le matin, ennemis le soir ? Il leur arrivait de traîner ensemble. Dans un quartier aussi petit, on ne peut pas faire le difficile sur ses fréquentations. Mais Shana le considérait comme un gros frimeur. Elle a plusieurs fois menacé de lui déchiqueter son stupide imperméable quand il la faisait chier. Charlie avait tendance à l'éviter. En même temps, je le surprenais parfois à la regarder de loin. Elle le fascinait, mais à bonne distance, vous voyez.

– Vous croyez qu'il aurait pu l'aider à s'évader ?

– Charlie ? Shana ? Ils sont restés en contact ? »

D.D. faillit répondre que non, mais ce n'était pas vrai. Charlie avait écrit à Shana. Plusieurs fois, ces trois derniers mois. Elle n'avait jamais répondu. C'était bien le nœud du problème, non ? Lui écrivait, mais elle refusait de répondre à ses lettres.

Ou alors, c'était un code. L'absence de réponse était en elle-même une réponse.

Parce que la vérité, c'était qu'il y avait eu un changement majeur dans la vie de Shana ces derniers temps : le retour de Charlie Sgarzi, alias le roi des imposteurs, qui prétendait écrire un livre. Quelles chances y avait-il pour qu'il n'y ait aucun lien entre la réapparition de Charlie et la disparition de Shana ?

« Vous croyez que Charlie aurait pu l'aider ? » insista D.D.

Hayes fit la grimace. « La Shana que j'ai connue... C'était une tarée, et pas le style gentiment fofolle. Quoi que j'aie pu penser de Charlie, il n'a jamais été idiot. Il était sacrément intelligent, au contraire. Alors qu'il choisisse de s'associer à elle... Non, je ne l'imagine pas. Cela dit, les gens changent.

– Vous avez changé, vous ? »

Hayes lui lança un regard de reproche, montra le fauteuil.

« Je voulais savoir si vous aviez appris des choses depuis le soir du meurtre.

– Qu'il ne faut pas laisser sa sœur jouer avec les couteaux de cuisine.

– Vous manquez à Mme Davies. »

Hayes s'agita et ses remords le firent de nouveau rougir. « On a fini ?

– Nous allons emporter votre pochette-surprise.

– Zut !

– Mais peut-être qu'un jour, si on arrive à confirmer votre histoire, on pourra vous rendre les documents.

– Non. » Hayes sembla le premier surpris de son revirement. « Je n'en veux pas. L'argent, c'est une chose. Mais ces papiers... Harry Day a semé le malheur, vous savez. Il a brisé des vies. Détruit des familles. Et Shana aussi. M. et Mme Davies étaient vraiment des gens bien. Et après le drame... Vous avez raison : je devrais appeler Mme Davies plus souvent. C'est juste... que je ne veux pas la déranger, alors qu'elle ne demande que ça, évidemment. J'imagine que je n'ai pas changé. Je suis toujours le même petit con qu'il y a trente ans. »

D.D. n'avait rien à ajouter à ce constat.

Phil et elle remercièrent Hayes du temps qu'il leur avait consacré. Phil ramassa l'enveloppe en papier kraft et les documents qu'elle contenait. Ils servirent à Hayes le même laïus qu'à Mme Davies sur la nécessité de se faire discret et prirent congé.

« Charlie Sgarzi, dit Phil en secouant la tête alors qu'ils redescendaient les escaliers au pas de course. Ça m'échappe. D'abord il nous dit qu'il reproche à Shana d'avoir détruit sa famille, alors qu'en fait lui-même agressait son cousin. Ensuite il organise une veillée devant la prison et fait mine d'accuser Shana d'être responsable de la mort de sa mère, mais le lendemain il revient l'aider à se faire la malle ? Dans quel but... ? Créer un rebondissement dans son thriller ?

– Je ne comprends pas plus que toi la relation qui unit Charlie à Shana, le rassura D.D. Mais pour ce qui est d'être le suspect numéro un dans l'affaire du tueur à la rose... Oublie la petite AnaRose Simmons, disparue des radars depuis belle lurette, ou Samuel Hayes, cloué dans son fauteuil roulant. Charlie Sgarzi me paraît le candidat idéal.

– Tu te rends compte que ça voudrait dire qu'il a tué sa propre mère ? Le fiston qui dormait toutes les nuits sur son canapé, qui lui apportait sa soupe préférée, qui était aux petits soins pour elle ? C'est ça, notre principal suspect ? »

Ils étaient arrivés au pied des escaliers, un peu essoufflés.

« C'est à cause de ce maudit livre, dit D.D. Tout a commencé quand il a décidé d'écrire un thriller qui se classerait directement dans le top des meilleures ventes pour venir en aide à sa mère. Sauf que... »

Elle toucha précautionneusement son épaule gauche ; elle venait d'avoir une nouvelle idée.

« Putain de merde, Phil, c'est *nous*, le bouquin de Charlie !
Il n'écrit pas sur son cousin ; ça, c'est de l'histoire ancienne, et
que nous ont appris les sites de vente en ligne sur les criminels
du passé ? Qu'ils ne rapportent pas autant que les assassins
qui font la une des journaux dans tout le pays. C'est pour
cette raison que Charlie a créé le pire prédateur de Nouvelle-
Angleterre depuis Harry Day : le tueur à la rose. Efficacité
garantie pour terrifier les populations, attirer l'attention des
grands médias et, d'ici peu, lui permettre de décrocher une
avance à sept chiffres pour un récit sur les coulisses de l'affaire qui a vu le meurtre de sa mère. Charlie n'écrit plus sur
Donnie et son ancien quartier. Il écrit sur nous. »

36

Nous aurions dû regagner la sécurité de mon appartement, mais non. Personne n'avait l'air de reconnaître Shana et, à mesure que la nuit tombait, nous avions de plus en plus confiance en son déguisement. À la réflexion, Shana avait envie de goûter une vraie pizza. Je l'emmenai dans le meilleur endroit que je connaissais, où l'on pouvait s'acheter une part de pizza de la taille d'un ballon de foot et dégoulinante de fromage fondu. Au début, le jeune caissier resta trop médusé devant mon visage couturé pour exécuter notre commande. Il me regardait, bouche ouverte.

Shana se pencha vers lui et le transperça d'un regard assassin. Il poussa un glapissement, se frotta les bras comme pour chasser une sensation de froid, puis passa d'un seul coup à l'action et finit par nous donner les deux parts gratis.

Nous les mangeâmes en déambulant sur le trottoir ; le menton barbouillé de gras, nous nous sentions toutes fiérotes, comme si nous venions de jouer un bon tour.

Shana déclara que c'était la meilleure pizza de sa vie. Elle se souvenait en avoir mangé d'autres, avant. En prison, elle reprenait souvent les souvenirs de sa vie d'avant son incarcération et elle s'en repassait chaque instant, comme un vieux film de famille. C'était peut-être pour cette raison qu'elle n'oubliait rien. Elle avait fait de la mémoire une forme d'art et celle-ci lui tenait lieu d'album photo.

Dix-sept heures passées, les banlieusards couraient pour attraper qui son bus, qui son métro, qui son taxi, tous bien emmitouflés pour se protéger des températures glaciales.

Les épaules crispées contre le froid, nous marchions d'un pas décidé, sans parler, parce que cela aurait rendu la situation beaucoup trop réelle et fait naître des doutes, des inquiétudes, des hésitations. Mieux valait rester dans le présent. Mieux valait, c'était certain, ne pas penser aux heures qui nous attendaient.

Peut-on faire tenir toute une vie dans un seul après-midi ? Peut-on recréer une famille, renouer d'anciens liens ?

J'emmenai Shana à travers le parc de Boston Common jusqu'au Public Garden, magnifique même en cette fin d'automne. Comme dans la boutique de prêt-à-porter, elle ne pouvait pas s'empêcher de toucher. L'écorce d'un arbre particulièrement majestueux. Les branches tombantes d'un saule pleureur dénudé. Les brindilles épineuses d'une haie. Sur le pont, nous regardâmes des touristes prendre des photos du lac sur lequel navigueraient les bateaux-cygnes au printemps. Puis nous remontâmes Newbury Street, où Shana resta bouche bée devant les vitrines, avec leurs vêtements haute couture et autres articles vendus à des prix exorbitants.

Elle continuait à serrer et desserrer les poings, mais pas un instant elle ne ralentit, même lorsque de nombreux passants la bousculèrent ou lorsqu'elle manqua de se prendre les pieds dans la laisse d'un chien. Elle gardait un regard acéré, s'imprégnait de tout. Elle me faisait penser à un aigle, pas encore tout à fait prêt à prendre son envol, mais qui déjà se souvenait de la promesse des cieux sans limites.

Nous arpentions la ville. Passage au Prudential Center, puis, en empruntant la passerelle piétonnière, détour par Copley Place. Nous n'allions nulle part. Nous allions partout.

Et il arrivait que les gens me regardent, ou qu'ils la regardent. Mais dans le tohu-bohu de l'heure de pointe, ces regards n'étaient jamais trop inquisiteurs ni trop insistants. L'instinct de ma sœur était le bon : il fallait nous perdre dans la foule. On se cache plus facilement à la vue de tous.

Shana me raconta des anecdotes sur la prison, la nourriture infecte, certains surveillants qui étaient gentils, le plaisir de vivre sans aucune intimité et encore moins de pression au robinet. Mais surtout, elle me posa des questions. Sur les lampadaires, sur la mode vestimentaire et qu'est-ce que c'était que toutes ces voitures minuscules qu'on aurait pu ranger dans un sac à main, puis d'ailleurs où ces gens avaient-ils appris à conduire ? Elle voulait toucher les bâtiments. Elle voulait tout regarder. Elle voulait dévorer une ville entière en trente minutes chrono.

Ma sœur. Notre duo enfin reconstitué.

Dix-huit heures. L'air se fit plus froid, les trottoirs légèrement glissants.

Encore de la pizza, réclama ma sœur. Cette fois-ci, j'en commandai une entière et un pack de six bières. Je portai la bière, Shana se chargea du carton à pizza et je fis signe à un taxi, à qui je donnai l'adresse de mon immeuble.

Nous ne dîmes rien pendant le trajet. Rien non plus en descendant du taxi au pied de ma tour. Shana se dévissa le cou pour regarder le sommet, tout là-haut, mais ne fit aucun commentaire.

Une voiture de patrouille était garée au coin de la rue, mais les gyrophares restèrent éteints et la portière ne s'ouvrit pas lorsque l'agent nous vit, un collègue masculin et moi, clairement armés de notre dîner, rentrer dans la tour.

Peut-être se disait-il que j'avais eu bien raison de demander à un homme de passer la nuit chez moi.

Qui sait ?

M. Daniels nous accueillit à la réception. Au premier regard sur mon visage strié de cicatrices rouges, il blêmit et me dit presque en bégayant que j'avais eu de la visite, à peine une heure plus tôt.

« Un certain M. Sgarzi. Charlie Sgarzi », précisa-t-il avec anxiété.

Shana émit un petit bruit guttural. Une sorte de grognement. M. Daniels lui lança un regard nerveux avant de poursuivre : « Mais je ne l'ai pas laissé monter. Je lui ai dit de laisser son nom et son numéro, que vous le rappelleriez.

– Mais vous lui avez dit que j'étais sortie », fis-je remarquer.

M. Daniels me regarda d'un air étonné. « Il fallait bien. Il voulait vous voir et vous n'étiez pas chez vous. »

Je renonçai, pris le message que me tendait M. Daniels et le remerciai de ses services.

Dans l'ascenseur, Shana fut légèrement déstabilisée lorsque la cabine commença sa montée, puis elle resta plantée au milieu, livide, tandis que les étages défilaient à vive allure. Lorsque nous arrivâmes à mon étage, elle fut la première à sortir.

« Vite, marmonna-t-elle. Tout va tellement *vite*. »

J'ouvris la porte de mon appartement. Elle passa devant. Je lui emboîtai docilement le pas. Tout naturellement. Comme si nous faisions cela depuis des années.

Une fois à l'intérieur, nous posâmes le dîner dans la cuisine pour procéder à une rapide inspection de l'appartement.

Aucune trace du tueur. Le système de surveillance était également intact, l'adhésif toujours en place.

« Il va me falloir un couteau », dit ma sœur.

Je la conduisis dans la cuisine et lui montrai le billot de boucher.

Elle prit son temps pour le choisir – ni le plus grand ni le plus petit, celui qu'elle avait parfaitement en main. Puis elle sortit l'aiguisoir et entreprit d'affûter la lame.

C'était fini. Notre moment était passé. Toutes ces choses que nous aurions pu nous dire. Que nous aurions *dû* nous dire. Mais plus rien de tout cela n'avait d'importance. Place aux choses sérieuses.

Mon père adoptif avait peut-être raison : jamais je n'aurais dû ouvrir cette première lettre. J'aurais pu passer toute mon existence dans la peau du docteur Glen, sans jamais penser à l'arbre généalogique de la famille Day. Tournée vers l'avenir, jamais vers le passé.

Shana retira son manteau, ouvrit le carton à pizza. Le couteau qu'elle avait choisi était posé sur le plan de travail à côté d'elle, à portée de main. Je me mis au défi de réfléchir au fait que je venais de fournir une arme à une tueuse en série, mais l'idée restait abstraite, comme si elle concernait quelqu'un d'autre. J'avais fait évader la plus célèbre meurtrière de l'État. Et je l'avais ramenée chez moi. Une femme incapable de s'attacher, totalement inaccessible à l'empathie, à l'amour, aux remords.

Je touchai mon visage. Pour suivre des doigts ces lignes fines comme des lames de rasoir que je ne sentais pas.

Ma sœur. Qui m'avait lacéré le visage avec une extrême précaution, fidèle à sa parole. Qui ne m'avait pas abandonnée quand elle en avait eu l'occasion, dans les heures suivant son évasion. Et qui, en cet instant, mangeait de la pizza comme si elle n'avait pas le moindre souci dans la vie. Elle allait affronter un autre tueur en série, elle allait protéger sa petite sœur parce qu'elle l'avait promis. À notre père, quarante ans plus tôt. À moi-même, ce matin encore.

Et je me rendis compte qu'après toutes ces années, ma sœur était toujours une inconnue et qu'en même temps je la connaissais très bien. C'est comme ça dans toutes les familles. C'est comme ça pour nous tous.

Je tendis la main pour étreindre celle de Shana sur le bar.

Et ma sœur me rendit la pareille.

« Et maintenant ? demanda-t-elle en se servant une deuxième part.

— Maintenant, on attend. »

37

« Que savons-nous de Charlie Sgarzi ? réfléchit D.D. à voix haute pendant que Phil les conduisait chez le journaliste. C'est un type en mal de reconnaissance, le roi des imposteurs. Et que savons-nous du tueur à la rose ? Ses meurtres donnent moins l'impression d'obéir à une pulsion intime qu'à un désir de mise en scène. Les morts sont presque trop rapides et la mutilation post mortem presque trop atroce. Et puis il y a le champagne et les roses, qui n'ont jamais eu beaucoup de sens. C'est de la poudre aux yeux. Parce que Charlie est resté un imposteur. Il agit comme il pense que devrait agir un tueur. Comme s'il avait potassé pour écrire un rôle dans une pièce. Ou pour un personnage de roman. »

Phil lui lança un regard. « Il serait devenu tueur en série pour vendre son bouquin ?

– Pourquoi pas ? Nous savons que ces meurtres n'ont pas été motivés par une obsession, une pulsion ou des fantasmes sexuels sadiques. Donc, ça nous laisse l'appât du gain tout en haut de la liste des mobiles. Combien tu paries que Charlie a essayé de vendre un livre sur le meurtre de son cousin, mais que personne n'a voulu l'acheter ? Le meurtre remontait à trente ans. Shana Day n'était pas assez sexy. Et

Harry Day, son célèbre père, était tout bonnement tombé dans l'oubli. »

Phil joua le jeu. « Donc, Charlie invente de toutes pièces un tueur dont le mode opératoire s'inspire de celui de Harry. Sauf qu'il n'a pas l'étoffe pour se livrer à des agressions sexuelles ni encaisser des jours de séquestration et de torture. Lui reste donc un élément de signature : écorcher les cadavres.

– Suffisamment abject pour être efficace. Et comme c'est un assassin débutant, il joue la sécurité. Il surprend des femmes dans leur sommeil, les endort au chloroforme pour diminuer le risque de résistance. Il faut que ça reste simple. Parce que ce qui compte, ce ne sont pas les meurtres eux-mêmes. C'est la dernière manche.

– Sa mère, dit Phil avec un profond soupir. Tu charries. Il aurait tué sa propre mère ?

– Il fallait bien.

– Pourquoi ?

– Parce que sa mort le rayait de la liste des suspects et lui donnait un rôle de protagoniste pour vendre son livre. Je me suis trompée sur l'événement qui a déclenché les meurtres du tueur à la rose : non pas l'enquête de Charlie sur l'assassinat de Donnie, mais la maladie incurable de sa mère. Ça l'a obligé à revenir à Boston, tu te souviens ? Ça l'a replongé dans le passé. Et c'est quand il a compris qu'il n'arriverait pas à caser le bouquin première version qu'il s'est mis à songer à la seconde... À ce moment-là, sa mère était déjà proche de sa fin, n'est-ce pas ? Tu l'as vue. Et franchement, comparée aux ravages que le cancer était en train de faire, aux jours ou même aux semaines qui lui restaient à vivre, je parie que Charlie s'est convaincu que la méthode du tueur à la rose était plus douce. Elle n'a rien senti. Mais le geste a quand même été plus difficile à accomplir qu'il ne s'y attendait. Tu te souviens des signes d'hésitation ? On a beau se préparer, il y a des choses plus faciles à dire qu'à faire. »

Phil grimaça. Cette théorie ne lui plaisait qu'à moitié, mais il ne la contestait plus. « Et toi ? Tu ne le connaissais même pas. Pourquoi t'aurait-il poussée dans les escaliers ?

— Comme on le pensait, j'ai dû le surprendre. Il revient sur ce qu'il croit être une scène de crime déserte et se retrouve nez à nez avec une enquêtrice. Sa décision est prise en un quart de seconde, il me pousse dans les escaliers. Et ensuite il a dû se carapater, bien content de s'en être tiré. Sauf que, comme Alex et toi l'avez fait remarquer, je me suis repointée. J'ai repris la traque ; j'aimerais croire que ça lui a fait peur, mais sans doute que ça l'a aussi incité à réfléchir. Que faut-il à un méchant dans une histoire ? Un ennemi juré. Et par le hasard des circonstances, le tueur à la rose avait désormais le sien. Situation angoissante pour lui en tant que criminel, excitante en tant que futur auteur à succès. Encore une raison pour venir me titiller chez moi avec un message personnel : et voilà l'avance de Charlie pour son livre qui augmente à vue d'œil. »

Phil grogna. « Pourquoi aurait-il aidé Shana à s'évader ?

— Ça, mystère.

— Enfin une réponse honnête, dit Phil en levant les yeux au ciel.

— C'est Sam Hayes qui permet de boucler la boucle, lui expliqua D.D. avec agacement. Sinon, comment expliquer que des papiers en rapport avec Harry Day aient atterri sur son paillasson ? Charlie les a mis là pour faire diversion. Voire, si Hayes n'était pas tombé de l'échelle et ne s'était pas abîmé le dos, pour qu'il devienne le principal suspect. Là aussi, tout bon polar a besoin de suspects. Alors Charlie en crée un : Samuel Hayes, qui autrefois a entretenu une relation avec

Shana Day et qui aujourd'hui détient des documents personnels ayant appartenu à son père. Tu ne trouves pas qu'il a l'air de plus en plus coupable ? Surtout qu'il en est réduit à dire qu'il a *trouvé* ces documents. Tu parles d'une blague.

– Mais Hayes est impotent, rétorqua Phil. Pas terrible comme suspect numéro un.

– Ah, mais sa blessure est récente et, d'après lui, il aurait reçu ces documents *avant* sa chute. En fait, l'enveloppe a dû arriver peu de temps après le premier meurtre. »

Phil se renfrogna. Elle était en train d'emporter le morceau, elle le sentait.

« Et Adeline Glen ? poursuivit Phil. Le tueur a aussi rôdé autour d'elle. Nous pensions que c'était un admirateur, mais dans ton hypothèse... ? »

D.D. réfléchit. « Montée en puissance, murmura-t-elle. Parce que son petit jeu ne peut pas durer éternellement et que le tueur à la rose se doit de conclure sur un point d'orgue. En tuant la fille de son idole. Un final en apothéose.

– Et ensuite ? Le tueur à la rose disparaît ? Il cesse pour toujours de sévir ? » Phil fit le dégoûté. « Assez décevant, si tu veux mon avis. Dans un roman comme dans la vraie vie.

– Tu as raison : l'affaire doit être élucidée. Sinon, Charlie ne pourra pas obtenir de déclarations des enquêteurs, et encore moins l'autorisation de publier. Pour que le plan de Charlie fonctionne, il faut que le tueur à la rose se fasse prendre. Mais comment... » D.D. se massa la tempe ; elle sentait monter une migraine.

« Charlie aurait l'intention de se rendre ? avança Phil. Attends, ça ne colle pas non plus. Les assassins n'ont pas le droit de tirer profit de leurs crimes. Si nous prouvons que Charlie est le tueur, sa carrière d'écrivain tombe à l'eau.

– Un bouc émissaire, conclut D.D. C'est la seule solution. Charlie fait porter le chapeau à quelqu'un d'autre. Tiens, c'est peut-être pour ça qu'il est allé chercher Samuel Hayes. Charlie tue Adeline, ensuite il retourne chez Hayes et l'endort avec du chloroforme. Hayes inconscient, il planque les accessoires des meurtres dans l'appartement, peut-être même qu'il écrit une fausse lettre de suicide, et il met Hayes dans la baignoire.

– Dans la baignoire ? Pourquoi la baignoire ? »

Ils étaient presque arrivés chez Charlie. D.D. accéléra le débit.

« Parce que c'est comme ça que Harry Day est mort, tu te souviens ? Les veines ouvertes dans une baignoire. Une fin digne de sa carrière. L'affaire est pliée, on referme le dossier et Charlie peut commencer à se construire un empire dans l'édition. D'ici cinq à six mois, il signe un juteux contrat et fait la tournée des talk-shows. Peut-être même qu'il décroche sa propre émission, façon Nancy Grace ou John Walsh. Fortune et célébrité. Que demander de plus quand on est le roi des imposteurs ?

– Que Samuel Hayes ne soit pas tombé d'une échelle.

– Ne pinaillons pas. »

Phil se gara au pied de l'immeuble de Sgarzi. D.D. ouvrit immédiatement sa portière. Oubliés, son épaule, Melvin, ses maux de tête. Place à l'impatience, à l'excitation, à l'adrénaline. Tout ce qu'elle aimait dans son travail.

« Attends. »

Le ton ferme de Phil l'arrêta net. « Tu restes ici, ordonna-t-il. Pas question que tu ailles voir ce type qui pourrait être l'auteur d'un triple meurtre. Tu n'es même pas en service. Et si jamais il t'arrive quoi que ce soit… Alex me tuera.

– Il ne te tuera pas, argumenta-t-elle d'un air raisonnable, mais le jour où tu seras assassiné, il bâclera l'analyse de la scène de crime.

– D.D.

– Phil.

– D.D.

– Non. Je ne vais pas rester dans la voiture comme un chiot au piquet. On forme une équipe. On s'est toujours couverts mutuellement. Allez, donne-moi le .38 qui se trouve dans ta boîte à gants, je le sais. En cas d'urgence, ça me suffira pour me défendre, que ce soit à une ou deux mains. D'ailleurs, ce n'est pas la peine de nous faire des films.

– Comment ça ?

– Jouons-la avec Charlie comme avec Hayes. Nous ne sommes pas venus l'accuser d'être le tueur à la rose, mais lui parler de l'évasion de Shana. Notre priorité est d'assurer sa sécurité. Nous sommes de bons gars, les meilleurs potes qu'il ait jamais eus. Et tiens, tant qu'on est là, autant faire un tour de l'appartement, vérifier les huisseries, regarder discrètement tout ce qui pourrait traîner sans que ça lui paraisse suspect. »

Elle voyait bien que Phil n'aimait toujours pas l'idée. Mais s'ils travaillaient ensemble depuis une éternité, c'était en partie parce que Phil n'avait jamais su lui dire non.

Il passa le premier. Elle le suivit docilement, deux pas en arrière.

Ils étaient tous les deux à bout de souffle lorsqu'ils arrivèrent à la porte de l'appartement de cet immeuble sans ascenseur. Phil lui fit de nouveau signe de s'écarter. Elle acquiesça pour la forme. Mais en fin de compte, tout cela fut inutile : Phil eut beau frapper, Charlie ne vint jamais ouvrir.

38

La pizza ne passait pas. Je n'en avais mangé qu'une part, accompagnée d'une seule bière, mais elle pesait comme une brique sur mon estomac. Je m'agitais nerveusement dans la cuisine, avec la sensation aiguë de ma nausée grandissante, écrasée de fatigue.

J'étais rattrapée par les événements de la journée. Victime du contrecoup qui suit inévitablement une poussée d'adrénaline.

En face de moi, je voyais que Shana était tout aussi vaseuse. Elle avait mangé presque toute la pizza et je devinais rien qu'à sa tête qu'elle le regrettait. Elle avait aussi ouvert une bière, mais n'en avait bu que la moitié. Elle faisait durer et montrait beaucoup plus de modération que je ne l'aurais imaginé. La Shana de quatorze ans en avait sans doute descendu des tonneaux entiers. Celle de quarante avait enfin appris la patience et la discipline.

Soit ça, soit elle avait vraiment peur de vomir.

Elle se massa les tempes, puis se leva d'un seul coup et le brusque changement de position la fit vaciller.

« Viens, dit-elle d'une voix pâteuse, on va soigner tes plaies. »

Elle partit vers la salle de bains. Je la suivis, mais c'était à peine si je trouvais l'énergie de mettre un pied devant l'autre. J'aurais dû préparer du café. À ce train-là, nous allions avoir du mal à garder les yeux ouverts assez longtemps pour affronter le tueur.

Dans la salle de bains, je sortis ma trousse de premiers soins pendant que Shana promenait ses mains sur le plan de toilette en marbre, sur la robinetterie design. La douche à l'italienne, avec ses quatre jets rutilants, la subjugua. Mais elle revenait toujours à la baignoire et à ses courbes sensuelles, caressant du bout des doigts les contours lisses qui s'incurvaient au milieu pour remonter aux deux extrémités.

« Elle n'est pas comme celle de papa et maman », dit-elle pour tout commentaire.

Avec les pansements de ma main gauche, je ne pouvais pas ouvrir les pochettes de lingettes désinfectantes. Shana s'en chargea et passa délicatement les compresses sur les vilaines cicatrices rouges qui enlaidissaient mon visage. Les médecins redoutaient une infection, d'autant que je n'aurais pas ressenti la douleur associée. Je n'avais pas eu le cœur de leur dire que cela n'avait aucune importance, tout comme je n'avais pas le cœur de refuser les soins de ma sœur.

« Ça ne te fait pas mal ?

– Non.

– Ça fait quoi ?

– Je ne saurais pas te dire. Je n'ai aucun point de comparaison. »

Elle défit les bandages de ma main gauche. Sous la moufle de gaze, mon index était protégé par un doigtier en latex. Shana ne prit pas la peine de le retirer et préféra nettoyer les autres plaies.

Quand elle eut terminé, elle saisit le rouleau de gaze, mais je secouai la tête. Je ne voulais plus être entourée de bandelettes comme une momie égyptienne. Je voulais me coucher, me rouler en boule et dormir.

J'avais la tête lourde, tellement lourde. Le corps aussi.

Il y avait quelque chose que je voulais faire dans la cuisine, me dis-je. Quelque chose, dans la cuisine, mais je ne savais plus quoi. Mes idées étaient de plus en plus insaisissables, de plus en plus incohérentes.

À côté de moi, Shana vacilla, couvant de nouveau du regard la baignoire sur pieds...

Mon téléphone sonna.

Le bruit strident retentit dans l'appartement et réussit à percer le brouillard de mes pensées.

Péniblement, je passai de la salle de bains à la chambre, où je décrochai l'appareil sans fil de la table de chevet.

« Docteur Glen ? » dit la voix de Charlie Sgarzi.

Je hochai la tête, avant de me rappeler qu'il ne pouvait pas me voir. « Oui », murmurai-je, et je me passai la langue sur les lèvres.

« Vous allez bien ? Vous avez une drôle de voix.

– Juste... fatiguée.

– Ouais. Normal, rude journée. Je dois dire que l'évasion de Shana m'a fichu un coup. Je ne me sens pas de rentrer chez moi et en même temps je n'ai nulle part où aller. Je me demandais si des fois vous accepteriez qu'on se voie. On se tiendrait compagnie, on ferait le point. Deux cerveaux valent mieux qu'un, tout ça.

– Non... merci.

– Je pourrais venir chez vous, si vous voulez. Enfin, pas dans votre appartement, s'empressa-t-il de préciser. Sauf si vous préférez. Mais on pourrait rester dans le hall. Il doit y avoir des voitures de police dans la rue, non ? Ce sera bien. Une sécurité de plus. »

Je me massai les tempes. Sans bien savoir pourquoi. Peut-être pour atténuer cette impression d'avoir du coton dans les oreilles, dans le crâne. Dis *non*, pensai-je. Mais mes lèvres refusèrent de bouger. Pas un mot ne sortit.

J'étais là, le téléphone à la main, à peine capable de tenir sur mes jambes. Et enfin, dans un dernier sursaut de lucidité, je perçus un premier frisson de peur. Ce malaise n'était pas la conséquence d'une pizza trop grasse ou d'une journée éprouvante.

Ce que ma sœur et moi ressentions était beaucoup, beaucoup plus grave. Surtout vu l'habitude du tueur à la rose de s'en prendre à des femmes sans connaissance...

Bruit dans la salle de bains. Fracas. Comme si ma sœur était tombée par terre.

Au dernier moment, je compris. Je regardai le coin du plafond de ma chambre, là où le détecteur de monoxyde de carbone aurait dû se trouver. Mais il avait disparu. Le tueur à la rose l'avait retiré, sans doute tout de suite après avoir trafiqué mes appareils de chauffage pour m'intoxiquer.

Fenêtre. Si je pouvais simplement me traîner jusqu'à la fenêtre. L'ouvrir. Passer la tête dehors.

Mais mes jambes refusèrent de répondre.

Lentement, je m'effondrai.

« Docteur Glen ? » La voix de Charlie dans le combiné, qui était tombé près de mon visage.

Je regardai le téléphone. M'encourageai à murmurer *au secours*. Mais il ne sortit qu'un soupir.

« Vous allez bien ? »

Mes yeux se fermaient tout seuls.

« Docteur Glen ? »

Appelez la police, aurais-je voulu dire. Mais rien ne vint.

Un nouveau bruit attira mon attention.

Le pêne de la porte d'entrée qui coulissait en douceur, actionné par un individu qui avait manifestement la clé. Puis la poignée tourna. La porte s'ouvrit.

Plus la peine d'appeler la police.

Le tueur à la rose était déjà là.

39

D.D. mit un petit moment à dénicher le gardien de l'immeuble de Charlie. Un homme plus tout jeune, massif, les épaules voûtées, qui passa en revue un épais trousseau de clés avant de sélectionner l'outil magique.

« Nous craignons pour la sécurité de Charlie, prit soin d'expliquer D.D. Nous avons des raisons de croire qu'il est en danger. Nous voulons juste nous assurer qu'il va bien. »

À en juger par la tête du gardien, il se fichait comme d'une guigne de savoir pourquoi ils s'introduisaient dans l'appartement de son locataire et s'ils avaient ou non une bonne raison de le faire au regard de la loi. Mais, par habitude, D.D. et Phil posaient tout de même les jalons de leur rapport d'enquête. Sait-on jamais.

Une fois la porte ouverte, le gardien s'écarta. Il avait du travail, les informa-t-il sur un ton bourru ; qu'ils referment derrière eux quand ils auraient fini. Puis il s'en alla et Phil et D.D. se retrouvèrent seuls au milieu de la garçonnière de Charlie.

« J'ai eu un appel pendant ton absence, dit Phil à D.D. sitôt que le gardien eut disparu. Un témoin s'est fait connaître il y a une demi-heure, il affirme avoir pris Shana en voiture sur l'autoroute. La sienne avait l'air en panne. Comme elle roulait en berline de luxe et portait des vêtements de marque, il n'est jamais venu à l'idée du type que ça pouvait être une détenue en cavale. D'autant qu'à cette heure-là, les médias n'en parlaient pas encore.

— Un type ? Quel genre ?

— Un commercial. En route pour un congrès à Boston. Il dit qu'il l'a déposée devant Faneuil Hall. Elle lui avait raconté que, de là, elle pourrait rentrer chez elle à pied. »

D.D. se rembrunit. Dehors, il faisait nuit noire et l'appartement désert de Charlie était peuplé d'ombres. L'heure du dîner était passée. Il y avait belle lurette qu'elle aurait dû être rentrée de son expédition du matin. Sa douleur lancinante à l'épaule l'avait reprise, de même qu'un mauvais pressentiment. Ils étaient tout proches. À ce moment-clé d'une enquête où le Meccano prend enfin forme ou se disloque irrémédiablement. Alors, de quel côté la balance pencherait-elle ? Parce que le temps était compté.

« Le tueur à la rose n'aurait pas aidé Shana à s'évader ? » s'étonna-t-elle. Elle continuait à regarder l'appartement autour d'elle en le suppliant de leur révéler ce qu'ils avaient besoin de savoir.

« On dirait.

— Alors qui a mis les pétards pour faire diversion ?

— L'enquête est en cours.

— Je n'arrive pas à croire que l'évasion de Shana n'ait aucun rapport avec le tueur à la rose. Il y a forcément un lien.

— Je ne dis pas le contraire. Autrement dit, conclut Phil en balayant le séjour d'un geste de la main, il y a ici quelque chose que nous ne voyons pas et on a intérêt à trouver quoi. Et vite. »

Il alluma le plafonnier et ils s'attelèrent à la tâche. D.D. commença par la double rangée d'étagères derrière le canapé. Phil, le grand sorcier de l'informatique, s'assit devant la table pliante et l'ordinateur portable de Sgarzi. D.D. trouva quatre rayons entiers de récits de crimes ayant réellement eu lieu, y compris l'œuvre d'Ann Rule quasiment au complet.

« Le moins qu'on puisse dire, c'est qu'il s'est documenté sur le genre », commenta-t-elle en feuilletant des titres tels que *Un tueur si proche* ou *La Rivière rouge sang*. Ensuite elle tomba sur une demi-douzaine d'ouvrages consacrés à l'art de la narration et, plus inquiétant, sur trois manuels de criminologie, qui tous se vantaient de contenir d'authentiques photos de scènes de crime.

D.D. ouvrit l'un d'eux à la page signalée par un marque-page jaune. « Mutilations post mortem », tel était le titre du chapitre. Tu m'en diras tant.

« D.D. »

Elle reposa le livre et se rapprocha de Phil, scotché devant l'ordinateur de Sgarzi.

« Des fichiers vidéo, dit-il. On dirait que ça a été filmé avec des caméras de surveillance bas de gamme, le genre de camelote qu'on trouve partout. Il y a des dizaines de fichiers numériques, qui remontent à quatre ou cinq mois pour les plus anciens. Tous sans titre.

« Ouvre le plus récent. »

Il lui lança un regard ironique. « Tu crois ? »

Elle sourit à son champion de l'informatique, qui maniait déjà la souris, et prit le carnet de notes jaune posé à côté de l'ordinateur.

Qui suis-je ? avait griffonné Sgarzi en haut de la page. *Un bon voisin, un journaliste obligeant.*

À quoi je ressemble ? Professionnel, classe, je me fonds parmi les passagers de l'ascenseur, rien de remarquable. Principale motivation ? J'ai peur qu'elle soit en danger, j'essaie juste de l'aider.

But de l'opération : garder le meilleur pour la fin ; la fille de Harry Day, la seule et unique faiblesse de Shana Day, bientôt ma dernière victime. Parce que je ne suis pas comme vous et que vous n'êtes pas comme moi. Je suis mieux. Depuis toujours.

Bénéfice net : dénouement. Quitte ou double.

« D.D. », l'interrompit Phil d'un murmure pressant.

D.D. regarda l'écran. Phil avait avancé en accéléré dans le fichier vidéo en noir et blanc. Un plan fixe sur un dressing rempli de vêtements. Mais la porte s'ouvrit. La tête et les épaules d'une femme apparurent.

Le docteur Adeline Glen, qui se dirigeait vers la caméra.

Qui les regardait soudain droit dans les yeux.

Un morceau de ruban adhésif blanc apparut entre ses mains. Et l'écran devint tout gris.

« Elle avait découvert la caméra, murmura Phil.

— Elle a collé du sparadrap sur les objectifs ! C'était quand ? Quelle heure ?

— Je ne sais pas, dit Phil en faisant défiler les images. Je n'ai trouvé une indication que pour la date, pas pour l'heure. C'était... hier. »

D.D. se figea, prise à revers. « Mais Adeline a passé presque toute la journée d'hier avec nous. Donc c'était forcément après son retour chez elle. Dans la soirée. Elle a fouillé son appartement, découvert une caméra de surveillance dans son dressing et... elle ne nous a pas appelés à l'aide ! »

Phil la regarda. « Ça ne sent pas bon. »

Non, vraiment pas, et d'un seul coup... D.D. ferma les yeux. Elle venait de trouver. L'information qu'ils ignoraient, la pièce manquante, celle qu'ils étaient venus chercher. « C'est

Adeline, murmura-t-elle. C'est elle qui a créé la diversion sur le parking de la prison. Elle a balancé les pétards sous la voiture juste avant d'entrer. La chronologie est la bonne.

– Elle aurait fait évader sa sœur ? dit Phil sans avoir l'air d'y croire. Elle aurait accepté d'être défigurée ?

– Elle ne ressent pas la douleur, tu te souviens ? Mais elle peut ressentir la peur », répondit D.D. en frappant l'écran du doigt, l'image arrêtée. « Elle devait savoir que c'était le tueur qui l'espionnait. Depuis des mois, maintenant. Si elle nous avait appelés, qu'est-ce qu'on aurait fait ?

– On lui aurait proposé une protection policière.

– Qu'on lui avait déjà proposée et qu'elle avait déjà refusée. Alors qu'en concluant un pacte avec sa sœur...

– Je te libère et en échange tu supprimes le tueur en série qui me traque, traduisit Phil.

– Shana ne va pas se contenter de protéger Adeline. Elle va définitivement siffler la fin de la partie. Que nous a dit Adeline, l'autre jour ? Que c'était la spécialité de Shana. »

Phil repoussa sa chaise. Sans un mot de plus, ils partirent pour l'appartement d'Adeline.

À une bonne demi-heure de là.

40

Je regardai la porte de mon appartement s'ouvrir. Affalée par terre dans ma chambre, je ne pouvais plus bouger un seul muscle. Mes paupières étaient lourdes, ma peau moite, et mon estomac continuait à se soulever sous l'effet de la nausée. Des symptômes qui ressemblaient à ceux de la grippe, sauf que ce n'était pas la grippe. C'était une intoxication au monoxyde de carbone.

Charlie Sgarzi entra. Il ne portait plus son immense imperméable, mais un pantalon beige bien coupé, une belle chemise à fines rayures. Il avait l'air à la fois plus petit et plus racé. Moins caricatural, il ressemblait davantage à un prédateur déterminé, prêt à passer à la mise à mort.

Il portait un masque qui lui recouvrait la bouche et le nez. Il était aussi venu avec un sac de voyage vert foncé qui contenait des objets que je ne connaissais que trop bien. En particulier le bistouri chirurgical et le bocal déjà plein de formol.

Après avoir bien refermé la porte derrière lui, Charlie glissa le double de la clé de mon appartement dans la poche de son pantalon.

Et il s'approcha de moi.

« Paul Donabedian », se présenta-t-il d'une voix étouffée par le masque. Il me tendit la main. « Ravi de faire votre connaissance. Ça fait deux mois que je suis locataire dans cet immeuble. Ça m'a donné plein de bonnes raisons d'aller et venir sans éveiller les soupçons. Et une fois qu'on a franchi le barrage du concierge, il n'y a plus personne pour surveiller, pas vrai ? Ça fait des semaines que je monte chez vous, pour explorer, prendre l'empreinte de la serrure et bien sûr installer mes petites caméras. Mais vous les avez trouvées, hein, Adeline ? Ça vous a un peu mis les nerfs et vous avez collé du scotch sur mes objectifs. Comme si ça pouvait vraiment m'arrêter. »

Il m'enjamba. J'aurais dû bouger. Rouler sur le côté, lui donner des coups. Ou au moins me traîner à quatre pattes vers la porte. J'avais une sensation d'oppression insupportable dans la poitrine et l'étau ne faisait que se resserrer à mesure que mes poumons luttaient avec de plus en plus de désespoir pour trouver de l'oxygène.

Charlie posa son sac sur le lit. Puis il s'approcha du radiateur tout proche et passa la main derrière pour l'éteindre. Ensuite il ouvrit les deux fenêtres à l'autre bout de la pièce pour aérer.

Je demandai à mes poumons de se dilater, d'inspirer les premiers souffles d'air frais. Mais les fenêtres étaient trop loin. Ou alors, j'étais déjà trop mal en point.

« Je ne voudrais pas que le niveau de monoxyde de carbone soit trop élevé, expliqua Charlie. Je pourrais aussi être intoxiqué. On ne sait pas jusqu'à quel point ces masques sont efficaces. Et puis, éviter que l'intoxication ne soit trop facilement détectable rendra la situation plus intéressante pour les enquêteurs. Une psychiatre renommée, une femme intelligente, perspicace, avertie, une femme qui aurait vraiment dû être sur ses gardes et qu'on retrouve quand même assassinée dans sa chambre... Imaginez la puissance dramatique d'une telle scène ! Les lecteurs vont grimper aux rideaux. »

Il retourna à son sac. L'ouvrit.

Les doigts de ma main droite eurent un petit mouvement convulsif. Signe de vie ou prémices d'une attaque cérébrale liée à l'asphyxie ?

« Vous devriez vous sentir privilégiée, Adeline. J'ai gardé le meilleur pour la fin. Les deux premières avaient été soigneusement sélectionnées, bien sûr. Mais ce qui me plaisait chez elles, c'était surtout qu'elles vivaient seules, qu'elles étaient séduisantes et qu'elles feraient des victimes idéales. Je veux dire, les cageots, les mégères, tout le monde s'en tape. Tandis que deux jolies femmes qui avaient des boulots intéressants, des amis qui tenaient à elles et des familles aimantes... voilà de quoi faire la une. Voilà de quoi vendre des livres.

« Je crois que votre père pensait la même chose. Vous avez déjà regardé la galerie photo de ses victimes ? Pas un seul boudin. Il avait bon goût. En tant que futur auteur à succès de sa biographie, j'ai fait de mon mieux pour marcher sur ses traces. Sauf que je n'ai pas la chance d'habiter une maison indépendante avec atelier privé et parquet amovible. Vivre en appartement à Boston présente des inconvénients. »

Il enfila des gants en latex. Puis il sortit un petit flacon en verre translucide. Du chloroforme. Au cas où les effets de l'intoxication au monoxyde de carbone s'estomperaient. Au cas où je tenterais de résister.

Je tendis l'oreille pour guetter des bruits en provenance de la salle de bains. Shana. Il n'avait pas l'air de savoir qu'elle était là. Si elle reprenait connaissance, si elle avait encore son couteau...

« Bon, Adeline, reprit Charlie d'une voix enjouée, j'aurais besoin que vous me rendiez un service. Il faut qu'on en finisse avec cette affaire ce soir. Ça devient trop chaud, entre la police qui enquête tous azimuts et votre sœur qui s'est fait la malle. Sinon, j'aurais essayé de faire encore monter la tension, mais là... Évitons de prendre des risques inutiles. J'ai apporté quelques cheveux avec moi, généreusement donnés par Sam Hayes, quoique peut-être à son insu.

« J'aurais besoin que, heu, vous les mettiez là où je pense. Pas besoin de vous faire un dessin. Comme ça, quand le légiste procédera à votre autopsie, il les trouvera. L'analyse ADN les conduira à l'appartement de Sam, où il se trouve qu'il vit tout seul, sans personne pour lui fournir un alibi solide. Et, comme par hasard, monsieur est l'heureux détenteur d'inestimables souvenirs de Harry Day. Si avec ça la police n'est pas foutue de monter un dossier inattaquable, je ne sais pas pourquoi je me suis donné tout ce mal. »

Charlie sortit un sachet en plastique. Avec ses mains gantées, il l'ouvrit pour en extraire deux petites mèches brunes. Il se pencha sur moi, regarda mes yeux vitreux, ma peau lacérée.

« Merde, regardez-vous un peu. J'ai toujours su que Shana était une salope. Mais de là à défigurer sa propre sœur... » Après un claquement de langue réprobateur, il mit les cheveux dans ma main droite et referma mes doigts dessus.

« Ce n'est pas... elle, murmurai-je.

– Pour votre visage ?

– Pour votre cousin. »

Il se figea. Son expression changea, et avec elle, son attitude. Disparus, le calme et le professionnalisme de Paul Donabedian. À la manière d'un caméléon, celui-ci laissa place à Charlie Sgarzi et ses yeux, mi-clos, se firent menaçants. Les années avaient passé, mais c'était encore dans le rôle de la petite brute du quartier qu'il était le plus à l'aise.

« Ne me parlez pas de Donnie, rugit-il.

– Vous l'avez tué. »

Il me regardait avec fureur.

« Par accident ? Il voulait que vous... le laissiez.

– On jouait à la bagarre. Un jeu !

– Shana vous a surpris. Penché sur lui. Un genou sur sa poitrine ? Les mains autour de sa gorge ?

– Taisez-vous !

– Vous... l'avez tué. Mais elle... elle est devenue folle. Elle a sorti son cran d'arrêt. Vous vous êtes enfui. Alors elle s'est acharnée sur Donnie.

– Elle lui a tranché l'oreille !

– Elle a... payé... pour votre crime.

– Cette fille était une détraquée.

– Crise psychotique. Vous l'avez brisée. Et personne... » Mes poumons se dilatèrent enfin. Une petite bouffée d'air frais venait de me chatouiller le nez. J'en soupirai presque d'aise. « Il n'y avait... personne... pour la réparer.

– Ce qui est fait est fait. J'ai compris la leçon. Je me suis tiré. Je suis allé à New York et je suis devenu quelqu'un.

– Charlie, murmurai-je.

– Je vous emmerde !

– Autrefois, j'étudiais les gens... pour comprendre leur rapport à la douleur. Mais il faut les étudier... de tous les points de vue. Comprendre toutes leurs émotions. Et vous... vous n'en avez aucune à vous.

– Eh bien, espérons que j'arriverai assez bien à imiter le succès parce que dès demain matin toutes les chaînes d'info se battront pour m'interviewer. Comment j'ai surmonté le meurtre de ma mère, assassinée par le tueur à la rose, qu'on viendra justement de démasquer. Comment votre famille, soit dit en passant, m'aura tout pris. Mais qui a pris peut aussi rendre. Je suis le meilleur expert de Harry Day et du tueur à la rose. À la première heure demain, j'irai devant les caméras et cette affaire sera la mienne. Contrats d'édition, cachets pour la télé, droits cinéma. À moi. Tout ça, ce sera à moi. Fini de faire semblant. J'aurai tout, pour toujours.

– Votre mère...

– Elle était en train de crever ! hurla Charlie. Vous avez vu ce que le cancer lui avait fait ? Vous avez vu ? Il n'y a pas pire tueur au monde. J'ai drogué son thé. Elle s'est endormie. Ça lui a plutôt rendu service. »

L'air frais continuait à entrer, lentement mais régulièrement. Pouvait-il aller jusqu'à la salle de bains, au bout du petit couloir ? Trouverait-il ma sœur ?

Charlie arracha son masque, apparemment certain que l'air était désormais respirable, mais aussi impatient d'en venir au clou de la soirée. « Les cheveux. Mettez-les dans votre slip. Allez. »

Je ne détachais pas mes yeux embués des siens. « Elle vous aimait. »

Il me regarda d'un air contrarié. « Évidemment. J'étais un bon fils. Je m'occupais d'elle.

– Vous aviez tué son neveu... détruit sa sœur.

– Je ne voulais pas...

– Les cheveux longs. Vous aviez les cheveux longs ?

– Quoi ? » Il me regardait d'un air interloqué. Je pris une profonde inspiration.

« Est-ce que vous aviez... les cheveux longs ?

– J'avais une coupe mulet. C'était les années quatre-vingt. Pourquoi ? »

Je souris. « Vous ressembliez à une fille... de dos. C'est ce que Shana a vu. Notre mère penchée sur notre père. Je le savais.

– Vous êtes aussi timbrée qu'elle. »

Une nouvelle voix se fit entendre. Posée. Menaçante. Du Shana pur jus. « Mais pas aussi dangereuse. »

Charlie voulut attraper quelque chose dans son sac. Le bistouri, certainement. Mais sa main tomba sur le petit flacon de chloroforme. Sans hésiter, il le brisa dans un chiffon, puis, refermant sa main sur le tout, il lança son poing en direction de Shana.

Le coup atteignit ma sœur à la tempe. Le monoxyde de carbone encore présent dans son organisme ralentissait ses réflexes. Elle tituba, mit un genou à terre. Il en profita pour lui écraser le chiffon trempé de chloroforme et hérissé d'éclats de verre sur le visage.

La férocité de Sgarzi me surprenait. Son attaque menée d'une main qui ne tremblait pas avait également pris Shana au dépourvu. Peut-être qu'à l'époque Charlie n'était qu'un voyou en herbe, mais entre-temps il avait bien poussé.

Je m'efforçai de me mettre à genoux. Il était temps de me relever, de donner un coup de main.

Mais j'étais tombée dans la chambre, plus près du radiateur trafiqué, à un endroit où la concentration en monoxyde de carbone devait être plus élevée. Pas moyen que je me redresse, que mes jambes me portent.

Lorsque je me retournai vers eux, je vis ma sœur attraper les organes génitaux de Charlie et les tordre. Il poussa un hurlement et lâcha le chiffon tout en se protégeant instinctivement l'entrejambe de sa main libre. Il posa un genou à terre. Puis, avec un grondement de bête fauve, il lui donna un coup de boule dans le nez. La tête de Shana partit violemment en arrière. J'entendis un craquement, sans doute une fracture. Mais elle s'en remit rapidement et lui porta un coup à la gorge, les doigts serrés, la main en sabre.

Debout. Allez, allez, Adeline, on se relève.

Shana le frappa. Trois, quatre fois. Elle retrouvait sa vitesse d'exécution, son corps se désintoxiquait. Mais elle restait un poids coq, une femme fine et nerveuse contre un homme plus grand et plus puissant.

Charlie la pilonnait. Direct, direct, uppercut. Elle trébucha en arrière et il la boxa à l'œil comme une brute, des coups violents, furieux. Ce type avait manifestement passé du temps sur le ring. Et il prenait plaisir à faire mal.

Bistouri. Dans le sac. Enfin debout, je le trouvai. Les mèches de cheveux tombèrent par terre et, à la place, j'empoignai le manche argenté tout lisse.

Un premier pas, un deuxième, le couteau bien serré dans mon poing.

Shana acculée dans un coin, Charlie la tabassait sans pitié. Mais elle n'avait pas l'air aux abois. Dans les rares instants où j'apercevais son visage, je n'y lisais qu'une détermination sans mélange. Elle était venue pour tuer cet homme. Et rien d'autre que la mort ne l'arrêterait.

Charlie ne me remarqua pas. Il ne lâchait pas ma sœur, poussait des grognements à la mesure de la puissance qu'il mettait dans chaque coup explosif, perdu dans son monde. Un monde où il était enfin assez fort, assez intelligent, assez endurci pour terrasser la légendaire Shana Day.

Encore un pas et je fus juste derrière lui. Je levai le bistouri. Une dernière respiration.

Je suis mon père. Je suis ma mère.

Je suis la conscience de ma famille.

Je plantai le bistouri entre ses épaules et sectionnai des muscles, des nerfs, des tendons. Je m'étais servie de mes quatre années de médecine pour choisir le point d'entrée avec une précision d'expert, pour que la lame s'insère en profondeur entre les vertèbres, et je donnai un tour de poignet pour faire le maximum de dégâts possible.

Le corps de Charlie s'affaissa. Il tourna un peu la tête et je vis son air stupéfait. Il ouvrit la bouche comme pour hurler.

Mais aucun son ne sortit jamais. Shana arracha le bistouri dans son dos et, d'un geste souple, lui trancha la gorge.

Charlie Sgarzi tomba en avant. Ma sœur s'écarta. Et des coups retentirent à la porte.

« Police ! criait Phil. Docteur Glen, c'est Phil, l'enquêteur. Vous m'entendez ? »

Shana et moi échangeâmes un regard. Ni l'une ni l'autre ne prononça un mot.

« Adeline. » Une autre voix. Celle de D.D. Warren. « Vous allez bien ? Vos voisins ont signalé du vacarme chez vous. Adeline, ouvrez la porte si vous le pouvez. Nous devons vérifier que vous allez bien. »

Ma sœur et moi nous regardions toujours.

Nouveau bruit. Plus fort. Certainement Phil qui donnait un coup d'épaule dans la porte.

« Ils vont aller chercher le gérant, expliquai-je posément à Shana. Il leur ouvrira.

— Combien de temps ?

— Cinq à dix minutes.

— Ça suffira », dit-elle, et je savais de quoi elle parlait. Je lui avais fait une promesse ce matin au parloir. Le moment était venu pour moi de la tenir.

Sans un mot, nous allâmes dans la salle de bains ensemble, et Shana se dépouilla de ses vêtements en chemin. L'aspirine était encore sortie, il y en avait dans la trousse de premiers secours posée sur le plan de toilette. Je lui en donnai quatre cachets. Elle avala toute la poignée d'un coup.

Ensuite ses doigts caressèrent amoureusement le tour de la baignoire, pendant que j'ouvrais le premier robinet, puis le second.

Elle n'attendit pas que l'eau soit à la température idéale. Nu, son corps était un tissu de longues cicatrices noueuses et de petites traces de coupures enchevêtrées. Elle entra dans la baignoire.

« Je ne peux pas y retourner », dit-elle.

Je hochai la tête. Parce que je savais ; j'avais toujours su. Quel était le plus cher désir de ma sœur après toutes ces années ? La liberté. Une liberté complète, absolue. Celle que seule donne la mort.

« Tu n'as pas tué Donnie », lui dis-je, parce que je ne savais pas si elle-même le savait.

Résignée, elle posa la tête sur la porcelaine blanche et lisse. « Ça n'a pas tellement d'importance. »

J'entendis de nouveau des coups. Phil essayait d'enfoncer la porte pendant que D.D. avait dû partir à la recherche du gérant. Je tirai la porte de la salle de bains, mis le verrou. Ce n'était pas la porte la plus solide du monde, mais au point où nous en étions, il ne s'agissait que de gagner du temps.

« Tu étais amoureuse de Charlie ? demandai-je à Shana avec curiosité. C'est pour ça que tu lui as donné des souvenirs de papa ? Ceux qu'il a déposés chez Samuel Hayes, j'imagine.

– Je ne lui ai rien donné qui venait de papa. Mais on en parlait... de temps en temps. Je savais qu'il était différent. Il pouvait tromper les autres, mais pas moi. Les loups se reconnaissent entre eux. » Elle poussa un grand soupir. « J'avais une boîte avec les souvenirs de papa. Je la gardais sous mon lit. Peut-être que Charlie l'a prise. Je n'ai pas pensé à demander mes affaires après mon arrestation. De toute façon, jamais je n'aurais eu le droit de les garder.

– Mais est-ce que tu étais amoureuse de lui ? »

Elle me regarda, le nez explosé, les yeux pochés, le visage tuméfié.

« Adeline, dit-elle gravement, je ne sais pas ce que c'est que l'amour. Je sais haïr. Et je sais faire mal. Tout le reste est un mystère pour moi. »

L'eau lui arrivait maintenant à la taille. Elle ramassa par terre le couteau qu'elle avait soigneusement choisi et aiguisé quelques heures plus tôt.

« Ce n'est pas vrai, lui dis-je. Tu m'aimes.

– Mais tu es ma sœur », répondit-elle, comme si c'était une explication.

Plus de coups à la porte. Le calme régnait dans mon appartement quand ma sœur me donna le couteau.

« Je ne sais pas comment faire.

– Rien de plus simple.

– Je t'en prie... »

Mais ma sœur me regarda dans les yeux. Son ultime demande, mon unique promesse. Elle tendit son bras pâle vers moi. D'aussi près, je voyais les fines marques blanches laissées par d'autres lames. Comme une carte routière qui m'aurait indiqué le chemin.

« Souviens-toi de ce que je t'ai dit, rappela-t-elle d'un air bougon. Les instructions qu'il avait données à maman. Pour faire ça bien. »

Je me souvenais.

Je trouvai une fine veine bleue, choisis mon endroit avec soin. Puis j'incisai de haut en bas, lentement et régulièrement, le bras de ma sœur qui tremblait sous moi.

Elle poussa un soupir. Pas même un hoquet, un vrai soupir, comme s'il n'y avait pas que son sang qui quittait son corps. Peut-être sa colère. Peut-être sa douleur. Peut-être tous ces terribles appétits, ces horribles désirs que notre père avait imprimés en elle à un âge où elle était trop petite pour se défendre, mais tout de même assez grande pour savoir que c'était mal.

Elle leva l'autre bras. Et je l'ouvris aussi. Puis ses deux bras glissèrent dans la baignoire, qui rosissait déjà à mesure que sa vie s'écoulait dans l'eau.

« Je t'aime, lui murmurai-je.

– Elle ne lui a pas dit ça, marmonna Shana. Maman. À papa. Elle ne l'a jamais aimé. Mais moi si. Moi si... »

Ses paupières se fermèrent lentement. Sa tête roula.

De nouveau des bruits. Des coups, des martèlements, Phil qui lançait un dernier avertissement.

Je pris le pouls de ma sœur. Elle était partie. Plus de cellule de prison pour Shana Day. Plus d'autres jours à redouter. Plus d'autres vies à briser.

Encore une dernière chose à faire. J'allai à la porte de la salle de bains pour tirer le verrou. C'était le moins que je puisse faire, vu l'état de l'épaule de D.D.

À mon tour, je retirai mes vêtements. Je pris le peignoir en soie accroché à une patère près de la baignoire.

Debout à côté du corps de ma sœur, j'observai d'abord la lame, puis mon avant-bras de porcelaine.

J'avais les doigts qui tremblaient. Marrant pour une femme insensible à la douleur. Qui l'aurait cru ?

Mais à ce moment-là...

41

D.D. et Phil déboulèrent dans l'appartement, arme au poing, Phil en première ligne, D.D. à ses côtés, son épaule blessée abritée derrière lui. Le gérant repartait déjà en courant dans le couloir. Il redescendait au galop au rez-de-chaussée, où des renforts ne tarderaient pas à débarquer dans des hurlements de moteur, de même qu'une brigade d'intervention et jusqu'au dernier agent de police disponible à Boston.

La première chose que remarqua D.D., ce fut l'odeur nauséabonde du sang. La deuxième, un sac de voyage vert posé au bord du grand lit double, dans la chambre face à la porte d'entrée.

« Chambre », dit-elle à Phil sans un bruit.

Après un bref signe de tête, il se colla dos au mur, puis avança rapidement.

« Merde. »

Contournant Phil, D.D. avait découvert Charlie Sgarzi à plat ventre dans une flaque de sang. Les choses ne s'étaient certainement pas déroulées comme le tueur à la rose l'avait prévu.

Phil examina le cadavre de plus près et secoua la tête.

« Égorgé », murmura-t-il.

D.D. haussa un sourcil. « Je me trompe ou ça ressemble fort à du Shana ? »

Phil fit la grimace ; il en était arrivé à la même conclusion : Shana Day, une des pires meurtrières qu'ait connues le pays, devait se trouver quelque part dans cet appartement, avec sa sœur.

Phil désigna un petit couloir dans lequel donnaient deux portes fermées. Il se posta à côté de la première, pendant que D.D. faisait de son mieux pour le couvrir avec sa main valide.

Phil donna un coup de pied dans la porte, qui s'ouvrit sur le dressing. Il se livra à une rapide inspection, jusque dans les recoins, puis ils passèrent à la deuxième porte. La salle de bains, prédit D.D. À l'intérieur, elle entendait de l'eau couler.

Phil testa la poignée. D'un petit mouvement de tête, il indiqua que ce n'était pas fermé à clé.

D.D. reprit position à ses côtés.

Phil tourna la poignée. Ouvrit la porte d'un coup sec.

D.D. bondit dans la pièce, pistolet pointé.

Et ils trouvèrent Adeline à côté d'une baignoire pleine de sang, un couteau au-dessus de son poignet dénudé.

« Non ! » hurla Phil.

D.D. ne prit même pas cette peine. Adrénaline. Danger. Détermination. Tout ce qu'elle aimait dans son métier.

Elle tira.

Le couteau vola au travers de la pièce. Pas mal comme tir, d'une seule main, se félicita D.D., même si, pour être honnête, la cible ne se trouvait qu'à deux mètres.

Le couteau frappa le carrelage. Phil réagit aussitôt et l'éloigna d'Adeline d'un coup de pied.

La psychiatre n'esquissa pas un geste. Figée au milieu d'un océan de sang et d'eau, elle leur souriait.

« Vous n'étiez pas obligés, murmura-t-elle.

– Ne soyez pas ridicule », rétorqua D.D. en se redressant. Elle regarda derrière Adeline et découvrit une deuxième femme effondrée dans la baignoire rosâtre. Shana.

« Elle s'est ouvert les veines, expliqua Adeline. Le prix à payer pour qu'elle m'aide. C'est déjà fini pour elle. J'ai vérifié avant de retirer le verrou.

– Vous reprenez là où votre famille s'était arrêtée ? » lui demanda sévèrement D.D. Elle était furieuse. Sans bien savoir pourquoi. Le tueur à la rose était mort, on ne pouvait plus rien pour Shana Day. Le pire était derrière eux et pourtant le cœur de D.D. battait toujours la chamade, toute cette histoire la mettait hors d'elle.

En face d'elle, Adeline vacilla. Le choc, la chute du taux d'adrénaline. Elle s'appuya d'une main sur le bord de la baignoire. « C'est Charlie qui a tué ces femmes, murmura-t-elle.

– Nous le savons.

– Vous trouverez des cheveux. Dans ma chambre. À Samuel Hayes. Mais il n'y est pour rien. Charlie a apporté ces mèches pour le compromettre.

– Nous le savons aussi. Charlie voulait faire tomber Hayes pour ses crimes. Sauf que Hayes est tombé pour de vrai. D'une échelle. Il est en fauteuil roulant. Aucune chance qu'il soit coupable. »

Adeline eut un pauvre sourire. « Tant mieux. Dans mon dressing, derrière la commode, dans une niche sous le parquet... Charlie a déposé des bocaux. La peau des victimes. Il voulait... me mettre la tête à l'envers. Ça a marché.

– Asseyez-vous, pour l'amour du ciel ! s'emporta D.D. Sérieusement, Adeline. Si vous nous aviez simplement dit que vous aviez découvert les caméras de surveillance... Mais non, vous faites évader votre sœur, vous vous mettez en danger, et l'État tout entier avec vous. Alors qu'en nous laissant vingt-quatre heures... On avait tout compris. Tout ce qui s'était passé il y a trente ans et ce que manigançait Charlie. Le qui, le quoi, le pourquoi du comment : on sait tout. Vous n'étiez pas obligée de faire ça, Adeline. Absolument pas.

– Mais je l'ai fait.

– Adeline. » D.D. la regarda plus attentivement. À côté d'elle, elle sentait monter l'inquiétude de Phil. Le docteur Glen était pâle. Dangereusement pâle.

« Vous direz à McKinnon que je suis désolée.

– Légitime défense, murmura D.D. Circonstances atténuantes, crise psychotique. Il y a plein de manières de justifier ce qui s'est passé aujourd'hui. » Elle avança vers Adeline. Chercha des plaies sur les poignets du docteur. « La seule chose qui compte, c'est que Charlie soit mort et que votre sœur ne puisse plus nuire à personne. Adeline ? Adeline ? »

Adeline s'effondra. Se laissa tomber, en réalité, à genoux. D.D. se précipita pour la rattraper d'une main sous l'aisselle, mais le sol était trop glissant. Elle ne rattrapa pas tant Adeline qu'elle ne l'aida à s'affaisser en douceur, adossée à la baignoire. Dans une mare de sang. Tout ce sang, surtout quand on songeait que Shana avec ses poignets ouverts était à l'intérieur de la baignoire...

D.D. ferma les yeux. « Oh, Adeline. Qu'avez-vous fait ?

– Ce que j'avais à faire. Aucune éducation ne peut venir à bout d'une telle hérédité, D.D. Demandez à mon père adoptif. Il s'est donné tout le mal possible et pourtant... regardez où j'en suis. »

Adeline s'était ouvert les deux aines. Se trancher les poignets n'aurait été que l'étape suivante. Non, l'essentiel était fait avant même que Phil et D.D. ne déboulent dans la salle de bains. Encore une idée qu'Adeline avait empruntée aux méthodes de sa sœur.

« Adeline…

– Chut. Tout est pour le mieux.

– Vous n'êtes pas votre sœur, nom d'un chien ! Vous êtes un bon médecin. Vous aidez les gens. Vous m'avez aidée, moi ! »

Phil, à la radio, réclamait des secours immédiats, mais ils n'arriveraient jamais à temps. Pas plus que la brigade d'intervention ou les renforts. Tous ces agents qui allaient investir l'immeuble, monter les escaliers au pas de charge, prendre l'appartement d'assaut.

Tous, jusqu'au dernier, arriveraient trop tard. Comme D.D. et Phil. Trop tard.

Phil décrochait des serviettes. Sourde aux protestations d'Adeline, D.D. écarta les pans de son peignoir et découvrit les entailles en haut de ses cuisses. Les artères fémorales. Quelle horreur. Elle n'en revenait pas qu'elle n'y soit pas encore passée.

Phil lui tendit d'autres serviettes et elle les empila sur les plaies pour les comprimer, le visage si proche de celui d'Adeline qu'elle sentait la pâleur froide de sa peau exsangue.

« Tenez bon, souffla D.D. Allez, Adeline. Accrochez-vous pour moi, d'accord ? Vous et moi, on va se battre contre les Melvin de ce monde. Il n'y a pas de fatalité. Il n'y en a jamais eu. »

La main d'Adeline s'approcha de la sienne. Pour l'aider, pour l'arrêter ? Mais ses doigts froids frôlèrent le dos de la main de D.D.

« Tenez-moi… la main ? »

D.D. ne voulait pas. Il fallait qu'elle comprime. Il fallait qu'elle répare cette monstruosité, qu'elle guérisse ces blessures.

Il fallait qu'elle sauve cette femme parce qu'elle était forte, intelligente et... et...

« Merde ! »

Elle ne pouvait pas. Adeline agonisait. Vraiment, elle était en train de partir, et D.D. aurait tellement voulu...

Phil la poussa sur le côté. Il prit le relais pour comprimer les plaies avec les serviettes. Elles n'étaient même pas tellement ensanglantées parce que presque tout le sang s'était déjà écoulé sur le carrelage.

D.D. prit la main d'Adeline. La tint délicatement sur ses genoux.

Derrière elle, la brigade d'intervention envahissait l'appartement dans un bruit de cavalcade.

Adeline sourit, comme s'il s'agissait d'une bonne blague qu'elle seule comprenait. Ses paupières palpitèrent.

« Tout va bien, murmura-t-elle. Là où je vais... »

Elle serra une dernière fois la main de D.D.

Et s'en alla.

ÉPILOGUE

Chère D.D. Warren,
Si vous lisez ceci, c'est que le pire est arrivé.

Peu de monde aux funérailles, mais cela n'avait rien de vraiment surprenant. Le docteur Adeline Glen avait toujours mené une vie très retirée, de sorte qu'à son enterrement, seuls une poignée de collègues, une directrice de prison et quelques policiers vinrent lui faire leurs adieux.

Alex était venu avec D.D., et Phil aussi. Sombre trio, ils se regroupèrent sur le côté pour écouter l'oraison funèbre parfaitement impersonnelle du pasteur, puis le cercueil fut descendu dans le caveau et la première motte de terre le suivit.

Je suis désolée de ne pas vous en avoir dit davantage. Sur les caméras, les bocaux, les dernières vingt-quatre heures, où j'ai compris ce que mijotait le tueur à la rose, mais aussi ce dont j'étais capable.

Nous en avons parlé, tout le monde a ses facteurs déclenchants. Il s'avère que les petites victimes sans défense font ressortir le meilleur chez ma sœur, tandis qu'un tueur forcené fait ressortir le pire chez moi.

Shana Day avait été inhumée la veille. Un simple cercueil en bois, un autre trou dans la terre. Des années plus tôt, Adeline avait retrouvé l'emplacement de la tombe de leurs parents et pris des dispositions pour agrandir la concession familiale.

Mme Davies était venue. Sa présence n'avait pas surpris D.D. La vieille femme s'était approchée du cercueil et avait murmuré quelques mots. D.D. n'avait rien entendu, mais elle aurait parié qu'elle lui avait enfin demandé pardon, à tort ou à raison.

J'ai pris un risque calculé en faisant évader ma sœur. J'ai misé sur le fait que son instinct foncier serait aussi puissant que le mien. Mais surtout, j'ai misé sur le lien qui nous unissait. Sur la conviction qu'au fil des ans nous avions noué une relation. Que nous étions sœurs.

Et qu'ensemble nous livrerions notre baroud d'honneur.

Au cours des jours qui s'étaient écoulés depuis le bain de sang chez Adeline, Phil et Neil avaient été fort occupés à perquisitionner l'appartement de Charlie Sgarzi. Dans un meuble classeur fermé à clé, ils avaient trouvé une abondance de notes, photos et autres documentations sur lesquelles il s'était appuyé pour créer le personnage du tueur à la rose. Surveillance vidéo des victimes. Impression de pages Internet sur les doses de chloroforme à employer. Relevés manuscrits de l'emploi du temps de chaque victime pendant les repérages. Ils avaient même retrouvé des coupures de presse sur D.D., ainsi qu'une photo floue où on la voyait sur la deuxième scène de crime. Selon Phil, Charlie était tombé sur elle par hasard au domicile de la première victime, mais en aficionado du crime, il avait aussitôt reconnu en elle la policière qui avait résolu plusieurs affaires fortement médiatisées. Dès lors, sa décision était prise : le tueur à la rose croiserait le fer avec la plus grande enquêtrice de Boston. Un duel entre égaux, l'affrontement de deux intelligences. À en croire les notes de Charlie, toutes les bonnes histoires reposaient sur ce schéma.

D.D. aurait voulu qu'il soit consigné quelque part qu'elle avait gagné, mais plus personne n'écrirait ce livre-là.

Si vous lisez ceci, j'espère que le tueur à la rose est mort. De la main de Shana, sinon de la mienne. J'aimerais penser que ce sera la fin de la violence, mais bien sûr c'est impossible.

J'ai un passe-temps. Dont je n'ai jamais parlé à personne. Il consiste à séduire des hommes et à prélever un petit lambeau de peau dans leur dos pendant leur sommeil. Et bien sûr, je conserve mes souvenirs dans du formol et je les cache sous le plancher de mon dressing.

Médecin, guéris-toi toi-même, me direz-vous. Croyez-moi, je me suis bien souvent juré d'arrêter, je m'exhortais à être celle que mon père adoptif aurait voulu que je sois. Mais la petite fille qui avait passé la première année de sa vie à dormir au-dessus de la plus abominable des collections de trophées ne pouvait pas lâcher prise. Elle est l'exilé suprême, et elle demande encore à être entendue.

La cérémonie s'achevait. McKinnon s'approcha d'eux, particulièrement sculpturale dans son tailleur noir à la coupe stricte.

« Enquêteurs, les salua-t-elle.

– Madame la directrice. »

D.D. s'était entretenue avec elle la veille. Pas à la prison, mais autour d'un café. Deux femmes réunies pour partager leurs souvenirs d'une amie.

Le comportement d'Adeline avait atteint la directrice dans ses sentiments. Et ce ne fut qu'à ce moment-là que D.D. prit conscience de ce qu'elle-même avait ressenti. Pourquoi Adeline ne leur avait-elle pas davantage fait confiance, pourquoi n'avait-elle pas demandé de l'aide, pourquoi n'avait-elle informé ni l'une ni l'autre de ce qui se passait ?

D.D. aurait personnellement monté la garde chez Adeline, s'il avait fallu. McKinnon laissa entendre qu'elle aurait pu accorder une permission de sortie à Shana pour urgence familiale ou autre. Si seulement elles avaient su...

Mais Adeline ne s'était pas confiée à elles. Elle avait monté son plan dans son coin. Et maintenant, elles se retrouvaient à devoir trier les décombres de la catastrophe.

« Est-ce que les choses se tassent ? demanda D.D. à McKinnon.

– Les reporters ont l'air de commencer à croire que je n'ai réellement rien à déclarer.

– Et les talk-shows ? »

McKinnon haussa une de ses élégantes épaules. « Les sollicitations du début ont déjà cessé. Une tueuse en cavale, c'est excitant. Une tueuse morte et enterrée... beaucoup moins. »

D.D. hocha la tête. Elle comprenait ce que la directrice ne disait pas. Qu'une relation fortement dysfonctionnelle reste une relation. Après dix années à s'occuper de Shana Day, dix années d'inquiétude et de stress, la voir disparaître du jour au lendemain... Qu'on le veuille ou non, ça laissait des traces.

« Comment va votre épaule ? demanda McKinnon.

– Regardez. » D.D. leva son bras gauche avec précaution. Pas impressionnant, mais mieux.

« Bravo !

– Oui, je vais bientôt pouvoir recommencer à distribuer les coups de boule et relever les noms. Ou en tout cas à terroriser mes chers collègues. »

Phil sourit à côté d'elle. Elle lui avait manqué. À Neil aussi. Elle le voyait bien.

La directrice les salua d'un signe de la main et traversa le cimetière pour rejoindre sa voiture. Le portable de Phil vibrait à sa taille. Il le décrocha de son ceinturon et s'éloigna.

D.D. et Alex restèrent seuls.

Je sais, commandant Warren, que, si je vous l'avais demandé, vous m'auriez aidée, vous aussi. Vous auriez sonné le rassemblement, fourbi vos armes, et vous vous seriez jetée dans la bataille pour moi.

Merci d'avoir cru en moi.

Mais à vrai dire j'ai eu de la chance de vivre aussi longtemps. Avec la maladie que j'avais, il y a bien longtemps que j'aurais dû succomber à une infection ou autre traumatisme. La vigilance permanente recommandée par mon père adoptif m'a sauvée, mais elle m'a peut-être aussi condamnée. Tous les soirs j'inspectais ma peau, mais dans le même temps je me refusais consciencieusement même les plus simples des plaisirs de la vie – une promenade sur la plage, une randonnée en montagne, une folle soirée en ville.

Et tout ça pour quoi ? L'amant que je n'ai jamais pris ? Les enfants que je n'ai jamais eus ? Une vie que je n'ai jamais réellement vécue ?

Je suis lasse, D.D. Il y a trop longtemps que je suis isolée par une maladie qui se présente comme une chance, mais qui est en fin de compte une malédiction. J'ai perdu tout lien avec mes semblables. J'ai perdu le sentiment d'exister.

Alex attendait patiemment. D.D. s'appuya sur son épaule ; sans trop savoir pourquoi, elle n'était pas encore tout à fait prête à quitter le cimetière.

« Adeline a légué tous ses biens à un organisme d'aide à l'enfance, dit-elle. Et ça représente un paquet d'argent. Son cabinet marchait bien, et puis elle avait hérité de son père adoptif.

– On peut comprendre qu'elle ait voulu donner de meilleures chances à d'autres enfants.

– De meilleures chances qu'elle et sa sœur, tu veux dire ?

– Adeline confondait le fait d'avoir fait un mauvais choix avec celui d'être une mauvaise personne, expliqua Alex avec son air raisonnable. Parce qu'il y avait eu de mauvais choix dans son passé familial, il lui a suffi de commettre une erreur pour décréter que l'exception était la règle. Mais son adoption lui avait ouvert des possibilités immenses et elle s'en était servie pour se construire une vraie vie. Elle était intelligente, compréhensive, appréciée. Et même quand elle a déraillé... » Alex ne finit pas sa phrase.

D.D. comprenait ce qu'il essayait de dire. « Il faut reconnaître qu'elle avait du panache. Tu imagines la tête de Charlie Sgarzi quand il a découvert Shana en face de lui... J'espère que ça valait le déplacement.

– Elle t'a aidée, dit Alex d'un ton grave. Et ça, je lui en serai toujours reconnaissant.

– Tu sais, on vieillit, on commence à avoir ses petites misères, alors quand en plus on joue les imbéciles et qu'on se retrouve estropiée comme moi, c'est facile d'être amère. Je ne voulais pas avoir mal. Ni lever le pied. Ni me sentir tellement... faible. Mais Adeline avait raison : Melvin est là pour veiller sur moi. Et la douleur est une chose qui réunit les gens. Ça fait partie de notre expérience commune d'êtres humains. Adeline n'a jamais pu ressentir ce lien. Et ça a fini par la miner.

– Tu crois que sa sœur l'aimait ? C'était ce qu'Adeline voulait, mais avec tous les efforts qu'elle a faits, tu crois qu'elle l'a obtenu ?

– Je ne sais pas. Adeline elle-même nous a suffisamment répété que Shana était incapable de ressentir de telles émotions. D'un autre côté... elles se connaissaient et je crois qu'elles se comprenaient comme jamais personne n'aurait pu les comprendre. Même si Adeline n'éprouvait pas comme par magie l'amour de sa sœur, je parie qu'elle se sentait moins seule avec Shana à ses côtés. Et pour elle, je pense que c'était déjà ça. »

Alex approuva. Ils s'attardèrent encore un peu ; le tractopelle était entré en action et remplissait sommairement la tombe de terre. Tu es poussière et tu retourneras à la poussière.

D.D. aurait voulu dire quelque chose. Il lui semblait qu'elle devait le faire, mais quoi ? Elle ne connaissait pas Adeline depuis si longtemps, ni si bien que ça. Et pourtant elle était en deuil.

« Merci, murmura-t-elle finalement, la tête sur l'épaule d'Alex. Pour ce que vous aviez à enseigner et pour ce que vous m'avez aidée à apprendre. Alors non, je n'approuve toujours pas ce que vous avez fait, Adeline, mais je comprends. J'espère que ça en valait la peine pour vous. J'espère que vous et votre sœur, vous avez fait front commun et qu'à ce moment-là vous avez enfin eu l'impression de vous retrouver. D'avoir une famille. Et maintenant... Reposez en paix, Adeline. En paix. »

D.D. se redressa, prit une grande inspiration pour chasser toute cette tension. Elle avait les yeux qui piquaient, mais ce n'était pas grave. Devant les larmes, comme devant la douleur, nous sommes tous égaux. Et la grande D.D. Warren était bien de taille à faire face.

Elle déposa un baiser sur la joue de son mari. « Merci de m'avoir accompagnée. »

Il lui étreignit la main. « Toujours. »

D.D. sourit. Elle laissa sa main dans celle d'Alex et, côte à côte, ils s'en allèrent.

Si vous lisez cette lettre, commandant Warren, c'est que mon histoire s'est achevée et que je n'ai plus à avoir peur du noir.

Ma sœur et moi sommes arrivées au bout de notre parcours. Deux âmes égarées qui se sont finalement retrouvées au moment où c'était important.

Et je nous revois petites filles. L'aînée de quatre ans, le bébé de presque un an. Nous nous tenons par la main, souriantes.

Nous sommes sur le point de faire ce que nous attendions depuis quarante ans.

Shana fera le premier pas.

Et je suivrai. Nous sortirons des ténèbres de la maison de nos parents. Nous quitterons les abominations léguées par notre père.

Et, ensemble, les deux sœurs entreront enfin dans la lumière.

REMERCIEMENTS

Ce livre aura été pour moi une passionnante aventure personnelle. Souffrant de problèmes de dos, j'ai beaucoup appris ces dix
dernières années sur le traitement de la douleur – les diverses
théories, techniques et thérapies. Comme D.D., ces histoires de
système familial intérieur ou l'idée de nommer sa douleur m'ont
d'abord laissée sceptique. Et pourtant, comme elle, j'ai découvert
que les méthodes les plus étranges peuvent nous aider et que parler
à sa douleur donne certainement de meilleurs résultats que de la
maudire. J'aimerais donc remercier Benita Silver, psychologue clinicienne, à qui Adeline doit sa connaissance du modèle IFS. Comprenez que toute erreur dans les explications fournies par Adeline
sur ce modèle et sur cette thérapie serait de mon seul fait.

D'autre part, après des années à m'aider à me refaire un dos,
Shawn Taylor, mon chiropracteur, semble avoir pris un malin plaisir
à estropier la légendaire D.D. Warren. Avec la complicité de son
épouse, Larissa, il a imaginé une fracture par arrachement, lésion
extrêmement rare et douloureuse. Gary Tilton, osthéopathe, m'a
ensuite fourni un programme de rééducation ad hoc. Là encore,
je revendique toutes les éventuelles erreurs.

Toute ma gratitude va ensuite à Wayne Rock, retraité de la police
de Boston et ami de longue date, qui m'a permis de comprendre
comment les services auraient traité le cas d'une enquêtrice blessée

et qui, par-dessus le marché, aurait fait usage de son arme. Merci, Wayne, et, oui, toutes les erreurs sont de moi. Il faut bien qu'il y ait des avantages à être l'auteur !

Comme je fais partie des gens qui ne sont pas exactement à l'aise dans les funérariums, j'en avais beaucoup à apprendre sur les procédures et réglementations en vigueur dans le Massachusetts. Merci à Bob Scatamacchia de m'avoir patiemment expliqué les rouages d'une entreprise de pompes funèbres et le b.a.-ba des techniques de thanatopraxie. Encore un de ces métiers dont personne n'aime parler et dont nous aurons pourtant tous besoin un jour. Merci, Bob !

À propos de mort, Tonya Creighton a remporté cette année le tirage au sort annuel Kill a Friend, Maim a Buddy sur LisaGardner. com. Elle a désigné Christi Willey pour jouer le rôle qui fera d'elle une star : celui de la détenue en liberté conditionnelle.

Dawn Whiteside a quant à elle été distinguée par le tirage au sort international Kill a Friend, Maim a Mate. Elle a choisi d'envoyer Christine Ryan à trépas, et celle-ci est devenue la première gagnante à apparaître dès la première page du roman. J'espère que toutes les deux auront apprécié !

Enfin, Kim Beals a acquis le droit de choisir le nom d'un personnage lors de la vente de charité annuelle de la Rozzie May Animal Alliance. Elle a décidé de rendre hommage à son père, Daniel Coakley, un vrai gentleman, adoré de sa famille. Félicitations, Daniel !

Une fois de plus, mes éditeurs, Ben Sevier et Vicki Mellor, se sont donné du mal pour parfaire ce roman. J'aimerais pouvoir dire que j'avais tout bon du premier coup, mais ce n'était pas le cas. Heureusement, grâce à cette formidable équipe, personne n'en saura jamais rien. Je suis aussi profondément redevable à Meg Ruley, mon agent, pour ses brillantes intuitions et ses conseils pratiques. Dans ce milieu de fous, c'est bon de l'avoir à mes côtés.

Enfin et surtout, j'embrasse mon incroyable famille, qui nourrit aussi ma créativité, m'oblige à rester sur le qui-vive et fait en sorte qu'on ne s'ennuie jamais. L'idéal !

DU MÊME AUTEUR

Aux Éditions Albin Michel

DISPARUE, 2008.
SAUVER SA PEAU, 2009.
LA MAISON D'À CÔTÉ, 2010.
DERNIERS ADIEUX, 2011.
LES MORSURES DU PASSÉ, 2012.
PREUVES D'AMOUR, 2013.
ARRÊTEZ-MOI, 2014.
FAMILLE PARFAITE, 2015.
LE SAUT DE L'ANGE, 2017.
LUMIÈRE NOIRE, 2018.

Composition Nord Compo
Impression CPI Brodard et Taupin en décembre 2018
Éditions Albin Michel
22, rue Huyghens, 75014 Paris
www.albin.michel.fr

ISBN : 978-2-226-32089-6
N° d'édition : 21335/01 – N° d'impression : 3031528
Dépôt légal : janvier 2019
Imprimé en France